U0663272

当代中国最具实力中青年作家作品选

津子围短篇小说集

歌唱的篝火

津子围◎著

中国言实出版社

图书在版编目（CIP）数据

歌唱的篝火 / 津子围著. —北京：中国言实出版社，2017.5

ISBN 978 - 7 - 5171 - 2372 - 9

Ⅰ.①歌… Ⅱ.①津… Ⅲ.①短篇小说—小说集—中国—当代 Ⅳ.①I247.7

中国版本图书馆 CIP 数据核字（2017）第 117193 号

出 版 人： 王昕朋
总 监 制： 朱艳华
责任编辑： 薛　磊
文字编辑： 孙倩文
责任印制： 佟贵兴

出版发行　中国言实出版社
地　址：北京市朝阳区北苑路 180 号加利大厦 5 号楼 105 室
邮　编：100101
编辑部：北京市海淀区北太平庄路甲 1 号
邮　编：100088
电　话：64924853（总编室）　64924716（发行部）
网　址：www.zgyscbs.cn
E - mail：zgyscbs@263.net

经　　销　新华书店
印　　刷　北京温林源印刷有限公司
版　　次　2017 年 7 月第 1 版　　2017 年 7 月第 1 次印刷
规　　格　710 毫米×1000 毫米　1/16　　20.5 印张
字　　数　214 千字
定　　价　45.00 元　　ISBN 978 - 7 - 5171 - 2372 - 9

目　录

老铁道

我结实成强壮的男人时，第一次在梦中流出眼泪是因为童年的老铁道，那两条锃亮的、整齐地深（而非伸）向大山的铁轨，在夜里，当火车从路基上碾过，我的枕头也跟着颠动，在我将耳朵贴在铁轨上听车轮组成的音乐时，一个飞翔的梦就幻化而成……后来，我在中学教科书上知道了那条“丁”字形的中东铁路，然而，理性知识的积累使得我离它越来越远了，我常想：我的关于老铁道的故事是进入不了历史的，连地方志也没有他们的记载，可如果没有这些鲜活的生命，老铁道也就剩下概念和冰冷的金属了。于是，我的生命里流淌出下面的文字……

大麦

大麦是在南岗子的闹市区度过童年的，那里离海湾（后来叫阿木尔湾）不远。冬天，他和几个流浪儿窝在教堂的阁楼里，那个阁楼有一面墙临着烟囱，尽管外面的大雪封住了所有的生气，他们还是熬过了可以冻掉人耳朵的严冬。

大麦还是喜欢夏天，在夏天辽阔的海滩上，有大片大片卷着雪白花朵的海浪，海鸟成群成群的，飞在你的眼前，使你眼花缭乱。

大麦喜欢自己所在的城市，大家都叫它海参崴（现俄境符拉迪沃斯托克），那是一个各色人种混居的地方，大麦不知道自己的祖籍，他觉得既像河北伙计，也像山东老哥。

16岁，大麦就会汉语、俄语和朝鲜语。他还被一位姓杜的老板看好，成了杜老板的跟班，杜老板是经营化妆品和西药的，有的时候也掇弄一些大烟和军火。杜老板离开海参崴时，大麦认识了白俄维太太，在维太太的庇护下，大麦成了赛马场的马童，这样，大麦天天与打着响鼻的大洋马在一起。

维太太喜欢赌马，她没有经济收入，变卖家当和酗酒是她做得最多的两件事。大麦去看望维太太，十有八九，维太太都是酒气熏天的。“亲爱的契斯卡”（维太太对大麦的昵称）。她用比大麦大两圈的滚圆的身子拥抱浑身马膻味儿的大麦，还叽叽地亲着，呼吸急促地喃喃着。

大麦瞅着维太太灰蓝的瞳孔，那瞳孔里似有一片草场，尽管辽阔却蕴涵一种死寂。

大麦已经习惯了。

大麦不用担心洋马一样高大的维太太，维太太除了拥抱和亲吻外，再没有别的。维太太毕竟老了。

然而那年秋天，维太太酒后让大麦和她新来的女佣娜塔莎睡觉，娜塔莎有外蒙血统，圆而平板的脸，梳一条棕麻似的粗辫子，脸颊上有血丝。娜塔莎解开布拉吉，全身赤裸地躺在地毯上。大麦的脸被血涨热了，他第一次看女人的身体……那是大麦第一次经历女人，而且是在另一个老女人的面前干他认为人生最神圣的事。

后来，那样的闹剧曾反复过十几次。

然而，经过那个多雪的冬天之后情形就变了。

那时，杜老板盗运一批军火过境，俄方的“卡伦”（边境哨所）已对杜大头（杜老板）警觉了。杜老板知道大麦认识常去赌马场那位一脸雀斑的少尉，就托大麦去混“卡伦”。

大麦第一次过境到三岔口（今黑龙江边境东宁县），金钱的诱惑和回本土的热望使大麦生出许多幻想。大麦是农历十二月初八到三岔口的，旧街已经开始挂过大年的红灯笼。

办完了“买卖”上的事，大麦牵着赛马场退役下来的“将军”马，从老街上威风凛凛地走过。在老街，大麦怀里虽然有钱，但他不赌不嫖不抽，径直来找跑崴子的山东老李头儿，老李头儿开了一个烧锅，街面是一个水酒店。他有两个伙计，生意平平淡淡，大麦来，让老李头儿的眼睛发亮，他一面大声吆喝伙计为大麦卸马鞍，一面乐呵呵地接下大麦的褡裢。

老李头儿重交情、讲义气，有一年他和几个淘金的弟兄困在海参崴，是大麦给了他们回家的干粮。“喝酒!”老李头儿大嗓门劝大麦。油灯下，火苗的光在他黑红且粗糙的脸上蹿动，一明一暗的。

那晚，大麦喝得头晕目眩，全身发软。

老李头儿喝到尽兴处，冲着屋外喊：“银玲子，银玲子!”

推门进来一位穿红色夹袄的姑娘，姑娘水灵灵的，大麦从没见过这么水灵的姑娘。

“这是俺闺女，银玲子。快、快给麦爷敬酒。”

大麦眼睛发直，盯得银玲子手足无措。

“一会儿侍候麦爷歇下……”

老李头儿先喝倒下了。大麦摇摇晃晃去东屋睡觉，银玲子给他打好了洗脚水，递来擦脚巾和洋胰子。

银玲子倚在门框上轻声说：“麦爷歇息吧。”

大麦浑身似火，他直勾勾地盯着银玲子，说：“过来!”

银玲子以为铜盆里的水热，就走过来，蹲在铜盆跟前……突然，大麦拉过银玲子的胳膊，死死地将银玲子抱住，银玲子无声地反抗着。快把银玲子压到炕沿时，大麦自己被地上的炭火盆绊了个跟头。

大麦爬起来，冲了上去，把银玲子按在炕上。他的手从银玲子的袄罩下伸进去，摸到了鼓鼓的部位……银玲子一口吐沫吐到大麦的眼睛上，同时，他的腮上也火辣辣的。……银玲子跑掉了。

第二天，大麦脸上被银玲子抓出的血痕开始明显了。他愧见老李头儿，就悄悄搬了出去。大麦只在三岔口住了两天，他走的那天早晨，街上除了卖豆腐的再无别人，出了老街，大麦心里不是滋味儿，不知是想着银玲子，还是愧疚……

在出城的路口儿，大麦发现了银玲子，她站在路口的松林边，正向大麦这边张望着。

大麦催马跑了过去，他不知该向银玲子讲些什么，只是默默地看着银玲子。

沉默了许久，银玲子讷讷着："你……是真心的吗?"

大麦释然了，也激动起来，他从马上跳了下来，指着天对银玲子说："不真心，天打五雷轰!"

银玲子信了。于是，大麦怎样激动地揉搓银玲子，银玲子都保持着微笑。

在那片松树林里，大麦热烘烘地拱进银玲子的怀里，他好像觉得银玲子与这片白茫茫的原野有着某种联系，无论怎样蹂躏都袒露着深厚的慈爱……

时间不长，大麦就出透了汗，摘下皮帽子，像揭开蒸馒头的锅盖，头顶上热气腾腾。银玲子还是微笑着，尽心尽力地微笑着。

"看看你，你骑在大马上多威风呀!"银玲子只说这么一句。

大麦说："我很快就回来娶你。"

大麦说："我也能学会种地，做个正儿八经的人，不再五马六混了。"

大麦还说："我们要生 6 个儿子……"

第二年春天，大麦穿一身西装出现在三站的筑路工地上，他成了俄远东铁路公司第八筑路工段的翻译。

由于大麦是在俄境长大的，黑毛子（来自阿塞拜疆的俄国人）沃尼法季经理和白俄工程师加夫留哈把他当成了自己人，大麦可以随便吃马林鱼和沙鱼子罐头，并常和他们在一起喝沃特加，伴着时紧时松的传统曲子《雪球花》的旋律，一边跳一边唱，闹到深夜。有一天没有月色，大麦来到帐篷外小解，望着四周漆黑的森林和闪闪烁烁的星空，他想起了银玲子，他知道他是为银玲子回来的，可真的回来了，他似乎又把银玲子忘记了。大麦喃喃着银玲子的名字，踉踉跄跄地向森林之中的草甸子走去。直到他听到狼群的嚎叫……

在大麦回来的那年初冬，据说大麦去三岔口找过银玲子，老李头儿已经把水酒店和烧锅盘给了一个朝鲜人，大麦得到一些零零散散的信息，他听说银玲子在秋天生了一个男孩，他还听说银玲子被报号“占山好”的胡子绑过票……大麦失魂落魄地回到了三站。

那之后不久，大麦也不知去向，有人说他和黑毛子沃尼法季、白俄工程师加夫留哈一起贪污筑路款，被流放到库页岛（俄境萨哈林岛）；也有的说大麦一直在找银玲子，几乎找遍关外。说的人一本正经，说光复后在哈尔滨还见到过他，他穿一件破棉袄，像一个要饭花子。也有另一种更加近似肯定的说法，大麦在那次酒后，就已经被狼群吞没了……

然而有一件事是确定的，中东铁路通车后，在五站（今中俄边境绥芬河市）东面边境那一带，有一个马架子房，房前开垦了大片庄稼地，打猎的人说，常可以看到一个女人领着一个虎头虎脑的小男孩向边境外张望，特别是在大雁南飞的时候，那个场面一定出现。

据那个猎户讲，那个站在边境上遥望的女人一直望到她的头发花白……

白蝴蝶

雨下得腻味，对老伯袋（方言，指修铁路出苦力的劳工）来说，已经由头两天的暗喜变为心烦了。天亮时，刘金贵睡眼惺忪地望着工棚外的雨。雨珠像传说中透明的宝石帘子，使刘金贵糊着眼屎的眼睛产生幻觉。

（领）老伯袋哟！

（合）修火道哟！

嘿哟咳哟嘿哟咳哟！

（领）老毛子哟！

（合）挎洋刀哟！

嘿哟咳哟嘿哟咳哟！

（领）大清朝哟

（合）一窝糟哟！

嘿哟咳哟嘿哟咳哟！

早晨，刘金贵的烧刚刚退了一些，昏昏沉沉之中，耳边总响起那个号子，没完没了的……“大哥！”

刘金贵循声向阴暗的工棚里瞅了瞅，由于从亮的一面转向暗的一面，他的眼睛有些模糊。工棚里乱得像马圈一样，30 几条汉子的汗珠儿和其他生理气味沉积和发酵在铺盖上，再同雨天的潮湿混合起来，令人窒息。

“大哥，”仁甲趟着泥水走到刘金贵的铺位旁，哈下腰来小声对他说话，“你猜，谁又回来了？”

刘金贵瞅了仁甲一眼，仁甲正站在一处漏雨的地方，雨滴噗哒噗哒落在他的肩上。“白蝴蝶。”

刘金贵翻身从铺位上坐了起来，沉静了一下，从被窝里掏出一个黑布烟口袋，摸出了烟丝，卷在生纸上，卷的是那种被称之为“蛤蟆头”的旱烟，末了在唇边舔了一圈，就插在嘴上。仁甲从刘金贵的枕头下摸出干爽的洋火，哧的一下为刘金贵点上。

“金大牙来没？”

“今儿个没见到他。”

金大牙是二把头，手极黑，工棚里的老伯袋都怕他。当然，除了金大牙之外，就数刘金贵了。这其中至少有这么几个原因：刘金贵在这群老伯袋当中资格最老，铁道还没通车就开始修铁道，他是死里逃生的，在穆棱河修大铁桥时，工棚里一百多老伯袋都得了老毛子那边传过来的病，浑身红斑，上吐下泻，眼见着一个一个死去，只剩下他和仁甲……而这些老伯袋也多是他的山东老乡，投奔他而来的。更重要的是，刘金贵豪勇而义气，他会一些拳脚功夫，还有一双令人生畏的眼睛，他的话不多，眼睛一横，就让你心里发慌。就连金大牙也让他三分。

……白蝴蝶在列达（俄语夏天）度假村出现是一年前，那时它刚建好，橘红色的尖顶房子，白色的木栅栏，在山洼那一波一波的红松木间随天上的浮云隐隐伏伏。山坡上还有一个木制的教堂，地板是竖着铺的，绝对结实。日落时，教堂的钟声从一个山坡拐向另一个山坡，很快就传到老伯袋的工棚里来。……由于白蝴蝶是那个俄国铁路工程师度假村少见的中国人，她一出现就引起了老伯袋的注意，他们背地里叫她白蝴蝶。白蝴蝶长得十分白净，戴一顶俄国女人常戴的那种有花边的帽子。刘金贵对仁甲说：哈尔滨的洋学生就是这样的打扮。他们说这些话是在闷热的工棚里，燥热使得他们身体上的某一部位坚挺不退，无法入睡。刘金贵深吸了一口纸烟，然后，用一口重痰将烟头淹灭，转身对仁甲说："有朝一日俺非日那个骚娘们儿不可，死也值了。"

仁甲两只眼珠在眼眶里晃荡着，说：不假!

而在此之前，他们只是觉得有气，他们觉得中国的女人不该让老毛子祸害，渐渐地把这种恨转化到白蝴蝶身上，"俺看让咱们丢人的是那个骚娘们儿!"刘金贵说。

"不假!"仁甲说，"老毛子的眼珠儿不是焦黄就是灰溜溜的，瞎烘烘的，浑身毛烘烘的。白蝴蝶看好他们什么?"

沙河隧道完工后，刘金贵和仁甲就被调到下也河（今黑龙江省牡丹江市郊）修火车站，直到老毛子和小鼻子（日本人）在旅顺开战了，才集中了他们，在铁岭河那一带修兵营的铁道复线。这样很快就过了两个夏天和一个冬天，白蝴蝶只是成了他们旧有的一个记忆，一个记忆里的火种。

……仁甲见刘金贵沉默着，自己也一声不响地站着。

"你在哪儿见着的?"刘金贵抬起头来，目光中游动一丝寒气。

"在西山头的河边，她打个洋伞，像在画洋画。"

刘金贵又沉默了一会儿，叫了声仁甲兄弟。仁甲顺从地应了一声。

"如果老哥干，你干不干?"

"干、干什么?"

"白蝴蝶那骚娘们儿"。

仁甲紧了紧还有些细软的眉头，说："大哥干什么俺干什么。"

“那好，”刘金贵声音洪亮地说：“俺琢磨着，修完兵营这条道，咱倒霉的日子也到了，还不如现在就拼了，拼就拼出个赚头，拼就拼个痛快……一会儿，咱先把金大牙弄死，再抢那个骚娘们儿……”

“完了咋办？”仁甲的声音像拖一根面，越往后越软。

“咋办不行，林子这么大，还养不活你。再说，俺听别人说五站开了烟禁，种大烟也行。”

刘金贵讲话没背着大伙，眨眼的工夫就有六七个人响应，都嘟嘟哝哝说受够了，跟大哥走。有罪就遭罪，有福就享福。刘金贵受了感动，他说抓到金大牙弄些银子，平均分配。抓到白蝴蝶也平均分配。伙计们说银子可以平均分配，白蝴蝶就归大哥。刘金贵说俺堂堂的汉子一条，怎么能见色忘义……“让你们都开开洋荤，也没白活一回。”

行动开始了，雨也渐渐小了。刘金贵领了 4 个人去砖房子找金大牙，金大牙不在，大概回水稻田那边的高丽屯了。刘金贵他们就撬开房门，在金大牙的屋里等仁甲他们。仁甲带两个人去山坡下抓白蝴蝶。

白蝴蝶被抓来了。她真的像折了翅的蝴蝶，满身泥水地瘫软在屋子的一角，瘦弱的肩头不停地战栗着。

“大哥，咋办？”仁甲在脸上抹了一把，抹出一些泥道子。

正喝酒的刘金贵说：“把她的盖头扯下来！”仁甲伸手要扯白蝴蝶头上的布袋子。刘金贵又连忙说别动。他把瓶里的洋白酒咕咚咕咚喝净，走下地，把拼命挣扎的白蝴蝶抱到土炕上。

那是个昏暗的阴天，6 个汉子整整糟蹋了白蝴蝶一天，天快黑时，白俄路警才开始巡查，而这时，刘金贵他们已经踉踉跄跄地消失在望也望不到边际的大山里……

那件事之后，中东铁路公司在哈尔滨的机关报《远东报》报了一个消息，大意是：《远东报》的记者胡素茵被一伙流民强暴，俄铁警正在全力侦缉云云。

一晃多年过去了，老黑山一带出现了一支报号“得胜”的胡子，开始七八个人，每清剿一次就增加一些人。到伪康德二年（1935 年）已经号称

200 人了。“得胜”的大当家的就是刘金贵，日本关东军进下也河（今黑龙江省牡丹江市）时，刘金贵成了抗日军的一个支队司令，他们在爱河大桥东岸和关东军整整打了一夜。有的说刘金贵带打散的部下跑到苏联去了，有的说刘金贵在那场战斗中战死了。不管怎样，刘金贵的名字的的确确是消失了。

二当家的仁甲在爱河那场大战之前，受命去吉林拿工商户的捐款，在老街，他看见一个像白蝴蝶的人，一打听，知道那个女人在一个下等妓院接客。他还知道那个女人有一个“野种”。仁甲认定那个女人就是白蝴蝶，他的两条腿开始发抖，他不知道那个孩子是他们6 个人当中哪一个的，见了那个“野种”之后，仁甲确定那绝不是老毛子的。

仁甲在二道街的酒馆大醉了一场，大哭了一场。而后，他把自己的头发剪了下来，留下一半银圆，交给跟他来的伙计，让他转交给刘金贵，自己则摇摇晃晃找白蝴蝶去了。

那之后，老街上再也见不到那个带着孩子接客的妓女。

也有人在横道河子见过仁甲和白蝴蝶，仁甲拖着一条残腿与白蝴蝶慢慢地过着日子。他们有一个女儿，在镇上读公学。不过后来他们又离开了横道河子，再没消息了。

长在黑发里的野花

那是一个平庸的夏季，马粪的气味一直在老街徘徊着，天黑下来，除了缓缓流动的大沙河有一带亮色，老街则一片死寂。

深夜里常有轰轰隆隆的火车碾过的声音，凤子的梦也被撞得支离破碎，像洋胰子沫滴落到水里，快速向四周消失。凤子的梦多半是童年的往事，天色偏暖，有灿灿的葵花和精蓝的蜻蜓。二宝骑着枣红色的高头大马向她走来，她觉得心要飞起来……这时，火车轰轰隆隆开过来了。

火车的声音渐渐小了。凤子听到了炕头父亲的声音，有痨疾的父亲的嗓子像透了气的风匣子，呼呼啦啦的声音中还有呲呲生了锈的金属声。“你爹 8 岁就上地，累的。”母亲在她小时候的某一天说。凤子记住了，记得如昨天那般清晰。

凤子醒了就睡不着了，自并屯以来，她常常被后院路基上驶过的火车撞醒。醒来之后眼睛晶亮。没半点睡意了。睡不着，凤子就不停地重复她的幻想，幻想几乎都是与牛心山老家有关。月光下，马架子房前的坡地白花花一片，弯弯曲曲的大沙河凝固在遥远的地方。凤子觉得那是不可企及的地方，如月亮里朦胧的山水一样。

然而入冬时，日本人在高丽屯破案，抓了 5 个朝鲜共产党，其中领头的姓金，他是在凤子家后山的树林里被抓的，那天，姓金的共产党被日本狼狗咬死了，脖子被咬烂了，肠子也被拽了出来。那段日子，凤子的胆子小极了，整天昏昏沉沉的，窗外一有动静她就把被捂在头上，等母亲叫她出来时，她已经满头大汗。她趴在与地齐平的小窗向外望了望，外面一片荒凉。

并屯时，凤子走过那座有回音的大铁桥，桥下是盘着漩涡的大沙河，凤子不敢往桥下瞅，她第一次走上金属大桥，她却没有什么完整的记忆。她只是知道，过了大桥，她就失去了家园，失去了那片给他们提供口粮的土地。

……凤子还在炕上躺着，想令她兴奋不安而又羞于深入的事——二宝骑着枣红色的高头大马向她走来。她所要完成的想象就是二宝从马上跳下来，强烈地把她抱住，放在马上，然后快速地在有银蕙草拦腿和覆着车前子的小路上奔跑，跑到一个新盖的土坯草房前，那草房还有鲜草和泥浆的气味儿。直到二宝把她抱到炕上……凤子在后来的许多次，并没有突破她的想象，她只是反复重复这些想象罢了，所不同的是，开始的想象是心惊肉跳的，后来，渐渐地在夜的黑暗之中得以安稳，只剩下身发热了。

二宝是父亲给她定的娃娃亲，定亲时她一定没有记忆的，后来母亲反复告诫她，她必定是二宝家的人，她也就坚信是二宝家的人了。凤子对于二宝的记忆多半来自她 7 岁的时候，那时，二宝托养在她家，二宝也知道他是凤子的掌柜的（丈夫），常与她扮夫妻的角色，生火造饭，抚育小孩什么的。那时，二宝常欺负她，比如玩天大地大，二宝先拉一泡屎，然后用松土埋上，在中间插一根草棍儿，凤子不知其中的欺诈，她伸手一搂，搂得稀稀的一手……秋天，二宝给凤子送一包红“姑娘”（草本果实，可食用，东北农村的小孩将它放在嘴里咬响声），凤子拿来一咬，牙差点没被硌掉了，二宝在里面放了石粒儿。冬天，在辘轳把井外的冰坡上，二宝带凤子划爬犁，说好他带着她，可爬犁一动，二宝就不见了，吓得凤子大声尖叫，泪水流在冻红的两腮上……

后来二宝走了，跟他叔去哈尔滨贩皮货，一晃，凤子就长到14岁。那年正月，二宝回来了，他穿一件青色的衣服，戴一顶灰礼帽，个头虽然没有凤子高，却变得稳重多了，说话的声音也有点粗了。母亲让凤子和二宝多在一起唠唠，二宝有些不好意思，憋了半天也没说话，只是从衣襟里摸出一个塑料的洋化妆盒和一包五彩线。“等将来，我骑一匹大马来接你！”二宝说。

这些都是往事，凤子常常在幻想时回忆往事，回忆和幻想可以忘掉恐惧，有的时候，她真希望永远都没有天亮的时刻。

就如同凤子觉察不到自己成长一样，春天悄悄来临，那是大人们对恐惧暂时淡忘的一个忙碌的春季，无论怎样他们还要去种地。大雁一排排鸣叫着北归时，凤子同父亲一起下地了，大地还残留着冰碴儿，凤子却产生了牛心山老家春天的幻觉。歇工时，凤子向牛心山的方向望着，老家那儿还埋着二宝送她的礼物，也埋着她生命鲜活的那一部分。

凤子与牛心山老家隔着宽宽的大沙河，她过不了河。

凤子就在遥望中送走了整个春天，苞米蹿出红缨时，凤子终于在那天早晨走上了大铁桥，大铁桥的桥头有一个水泥结构的碉堡，灰白色，四周是黑洞洞的枪眼。碉堡有日本兵站岗，那天站岗的是一个有连鬓胡子的矮个子，他用枪指着凤子，说着凤子听不懂的话。凤子看那个人不像讲“日满亲善，亲如一家”的日本人，双目露出凶光。这时，一条狼狗扑了过来，当时就把凤子吓昏了。

凤子是由于体内的剧痛而睁开眼睛的，她发现自己的衣服被解开了，她的身上还有一个穿背心的男人。她大叫一声，拼命挣扎起来，可她的两只胳膊被另一个光着身子的日本兵死死钳住，凤子挣扎得筋疲力尽，她满脸泪水，苦苦哀求着。那两个日本兵不理睬她的哀求，一边嬉笑着互相鼓励，一边摧残着凤子……

中午，一个日本军官带1名士兵巡查，正撞见了这一幕。日本军官打了那两名士兵的嘴巴，把凤子带到了镇上。最后，以凤子风化日本皇军的罪名将凤子拘押了20天。

凤子失魂落魄地回到家，一进门就被父亲踢了出来。“你怎么不死!”父亲号啕大哭，破口大骂，“老祖宗的脸都让你丢尽了。”

当天，凤子就消失在黑沉沉的夜里。

家里人开始找凤子，不久，凤子疯疯癫癫地出现在老街上，家里人也不再找了。每一天凤子都在老街上快乐地唱着，她踪影不定，一会儿出现在饭馆的门口，一会儿出现在有烟火的坟头。凤子就住在铁桥下的苇丛里，她的头上插着各种各样的野花，不过总是新鲜的。她常常在桥头一带出没，日子久了，桥头的狼狗都不在意她了。

据说那两个日本兵受到了处罚，又换了一个戴眼镜的，和一个长着娃娃脸的士兵。似乎新换来的两个日本兵也知道碉堡里发生过的事。

大雁又开始南飞了，秋天一过，寒风一阵紧似一阵。人们力争在封江前忙碌完过冬的烧材，很少注意到疯子的身影，她渐渐被人们淡忘了。

那年冬天的雪格外厚，大雪一过，大地上原有的分明层次不见了，全被白色一笔勾销。雪停之后，又吹起了北风，铁道线上被风吹起了一个又一个雪丘。由于雪的覆盖，使得铁路交通中断。风停的第二天，镇上强令村民出荷，清理积雪过多的铁道。凤子爹也被勒令出荷，他戴着狗皮帽子，在保长的吆喝声中到了站西叫笔自头的一段铁道线上。那儿正好可以望到大铁桥头，望到桥头的碉堡，凤子爹的老眼就含上泪水。保长见凤子爹的模样挺怪，问他咋了。

凤子爹用袖口揩了一下鼻涕，沉默了一会儿，说：“冻的。”

“还是你妈闲的，”保长踢了凤子爹屁股一脚：“出出汗！”

就在凤子他爹清理铁道上的积雪时，一队日本宪兵和伪满警察骑着马来了，叽里呱啦地搜查起来。那些挎着日本刀和刺竹剑，穿通红的长靴，戴红白相间袖章的宪兵在凤子爹的眼前晃动着，他的眼前开始模糊……

那天夜里，一列通向苏联边境拉军火的火车在大沙河桥头颠覆了。桥头值岗的娃娃脸日本兵被碾得身首分离……

据事后调查，桥头的路基被人掏空了。令宪兵队和伪满警察署不解的是，那么大的洞竟是用木棍和手来完成的，完成那个工程起码也得半年的时间，竟没人发现……

那之后再没有人见到凤子。

据后来查证，那件事发生在1945年2月7日，离苏联红军进入东北仅隔6个月的时间。

绿玉石嘴的烟袋

大东北的里头，有两个地方产的黄烟比较有名，一个是穆棱产的穆棱烟，一个是亚布洛尼产的亚布力烟，其实林口产的黄烟也是很有劲儿的，只是没有前面说的有名。

二兰子从小就会抽烟，那时候爷爷还活着，爷爷让二兰子到灶坑点烟，一来二去，二兰子就会抽烟了。二兰子6岁就带弟弟妹妹，原本还有大兰子的，不过二兰子没有印象，母亲说大兰子6岁时抽风死了，大兰子死的时候二兰子才两岁。

这样，二兰子就成了“长女”，她身上的方格背带里背着四妹，手里牵着三妹。在大沙河默默流淌的日子和一些童谣里一点一点长大。“小丫蛋儿，扎俩辫，扭搭扭搭上河沿儿。抠俩坑，下俩蛋儿……”

二兰子12岁那年，黑子从三姓（现黑龙江依兰县）搬来，他16岁，矮墩墩的。黑子来了之后，二兰子家的后院就遭殃了。黑子常来溜达一趟，他溜达一趟，二兰子家的小黄瓜扭儿，没红的洋柿子都不能幸免。所以，二兰子看见了黑子，隔大老远的，就和妹妹们一起喊："挑水的哥哥听我说，南河沿儿有你的窝，晴天晒盖子，阴天把脖儿缩。"

黑子就哈下腰来，做捡石头状和投掷状。二兰子像老母鸡一样，张开两只胳膊，护卫着妹妹们向家里撤退。

黑子顽皮却出奇的勇敢，冬天下雪时，他一口气能套3只狍子，有一回，他还用一个木锅盖捉了那条常拦路的活狼。后来大家传开了，二兰子才知道他的方法，方法是这样的：黑子先把锅盖掏了一个小孩拳头大的洞，自己扛着锅盖，抱一个小猪崽儿，到乱坟岗子拦路狼常出没的地方，那里事先挖了坑，黑子就抱着猪崽儿潜伏在坑里，上面盖了锅盖。等狼的时候需要耐心，他就不停地捅小猪崽子，小猪崽发出的声音终于把狼引来了。那条狼撬了几次锅盖也没有撬开，就冒险将前爪从锅盖留下的洞口伸进去。这时，黑子把狼的腿紧紧拽住了，就这样把那个拦路的狼给扛了回来……

打那以后，二兰子见到黑子就有了一种敬佩的目光。

第二年，黑子就扛上了猎枪，成了名副其实的"炮手"。他耐力好，不言不语的，枪打得就跟长眼睛似的，很快，黑子就出了名。

转眼二兰子就到了15岁，在满是陈年柞木橡子的林子里，她和妹妹抬着后来做了大干部的老疙瘩（最小的弟弟），一边颠着一边念叨着："呼哇汤，呼哇汤，娶个媳妇尿裤裆。"

"大瓷缸里装金鱼儿，红嘴巴儿绿嘴唇儿，大尾巴儿、胖身子儿，你说逗人不逗人……"

"二兰子！"

二兰子一回头，她看见黑子在林子里探出一个圆滚滚的头。二兰子故意一噘嘴，没理他。

"你过来！"黑子喊。

"过来就过来，"二兰子大步流星地来到黑子面前。二兰子真的来了，黑子反而木讷起来。见他不说话，二兰子说："你的枪咋打那么好。"

“练呗，”黑子憨声憨气地说：“俺大爷说炮手要眼观六路耳听八方……”

说完，又沉默了。二兰子性急，问他找她什么事儿，黑子憋了一会儿，“给！”黑子往二兰子怀里塞了一个东西，转身就跑，消失在林子里。二兰子一看，是一个绿玉石嘴的长杆烟袋。那年黑子 19 岁，二兰子知道。

就是那一年发生了大事情，伪满洲国垮台了，小鼻子（日本人）投降了。那一阵子苏联红军的坦克把母猪河的铁桥炸断了，不少小鼻子被隔在母猪河以东。夜里天空红了一半，枪炮声连绵不断。

二兰子的二叔和老叔也是那时候发的财，他们趁小鼻子逃跑的时候拣了 4 大挂车的洋捞儿，有衣服、毛毯，还有大米、白糖和叶绿素什么的。

黑子则和他大爷专杀小鼻子的逃兵，每天他们都潜伏在路基边的苞米地里，那时，小鼻子都沿着铁道逃往高岭子、亚布洛尼（今亚布利）一带，五道林是必经之路。如果有三五成群的小鼻子散兵摇摇晃晃经过，基本上都丧命在他们爷俩手里。黑子最恨小鼻子，有一年，他爹在五道林车站卖菜，看到货车上的柳条筐破了，有一些洋梨掉下来，他好心地报告给一个细皮嫩肉的日本兵，那个小兵听不懂汉语，不由分说，就把黑子爹抓到车站伪满警察队，把他装进麻袋里，在水泥地上摔……黑子爹被抬回家的第二天，就咽了气。

初冬时，黑子和他大爷已经弄到 30 多条快枪，地方维持会成立时，他们一下子就捐出 30 条枪，黑子也当了五道林保安队的队长。

不久，八路老三团就进来了，一位姓刘的指导员了解了黑子的情况，就找黑子谈，要黑子加入他们的队伍，黑子一时拿不定主意，他对二兰子说：“他们让我拉队伍入伙，让我当排长。我琢磨着他们是外地人……”二兰子说：“他们说是为穷人打仗。”黑子说：“我见过的兵多了，都那么说……再说，他们穿得破破烂烂的，不像个正规军，没好枪不说，武装袋看着鼓溜溜的，其实里边不是枪子儿，是柳条棍儿……”

老三团没住到下雪的时候就向锅盔山一带去了，老三团一走，李司令的“中央军”就进屯了。李胖子在丁超起兵时参加过抗日联军，后来当了胡子，在这一带有些影响。李胖子骑着一匹东洋高头大马，耀武扬威地在老街上走了几个来回。

李胖子请黑子喝酒，他告诉黑子他是“政府”委任的正规军，还当即决定任命黑子为上尉营长。黑子说只要打小鼻子他就去，打完了小鼻子他还回五道林，在山上打猎。

像拉锯一样，东北民主联军来了，李司令的队伍又撤了。那年冬天开始土改，二兰子被选为妇女委员，她的觉悟提高很快，一冬天，领着“翻了身”的妇女和孩子唱歌、扭秧歌，喜气洋洋地过了一个阴历年。

开春的时候，李胖子的中央军被民主联军的剿匪部队打垮了，李胖子和几个土匪头子被押到县城，五花大绑地处决了。二兰子想，黑子可能在打仗的时候，被乱枪打死了。

转眼三年过去了，二兰子当上了二道河子的干部，管了二十几个自然屯，有一次回五道林给她爹上坟，走到黄泥窝棚的林子里，她看到一个隐藏在蒿草中的地窨子，她警惕地来到地窨子跟前，见一个人影猫着腰，在谁也不注意的满是乱草的壕沟里跑着，跑的时候看不见人，只有草在瑟瑟地动着。逃跑的人跑出二十几米，才露出了身子，他像烧煳了的木桩子一样，黑乎乎地望着二兰子。二兰子知道那是黑子，他的身材她太熟悉了……

黑子大概早就认出了她，凭黑子的机警和枪法，二兰子根本无法靠近那个地窨子的。

黑子望了一会儿，返身消失在林子里。

二兰子回到五道林，她想了一夜，最后还是向组织上报告了黑子的行踪，第二天，清剿小分队就上了山。

从此，再无黑子的消息。

1995年，二兰子已经66岁，她躺在医院白色的病床上，看着窗外飞动的小鸟，她吃力地从枕头底下拿出一个玉石嘴的长杆儿铜烟袋，她的目光迷离起来，慢慢地念一首童年的歌谣：“小鸡咯哒，要吃黄瓜……黄瓜有籽，要吃牛腿……牛腿有毛，要吃仙桃……仙桃有尖，要吃牛肝……牛肝有血，要吃蝴蝶……蝴蝶上天，小鸡傻眼……”

……

生锈的红缨枪

五道林在沙河与老铁道之间，有一条穿糖葫芦街，街的两边是草坯房，沿铁道一趟，沿河一趟。到“文化大革命”的时候，那里的居民还盖老式的房子，老式的房子最突出的特点是房子的窗户低，窗台低得与外面的沙土道差不多高。那些窗还是木方格上裱黄纸，人们不习惯玻璃，用透明塑料布的也很少。

翔子家是典型的五道林户，格局是这样的，临街的一面是房子的背面，进门得绕过去，他家的门前是架着豆角和黄瓜架的菜园子，隔一个简易的茅房就可以望到铁道的路基，路基处于高处，躺在土炕上，可以看到早晨的太阳从路基上升起，白天的云彩也撕破的纸片一般片片飘来……

运动开始那一阵子，大家都从各自的草坯房里出来，集合到大院里的队部，队部的电线杆子上有一盏灯，灯的周围舞着大大小小的飞蛾，灯的下面则围着屯里的大人和孩子，大家热热闹闹的，像过年一样。

翔子是大队会计，开会的时候点名，给开会的人记工分。他有一张刀削似的小白脸，眼睛眨巴眨巴的，只要他负责点名，就没有人敢浑水摸鱼。

随着运动一点点深入，挖出的坏人也越来越多，大家的心情也由开始的喜悦变得沉郁了。谁都担心自己会成为下一个被挖出的坏人。翔子也不再认真地点名了，他经常跑肚拉稀，两只眼睛都拉眍瞜了。

那年夏天，民兵连长二愣子上了台，他家住在屯东头的杨家豆腐坊，离翔子家有 3 里路，不过二愣子几乎天天都来翔子家坐坐，给翔子讲革命形势。

翔子的老婆叫陈玉兰，土改前，她家开了皮货店和铁匠铺子，在五道林挺有名的。翔子算是陈家的穷亲戚，陈家倒霉的时候，翔子捡了五道林最漂亮的女人。结婚后的玉兰也总把自己关在家里，人们很少见到她，都传说她的皮肤精白，后来就越传越神了。

在翔子看来，二愣子的目的是动员他揭发玉兰，比如说她是苏修特务，或者是反革命什么的都行。翔子蹲在炕沿上抽烟，无论二愣子怎样动员他都一言不发。

那之后，翔子被派到地里干活儿，本来他就是个病秧子，干什么都落在大家的后面。他自己也由原来受人尊敬的“文化人”变成了落后分子。

小秋时，大家在地前垄后议论开了，说二愣子占了玉兰。大伙儿见翔子带死不活的样子，话里话外都透出了同情。翔子整天哭丧着脸，其实别人不说他也明白，他在家里唯一的一条棉被上闻到了臭脚丫子的味，他自己没有那种臭咸鱼味儿的。

二愣子早晨敲上工钟（其实是一段断铁轨），分派了活之后，就背着“三八大盖”步枪，到街上逛去了。逛到翔子家，二愣子就脱掉衣服，光着黑乎乎的身子钻到玉兰的被窝里。

这时，翔子咳着回来了，他刚一掀开屋里的门帘儿，站在炕上的二愣子就端着步枪，用枪筒抵住了翔子的脑袋。翔子不敢抬头，眼前只有二愣子下身那黑乎乎的东西。玉兰趴在地上不停地磕响头，直磕出血来，二愣子才骂骂咧咧地穿上衣服走了。

传达最高指示那天深夜，二愣子站在清冷的灯下，他穿着令人羡慕的退了色的军装，胳膊上系着红袖标。他的胳膊一举，下面的人群就一举。他喊一声，下面的人群就喊一声。仪式结束，他正准备喊散会，突然，一把红缨枪从乱哄哄的人群里刺了过来，正刺中二愣子的前胸。二愣子用力一挣扎，那个枪头就将他的身子穿透了。那时候，五道林几乎家家都有红缨枪，但后来据人讲，刺二愣子的人正是弱不禁风的翔子，他用的是把生了锈的红缨枪。

第二天上午，人们在火车道上发现了翔子，在南铺子的山洞前，翔子被火车碾得身首分离，他穿着土改上学时的学生套装，已经加了厚厚的补丁。

日复一日，火车在五道林的铁道线上仍旧轰轰隆隆碾过，从不间断。而屯里人却落下了长久的恐惧。以至多年以后，五道林的孩子提起南铺子都呼吸受阻，老一辈子的人说，那地方（翔子死的地方）缠人，翔子的孤魂就在那里游荡，哪一天，他抓到替死鬼后，他才有可能托生哪！

……

最后的老叔

老叔大名叫林记忠，1952 年参加工作，一直在铁路上当养路工。

老叔退休的第二年，老婶就走了，老婶在老街出了名的厉害，嘴快、手快、性子急，她骂骂咧咧管了老叔一辈子，本来活蹦乱跳的，说死一下子就死了。

给老婶送行那天，儿女们个个都在号哭，老叔则没掉一滴眼泪。老婶虽然对老叔多有管束，却也真心疼他，就在供应粮紧张的时候，家里仅有的一点细粮也紧着老叔吃。老叔不哭并不是对老婶没有感情，而是他已经没有眼泪了。

老婶走了，老叔还住原来的房子，那是一间老房子，是日本人在的时候建的，砖瓦结构，外墙涂土黄颜料。过去，外墙由铁路上统一粉刷，三五年一次，而里面几十年如一日，已经破败得不成样子。老叔家的习惯不烧煤，烧沉淀大量灶灰的玉米秆儿，整天屋里弥漫着浮尘。那间房子在铁道的路基边儿，出了门就可以闻到铁道上金属以及火车滴落的机油味儿……老婶一走，房子里空空落落的，老叔常常拿着小板凳在朝阳的墙边坐着，他戴着狗皮帽子，抄着袖子。下雪之后，一大群麻雀落在他眼前的空地上，蹦蹦跳跳的。老叔的眼睛里就有了无边无际的岁月。

老叔上面有 6 个哥哥，他们都比老叔聪明，都比老叔能干，可他们谁也没活过老叔，他们没看见过电视，没看见过动画片，没看见过球赛……

当然，也没吃过冰激凌，喝过可乐，穿过鸭绒棉衣等等。

大哥是老街有名的“炮手”，他打猎的时候基本靠感觉，根据风速和听觉，枪响了眼睛才望过去，百发百中。那时候大哥和俄国人做生意，虎皮，豹皮，红狐、白狐、蓝狐皮……大哥提供的都是上等的皮货。后来，大哥染上了大烟瘾，把兴起的家业败了。有一年冬天，他在二道岗子打猎，被一个子熊舔了……传说他在遇到子熊的时候犯了大烟瘾，不然，那个子熊是斗不过大哥的。大哥死的时候，老叔还没出生，他只是在别人的讲述中了解了些有关大哥的情况，在脑子里想象大哥的模样，大哥没有照片留下来。

二哥毕业于国民高等学校，伪满洲国时，他在牡丹江当铁路警察，他喜欢演戏，回家的时候，他就套上戏装，演起了昆角。他的嗓子好，据说是为数不多的使用鼻音入唱腔的人。后来，伪满洲国倒台了，二哥就回家了，他在老街组织了剧社，开始巡回演出。土改时，二哥作为“伪警、宪、特”被揪了出来，本来他没有什么血债，人缘也不错，陪陪斗也就算了。谁知，运动越来越轰轰烈烈，二哥被吓破了胆。那次开斗争大会，他让剧社的人把他藏到菜窖里。斗争大会过去了，第二天打开菜窖，二哥已经被憋死了。

接下来是三哥，民主联军到老街招兵时，那个大胡子指导员叼着烟袋，耐心地做三哥的思想政治工作，三哥在火炕上坐着，浑身像着了火一样。大胡子指导员也不强迫你参军，让你自已表态。你不表态就不能从火炕上下来，三哥实在忍不住了，就答应了……三哥跟着部队走了，他人有文化，作战又勇敢，到解放四平时，他已经是副营长了。然而，就在解放四平那场战役中，他牺牲了。

四哥跟三哥的命运差不多，在朝鲜战场上，他也牺牲了，所不同的是，他是主动要求参军的，而且，他还没接触到敌人，刚一入朝，就被炮弹炸死了，尸体都没留下……

五哥则是在“文化大革命”武斗的时候死的，五哥是“革联”的二把手，在老火车站西修工事，为了“捍卫”，他们真刀真枪地同“人联”干，那一天，他挂着领袖像章的左胸口，洇出大片大片的鲜血……老婶做出如下解释：他五大爷（五哥）打死过猫头鹰，必遭报应的。

老叔对六哥的死更是记忆犹新，那时候粮食不够吃，六哥的孩子还多，他只好在车站捡因麻袋破了而落下的黄豆和玉米。后来，六哥渐渐发展到扒火车上的粮食，一扒就是两年，后来出事了，铁路“保卫组”的人带着枪去抓六哥，押到火车上，火车开了，六哥跳了出去……六哥跳车的地方就在他的家门口儿附近，路基的石子上染了紫黑的血。老街的人都跑去看热闹，那天天热，槐蝉沙沙响成一片……六哥死了，他扔下了6个孤儿，最小的才5岁。

这样想来，老叔觉得自己还是最幸运的，虽然这辈子没什么作为，却也平平安安，他从不争什么、斗什么，不多说话，不生闲气。人活着不就是为了吃得饱穿得暖吗，不管你怎么花言巧语，到头来还是那两个字。老叔想。

下雪那天，小儿子回来了，他接老叔的班，也在铁路上工作。小儿子愁眉苦脸的，说近两年效益不好，五道林小站可能得撤，他面临着下岗。

老叔什么也没说，他知道说了也没用。就在小儿子为工作发愁的时候，老叔还去看了人，他准备续一个老伴。

老叔相亲回来，他的心情很好，他将小儿子的孩子抱了起来，乐呵呵地逗着孙女儿：“说反话，大扁头，俺家有个草吃牛；东西街，南北走，南北街上人咬狗；拿起狗来打石头，反叫石头咬着狗的手……”

老叔说，他一定要活到83岁……

1999年9月

宁古塔逸事①

① 宁古塔，现黑龙江省宁安市（县级市）。清初流放犯人的地方。

小弟叫罗序刚，顺治十八年成为流人①，帝诏：“籍夺家产，流徙宁古塔。”小弟以为从那一刻起就已告别尘世，虽有人形而无魂魄，真乃一具行尸走肉。

小弟所以没和你们告别是由于诸多的原因，不原谅也可理解。现小弟已谪戍宁古塔3年，此刻将戍所之逸事讲于你们听，如灵魂有知，必当听到……

那是沉闷的黄昏，罗序刚躺在鞑靼岭的一个没了香火的旧庙里，他一连发了两天两夜的高烧，说了很多外人听不太明白的话。直到黄昏，罗序刚才发出汗来，汗水把盖在他身上的棉被都湿透了。

罗序刚在昏睡时一定把他流放的路程重新“走了一遍”，那些大喜大悲的人生经历令他近乎癫狂和沉醉，他是从一种状态下挣扎过来的，就在灵魂往外飞的时候，他终于还是把它呼唤了回来。

第一次踏上关东的土地，罗序刚年方23岁，一如他在昏睡时所说，他已经对未来的人生绝望了。现在想一想，那时出了山海关，就是荒凉的关东大地，不要说冰天雪地的农历二月，就是盛夏季节，比较“街肆充溢，灯影流歌”的江南也够清冷肃杀的了。

出山海关是年历二月初十，路越来越窄了，景色也越来越苍凉。罗序刚知道，他已经走上了一条不归之路。

① 清初被流放的犯人的官称。

押送罗序刚的差人一个叫洪五，一个叫马三。洪五是河南人，马三是河北人，尽管两个人算得上是北方人，可他们对关外一样怕得要死。相对于罗序刚来说，他被流放的过程，实际上洪五和马三也被流放了，或者这样说，如果没有罗序刚的流放也许他们就不会摊上这么一个倒霉的差事，而事实上，罗序刚所走的流放路线，他们一步也不能少，必须陪伴到底。当然，换了别的流人，也是需要押送的差人的，不过，那可能就不是他们两人而是别的什么人了。命运往往在巧合中蕴涵着奇妙的关联。

所以，洪五和马三就不能不对罗序刚有种天然的仇视，不能不在言行中表现得激烈一些。这样，他们在奔赴可怕而遥远的流放之地的初期，已经把罗序刚作为了发泄的对象了。对罗序刚进行非人化的折磨，可以使他们两人在极端仇视的心理和恶劣的环境中得到短暂的平衡。罗序刚身体上的伤痕成为洪五和马三暴行的证据。胳膊上烟袋锅烫的痕迹，15 个新伤和旧痂表明他们已经出关 15 天了，到宁古塔，罗序刚的身上无疑会布满伤痕；被撕破的嘴巴，这是由于罗序刚绝食而引起的后果；两腿内股磨烂的皮肤，作为惩罚，罗序刚的棉裤常是湿的，产生了冻伤，没有及时治疗就溃烂了。此外，殴打的痕迹到处都是，可见洪五和马三的残酷。

在罗序刚被流放之初，他的绝望产生于他对熟悉生活的死亡，比如他在江南时罗衣锦缎、美食琼浆、画舫歌赋、艳妓搀扶，当然还有一个更重要的是精神因素，在他那个圈子里的文人几乎都把反清当成人生的志向。可他们毕竟是文人，他们的行动激烈而稚气十足，在现在看来颇有些哗众取宠或出风头的意思，对他们鄙夷的“蛮族”统治者并没有实际的打击效果，而自己却身陷囹圄。说起来奇怪，罗序刚被流放到山海关时，他内心突然出现了另外一种东西，他觉得自己的命运如此是由于前生积累了很多罪孽，当然，反清除外，他认为的那些罪孽是其他的。所以，他需要在人世间经历磨难，那样他离开这个世界时才可以轻松一些。于是，洪五和马三对他的虐待，名正言顺地被他拟比成在人世赎罪的一种必然。

事实上，出关第 15 天，罗序刚已经无法忍受那非人的折磨了——他以这样的借口为自己开脱——他在人世间的罪已经赎得差不多了。于是，就在他思考这个问题的那天夜里，罗序刚就下了决心，决定告别这个世界。

罗序刚是凌晨2点左右离开驿站的，不巧那天还飘着夜雪，走出十米就看不见人了。那天夜里看不到指引方向的星星，罗序刚只能朝着他认定是南方的方向走去，走得肯定没有目的性，如果说有目标的话就是死亡。走到哪里算哪里，什么时候走不动了，那个地方就是通向另一个世界的门槛。

罗序刚并没有走出多远，按现在的计算方法，估计不会超过五公里，他是在一个山脚下停下来的，天上的雪还静静地下着。罗序刚实在走不动了，他闭上了眼睛，安静地坐在雪窝子里等待着生命的结束。

不知什么时候，罗序刚看到了淡蓝色的光泽，那是个晶莹的世界，闪烁着五彩的星光。罗序刚以为他已经向天国里行进了。然而，现实很快把他从梦幻中唤醒，他知道自己没有死，而是被雪埋住了，埋得并不深，他身体的温度把靠近自己的那些雪融化，与此同时，外面的积雪也帮他抵御了风寒。这时，浑身麻木的罗序刚突然流出了大量的泪水……

再说洪五和马三，他们发现罗序刚不在时天已经蒙蒙亮了，天亮时，户外已经不下雪了。东北就是这样，雪停了风就起来了，而早晨几乎是东北所有的冬季最寒冷的时候。洪五和马三确认罗序刚失踪这一事实后，他们的腿就软了，穿棉衣时嘴直哆嗦。罗序刚死了，他们就没机会返回老家，并且，他们没有多余的钱买通驿站的掌柜的，一旦驿站的掌柜的把他们渎职的报告递上去，他们就倒霉了。

洪五和马三交换了一下眼神儿，不用商量，他们都知道该怎么做，他们得去找罗序刚。当然，找到活的罗序刚的可能性很小，那他们也要亲眼见到他，见到罗序刚的尸体，他们也就不抱任何幻想了，然后，他们就隐姓埋名，逃回故里。

就在洪五和马三他们找不到罗序刚，无奈地向关内方向潜逃的时候，他们在山脚下突然看到了一个雪人，“我的爷呀！”洪五和马三相互瞅了一眼，快步向罗序刚跑去……

这次经历，改变了他们三个人的关系，洪五和马三对罗序刚不再那么凶了，而罗序刚也不再像以前那样对待洪五和马三。他们的关系融洽起来了，罗序刚曾问过两位差人，你们为什么不像以前那样对待我？他们的解释是：你在外头冻了一夜，还没冻坏，可见有神护佑，有神保佑的人都不是一般的凡人。其实罗序刚也明白，重要的是他的命和他们的命运是相关的，只是，这两个差人不说而已。

其实，真正使他们对立双方融洽起来的因素是恶劣环境和共同的命运，而在这其中，重要的是罗序刚懂得了沟通，他选择一种恰到好处的方式，在充满恐惧和寂寞的漫长路途中，罗序刚开始讲故事，他每天给洪五和马三讲一段，这两个农民出身的差人，几乎没有多少历史知识，听过的故事也寥寥无几，没出两天，他们就被极具表演才能的罗序刚所讲的故事给迷住了。从盘古开天到女娲补天，从精卫填海到大禹治水，还有商汤和妲己，瓦岗寨英雄好汉，唐玄奘西天取经等等，这样一路讲下来，他们很快体会到路途不再孤独和枯燥了，到出关第25天的时候，洪五和马三已不再是罗序刚的老爷，罗序刚和他们的地位平等了，而到了35天的时候，罗序刚几乎成为洪五和马三的老爷，他们最不能忍受的就是罗序刚心情不好，罗序刚心情不好他们就不能听到下回分解。不知道下一回人物的命运就像小猫用爪子挠心一样难受，像丢了魂一样不知所措。所以，洪五和马三只能小心地侍候着，侍候也不完全出于无奈，而是转变成一种乐趣，他们心甘情愿去做，特定条件下的罗序刚显示出独特的魅力。

罗序刚也同样在与洪五和马三相伴的流放路途中找回了快乐。那件事发生在一个天空晴朗的正午，他站在一个山峦逶迤、河床平坦，视野开阔的地方，太阳下，大雪覆盖的世界显得纯洁、透明、辽远。他想起了江南丝竹的缠绵和色彩的俗艳，在奇珍异草的园林里，终日饮酒作乐，花天酒地，兴致所致还自傅粉墨，与优伶歌舞咏唱，不舍昼夜。他曾对奢靡的生活产生过厌倦情绪，他对好友说，真希望找一个没有人的地方，过简洁质朴的生活。好友说：那是神仙的生活，不是你想过就过得的。现在，这种生活来临了，他却认识不到。想过这样的问题之后，罗序刚几乎发生了质的改变，他常常能在别人看不见的地方，发现美好和快乐。

那年阴历四月，罗序刚和洪五、马三到了“极边寒苦之地”——宁古塔。那时的宁古塔已经不像他们想象的那么荒凉了，宁古塔城内有东西大街，人烟稠密，货物客商络绎不绝。流人的生活也不像他想象得那么凄惨，先前流放的流人也可能有过悲惨的遭遇，而到罗序刚来时，流人的境况已经大为改观了。

洪五和马三与罗序刚惜别，三人哭作一团，身材高大的洪五竟像孩子一样，跪在罗序刚的面前，紧紧地抱住他的大腿，还左右摇晃着。罗序刚也学着北方人表达感情的方式，跪在两位差人面前，哭得十分真诚。

到了戍所的流人，身体好的要被派去当水手和站丁，罗序刚身材矮小，骨清肉单，就被“赏给皮甲为奴”，编入旗籍，成为官田佃户。

当时宁古塔的流人，虽名分上为奴，实际上他们有很宽裕的自由空间，在宁古塔30余家商业店铺中，十之六七是流人开的。而旧日高官张缙彦①在流人中更有“地位”，他在戍所“外方庵”成立诗社——“七子诗社”，还不改士大夫畜养家乐之风，张家的女曲班有歌姬十人，张缙彦亲任女曲班的曲师，并教授琵琶、笛子技法，表演被先朝视为“正声”的雅部昆曲。诗社成员，朝野知名人士——吴兆骞②，被宁古塔的黑龙江将军巴海请到家中，教其二子学习《尔雅》《左传》《史记》……这些都是罗序刚原来所没有想到的。

罗序刚刚到宁古塔结识的朋友是祁六公子，祁六公子是浙江山阴（今绍兴）人，他是浙江萧山（今杭州）人，算得上是同乡，在浙江，两人虽没有往来，确也彼此知道姓名，见面之后颇有惺惺惜惺惺之感慨。祁六公子父亲曾是有名的文学家和戏曲评论家，官至兵部尚书，清军破杭州时杀身殉国。后来，祁六公子散发家财，广交豪杰义士，召集先朝遗民，通联在台湾的郑成功，以图复明大业，事发后被定为“通海案犯”，流放到宁

① 张缙彦（1600—1671）河南新乡人，明崇祯四年进士，累官至兵部尚书。清顺治三年，因洪承畴招抚入清，授山东布政司，后迁任工部右侍郎。顺治十七年（1660年）因文字狱，被革职流放。

② 吴兆骞（1631—1684）江苏吴江人，少年即以诗名世，20岁被誉为“江左三凤凰”，顺治十四年因科场案受谗，流放于宁古塔达23年之久。

古塔。

当时，祁六公子和“同案”的朋友李甲不会经商，迫于生活的压力，只好在宁古塔招优儿班，教十来岁的小女孩表演昆曲，优儿班共有学员十五六人，靠到大户人家表演来挣衣食。这个办法似乎是生存状态逼迫出来的，实际上，也算是把个人的爱好和生存本领较好结合的结果。同样，在祁六公子看来，罗序刚的乐观态度令他惊讶，刚来戍所的人一般都要经过一段“惊魂未定”的痛苦期，并且很多人一直在沉郁中打发日子。罗序刚不同，罗序刚的眼神里有一种超然的东西。

转眼春天的气息就浓郁了，大地湿漉漉的。祁六公子邀请罗序刚去满族大户人家关老爷家。关老爷身材魁梧，长得肥头大耳，一脸浓密的连鬓胡子。乍一看，关老爷凶象十足。罗序刚和关老爷寒暄之后，就坐在木制的椅子上看“祁科”班的演出。

关老爷表情严肃，可笛子、琵琶悠扬的乐曲一响，他的表情就发生了变化。小优伶粉墨登场之后，关老爷就目不转睛，神情贯注起来。一曲终了，关老爷就和祁六公子、李甲、罗序刚对饮，关老爷笑声爽朗，嗡嗡声直震房梁。

罗序刚来宁古塔后喝过当地酿造的水酒，那些酒虽同是五谷所发酵，也许是关东黑土生的粮食有劲儿，酿出的酒也格外的浓烈。在关老爷家，罗序刚喝了两杯就觉得浑身发热，热血沸腾，同时也有飘飘欲仙的感觉。关老爷的使女还递给罗序刚一袋黄烟，也叫大烟袋，烟杆长的有一尺半长，烟锅是生黄铜的，烟嘴是玉石的。烟杆上还系了一个绣了花的布口袋，口袋里装着碎烟，抽几口就在鞋底磕一磕，再从烟口袋里添上一锅。罗序刚知道抽旱烟袋是关东的风俗，关老爷家的太太、公子和大姑娘都抽，他被“赏”以烟袋，足见关老爷对他平等看待。罗序刚叼上吸了一口，那烟也格外地浓烈，呛得他直流眼泪。他的表情也招惹在场的人哄笑起来。

那个时候，满族人的很多礼仪都是和汉人学的，不像晚清那么多的繁文缛节，当时，他们还保持很多原始自然的东西。第一次到关老爷家，罗序刚看到，关老爷实际上和夫人孩子住在一铺大炕上，这是他难以想象的。关老爷曾在军队里当过高官，拥有大片的土地，但是架子和排场都不大，说话办事还直来直去。

酒至酣处，罗序刚的情绪激昂起来，他觉得自己的脑海里出现了一个怅然若失的红尘世界。罗序刚问祁六公子能否同他和一曲。祁六公子也在兴头，他捻戏中道白腔调，说："正合我意"。于是，祁六公子和罗序刚施了粉墨，换上了戏装，李甲为他们配器，他们上演了一出《七夕会》。

《七夕会》说的是牛郎和织女的爱情悲剧故事，一般来说比较适合民间演出。那个时候罗序刚和祁六公子选了这个曲目，大概和他们环境的变化和心情的变化有一定的关系。祁六公子扮牛郎，罗序刚则扮织女，王母娘娘由李甲临时客串。

那一次，罗序刚真的入了戏，他的一个身段一个唱腔都十分匀称，几乎达到了忘我的境地，自己都分不出他是罗序刚还是真的织女，唱到动情处，织女声泪俱下，荡气回肠。一出牛郎和织女的大悲大恸，把人高马大的关老爷感动得泪水涟涟，罗序刚和祁六公子卸了戏装，关老爷还在那儿抽泣。

他们告别关老爷已是晚间掌灯时间，关老爷一直把他们送出了关家大院。初春时节，春寒料峭，关老爷就把自己戴的火狐狸皮帽戴在了罗序刚头上，按理，罗序刚对这么贵重的礼物本该受宠若惊，不想，他却心安理得地笑纳了。

后来，罗序刚也和关老爷成了好朋友，他们常聚在一起"拍曲"，渐渐的，关老爷也可以用大粗嗓子唱上两句，跑起龙套来，跑得浑身冒汗儿。

罗序刚和张缙彦的相识也是通过祁六公子，那年夏天，张缙彦邀请达官贵人、文人雅士到他的"外方庵"观赏女曲班的演出，看演出在边远苦寒之地自是一件热闹的事，也是有身份人社交的一个场所和途径。所以，无论来宾的身份和意识有什么不同，大家心情还都是不错的，见面时忙着打招呼、行礼。漂亮的优伶出来表演昆腔清曲，观台上也不乏交头接耳，窃窃私语。罗序刚坐在张缙彦的后排，京师名士吴兆骞就在他的前面，表面上看他气定神闲，手里还拿了一把绘有春江月夜的扇子。

月亮升起来，张缙彦的庭院就更有一番格调，池塘月影，树影花香，颇有一种雅韵高致。罗序刚想，在粗粝单调的远边，张缙彦带来这样一种景致也可为不凡。还有，罗序刚特别喜欢荷花，张缙彦的池塘里半池荷花，芙蕖与月色婆娑共舞，令罗序刚产生了幻觉，以为自己回到了江南。

女曲班演的多是折子戏的唱段，尤其以先朝梁辰鱼《浣沙记》第30出《采莲》更易情景交融。而且，清曲本身也容易让这些流人们产生心里共鸣，比如西施（旦）游湖采莲时为吴王夫差（净）唱到："水远山长莫回首……海上征夫犹未还……"就容易产生离愁别绪，郁塞之情。罗序刚倒显得豁达乐观，他已经能抽烟袋了，一边品酒一边吸烟，很有入俗的感觉。

在吴兆骞留给后世的诗篇中，《秋茄篇》之《张坦公侍郎斋中观白莲歌》和《观姬人入道歌》就产生在那段日子。吴公不惜笔墨对那些场景加以描述。比如："素裳欲逐鲜飚轻，粉态愁浸晚云湿；起坐高歌按采莲，笛声嘹亮惊四筵……""共怜飞雪金微外，更有明星玉女来。"

罗序刚的乐观感染了张缙彦，在他的推举下，罗序刚给一个晋商[①]授馆，类似于现在的家教。这样，罗序刚清闲下来的时间更多了，他虽与七子诗社的"名士"唱和过雅诗，并无诗作流世。罗序刚去的更多的地方是祁六公子的简宅，他们还一同修改了不少旧折子曲目，罗序刚本人写了一些嬉笑怒骂，荒诞滑稽的曲目。事实上，昆腔经过了罗序刚和祁六公子之手，在宁古塔演出时已经算不上原汁原味了。

那年佛诞日，祁六公子带着他的优儿班到观音阁参加汇演。他们演出的曲目是祁六公子和罗序刚新编的。观音阁的静今原是名僧函可的弟子，也因事被遣戍，观音阁就是他修建的。这年的佛诞日是关老爷作会，按常规仍在面对西阁正殿的前面搭了草台，新搭的草台"卷棚西山屋顶，四檐

① 山西商人。

飞翘如翼”，檐下用彩布采结额木方，台前两侧各有一个直戳天空浮云的圆柱。草台的对面是观众席，两侧为官人和旗人大户搭了高脚看台，被称之为“官厢”。老百姓就只好站在中间的露天场地了。这里也有一个平衡，老百姓虽没有遮雨的“官厢”，看戏却可以站在中央。

祁六公子的优儿班格外受欢迎，远比张缙彦的女曲班受欢迎。这大概与罗序刚改编剧目有直接的关系，剧情更适合宁古塔人了，无论是满族人、流人还是商人，他们眼下都是宁古塔人。当然，如果罗序刚没有被流放到宁古塔而仍然在江南的话，他是写不出这样调动所有人情感的曲目来的。

罗序刚就在那个时候认识红罗的，红罗是宁古塔风尘女子中名气最旺盛的，人气也旺，见到红罗之后，罗序刚就动了心思。本来，他在江南就有狎妓之风，罗序刚和一些文人名士也有过很多风流韵事，况且在这流放的苦寒之地，他不动风月之念是很难的。还有一点，罗序刚与祁六公子和李甲不同，祁六公子和李甲都携带妻子或小妾，而罗序刚只是光棍一条。

红罗出现在草台听曲时并没有注意到这个貌不惊人的瘦小南方人，5天之后，罗序刚到红罗的大炕上表达他的缠绵情话时，红罗还觉得莫名其妙。红罗不同于江南的妓女，婀娜姿态，弱柔似水，红罗长得很结实，她身上散发的是生命的活力与妩媚。所以，在首回交锋之中，罗序刚没对上红罗的胃口，红罗也匆忙地把罗序刚打发走了。

妓女是不应该挑客的，但在特殊的环境中也有例外。在男人多女人少的地方就可以例外，况且红罗又是宁古塔当红的“名妓”，罗序刚的遭遇就没什么奇怪的了。

日子一天天地过去了，罗序刚虽然没去找红罗，可实际上他并没有把红罗给忘了。转年三九天，罗序刚在祁六公子处喝酒出来，摇摇晃晃地走在凛冽的寒风之中，不知不觉就走到了红罗的住处。那样的天气，红罗那里是没有男人的。

进了红罗的屋子，罗序刚的酒也醒了不少。红罗见一个小个子男人从外面进来，主动打招呼说："快点烤烤火吧!"

罗序刚就坐在矮凳子上，烤铜盆里的炭火。从"鬼龇牙"的冰天雪地进到暖烘烘的屋子里，而且红罗穿了一身红色的夹袄，这个时候的罗序刚一定看到或者感受到另外的东西。他一跃跳到炕上。当时，罗序刚的举动一定令红罗很意外。不过，她还是被这个不起眼的小个子的"力量感"给震住了。她推着力大无比的罗序刚说："别急，咱们先玩嘎拉哈[①]，你赢了我才行。"

罗序刚什么也不管了，气喘着把红罗摁在了热火炕上……

那次，罗序刚是成功的，他有丰富的经验，他知道红罗这样健壮并性格直爽、在江南人看来有些硬的女人在他怀里酥软意味着什么。或者这样说，过去与红罗同衾的男人一般是不会考虑她的感受的，罗序刚与别的嫖客不同。

罗序刚与红罗缠绵了一夜。在这个火候上罗序刚说起了情话，红罗就觉得受用多了。罗序刚要离开的时候，红罗说："回头看我啊！别没心没肺的。"这些都不像妓女的话。

第二年春天（康熙七年），罗斯塔国（沙俄）开始进犯，祁六公子和李甲被勒令役军，赴乌拉（今吉林省吉林市）充当水手。祁六公子的优儿班也解散了。当时，宁古塔时局混乱，罗序刚去见祁六公子，公子已经走了。

罗序刚因身体条件差没被役军，就抽调当了站丁。不想，进了驿站的第四天，罗序刚就染上了一种热病，高烧不断，浑身虚脱，不停地说胡话。

罗序刚昏睡了三天，高热才退了。高热退了之后，罗序刚也休克了。就在驿站的人觉得罗序刚没有希望了，想把他扔在废弃的旧庙里，等他彻底咽了气再埋他的时候，红罗出现了，她将罗序刚放在一个花轱辘车上，

① 满族风俗中一种民间游戏，抛布口袋的同时，把四个动物关节骨头摆出规定的形状者为赢。

拉回了家里。

罗序刚醒来是在红罗的怀里，他什么都明白了，他问红罗："是你救了我吗？你这个千人压的！"红罗就喜欢他这样说话，当她确认罗序刚真的醒过来时，她破涕为笑，说："是，就是千人压又怎么样？可从今以后，姑娘就让你一个人压了。"

后来，宁古塔就没了罗序刚和红罗的影子，不过，有人说在乡下见过他们，但那是很多年以后的事了。20 年以后罗序刚和罗红已经是 6 个孩子的父母。

在宁古塔的一个戏庙柱子上有这样一副对联，写的是："尧舜生、汤武净、桓文丑末、自古来半部杂剧；日月灯、山河彩、风雷鼓板、天地间一大舞台。"，传闻是罗序刚先生的手迹。

很快就过去了几百年，自然界有自己理解时间的方式，山还是绿的天还是蓝的，几百年前不会有什么不同。但是，现在到东北的人不会再那么恐惧东北了，尤其是到当年的宁古塔一带，在那里根本就见不到"边远寒苦"，在人们的脸上也看不到恐惧，相反，乐观的人比比皆是，喜欢戏剧的人也非常之多，据说这些都和罗序刚有一定的关联。不过有一点是肯定的，现在的宁安（原宁古塔）肯定有罗序刚的后人，——只是多少无法知悉。

2000 年冬

黄金埋在河对岸

一

我们说的这个小镇在民国初年叫曹六营子，中清铁路修建的时候，那里只剩一些坍塌的土坯房子，修铁道的“老伯袋”（指苦力）曾在那里住过。铁路通车后，那个地方有了一个站点，一个丁字形的俄式房子，黄色的墙，墨绿色的铁皮房顶。站长是地中海来的黑毛子，叫尤拉。与他同住的还有一个人高马大的白俄太太，棕麻色的头发，脸上还有不少雀斑。那个小站叫八站。起初冷冷清清，只有一个货场和一些季节性的搬运工。到张宗昌镇守绥芬河那阵子，为筹军饷开了大烟禁，并且开展起边境贸易，曹六营子也跟着繁荣起来。一些种大烟的、淘金的，做各种各样买卖的人多了起来。这样，小镇的土街上就布满了高矮胖瘦不同，口音南腔北调的各色人等，十字土街也花花绿绿，色彩复杂起来。

曹六营子有一个货栈，号“富源”，虽然买卖不算大，在小镇却是最有势力的。原来“富源”是东部地区赫赫有名的“傅宁”公司的分号。说起傅宁公司，那可有来头儿了，追根儿可追到清朝末年。那时候朝廷鼓励官垦，从关内和俄境招回了大批流民，几年的工夫就开垦了大片大片的荒地。清朝廷倒台以后，财产自然归到了新掌政权的中华民国政府，成立了公司来管理。后来，公司发生了分化，一大半儿以股份的形式卖给了晋籍（山西）商人黄启镶。黄启镶天生就是个商人的坯子，人长得虽然瘦小，猴头八相，脑袋却灵活得不得了。黄启镶成立“傅宁”公司之后，并没把自己的主要精力放在农垦和农作物经营上。他善于审时度势，把握时机，利用张宗昌创造的商业机会，狠狠地大捞了一笔。黄启镶的主要精力在贸易上，他的贸易伙伴多半是被苏联革命赶到远东和中国境内的沙皇时期的俄国贵族。与此同时，他还搞了一些民族工业，比如五站的火磨面粉厂，交界顶子的金矿等等。

黄启镶有钱了，名声就响了，势力也大了。几年之后，在东部地区提起黄启镶，地方官员、豪绅、驻军，甚至拉绺子的胡子也都惧怕三分，给足他面子。人就是这样，人性上总有弱点，在黄启镶还没成气候的时候，他的行为多少还是收敛的，可当黄启镶富甲一方之后，就开始奢靡了，霸气劲儿也上来了。与有些暴发户不同，黄启镶不抽大烟，可黄启镶好色。凡他见到的有姿色的女子，只要他看上，总想方设法搞到手。所以，那几年，黄启镶也干了一些欺男霸女的事，落得些坏名声。

眨眼又几年过去了，张大帅率部入关，这一带被吉林军换防。而就在这个时候，民国政府因中东铁路问题与俄铁路当局发生了冲突，双方决定开战。于是，突然在一天早晨，曹六营子进驻了不少部队。

驻防曹六营子的是一个步兵团，团长是个相貌英俊、书生气十足的年轻人，时年31岁，他叫宋岱骧，里城金州厅人（现辽宁大连市金州区），出身于旧官僚家庭，毕业于日本士官学校。宋岱骧出现在曹六营子时，穿着笔挺的军装，身后跟着警卫和牵着枣红色蒙古马的勤务兵，威风凛凛。走过十字街，吸引了很多人的目光。

宋岱骧到曹六营子的当天晚上，喜欢拍马屁的属僚就在“迎春院”给宋岱骧选好了姑娘，并在迎春院喝起了花酒。迎春院是曹六营子最有名气的妓院，两层拱角相倚的小楼，青砖青瓦，飞檐上描龙画凤，镏金的匾额下挂着大红灯笼，装修的层次也属高档，是曹六营子十家妓院中最讲究的地方。档次高的地方光顾的人反而多，达官显要，富绅贵人都常出入。按现在的说法儿，人气很旺。

喝酒的过程中，宋岱骧发现了侍候茶点的小翠。他一下子被小翠的清秀和妩媚给吸引住了，他觉得，看到小翠之后，围在他身边的几个妓女就像枯萎了的花，黯然失色了。

宋岱骧的目光随着小翠的腰身转悠着，招待他的人却为难了。招待宋岱骧的人叫洪麻子，他是曹六营子公安大队的大队长。他知道宋岱骧对小翠有意思，如果不选宋岱骧满意的，他这马屁就等于没有拍正，没拍正还不如不拍。可把小翠介绍给宋岱骧，他还没那个胆量。原来，小翠是黄启镶寄养的人，那时小翠还小，不满 14 岁，黄启镶是等着小翠再长丰满些，他再择一个好日子同小翠把事儿办了。那个时候，首次给雏妓“开苞”是要付出代价的，像真的结婚一样，过财礼，摆酒席。当然，第二天还得承受“死”的假咒。被“开苞”妓女会哭哭啼啼给“丈夫”送葬。这是老东北的一种风俗，反正就是变着法儿多榨你的银子。

小翠被黄启镶寄养的事，出入迎春院的老嫖客大多知道。尽管他们对小翠也垂涎三尺，可也得忍着，等黄启镶解决了之后，他们才有机会。问题是，宋岱骧初来乍到，不知道这里面的内情，喝了几盅酒之后，他的血就热起来，嗓门也高了。宋岱骧对洪麻子说：“把刚才端酒的那个姑娘叫来。”

洪麻子倒吸了一口冷气，他连忙说那个丫头是侍候人的，从不陪客。

宋岱骧的脸立刻拉耷下来，说：“陪陪本座还委屈她了吗？”

洪麻子连忙说不是，是怕委屈了团长大人。

宋岱骧说：“本座不怕委屈，就要她了。”

洪麻子的脸渐渐变成了紫茄子色，他支吾起来。宋岱骧看他的态度暧昧，也不高兴了，他说老子为你们流血牺牲，找一个丫头陪陪还那么费劲儿吗？

洪麻子连忙站了起来，解释了一番，只是他越解释漏洞越多，越引起宋岱骧的疑心。宋岱骧一摆手，不听洪麻子解释，对他带来的人说：“那就不劳驾洪大队长了，你们去把刚才那个丫头请来。”

洪麻子傻眼了，他的话在喉头里滚了滚，一把拉住了宋岱骧的袖头。

无奈中，洪麻子把小翠和黄启镶的关系讲了，也讲了黄启镶的一些情况。

宋岱骧放声大笑，他正年轻，血气方刚，哪把一个土财主放在眼里。说：“我还以为是大总统呢，怎么？有几个臭钱就了不起啦？”说着，宋岱骧站了起来，一脚踏在椅子上，顺手把腰里的“马”牌手枪掏了出来。那个手枪是德国造的，法兰泛着幽幽的光泽。“你说，是他的钱好使？还是我手里的家伙好使？”

洪麻子哆嗦着：“当然，团座的枪好使。”

宋岱骧在嫣红厅大嚷着要叫小翠陪客的时候，大茶壶早把消息告诉了老鸨，老鸨手下的打手也早把消息传到了“富源”货栈。“富源”货栈的徐掌柜立刻开始了“救援行动”，他组织一伙人去大闹迎春院，还在迎春院的院子里用汽油点了一把火。

趁外面乱糟糟的时候，小翠被人接走了。

宋岱骧刚到曹六营子就碰了一鼻子灰，他心里很不是滋味，暗自打算，早晚得与这个黄启镶会会面。他不相信他那么神通广大，总不会有三头六臂吧。

接下来，战事吃紧，仗没打几天结束了。战事结束，宋岱骧就调防了。临走那天夜里，宋岱骧被人打了黑枪，打黑枪的人肯定是训练有素的神枪手，子弹打在他的帽子上，不是想要他的命，而是给他一个警告，那意思是，你挺幸运的，没睡了小翠，如果把小翠睡了，子弹就不是从帽子穿过去而是从脑袋中间穿过去了。

宋岱骧唏嘘了一番，看来，究竟财能压势还是势能压财，一时半会儿还搞不清楚。同时宋岱骧也想，民间的确有神人，可惜那些人没到军队中来，不然，军队的实力就不一样了。

二

转眼几年就过去了，命运常常开着重复的玩笑，宋岱骧又调防到了七站。这个时候，宋岱骧已经是第二十一混成旅的副旅长兼第一团的团长。而他的指挥部就设在七站，离曹六营子只有30公里。

宋岱骧对当年曹六营子的经历是不能忘记的，一到七站，他就暗下决心，找一个恰当的机会，非狠狠教训一下黄启镶不可。当然，教训就不能不痛不痒的，就得把黄启镶打趴下。说实在的，宋岱骧算是那个时代难得的文武双全的军人，有点男人的气概，至于品质当然也灌满那个时代的特征，不心狠手辣能当官吗？即使当上了官，恐怕也保不了位置。从古到今不都是那个样儿，好人在官场里混时间长了也变坏了。当然，也不能一概而论，好和坏都是相对的，人性的弱点总是在适合的时候才表现得更充分一些。宋岱骧在当时的官场中还算有道义和血气，他自己也这么认为。

宋岱骧有报国之志，也有膨胀的野心，整体来说，给人的感觉是硬朗的，属于“鹰派”人物，不想，他却怕老婆。那时候，怕老婆的人真是很稀少的，尤其对混乱世道中十分霸道的军官来说就凤毛麟角了。说起来什么事都有个例外，古代的皇帝也有怕老婆的，隋文帝杨坚就怕老婆，受老婆的气之后还直哭，那还是一国之君哪 。这样一比，宋岱骧就不算委屈了。

宋岱骧的老婆叫马兰香，名字听着好听. 见到人就不一样了。她年轻的时候长得也没什么出奇的，上了点年纪，脸上开始长横肉。也谈不上有多深的家庭背景和势力。马兰香出身于屠夫家庭，粗俗而刁蛮。说有“背景”，顶多也就是马兰香的姐夫，那个土匪出身后被收编的姐夫原来当过宋岱骧的上司。宋岱骧和马兰香的婚姻就是马兰香的姐夫介绍的。宋岱骧是连长的时候，马兰香的姐夫是他们师的师长。看好宋岱骧的首先是马兰香的姐夫。如果说宋岱骧与马兰香的婚姻有问题，宋岱骧也有摆脱不了的责任，他同意和马兰香结婚自然有攀附姐夫师长的缘故。宋岱骧和马兰香结婚之后，宋岱骧就被她给控制住了。张大帅带兵入关与冯玉祥打仗，宋岱骧的姐夫随队入关，结果在山东得病死了。姐夫死了，宋岱骧的腰板该直起来了吧。事实上远没这么简单，那时候马兰香已经为宋岱骧生了一男一女，幼小的孩子成了马兰香手里的筹码，对待宋岱骧的态度不但没有收敛，反而变本加厉。那个时候，宋岱骧的仕途之路正步入佳境，他的注意力也不在马兰香身上，相反，马兰香的所有智慧都用在他的身上。这样两人较量起来，宋岱骧当然处于下风。好在宋岱骧一直带兵在外. 碰不到面倒也没什么妨碍。

然而，自从宋岱骧驻防到七站之后，马兰香也随军来到了七站。生活到一起之后，马兰香就整天琢磨事儿，变着法儿折磨宋岱骧。在与宋岱骧分居的时候，马兰香已经听到宋岱骧在外面寻花问柳的传闻，她没有确切的证据，所以整天疑神疑鬼的。宋岱骧回家晚一点，她都得唠叨一个时辰。

马兰香到了七站之后，最大的冲突是宋岱骧到七站驻防四个月后的一个晚上，马兰香在宋岱骧的箱子里发现一个叫可馨的女人写给宋岱骧的情信。马兰香识字不多，可她煞费苦心一字一句研究，倒也把信的意思都搞懂了。

那天晚上，宋岱骧刚刚入睡，马兰香就抱着宋岱骧的儿子出现在宋岱骧的身边。马兰香凶神恶煞一般，凄厉着声音问宋岱骧："那个小狐狸是谁？"

宋岱骧忙了一天，刚睡熟，被马兰香踢醒的时候，还没完全醒过来，迷迷糊糊地问："你又犯鬼病啦？"

马兰香说："姓宋的，你今天不跟我说清楚，我先把你儿子打死，然后把你打死，最后我自己死，大不了咱们同归于尽。不清的账，咱到阴曹地府再接着算！"

宋岱骧立刻清醒了。他回身去摸自己的手枪，枪没了。他的头嗡了一下。抬头看去，马兰香手里正拿着他的手枪，枪口对着儿子的胸口。

"你别胡闹！有什么话，放下枪再说。"宋岱骧慌忙爬了起来。

"说，那个小狐狸是谁？她在哪儿？"马兰香不依不饶。

"哪个？"

"你自己说，不要让我点破你。"

宋岱骧觉得自己的头老大，是黄可馨来了？不能，如果黄可馨来了，她必定会先见自己的，一定是马兰香又犯疑心病了。

宋岱骧一口咬定自己压根儿就不认识什么小狐狸精。马兰香说："好啊，看来咱们真得阴曹地府见了。"

宋岱骧连忙摆手，态度来了个 180 度大转弯。他说：“有话慢慢说，别胡来。”

“好。”马兰香说，“我再给你一个机会，谁是可馨?”

宋岱骧觉得身子发软，他知道坏了，马兰香一定看了黄可馨给他的信件。

“怎么不吱声了……我告诉你姓宋的，今天你不说明白，我是不给你留后路的!”

无奈之下，宋岱骧只好编造了一个故事，说自己五年前认识一个妓女叫可馨，有了短暂的接触，已经多年没联系了，并表示了自己的忏悔之意。

马兰香不信，反复抠他，直到自己也筋疲力尽了，才不追问。不过马兰香让宋岱骧写了三份保证书，一份是忏悔书，表示以后决不同叫可馨的小狐狸精来往。第二份是证明书，大意是如果自己出了什么意外，包括有病，宋岱骧都是第一个嫌疑犯，上司都应予以严查和重惩。第三份叫补偿书，有点类似现在刚刚兴起的精神补偿，宋岱骧答应给马兰香买贵重饰品五套。

事态总算平息下去了。可那天夜里，宋岱骧怎么也睡不着了，他几次下决心想把马兰香给解决了。可思前想后，最后还是自己把自己给劝住了。

黄可馨还在哈尔滨。她还不知道宋岱骧已经把她出卖了。想起黄可馨，宋岱骧的愁绪更加浓烈……宋岱骧是在驻防七站以前认识黄可馨的，那时候，他在哈尔滨军官教导部当总教官。一次，女子中学请宋岱骧去演讲，他属于新派人物，口才也好，演讲时纵论古今中外，联系实际反帝反封建，还提出建立新的人生目标，提倡知识女性走新生活道路。宋岱骧的演讲博得了热烈的掌声，也博得不少女孩子的好感。黄可馨就是其中一个。

黄可馨长得白皙秀美，情感丰富而又大胆热烈。她主动接触宋岱骧，并且大胆表达了对宋岱骧的崇拜和好感。宋岱骧去女子中学演讲的第三天，黄可馨出现在军官教导部大院外。她在那里等了两个多小时，宋岱骧从外面参加演习活动回来，门岗值勤的士兵向宋岱骧报告，说有一个女学生找他。宋岱骧抬起头来，看到了树荫下穿白色衣服的黄可馨。那一刻，黄可馨就如同绿色叶簇中的玉兰花，纯净而洁白。宋岱骧问黄可馨是找他吗？黄可馨说："是，我已经等了你两个小时了。"

"你找我有什么事？"宋岱骧和蔼地问。

"你是不记得我的。我是女子中学的学生，叫黄可馨。前几天，我听过你的演讲。所以就想来见你……你别怪我，我想了好几天，怕你不愿意见我，也怕你笑话我……"

宋岱骧愣住了，他还没遇到过这么大胆而坦诚的女孩子。要知道，那个时代更多的女人还囚禁在封建的藩篱里，黄可馨的表现无疑是一道光亮的色彩。宋岱骧被感动了，他把黄可馨请到了自己的宿舍，两人谈了很多。令宋岱骧感到意外的是，黄可馨读了很多书，比如上海出版的《东方杂志》《小说月报》，还有很多国外的爱情小说，有很多作家的名字，像大仲马、巴尔扎克什么的，宋岱骧都不知道。从谈话中，宋岱骧可以判断出黄可馨是一个追求个性解放的女性，浪漫并充满了生命的活力。那天晚上，宋岱骧动用了教导部的汽车，一直把黄可馨送回学校。

那之后，宋岱骧和黄可馨的来往密切起来，霁虹桥、索菲亚大教堂都留下他们的足迹。宋岱骧还带黄可馨去法国人开的马迭尔宾馆参加白俄贵族举行的舞会，到秋林商店买礼品，看卓别林的无声电影，到松花江边漫步……宋岱骧和黄可馨相识不到一个月，他们的关系就发展到新的阶段。宋岱骧在道外秘密租了一套房子。遇到节假日，他就去学校接黄可馨，在道外一个红砖小楼的一楼住宅里相聚。他们像夫妻一样，彼此体会着新式爱情的快乐。对于宋岱骧来说，他觉得自己的爱情生活才刚刚开始，他几乎投入了所有的精力。那期间，宋岱骧的山盟海誓也不少。黄可馨和所有的女人一样，对感情的全身心投入自不必说，尽管她比宋岱骧小十几岁，并且她当时也就 17 岁。可女人就是这样，她的适应能力永远是男人所不能企及的，在多大的男人面前都可以拉平距离的。生活在一起，黄可馨一点都不显得小，感情上绝对能和宋岱骧打个平手。黄可馨是追求个性解放的，她不会给宋岱骧当小老婆。可她与宋岱骧的感情真的深厚了，她也不在乎名分了，她只要宋岱骧娶她就行。

然而，宋岱骧和黄可馨的好日子并不长久，那年冬天，宋岱骧被派到七站驻防，他和黄可馨就分开了。送别是偷偷摸摸进行的，黄可馨的眼睛哭得红肿。宋岱骧对黄可馨说："别伤心，我很快就会回来见你，等你完成了学业，我就正式娶你。"

天有不测风云，宋岱骧到七站之后，马兰香就带着孩子来到宋岱骧的驻地。宋岱骧的自由受到了限制，他和黄可馨只能通信来倾诉相思之苦。

现在，马兰香已经发现了宋岱骧和黄可馨的私情，经马兰香这么一闹，宋岱骧的心就像是一个泛着釉光的陶器摔在石头上，碎片分崩离析。

宋岱骧和马兰香吵架那天夜里，宋岱骧一夜没睡，第二天上午他就"失踪"了。宋岱骧并没有真的失踪，他自己去了曹六营子，在曹六营子一家波兰人开的酒馆里喝起了闷酒。宋岱骧是短打扮，穿着他平时习武的衣服，加上他堂堂的相貌，别人真的会认为他是练武之人。宋岱骧在酒馆里一坐下来，就没完没了地喝，从上午一直喝到下午。想起自己与马兰香签的有辱大丈夫尊严的"条约"，自己就觉得窝囊，越觉得窝囊越喝闷酒。

说来也巧，在宋岱骧斜对面的角落里，也有一个喝闷酒的人，他一直观察着宋岱骧。这个人不是别人，正是宋岱骧的死对头黄启镶。黄启镶为什么单独一个人在这儿喝酒，说起来没人相信，黄启镶同宋岱骧一样，也受了老婆的气，也觉得窝囊，也是来借酒浇愁的。

波兰人开的酒馆的主要客人是铁路上的俄国人，包括站长和路警。中国人很少去的，能去那儿的人一般也是有钱有身份的人。宋岱骧和黄启镶不约而同选择了那个酒馆也是有原因的，他们大概都怕被熟悉的人看见。

喝到傍晚，宋岱骧已经醉了。他也早就发现了黄启镶，开始他没有理黄启镶的意思，可酒喝到份上，情况就发生了变化。宋岱骧拎着酒瓶子，摇摇晃晃地来到了黄启镶的面前，向黄启镶敬酒。本来黄启镶想一个人喝酒，可有时候人就这么怪，自己一个人时间长了，又觉得闷，宋岱骧来敬酒，正合他的意。于是，两人就你敬我一杯，我敬你一杯喝了起来。喝酒的同时，他们也唠了起来，尽管他们说了自己的真名真姓，可酒精的燃烧，他们已经想不起过去的事了，似乎他们之间什么事也没发生过。即使发生了恩怨，也早就抛到九霄云外。酒喝多了，也容易交流和沟通了。宋岱骧说他丢人，被老婆给“熊”了。一听这话，黄启镶觉得有了共同语言。他也讲了自己老婆，黄启镶老婆的厉害方式与马兰香不同，她参与黄启镶公司的经营，韬略多，心狠手辣，令黄启镶恐惧。讲起老婆，两人的情绪就“抖”了起来，两人一边讲一边骂，都说回去就把那个臭娘们干掉！

共同的遭遇拉近了宋岱骧和黄启镶的距离，他们以兄弟相称，颇有惺惺相惜之感。

那天晚上，宋岱骧和黄启镶还与两个俄国路警猜火柴杆儿赌酒。黄启镶是老赌徒，赌博的时候头脑就清醒了，眼睛放出光泽。结果，两个高大的俄国人输得一塌糊涂。在酒馆的众人面前，解开裤子就撒尿……

那天夜里，巡警把醉倒在酒馆里的宋岱骧带到了治安所。到第二天宋岱骧醒酒了，巡警才知道他的身份，连忙派人把宋岱骧送回了七站。

三

回到七站，宋岱骧如同大病了一场，一连缓了几天。宋岱骧回忆在曹六营子酒馆喝酒的事，大部分没有了记忆。他恍惚记得和一个人喝酒，那个人是谁，他们都说了什么，这些都不记得了。

宋岱骧的身体刚刚有所恢复，天就开始下雪了。

下雪那天上午，黄可馨突然出现在宋岱骧的军营门口。勤务兵通报宋岱骧时，宋岱骧的第一反应就是一个寒战。

宋岱骧连忙把军营里唯一的汽车调了出来，他亲自带车，去军营的门口接黄可馨。黄可馨穿着加厚的旗袍，还披着蓝狐皮披肩，那样子像一个大户人家出来的贵妇人。宋岱骧见到黄可馨，什么也没说，接上黄可馨就向山里开去。

黄可馨有些不理解，她老远地赶来，在大门外又等了宋岱骧那么长时间，宋岱骧竟然一句热情的话都没有。这还不说，宋岱骧上车后问她："你怎么来啦？"黄可馨说坐火车来的呗。宋岱骧一脸的严肃，说："你来之前应该先告诉我，也好让我有个准备。"

黄可馨有些不高兴，还多少有委屈感，她的眼泪儿就含在眼圈里。她说我已经写信告诉你了。宋岱骧一听这话，懊恼地拍了一下大腿，心想，这回麻烦了，搞不好那封信又到了马兰香手里。可转念一想，他又觉得马兰香不会得到那封信的，马兰香只能翻到他带回家的东西，她本事再大也不至于收买他的通信兵，就是她想收买，那个小通信兵也不会吃了豹子胆，干出掉脑袋的事。

汽车停在七站南山密密的树林里，宋岱骧和黄可馨下了汽车。宋岱骧搀扶黄可馨下车时，黄可馨也不理他，始终撅着嘴。宋岱骧看出黄可馨生气了，就说："别生气，都怨我不行吗？"

宋岱骧见黄可馨还在抹眼泪儿，他怕司机兵看到，就把黄可馨拉到汽车的后面，对黄可馨说："我错了，我是小狗行不行，汪汪！"宋岱骧学起了狗叫。和黄可馨在一起的时候，他们也闹过小别扭，闹别扭了，宋岱骧就学狗叫。这一招还真灵，看着穿一身军装的宋岱骧学狗叫，模样的确滑稽，黄可馨破涕为笑，就一头拱在宋岱骧的怀里。

黄可馨告诉宋岱骧，她实在没办法再读书了，她太想宋岱骧了。

"再坚持一年，怎么也得肄业啊。"宋岱骧说。

"可是，我已经退学了。"黄可馨轻描淡写地说。

宋岱骧愣住了，他没想到黄可馨这么任性，退学都没同他商量。

"你总该同我商量一下吧？"宋岱骧冷下脸来。

黄可馨见宋岱骧不高兴，她来哄宋岱骧了。她说我写信告诉你了，可你迟迟不回信。"别生气，我知道你不会生我气的。"

“和你的父母说了吗？”

“还没有，我是先来见你的。”

“你父母知道，还不定怎么恼火呢？”

“我不怕，只要你不恼火就行。”

宋岱骧叹了一口气，他刚想把自己的遭遇讲给黄可馨听，黄可馨却只顾得和宋岱骧亲热，用发凉的手捂宋岱骧的嘴，不让他说话。

过了一会儿。黄可馨小声对宋岱骧说：“我告诉你一个消息。”

“什么消息？”

“我已经有了……”

“有什么？”

“你的儿子呀！”

听到这话，宋岱骧一机灵，他当时就觉得天旋地转。

黄可馨瞅了瞅他，问：“你听了不高兴吗？”

宋岱骧不知所措，半天说不出话来。黄可馨连忙说：“你别担心，我已经想好了，就是做你的小，我也心甘情愿。我保证不和你的大老婆争，我只要和你在一起就行……”

宋岱骧还是说不出话来。黄可馨说：“我家里一定会反对的。不过，你不用担心，我拼死闹一次，爸爸会让步的。从小到大。遇到什么事，最后都是他让步……我还从来没告诉你，我家是这一带最富的……你别生我的气，我没告诉你，是怕你认为我是富家大小姐，不是爱我而是爱我家的钱。”

宋岱骧一听，一层阴云从心头掠过，这一带最富的？最富的就是黄启镶了。他小心地问黄可馨。“你……是黄启镶的女儿？”

“对呀．你认识我爹？”

宋岱骧觉得自己的头嗡了一下，眼前模糊起来，这真是屋漏偏逢连雨天，倒霉的事都集中到了一块了。光马兰香一个方面的压力已经压得他透不过气来，现在黄可馨又怀孕退学了，并且她又是黄启镶的女儿。这样的局面如黑云压顶，宋岱骧开始堕入暗无天日的深渊之中。

“说呀，你真认识我爹吗?”

宋岱骧在心里说，我何止认识你爹，他还是我的冤家对头呢。可是，宋岱骧又说不出口，他和黄启镶那段恩怨是没办法讲给黄可馨的。无奈，宋岱骧说：“我听过令尊的大名。”

“那你不埋怨我吧?”

“埋怨什么?”

“我对你隐瞒了真实情况。”

“现在我哪还顾得上这些小事。”宋岱骧感叹道。

宋岱骧的情绪还是传给了黄可馨，她依偎在宋岱骧的身边，小声说：“怎么不高兴了，你还是生我的气了。可我也没办法，有孩子了怎么上学?人家想你才这么急着来见你的……”

宋岱骧叹了一口气，他想也是，黄可馨背的心理负担并不见得比他的轻，况且，在这个时候，应该得到安慰的是黄可馨而不是他。宋岱骧的声音舒缓起来，他把胳膊放在黄可馨的肩上，慢慢地说：“你别担心，我们商量一下，会有办法解决的。船到桥头自然直，世上没有翻不过去的山，也没有趟不过去的河。”

黄可馨笑了。她说，我知道你会有办法的。

那天下午，宋岱骧和黄可馨在南山商量了很久，他们商量的结果是；黄可馨先回家住一段时间。并选择适当的时机把情况跟家里挑明了。遇到情况，黄可馨可以在家里打电话，虽然黄可馨不能直接把电话打到军营里，但是可以给宋岱骧设在铁路的一个联络站打电话。那样，宋岱骧就可以迅速得到黄可馨的消息。

那天晚上，宋岱骧把黄可馨送到曹六营子，在那里吃了晚饭之后，派自己的亲信马参谋随黄可馨上了火车，一直把黄可馨送到三岔口（今黑龙江省东宁县）县城的黄家。宋岱骧则连夜返回七站，准备解决他和马兰香的问题。

黄可馨回到家，家里人并没觉得意外。在黄家，真正关心大小姐的人并不多。黄可馨是黄启镶二老婆生的，大老婆不生孩子，所以黄启镶在天津卫做生意时就娶了二房太太。不想，年轻貌美但体弱多病的二房太太实在是太短命，留下一个女儿后就命赴黄泉。

黄启镶到了东北之后又娶了三房四房太太，生下两男一女。但由于黄可馨是他的长女，又是在他人生经历中最曲折最倒霉的时候出生的，而且一直伴在他的身边，和他闯东北。所以，黄启镶对黄可馨有一份特别的疼爱。

黄启镶的大老婆特别厉害，眼睛里不揉沙子，不过在黄家的四个孩子中，她最不反感的还是黄可馨，一方面是黄启镶喜欢的缘故，另一方面是因为黄可馨没有母亲。她从未见过黄可馨的母亲。这样，孩子就跟抱来的没什么两样。而那几个孩子就不同了，他们都有母亲，她与她们的关系十分微妙，表面上那几个姨太太都恭敬她顺从她，心里还不知道怎么诅咒她呢。把对孩子母亲的因素加进来，她就不可能喜欢那几个孩子了。

黄可馨回家时，黄启镶没在家，他又去边境那边赌博去了。这几年来，黄启镶每年都去俄境那边赌博。他豪赌是出名的，他赌博的一个特点是赌黄金，所以，富源公司在交界顶子开的金矿基本都让黄启镶给赌掉了。人们觉得心里有些平衡了，精明的黄启镶输得多惨呀，这说明什么，说明老天是有眼的，好事并不能让你一个人全占了。

说来奇怪，都说赌博无常，但总有赢的时候，黄启镶却常赌无赢，越输他越想赌，越赌越输……

俄罗斯闹革命之后，渐渐地就把远东地区给统一了。远东的白俄贵族大多跑到了中国，残留在边境上的旧贵族仍有势力，黄启镶的赌友还活跃在边境上。

黄可馨见黄启镶不在家，她也没提退学的事，更不能讲怀孕的事，她想等黄启镶回来再说。不过，黄可馨的大妈还是发现了一些苗头。

这次回家，黄可馨变得敏感细腻了，也多愁善感，看到窗外的鸟在枯树枝上，她担心鸟没窝冻坏了，听别人说话也琢磨是不是在说自己。尤其是吃饭的时候，她闻到炖猪肉的气味儿，就捂着嘴下了桌，跑到外面哇哇地吐了起来。

黄可馨的两个小妈交换了一下眼神儿，撇了撇嘴。黄可馨的大妈看在眼里，她把饭碗蹾在饭桌上，瞪着眼睛说："吃饭，别没事儿找事！"

黄启镶是在黄可馨回家的第三天才回来的。回家后他就阴沉着脸，家里人知道，黄启镶大概又输得血本无归。

黄启镶回家的当天晚上，他的大老婆就把黄可馨回来和她怀疑黄可馨怀孕的事讲了。她讲的时候，表现出一副不在意的样子，一边讲一边观察黄启镶的表情。如果是以往，黄启镶也会显得漫不经心的，今天却不同了。大老婆的话音未落，黄启镶就急不可耐地去找黄可馨了。

黄启镶找黄可馨时，黄可馨正在房间里做着女工，她一边哼着曲子一边绣着一对鸳鸯，黄启镶推门进来，吓了黄可馨一跳。

黄启镶虎着脸说："你怎么回来啦？"

黄可馨说自然是有一些原因的。

"不管什么原因，没有我的允许，你就不能回来，明天让彭掌柜的送你回去。"

黄可馨吭哧了一会儿，说："……我，已经退……学啦！"

黄启镶立刻火了，暴跳如雷，大吼着："你这个逆子，反天了，你眼里还有没有父母？自作主张，书都白读了！"

黄可馨也不示弱，"我本来就没有妈妈，有爹，可爹关心我多少？现在我已经长大了，我知道我该怎么做。"

黄启镶觉得问题还出在读书上，如果不送黄可馨去大城市读书，也许她还不会有这些念头。送她读书是想让她知书达理，不想反而培养出个逆子。他真后悔，当初就不该送女孩子去读书。

黄可馨受了黄启镶的训斥，泪水就忍不住了，呜呜地哭了起来。见黄可馨不停地流眼泪，黄启镶烦躁起来，他背着手，在地上转来转去，本想问黄可馨是不是真如她大妈说的怀孕了，可又觉得女儿这么大了不便问。如果是还好，如果不是，黄可馨没了面子，指不定干出点什么意外的事儿。

黄启镶想了想，说："爹一向疼爱你，你也从不给爹找麻烦，这回怎么啦？我看，这里还是有别的原因。跟爹说说。”见黄可馨不说话，他走到黄可馨身边，抚摩着黄可馨的头说，“我知道你不信任大妈，只把爹当成亲人，有什么不好说的话就跟爹讲，你想，爹能害你吗？”

黄启镶这样一说，黄可馨反而更加委屈，她扑到黄启镶的怀里，哭得更伤心了。黄启镶轻轻拍着黄可馨的后背，开始哄黄可馨。

黄可馨早就有心理准备，她知道黄启镶肯定会发火的，凭借以往的经验，黄启镶发火是发火，打心里还是疼爱她的，所以，黄启镶把火发了出去，也就没事儿了。这个时候，黄可馨大概觉得时机成熟了，她就一边抹眼泪儿，一边说她错了，她错在不经爹的同意，就自作主张在哈尔滨交往了一个年轻军官。

黄启镶当然不喜欢黄可馨这样，虽说黄启镶从小就闯世界，对旧的传统道德观念有过抗争，他自己与黄可馨的生母就是自作主张结合的，可事情往往就是这样，道理是对别人而不是对自己的。况且，现在的黄启镶已经上了些年纪，想法与年轻时不一样了，再加上他现在的身份和地位，他能接受黄可馨的做法就怪了。

尽管如此，黄启镶还是忍住了，他还是引导着，让黄可馨把整个事情讲完整。“你们发展到什么份儿？”黄启镶问。

黄可馨想，反正已经走到这一步了，今天不说明天也得说，纸里终究包不住火，干脆就和盘托出吧。于是黄可馨说：“我已经有了他的孩子，所以不得不退学了。”

“他多大？”

“31 岁。”

“31 岁？……他不会没结婚吧？”黄启镶显得紧张地问。

“……他，有老婆……还有两个孩子。”

“什么？”黄启镶的眼睛瞪得溜圆，想了想，还是耐住了性子，“他叫什么？在哪个部队？”

“你不认识他。”黄可馨说，在她的印象里，宋岱骧说不认识黄启镶，那黄启镶就不会认识宋岱骧，认识是双方的事，“不过，现在他驻防到咱们这儿啦！”

“驻防到咱们这儿？谁呀？你说出来看看。”黄启镶的口气仍旧柔和，其实他瘦小的身子早已燃烧了怒火，眼看着就要爆炸了。

“就是驻防七站的团长宋岱骧……”

“怎么是那个混蛋！”黄启镶终于忍不住了，他挥手就给了黄可馨一巴掌，那一巴掌特重，把黄可馨拍倒在地。黄启镶的脸煞白，他说：“我这就去杀了他。我告诉你，你死心吧，我不死，你就别想再见他！”

说完，黄启镶就离开了黄可馨的房间。

黄启镶找到管家对他说：“马上找人把大小姐的屋子用木头钉死。从今个儿起，不许她离开屋子半步。”

黄启镶恨黄可馨，他更恨宋岱骧，他甚至认为这件事是宋岱骧预谋的，就是为了报复他。这小子太狠毒了，使出这么致命的招法儿。真是旧怨未了又添新仇，他宋岱骧是他前生的冤家，今生的死敌。这回，他黄启镶不能心慈手软了，他要立刻送姓宋的小子下阴曹地府。

接着，黄启镶就把手下的炮手找来，他要那几个炮手在两天之内，把宋岱骧的人头给拿下来。

四

宋岱骧自和黄可馨分别之后，他整天郁闷，不觉疾病缠身。这期间，宋岱骧也试图把马兰香送回老家，不想，他的话没说完，马兰香好像明白他的用意，说我死就死在军营，让我回老家比登天还难。你想一想，连打发马兰香回老家都做不到，宋岱骧想休了马兰香就更不可能了。

这段日子里，宋岱骧也惦记着黄可馨。黄可馨走了之后，音讯全无。宋岱骧不知道黄可馨的处境如何，他和黄可馨的事让黄启镶知道之后会有什么样的后果。而黄可馨的年龄还小，加上她有孕在身，她单薄的身子骨能承担起方方面面的压力吗？宋岱骧这样翻来覆去地想，总想不出一个好主意，拿不出一个破解眼前难题的办法。

黄启镶那头，他并没有急于对宋岱骧采取行动。在气头上，他的确想立刻把宋岱骧给解决了，一旦冷静下来，黄启镶又改变了想法。宋岱骧毕竟不是车站扛袋包的苦力，也不是山里开荒的农夫。宋岱骧是镇守一方的军官，尽管自己有能力把宋岱骧那个杂种给处理了，可无论怎么说，人家毕竟是官，而自己是商。如果自己莽撞地把宋岱骧给结果了，能够解一时之气，但同时他也捅了一个大娄子，还把整个东北搞得沸沸扬扬。自己这么大岁数了，也经历过大风大浪，应该懂得韬晦之术，既把问题解决了又不把自己牵连进去。这样一想，黄启镶改变了主意，他决定从宋岱骧的上头打开缺口，他不相信宋岱骧没有对立面，通过他们的手解决宋岱骧更高明一些。这样一想，黄启镶就暗自派人带着钱去哈尔滨，他要神不知鬼不觉地收拾宋岱骧。

一晃半个多月过去了，宋岱骧仍然得不到黄可馨的消息。在这期间，宋岱骧也派自己的心腹去三岔口打探过消息，结果都不理想。宋岱骧在焦急的等待中迎来了严冬。

那是很多年来没有过的寒冷的冬天，大雪之后就刮起了大烟泡，大风扬起了雪沫，肆虐地在沟膛和平地上扫荡着。七站不断传来消息，说火车站冻死了一对母女；还有一个农民去寻找丢失的牛，结果被埋在齐腰深的大雪里。

那天的风雪正大，窗外电线杆子呜呜直叫，军营营房的房顶乒乓作响。宋岱骧穿着大衣，在铁皮炉子前看书。突然，他的房门开了，像是被风刮开的，门开的时候裹挟着大量的雪花。宋岱骧定睛一看，他愣住了。

门不是被风吹开的，门口站着黄可馨。

宋岱骧连忙把黄可馨拉到自己的身边。宋岱骧十分惊讶，黄可馨穿得很单薄，别的不说，从车站到军营还有三里路，那三里路荒无人烟。他不知道黄可馨是怎么越过暴风雪来到他的军营的。

黄可馨的脸已经冻得发白，半天说不出话来。宋岱骧把黄可馨揽在怀里，揉着她的脸。

黄可馨说不出话来，泪水却流了出来。

宋岱骧知道，黄可馨一定受了很大的委屈。他把大衣披在黄可馨肩上，给她搓手，揉脸，不停地安慰着她。黄可馨终于缓了过来，她放声大哭，连鼻涕都哭了出来。

当宋岱骧知道黄可馨是从暴风雪中走到军营时，他的眼睛也湿润了。他不能想像黄可馨是怎么走过那段路的，那是一道鬼门关，男人穿那么少的衣物也不一定能闯过去。黄可馨一个柔弱女子，她是靠什么信念和力量闯过来的？

宋岱骧把自己的办公室门锁上，把自己和黄可馨关在房间里。他突然间变得天不怕地不怕了，与黄可馨叙离别之苦，在他的行军床上长久缠绵。

那天，黄可馨也讲了她的遭遇和经历，她不知道黄启镶为什么会那么凶狠地对待她，一点情面都不留。宋岱骧还是不便讲出他和黄启镶的关系，他和黄可馨商定，他把黄可馨送到哈尔滨，待他安排好七站的事之后，他去哈尔滨找她。

第二天上午，宋岱骧派自己的心腹马参谋秘密把黄可馨送出了七站，他们直接去了哈尔滨。

送走黄可馨后，宋岱骧陷入更深的困难境地，他一时又没能力改变被动局面。所以，宋岱骧经常喝酒，他的办公室里也酒气熏天的。日子一天一天过去，宋岱骧整天浑浑噩噩的，不知不觉中，年关就来到了。

那些日子里，军营发生了一些怪事，有人夜闯军营，也有人化装成送猪肉、酸菜、土豆车夫出现在军营里。别人不知道是什么缘故，以为有了军情，宋岱骧明白，一定是黄启镶派的人，他们想找黄可馨。宋岱骧让马参谋下达他的命令，加强警戒，如果抓到可疑的人，他要亲自审讯。

进入腊月，宋岱骧还是不能抽身去哈尔滨，他带团部的人到防区视察防务，一走就走了十多天。那天，他们路过曹六营子，刚到曹六营子，马参谋告诉宋岱骧，赵旅长紧急通知他到防区司令部开会。

宋岱骧连夜赶到了二十一旅驻地宁安县城，结果，根本就没有什么会议，不过是赵旅长找他。宋岱骧见到赵旅长后，赵旅长连忙把他叫到他的密室里。

宋岱骧跨进密室门槛的时候，已经意识到了什么，他甚至联想到了黄可馨的事。赵旅长对宋岱骧说："老弟，你可能摊上了点麻烦!"

"什么麻烦?"

"上头又提起了麻山煤矿的事，要调你去执法处协助调查。"

宋岱骧心里一惊，表面上十分镇静，他说："麻山的事不是早就定论了吗，况且这件事发生时我只是一个下级军官，军人以服从命令为天职。"

"我总琢磨着，这里边有人搞鬼。"

赵旅长提的麻山煤矿事件是7年前的事了。那个时候，麻山煤矿的矿工闹工潮，与煤矿警察所的警察发生了冲突，把警察所围困了一天一夜。无奈，煤矿的老板就向驻军求助，宋岱骧当时是连长，他接到命令就带兵去了煤矿。由于劳资双方矛盾激化，矿工正处于激奋当中，所以，宋岱骧他们去了之后，也与矿工发生了冲突。那件事发生时，正巧师长检查防务到了宋岱骧部队所在的驻地，宋岱骧的姐夫师长就去了麻山煤矿。

与矿工代表交涉中，师长被一块飞来的煤块击中了头部，他十分恼火，命令宋岱骧开枪。宋岱骧接到命令，就组织士兵向不听警告的矿工开了枪，结果打死了4人，打伤了8人，事态才平息下去。

麻山煤矿事件之后，军参谋部和省府都做过调查，也要求宋岱骧的姐夫师长写过检查，事情就不了了之了。时隔8年，旧事重提，尤其是姐夫师长已经死了多年，当事人也大多离开了，这个时候翻起老账，显然是冲他宋岱骧来的。

宋岱骧说："上头我也没得罪过谁，是谁想整我呢?"

"咳，现在的人，有屎盆子都想往别人的脑袋上扣。你也别想那么多，赶快想想办法。"

"我不怕，事都是明摆着的，能把我怎么样?"

赵旅长说："老弟你别犯倔了，快去奉天（沈阳）找找关系，我琢磨这事儿来的有邪劲儿。"

宋岱骧想了想，说："那就听你的吧。"

"老弟，我这头你放心，能担待的事儿我自会替你担待。"

赵旅长为何对宋岱骧这么好？这其中也有原因，1926年，他们在老黑山围剿"占山好"大绺胡子，赵旅长身负重伤，是宋岱骧把他背出树林子救了他一条命。之后，他们就结拜成了"不是同日生，但愿同日死"的兄弟。好在赵旅长是个有良心的人，还记得宋岱骧对他的恩情，在那个世道中，忘恩负义的人多的是。

宋岱骧十分感激地握了握赵旅长的手，说："那就拜托大哥了。"

赵旅长说："自家的兄弟，不说外道话。"

宋岱骧答应去奉天找关系。实际上，他考虑的并不是上头要追究他的事，一则他没把事情看得很重，再则宋岱骧在奉天也没有什么硬后台，找也白找。宋岱骧心里的小算盘是为见黄可馨打算的，他准备借此机会去哈尔滨，见黄可馨成了当务之急，别的事都可以先放一放。

第二天，宋岱骧和团部里的军官交代一下工作，晚上，就秘密上了北去的火车。

宋岱骧到哈尔滨时，哈尔滨已经有过年的气氛，出了车站就看到不少的小商小贩，有卖对联帖子之类红红绿绿的东西，还有花样繁多的年货。宋岱骧连忙雇了洋车，直奔南岗教堂街（现革新街）黄可馨的秘密住处。

宋岱骧到黄可馨的住处并没有见到黄可罄，房门紧锁着。看到锁头，宋岱骧有些心慌，他突然意识到，追查麻山煤矿的事一定与黄启镶有关，黄启镶既然能把宋岱骧的陈年老账翻出来，黄可馨的处境也一定十分危险。

就在宋岱骧焦急地等待时，黄可馨出现了。黄可馨挺着大肚子，穿着厚重的衣服。胳膊上挎着篮子，篮子里装了新买来的东西，活像一个老妈子。看到黄可馨的样子，宋岱骧的鼻子发酸，眼睛红了起来。

黄可馨看到宋岱骧也愣住了，她没想到宋岱骧会突然出现。她愣了一会儿，突然扔掉手里的篮子，蹲在地上哭了起来。

宋岱骧向黄可馨走去，他们之间只有几步之遥，就在那几步里，宋岱骧做出一个决定。他不能再让怀孕的黄可馨受苦了，他要带黄可馨私奔。

五

宋岱骧和黄可馨在哈尔滨过了一个冷冷清清的旧历年。

正月十五，宋岱骧带黄可馨回到了金州老家，并让他的堂弟去七站接马兰香，对马兰香和几个孩子也做了相应的安排，然后他就带着黄可馨去了关内。

宋岱骧去关内之前也给赵旅长捎了信。宋岱骧离开的那段日子里，赵旅长那头的压力挺大，他千方百计为宋岱骧搪塞。上头催得紧，而宋岱骧一去就没了音讯，赵旅长成了热锅上的蚂蚁，吃不下饭，睡不好觉。宋岱骧的消息一到，赵旅长立刻就从床上蹦了起来。

恰巧这时，有人反映宋岱骧擅自离职，参谋部的人抓到了把柄，准备通缉宋岱骧。赵旅长得到这个消息之后，立刻做出了一个决定，并把决定的时间提前了十天，免除宋岱骧的一切职务，发给他半年的薪金，开除军籍。

赵旅长是个粗中有细的人，他这一手挺绝，谁都没想到，他的“决定”抢在参谋部的前头，挽回了所有人的面子，还把宋岱骧保住了。

就在军队里热热闹闹处理宋岱骧事件时，宋岱骧已经到了天津，相隔千山万水，军队里发生的事就像与他没关系一样，他一点都不放在心上。宋岱骧到天津后找到了几个同学，他本人也在日本的一家洋行里谋得一个职位，收入十分可观。到天津后，他和黄可馨在海河边租了一个房子，每到傍晚，他们就出现在海河边。夕阳垂柳，景色宜人，黄可馨的脸上露出了灿烂的笑容。

那年也就是中国历史上发生很多事情的公元1931年，在日本洋行里做事的宋岱骧，心情越来越坏，他也变得越来越沉默了。夏天，黄可馨生了一个儿子，儿子的降生为宋岱骧带来了快乐，也在一定程度上调剂了宋岱骧郁闷的心情。

黄可馨在天津生孩子的消息传到黄启镶的耳朵里。黄启镶沉默了一天，现在他的气也消了不少。黄启镶不像开始时那么恼火的原因，一是时间可以慢慢消解人们的恩怨，二是他已经把野心勃勃、官运正旺的宋岱骧搞得丢盔解甲，流落关内。这样的结果虽然不能让他解恨，但毕竟有了效果。

宋岱骧与黄可馨在天津生了一个儿子，并过起了日子。到这份了，黄启镶也没什么可说的了。想一想，一个有权有势有前途的人，为了一个女人什么都不要了，他黄启镶能做得来吗？当然不能，他年轻的时候也不能。

黄启镶沉默了一个月之后，给他在天津的当铺送去密信，让他们暗地里接济宋岱骧和黄可馨，并让他们选择适当的时机转达黄启镶的意思，黄启镶可以摒弃前嫌，邀请他们带着孩子回三岔口老家。

那年秋，日本关东军炮击了沈阳柳条湖的北大营，也就是历史上有名的“九一八”事变。日本人拉开了侵占东北的序幕，占领沈阳之后，关东军就向东北腹地迫进。

“九一八”事变之后，宋岱骧从日本洋行里辞职，他和黄可馨商量，想回东北去。黄可馨也有些想家。虽然她恨黄启镶，特别是流落在外的那些艰难的日子里，她下决心不再见黄启镶了。然而，局势真的发生了变化，她又担心起黄启镶了。

宋岱骧把自己想法与黄可馨一说，黄可馨立刻表示愿意和他一起回东北。

宋岱骧不想让黄可馨跟他走，说：“孩子还小，你留在天津，等局势稳定了我再来接你。”

黄可馨说：“这次，就是死我也不离开你了。你到哪儿我跟到哪儿。”

宋岱骧想了一夜，最后还是同意了。

那年秋冬季节，大批东北军涌向关内。东北流亡的人员也多了起来，城里到处都是宣传抗日的东北大学的学生。这个时候，人家都是从东北往外跑，而宋岱骧和黄可馨却去东北，不用说，到东北去是很困难的。

好在宋岱骧在日本洋行工作过，他会一口流利的日语，路途上减少了不少麻烦。他们先走旱路，转道去了山东烟台，然后坐海船到了大连。这样，在那年年底前，宋岱骧和黄可馨母子才到了金州老家。

马兰香并不在金州，她回了吉林。黄可馨母子受到了宋家上上下下的尊崇。

宋岱骧人虽在金州，他也是“身在曹营心在汉”，偷偷地与七站的老部下联系着。那年冬天，吉林最高长官熙洽投身日本，电令第二十一旅整编，1932 年也被改为伪大同元年。

二十一旅赵旅长不接受改编，他与流入驻地的一些抗日队伍联合起来，准备抗击日军。与此同时，赵旅长又派人和宋岱骧取得了联系，让他立即回宁安，共商救亡大计。

在金州等待的日子里，宋岱骧心里早就烧了一把火，他毕竟是一个军人，恨不能马上就回到七站，统帅旧部，举起抗日救亡的大旗，驰骋杀敌的战场，得到赵旅长的信儿之后，宋岱骧就给黄可馨留了一封信，在一个早晨突然离家，秘密北上了。

黄可馨看到宋岱骧留下的信之后，她也执意北上去找宋岱骧。没办法，宋家只好派宋岱骧的堂弟陪同黄可馨回三岔口老家，黄可馨走的时候是农历十一月，他们带着孩子辗转了两个月才到了三岔口。而那个时候，正是宋岱骧带着队伍和日本人打得最惨烈的时候。

……原来，宋岱骧回到旅司令部时，赵旅长因抗日队伍间的纷争离职出走了。而新任旅长关庆禄原是宋岱骧的部下，见宋岱骧回来，关庆禄担心自己的位置不保，就对宋岱骧采取了抵制的态度，无奈，宋岱骧就去七站找老部下。那个时候，七站的一团内部也发生了分化，宋岱骧的到来，给一团的官兵带来了喜悦，他成了大家的主心骨。

宋岱骧在部属的策动下，决定起义，成立抗日救亡军，与驻防三岔口的王德林的抗日救国军遥相呼应。

宋岱骧只拉出了两个营。不过在不到两个月的时间里，又有二千多人加入他们的队伍，抗日救亡军声势浩大起来。

1933 年一月，日本关东军从哈尔滨沿中东铁道线气势汹汹杀过来。宋岱骧率部在九站与关东军展开了激战。战斗从下午打到黎明，由于关东军的装备好，火力猛，宋岱骧的部队被打散了。

过了宋岱骧这一关，关东军在铁道线上就没再遇到大规模的阻击，所以，一月四日就攻到了绥芬河。一月五日，二十一旅旅长关庆禄率部下两千余人在车站北广场向日本人缴械。士兵被遣送到呼兰处置。

宋岱骧撤退到六站时，遇到马参谋带的抗日救亡军新编三师，说是师，其实也就四五百人，宋岱骧的抗日救亡军共有五个师，现在就剩下新编三师这个家底了。

宋岱骧是不肯认输的人，他在日本士官学校学习过，他对关东军的战术十分熟悉，遗憾的是，他的士兵的装备和素养太差了。这次，宋岱骧采纳了下级军官的建议，对盘踞在六站的关东军进行夜袭，他们太需要一场胜利来鼓舞士气了。

在行动之前，宋岱骧还派人和王德林的抗日救国军取得了联系，以便协同作战。那天夜里，在黑夜的掩盖下，宋岱骧率领司令部人员和新编三师向六站发起了猛攻。当时，刚刚驻防六站的是关东军的一个步兵中队和一些后勤补给部队。那些关东军一路打下来，胜利令他们的脑袋发昏，他们没想到抗日的部队会那么迅速地开展反攻。仅仅三个小时，宋岱骧就率领部队攻进了六站。

然而，关东军的反扑也是迅速的，第二天天刚亮，乘火车和汽车赶来的关东军就把六站包围了。由于关东军的数量太多，王德林的救援部队也撤了。宋岱骧和他的抗日救亡军已经没有了退路，他们只有血战到底，杀身成仁了……

就在宋岱骧被围六站的时候，黄可馨到了三岔口。那个时候，驻守在三岔口的王德林抗日救国军的后勤部队已经向苏联撤退，黄可馨预感到问题的严重性，她让宋岱骧的堂弟看护好孩子，在旅馆里等她，然后只身去打探宋岱骧的消息。

宋岱骧和他的抗日部队在六站坚持了二个小时，太阳升过房顶，他的指挥系统就失灵了。宋岱骧和指挥部的人只能听到震耳欲聋的枪炮声，他部署的防线怎么样了，是不是被关东军摧毁了，这些宋岱骧都不知道。宋岱骧待不住了，他准备立刻上前线，刚要出门，就碰到马参谋。马参谋拉住宋岱骧说："队伍打散了，你快撤吧！"

"我不撤，我要坚持到最后。"

"再不撤就来不及了，关东军已经进城，离这儿只隔一条街了。"

马参谋让几个人拉住宋岱骧，带着警卫排的人。迎着枪炮声向西窑一带突围。

在突围的过程中，一个炮弹在宋岱骧他们身边爆炸，巨大的轰响和灼热的气浪把宋岱骧掀了一个跟头。他爬起来时，耳边还嗡嗡地响。他在脸上摸了一下，摸出一块模糊的血肉块．还拖带着眼珠子。宋岱骧以为自己的眼睛被炸了出来，他再一摸才知道，那是别人的粘到自己的脸上……硝烟散开，宋岱骧的眼前是几具被炸碎了的尸体。突然，宋岱骧的心头一抖，他看到了马参谋的袖标，那个袖标上的标记表明他是师长。带着袖标标记的破布静静地躺在被血和泥土点染过的积雪上。

宋岱骧被身边的人搀扶起来。他的肩头已经被炸破，鲜血汩汩流出，他们踉踉跄跄向沙子河的树林里撤去……

黄昏时，宋岱骧他们已经撤到了老道沟，那里已经听不到枪炮声了。在老道沟，他们征用了一架马爬犁，他们就剩六个人了，其中四个人还受了伤。他们把宋岱骧和其他受伤的人放在车上，沿着驿站那条老道向三岔口方向走去……

宋岱骧他们刚离开老道沟，黄可馨就到了老道沟。在去六站的路上，她听说六站被关东军占领了。那时铁路已经不通车了，黄可馨只好走驿站那条老道。黄可馨雇的那个农夫听说六站被日本人占领了，说什么也不往前走了，没办法，黄可馨就自己到了老道沟，她想，一定要找到宋岱骧，哪怕找到宋岱骧的尸体，也要亲眼看一看，亲手埋了他。

……宋岱骧他们到了三岔口，不想，黄启镶派人在通往城里的路口迎接着他。来人告诉宋岱骧：黄启镶现在已经病得很重，他想在临死前见他一面。

尽管宋岱骧对这件事心存狐疑，可到了这个时候，他什么都不在乎了。况且，说不定还可以从黄启镶那里打听到黄可馨的消息。

宋岱骧去黄家大院拜见了黄启镶，黄启镶的手下没有说谎，黄启镶果然脸色苍白地躺在床上。家里人告诉宋岱骧，黄启镶在边境上染了一种不知名的热病，发了十多天的高烧，什么药都不好使，病情越来越严重了。这两天，黄启镶知道自己的日子不多，不停地叨念黄可馨的名字，当他听说宋岱骧回来组织了抗日救亡军，他一再嘱咐手下要找到宋岱骧，他要亲自见宋岱骧一面。

宋岱骧一进黄启镶的房间，黄启镶就把家人都打发出去，屋子里就剩下他们两人。命运让这两人产生过恩恩怨怨，现在，他们终于面对面地坐到一起。

黄启镶眯缝着眼睛，看了宋岱骧半天，吃力地说："……可馨的眼力不错，比他爹强多了。"

"你应该去看洋医生。"宋岱骧说。

"看过了，什么医生也是治病不救命……可馨他们可好？"

"他们在我金州老家，都挺好。"

"说生了个小子……叫什么？"

"宋华堂。"

"长什么样儿？"

"……轮廓像我，眼睛和鼻子像他妈妈。"

"那就好，嘴可别像他妈，他妈的嘴像我，一点都不好看。"

黄启镶努力喘了一口气，显得呼吸困难。宋岱骧坐到床边。扶了扶他的头。黄启镶伸手把宋岱骧的手抓住了。"我对不起你和可馨，你记恨我也是应该的……可到了这时候，说什么也没用了。"

宋岱骧说过去的事就过去吧。

黄启镶说："怎么说，咱也是一家人了。况且我十分佩服你的大丈夫气节。你靠近一点。"宋岱骧就将头靠在黄启镶的头边儿。

黄启镶小声说："我告诉你一个秘密，我把黄金都埋在老毛子（俄国人）那边了。……这的人都认为我去境外是赌博……把金矿的黄金都输了。我是留一个后手，没想到时局变得这么糟糕……你去把黄金取出来，你不知道，那里的黄金足可以给你装备一万人马，组织好队伍，再打回来，把小日本打回东洋去！"

宋岱骧的手有些发抖，他被黄启镶的一番话感动了。他对黄启镶说："你一定要安心养病，可馨会来见你的。她想你，虽然她不说，可我知道她想你……"

黄启镶苦涩地摇了摇头，他的眼角流出了泪水。

黄启镶和宋岱骧见面之后的第二天下午就咽了气，那天晚上，日本关东军就逼近了三岔口。

宋岱骧在黄启镶的手里拿到了一个埋藏黄金地点的路线图和一个详解的谜诗。关东军进攻三岔口之前，宋岱骧见到了他的堂弟和自己儿子，他才知道黄可馨来找他的一些情况。当时形势危机，军队中的一些同僚拉住宋岱骧，让他抓紧随一些抗日武装转移到苏联境内，时间晚了，一旦封了边，就走不成了。

宋岱骧不同意，他决心要找黄可馨，然而第二天早晨，关东军就开始进城。无奈，宋岱骧带着儿子和堂弟，最后一批撤退到了境外。

宋岱骧在境外安顿好儿子之后，又趁着黑夜过境了。他过境那天天黑黝黝的，边境的密林里传来了狗叫和断断续续的枪声。

六

宋岱骧过境那天就没了消息，不用说，十有八九是过境找黄可馨的时候，被关东军打死了。黄可馨也没了音讯，她大概去六站找宋岱骧时就遇险，如果他们活着，也是九十几岁的老人了。

转眼半个多世纪过去了，在黑龙江东宁县的佛爷沟，有一位叫定宝的老人，他是去年去世的，享年68岁。他就是宋岱骧和黄可馨的儿子，战乱时被边境一对农民夫妻领养。定宝没读过书，是一个不识字的农民。他临死之前拿出一个俄式的铁烟盒，里面放了卷成筒状的纸，他说是他爹临分别的时候交给他的。还说他家有很多黄金，都埋在边境那边了，就在河的对岸上。由于年代久远，外面那张画有路线图的纸已经面目全非，里面那张谜诗也模糊不清。经过认真勘校，总算把谜诗整理出来，但路线图却彻底作废了。那首谜诗如下：

双城外郭虚山处
北斗底星定戊方
死水河边翘石立
元花树下构短长

定宝的后人拿着谜诗讨教过很多人，但都解不了，也不相信他们说的事。后来，他们拿给了我，我也解不了。现在，我将这个令人感叹和唏嘘的故事讲出来，并把谜诗公布出来，希望大家帮着破解它，如有能破译谜诗的读者，请与作家津子围联系，我们一定要想办法找到那些黄金，因为那是民族的财宝啊。

2001年春

狼毫毛笔

一

早年的东北管村镇叫屯、堡子和营子的多，比如腰毛屯、瓦窝屯、三姓堡子……比如黄旗营子、蓝旗营子、高丽营子什么的。有的是旧时的称谓，有的是蒙语或满语的音译，牛信山有一个地方叫津家庄，就显得有些与众不同了。

津家在牛信山是首屈一指的大户，大到什么程度？这么说吧，他家的土地涉及了三个县的辖区，有名的津家大院有三米高的石墙，在“跑毛子”之前就养了炮手。津家老少四代共三十几口人，加上伙计、厨子、奶妈子什么的，五六十口人。津家在津艮这一代开始创业，不到两代人就像瓷盆里的发面一样在荒凉的东北大地上快速膨胀起来。

津艮在津家定居之前的身世有好几个说法。有的说津艮是正红旗汉人，祖籍山东蓬莱。他先后在墨尔根和宁古塔（现黑龙江省宁安市）做官。也有的说津艮在光绪十七年来三岔口（现黑龙江省东宁县）参与官垦。当时，任帮办委员，月薪银十两，车价钱三十仟文，渐渐置办起家业。光绪二十六年，庚子年事发，官垦大遭破坏，宁古塔至三岔口的驿路再度荒凉，津艮才定居在牛信山老宅。另一个说法是，津艮小的时候从海道到俄境海参崴做小本生意，之后，经商往返于俄境与三岔口之间，光绪二十二年成了暴发户，便来到山清水秀的牛信山开垦土地。还有一个说法，那与津家口头的一些传说有关，说津艮在家乡练武，18岁出山，一路漂泊到东北，在佛爷沟采参，在交界顶子淘金，庚子年后在牛信山定居……不管怎么说，津家到了津艮儿子津游程那一代就进入到鼎盛时期。

然而，津家这样的大户人家正应了一句老话：“穷三代富三代。”津家到了津游程的儿子津鼎宏这一代就发生了巨大的变化，按汉文化的传统，继承祖业的一般都是长子，作为长子的津鼎宏偏偏是个性格懦弱、胆小怕事的人，倒不是老百姓常说的缺心眼儿，可也像霜打过的茄子一样蔫儿巴巴的。到了民国十七年（1928 年），津游程已经重疾在身，眼看着长子津鼎宏顶不起门户，他心事重重，病情也日渐加重。津老爷膝下儿女八人，儿子只有两人，除津鼎宏之外，还有二儿子津鼎常，津鼎常是津老爷小老婆所生，属于庶出，加上他贪财好色，心狠手辣，尽管津游程对津鼎常不满意，可他更加担心津家大权旁落到兄弟或者兄弟儿子的手里，无奈只好让二儿子津鼎常执掌家业。

津鼎常主家事不久就到了农历霜冻，津老爷也在漫天纸钱和大哭小叫之中被送上了黄泉路。津老爷过世之后，津鼎常就肆无忌惮地当起了大老爷，而津鼎宏则像被津家抛弃了的儿马一样，在津家的老跑腿子老张头的陪伴下，到县里的公学教书去了。

说起来，津鼎宏是津家唯一接受过新式教育的人，从这一点也可以看出津老爷的良苦用心，他本指望津鼎宏在外头长了见识之后能有出息，不想，津鼎宏肄业回家之后就更加沉默，整天坐在家里练字，有的时候整天不说一句话。津鼎宏在21 岁那年，由老太爷做主为他娶了一个老婆，老婆是爱河（现牡丹江市）人，娘家姓刘，出身于中医世家，人长得漂亮，又识文断字。娶了老婆之后津鼎宏仍旧习不改，他不问家事，整天把自己关在书房里，他在书房里干什么没人知晓。

津老爷出殡那天，津鼎宏也没出来同大家一起忙活一起哀伤，他像平常一样把自己关在书房里，为此，一向瞧不起他，平日里像训狗一样训他的弟弟津鼎常终于找到了借口。津老爷烧过七周之后，津鼎常就把家人召集到一起，以大不孝的罪名对津鼎宏大肆责骂。受了弟弟的责骂，津鼎宏并不还嘴，站在地上哆哆嗦嗦，不时地擦汗。最后，津鼎常骂得腻味了，就说：“你自己想条生路吧，津家有粮食喂狗也不养你这么一个窝囊废！”

当天下午，津鼎宏的老婆去找津鼎常说情，津鼎常说：“大嫂你放心，我在县公学给他安排一个差事，我这样做也是为他好。”

津鼎宏老婆对津鼎常感激不尽。

就这样，开江的时候，津鼎宏和老张头踏着有残雪的土路去了县城。津鼎宏的表情十分平静，他背着一个褡裢，褡裢里面插着一支狼毫毛笔，那个毛笔的杆儿已经被磨得红酱酱的。“这里有血脉!”津鼎宏对老张头说。

二

津鼎宏到县城教书倒也十分认真，一晃几个月就过去了。原来别人以为津鼎宏在学校里站住脚是因为有津家的势力给他罩着，后来，对津鼎宏的公正评价也渐渐传了出来，津鼎宏除了管不住学生之外，教学他还真有一套，好像天生就是一个教书匠。

学生放春假时，津鼎宏才和老张头回了津家庄。

回到津家庄之后，有一件事令津鼎宏的处境极其难堪。津鼎宏离家之后，津鼎常公然霸占了他漂亮的老婆——津鼎常的嫂子。津鼎常并不缺少女人，他为什么一定要霸占嫂子，津鼎宏想不明白。

见津鼎宏回来了，津鼎常还故意去嫂子的房间里睡觉。那天晚上，津鼎宏站在门外又咳嗽又敲门，房门就是不开，只是屋子里传来津鼎宏老婆嘤嘤的哭声。无奈，津鼎宏去掀木头格子窗，把格子窗掀开时，津鼎常把一只勃朗宁手枪对准了津鼎宏的额头。

津鼎宏吓得直哆嗦，差点就尿了裤子。

“滚！滚回老宅去。”津鼎常在屋子里吼道。津鼎宏哆嗦了一下，连忙松了擎着窗的手。

老宅是津家发迹前的房子，在牛信山里面，离现在的津家庄有四十华里。老宅住着津鼎常的四叔和一些侍弄农活的长工。四叔在津家的地位谁都知道，他小的时候得了大骨节病，五短身材，不识字，当年老太爷把他遣到老宅，老宅几乎成了他的“活监狱”，他也成了没有刑期的“活囚徒”。所以，津家人都知道遣到老宅去的含义，那就是把你排除在津家之外，被津家抛弃了。

津鼎宏在院子里呆呆地站了一会儿，转身向大门外跑去。

津鼎宏出了院门儿老张头并不知道，他还在棚子里吧嗒吧嗒地抽叶烟。老张头一边抽烟一边听蛐蛐的叫声，那叫声时断时续的，盈盈着……掌柜的睡着了吗？想起津鼎宏，老张头觉得心里难受，他认为津鼎宏待人不错，可好人就是没坏人享福！在津家大院的人看来，他老张头像老哑巴似的，整天迷迷糊糊的，其实他的心里最有数儿。

老张头躺在棚子里胡思乱想时，津鼎宏已经走了一个时辰，来到白花花月光下的草甸子里，他实在太累了，就在一块土坡上躺了下来。这个时候，津鼎宏的眼前是满天的繁星，一会儿近，一会儿远。近的时候就像挂在眼前，伸手就可以摸到，远起来比小时候的梦还遥远。草甸子里的夜空常有流星划过，一会儿一个，拖着长长的尾巴。天上一颗星地上一口丁，津鼎宏想：自己会不会成为流星，在这草甸子里被狼叼走呢？

不知不觉间，津鼎宏的眼角流出了泪，那泪水开始有点热，沿着他的脸向下流，流到耳根处痒痒的。

津鼎宏就这样伴着眼泪，沉沉入睡了。

第二天天刚放亮，津鼎宏就醒了，他站起来一看，才知道自己昨天夜里睡在乱坟岗子里，以往，打死他也不敢在游弋着孤魂野鬼的地方过夜的，据说那些坟是修铁路（中东铁路）的时候留下的，尽是些冤魂。

津鼎宏的心怦怦直跳，觉得自己的两腿也有些发软。这时，津鼎宏看到有两个人骑着马跑了过来。津鼎宏连忙迎了上去。

骑在马上的两个人，都留着戗茬儿的胡子，眼睛发红，脸黑黢黢的，像被烟熏过一般。津鼎宏暗吃一惊，以为活人遇见了鬼。

两匹马围着惊魂未定的津鼎宏转了几圈，其中的一个人说话了，他问津鼎宏是干什么的。津鼎宏老老实实地报了自己的姓名，并对那两个人说，他夜里走迷瞪了，如果那两个人把他送回家，他必定酬谢。

说起来，即便津鼎宏真的去老宅也不必连夜赶路，他总要准备准备，况且，他根本没有去老宅的意思。他完全是被一种莫名的委屈感和说不清的东西支配着，糊里糊涂地走到草甸子里。现在，他有些清醒了。

来的两个人一个叫马龙一个叫马豹，他们是老黑山密林里新出现的一股土匪。马龙和马豹是俩兄弟，他们还有一个哥哥叫马虎。这兄弟三人原是老黑山的猎户，都是百里挑一的枪手。去年冬天，大哥马虎在三岔口（东宁）贩皮货时和俄铁路路警发生了冲突，结果，性情暴躁的马虎枪杀了三个俄国路警，马虎的行为激怒了远在哈尔滨的远东铁路当局，马虎成了被通缉的重大要犯。逃回老黑山的马虎就带弟弟马龙和马豹落草为寇了。从小就长在深山老林之中，以虎豹为猎杀对象的马氏兄弟，一旦做起胡子，他们的能耐可不同于一般的胡子，出道时间不长，他们就干净利索地干了两个大“活儿”，血洗了久有积怨的县城皮货店铺，还把十平站米粉厂的掌柜的绑了票。这段日子，他们开始琢磨大户人家津家，由于津家有炮手，防备森严，他们一直没找到更好的下手机会。

津家太爷和老爷两代，一向与大股的胡子有不成文的约定，津家也在过年过节的时候贡献出一些“交情礼”，加之津家的势力大，他们与胡子之间基本上处于一种平衡的状态。那个时候，津家仅养一两个炮手，养炮手不是为了对付大股的胡子，而是对付小匪和散兵的。津家大权落到津鼎常手里后，他一改津艮和津游程的做法，认为花那些“交情礼”还不如养一些炮手，自己强大起来是最重要的。所以短短半年间，津家大院的职业炮手就增加到 7 人。

话说马龙和马豹知道津鼎宏是津家的大少爷，他们心里一阵惊喜，真是觉得有山神相助，应了那句老话，踏破铁鞋无觅处，得来全不费功夫。就这样，兄弟二人下了马，对津鼎宏一阵恐吓，把哆哆嗦嗦的津鼎宏给绑了起来。他们的绑法极其简单，也十分适用，有点类似绑猪。用一根细麻绳将津鼎宏的大拇指勒紧，吊到背后，这样，别说津鼎宏是一介书生，就是武功高强的人也难以动弹。

马龙和马豹把津鼎宏扔到马背上，催马就向老黑山的方向走去。

傍晚，他们才来到密林中一个黑色石砬子下的窝棚前。津鼎宏被扔到满是腐叶和苔藓的地上，他的胳膊已经失去了知觉，两个大拇指也勒掉了皮。

马虎在窝棚里养伤，听马龙和马豹讲了绑津鼎宏的经过，他突然暴怒起来，大骂两个兄弟坏了他的好事。

原来，马虎老早就筹划着对津家下手了，他对津家的情况摸得比较清楚。他知道津鼎宏虽然是长子，但实际上津家的大权在津鼎常的手里，因此，他一直琢磨着绑架津鼎常的大公子，谁想，两个兄弟偏偏没脑子，绑了窝囊废津鼎宏，绑了津鼎宏没好处不说，说不定正中了津鼎常的下怀，借他们的手把津鼎宏除掉了呢。

那天晚上，马虎就在松明子火光下闷闷地吸旱烟袋。马虎一言不发，马龙和马豹也不敢吱声，他们来到屋子外，瞅了瞅绑在地上的津鼎宏，心里也觉得窝囊。马龙把一泡尿尿在津鼎宏的头上，身子抖了抖，说："明天就把他的耳朵送下山。"

三

津鼎宏出事那天早晨，津家大院里是紫色和淡蓝的浓雾，浓雾是浮在地面的，上房和院门楼子露在外面，从院门楼子上望出去，整个沙河沟白雪覆平一般，远处的老黑山也仅仅遮了个裙脚。

老张头起来给马添草料，他向后房张望着。他想，掌柜的津鼎宏一定起床了，又开始练字了。老张头是个睁眼瞎，不认得字，可他知道，津鼎宏的墨水儿比津鼎常的多。

太阳一丈多高了，津家的人才知道津鼎宏失踪了，大家分头去找，一直找到晌午，找遍了整个津家庄，也没找到津鼎宏的影子。

下午，津鼎宏的两个耳朵被人捎了来，这时，津家的人才知道津鼎宏被报号"占山好"的胡子绑票了。

出乎很多人的预料，津鼎常并没有对津鼎宏被绑票的事袖手旁观，相反，他显得十分气愤，对津鼎宏的安危也异常关心。经过一番商量，津鼎常决定派他的堂弟津鼎誉带一个炮手，背着朱红漆的盒子，盒子里装着一千大洋。那些钱是在老太爷没归天的时候封上的。津鼎常让津鼎誉带去赎津鼎宏。津鼎誉是津鼎常的得力干将，他虽然不愿意冒风险，可津鼎常是当家的，津鼎常的话他不敢违拗。

然而，津鼎誉去了一天，两天，三天，一直没有消息。到了第五天，津家的人彻底失望了，他们有了不同的猜测，一种是“占山好”这一伙山贼没有信义，拿到钱之后就撕了票，并且连累了津鼎誉；还有一种猜测是津鼎誉拐了一千大洋赎金，不知去向。一个月之后，津家开始给津鼎宏和津鼎誉办丧事，一堆衣冢，起了两个新坟。

至此，津鼎宏和津鼎誉就消失了。

春绿秋黄，一转眼就入了深秋，已经是民国二十年（1931 年）秋天。那年，老黑山出现了一伙报号“熊”的胡子，大当家的是个披长头发的人，外号长毛。这股胡子神出鬼没，手段残忍，搅得老黑山一带鸡犬不宁。那年入秋开始，二十一旅（旅长为绥宁镇守使张治邦）配合地方警察清剿胡子，老黑山境内的胡子大都被剿灭，即便没有被剿灭，也都被赶到苏联境内。唯独长毛一股胡子，毫毛无损，仍频繁地出现在中东铁路火烧警署，杀人越货。

津鼎常不断得到长毛的消息. 他知道，他迟早要与长毛有一番较量的。那年初冬，津鼎常在津家庄成立了保安大队，还花重金买了一批德国造的毛瑟枪，他自己也对舞刀弄枪投入了很多精力。

下第二场雪时，津鼎常陪河南籍的守军关营长在牛信山打狍子，大雪没膝深，狍子都跑到了沿铁路线的高坡处。雪晴之后，山川大地明晃晃的，十分耀眼。津鼎常和关营长一行十人，十分隆重地出了镇子，他们一边吆喝着，一边追赶着高岗子上的狍子，不到一上午的功夫，他们就打了七八只狍子。

中午时分，突然从树林里蹿出来五六匹马，马上的人穿着兽皮大衣。还没等津鼎常和关营长他们做出反应，随着两声轻快的枪响，津鼎常和关营长的坐骑就应声倒下。倒下的两匹马均被击中额头，可见枪法了得。枪声一落，喊声就传过来——

“俺是‘熊’家的，不想碎瓢（脑袋）的就别乱动。冤有头债有主，俺只找津鼎常。”喊声传过求，关营长他们都吓得趴在雪地不敢动弹，这一带没有不怕长毛的，营里的士兵常说这样一个顺口溜：“你不想好死，出门就碰到长毛。”凡长毛想让你死的几乎没有完尸，不是脑袋开花就是脑袋搬家。虽然关营长在很多场合说过，他最想“会一会”长毛，可长毛真的出现了，他早吓得魂飞魄散，全身哆嗦。津鼎常也害怕了，尤其听到对方指名要找他，他吓得扑通一声跌在雪地上，水獭帽子滚出老远。

津鼎常身边有个姓玄的朝鲜族炮手，号称枪法百发百中，他蹲在津鼎常身边，举枪就向来人打去，枪响了，不想，他自己叫了一声，倒在死狍子堆上，血从眼睛处的一个暗红的窟窿里流了出来。津鼎常知道自己麻烦大了，他叫了一个姓马的炮手，猫腰向山坡下逃去。

津鼎常也算头脑清醒，他逃跑的路不适合马走，那里原来是一片沙丘，修铁路时，取土挖出了深浅不一的土坑，经雪一覆盖，等于说布满了陷阱。津鼎常这一招果然有效，骑马的胡子并没有追他们，没一会儿的工夫，他和姓马的炮手就逃到了铁路大桥下。

那个时候，大沙河还没有完全封上，河的两边是银白的雪，而中间是青黑的水流，水流上冒着雾气。津鼎常在河边停下了，他正犹豫的时候，从水泥桥墩后面闪出三个人来，三个人都穿长袍，戴狐狸皮帽子，其中一个人留长头发，还有乱蓬蓬的胡子。

津鼎常惊慌地跑到河上，随着“咯嘣”一声冰裂响，他被卷到刺骨的冰水里。

津鼎常被一个铁钩子钩到岸上，他知道自己完了，就闭着眼睛，死活也不睁开。“把他俩耳朵割下来。”一个人说，说话的人的声音刚落，津鼎常就觉得两只热乎乎的大手来搬他的头，接着，他觉得脸的两侧唰地凉了一下，然后就有一大股热流冒了出来……

津鼎常听一个人说：“把他腰里挂的虎牙也摘下来，和耳朵包在一起，去津家大院取赎金。”

“这小子（指姓马的炮手）怎么办?”另一个人说。“先留着他，让他带弟兄们去津家大院。”

“我看把他（指津鼎常）扔河里喂鱼算了。”

“那样太便宜他了，等赎金取了，就把他的卵子挤碎，让他成个废人。”

津鼎常觉得声音有些熟，他睁开眼睛，一看对方的眼神儿，他的眼前一黑……

四

津鼎常遇到的“长毛”不是别人，正是津鼎宏。当初，津鼎常让津鼎誉带赎金去救津鼎宏，实际上，赎金盒里根本没有大洋，他设计陷害他们两兄弟，不想，算来算去却算计到自己头上。人世间的事就是说不清楚，津鼎宏原来胆小如鼠，是一介手无缚鸡之力的书生，转眼间变成了嗜血成性的魔王，他一定经历了常人所没经历的磨难和蜕变。应了当地老人常讲的一句话，地狱可以把魔鬼变成人，人间可以把人变成魔鬼。

长话短说，很快到了伪大同元年（1932 年），津鼎宏和津鼎常双双被王德林的抗日救国军收编，津鼎常是特别联队的团长，日军打到津家庄时，津鼎常把家眷疏散到牛信山老宅，他带人在大铁桥前与日军激战了一夜，后来，手下一百余人缴了械。当年七月，津鼎常被县参事官岩下乔一请去，此后再没回来。

津鼎常的死对头津鼎宏被收编后任三营营长，驻防六站（今黑龙江省绥阳镇），他身穿军官服，佩戴着上白下红的袖标，黑字写：“救国军不怕死不扰民”十分威风。伪康德元年一月，日军大举攻入，驻五站二十一旅旅长关庆禄投降，而东宁县的王德林也率司令部撤离到苏联境内，津鼎宏处于日军的包围之中，他和手下的弟兄们与日军激战了一天，傍晚，准备从送仙山一带撤到苏联境内，夜幕降临了，被战火摧残的小镇静悄悄的。津鼎宏他们顺利地进入到深山老林。然而，从六站撤出十余里之后，津鼎宏突然想起他的狼毫毛笔落在镇里，就坚持返回镇里取毛笔。

津鼎宏回到满是日军的小镇，至此下落不明……

1987 年，县中心小学翻建时挖出一块石碑，石碑上刻着“教育救国”四个大字，字体飘逸传神，苍劲大气。据说，此乃津鼎宏之真迹。

1999 年秋

裂纹虎牙

东北的深山密林里，老早就有虎牙辟邪的说法，这种说法流传了多少代无从考证，不过，一直到今天，上了岁数的人还坚信这一点。

据说，真正的虎牙是乳黄色，牙上有明显的裂纹。而判断虎牙的重要依据就是裂纹，虎牙的裂纹十分特别，与其他任何动物的牙齿都不同。在老早，猎人就有佩带虎牙饰物的习惯，在虎牙的根部用金刚钻打上眼儿，再用浸过猪血的麻绳系牢，挂在腰上，遇到险情时，虎牙就会提示你，向你报警。到这个世纪初，一些胡子头儿，也在腰间挂虎牙，他们不再把虎牙的根部钻眼儿，而是用银皮将虎牙镶上，那样，少了一些血腥之气，多了一些美感。一般小绺的土匪是没有虎牙的，虎牙如同农家的镇宅之宝，有虎牙的绺子一般都声势浩大，威震四方。

据说虎牙还有一种特别的功能，佩带虎牙的人可以将对方的前世显形，也就是说能看出你上辈子是什么托生的。土匪也是人，他们并不都是杀人不眨眼的魔鬼，他们也有恐惧的时候，可是当佩带虎牙的人眼睛里看到的人都是动物，比如猪、羊、鸡什么的，他自然不怕，并大开杀戒了。当然，这种说法也是传说。

说到佩带虎牙的猎人，也不是谁都有佩带虎牙的福分的，在老黑山一带，真正打死过老虎的只有常佩祥一个人，他的腰里的确挂了一个虎牙，而且是虎牙当中的上品——上牙的右牙。不用说，常佩祥是老黑山最有名的猎手。

话说到了民国十三年的秋天，单枪匹马、神出鬼没的常佩祥突然领回一个“儿子”，在别人看来那个虎头虎脑，眼睛发亮的小子是他儿子，可那个孩子却叫常佩祥“叔”。

那孩子叫常兴华，小名叫狗剩儿。狗剩儿是从三姓（现黑龙江依兰县）来的，当年14岁。狗剩儿刚来的时候寄住在细林河老张家，老张家是细林河的殷实之户，张家掌柜的与常佩祥有多年的交情。

狗剩儿来了之后，张家的人几乎没听过他说话，整天关在屋子里，闷闷的，无精打采的样子。如果到了外面就不一样了，狗剩儿的眼睛雪亮，身子骨儿也活泛开了。当时，能和狗剩儿玩的只有张家的“老疙瘩”，“老疙瘩”是张家最小的女儿，12岁。

狗剩儿似乎天性就野，他带着老疙瘩在山前河后玩出不少的花样儿。秋天的树落叶了，很快就下了雪。刚一下雪，狗剩儿就带老疙瘩去后山下兔子套，头一天晚上下的套，第二天早晨，就拎回两只野兔。

狗剩儿还出奇地勇敢，第二场雪的时候，他领着老疙瘩去铁道线上抓狍子。那场雪特别大，那雪是这样下的，下雪的时候天显得很低，大片的雪花悠闲地飘着，静静的。然而雪一停，就刮起了风，风吼叫着，把落地的雪再扬起来，白茫茫的一片。经风一吹，地上的雪就不均匀了，围墙、土坎的地方可以没人深，一般的低洼地也齐腰深。雪晴了，林子里的狍子就跑了出来，它们习惯到高坡地带觅食，常常跑到俄国人管理的铁道线旁边。

那天下午，狗剩儿就带老疙瘩去抓狍子，狗剩儿拎了一根榆木棒子，拉着柞木爬犁。老疙瘩领着六个月的“四眼儿”，那条东北笨狗也吃力地跟在他们身后，趟着大雪向南大营子铁道线走去。

在铁道线的隧道口儿，果然有四五只狍子，听到狗剩儿的喊叫，那几只狍子慌乱了，它们东奔西闯，有两只狍子已经陷到雪堆里。狗剩儿兴奋起来，他拼命追赶着。这是一场比智慧和耐力的捕杀，一个时辰过去了，狗剩儿已经捕杀了两只狍子，到天擦黑的时候，狗剩儿已经捕杀了五只狍子。天眼看就黑了，狗剩儿也消耗了几乎全部的能量，他走不动了。这个时候，老疙瘩也由原来的兴奋变成了恐惧，她四顾白茫茫的山野，望不到家，就哭了起来。

东北冬天的天气就是这样，白天还不算特别冷，可太阳落山后就不一样了，尤其是刮起了北风，寒冷会骤然降临，没多久，狗剩儿和老疙瘩白天湿的衣服就结了冰，摩擦起来沙沙直响。“四眼儿”也围着他们转着，吱吱地叫。

天黑了，狗剩儿把几只狍子围在一起，他和老疙瘩坐在狍子中间，他们相拥着，靠彼此的体温来抵抗寒冷。这时，老疙瘩绝望了，她直直地瞪着大眼睛，却没有泪水。

好在晚上起的风还没有把他们的脚印抚平，大人们终于在他们没有被冻透冻僵的时候找到了他们。

这件事发生之后，张家掌柜就把常佩祥找来了，他觉得狗剩儿这孩子“悬乎”，怕把老疙瘩带坏了。本来，常佩祥想把狗剩儿留在细林河，让他读书。无奈，常佩祥只好把狗剩儿带走，跟他进了深山老林。

狗剩儿走的时候，老疙瘩没见到他，她从炕上起来不久，家里就把她送到镇里读公学。她就再也没见到狗剩儿。不过，在镇上，老疙瘩听说狗剩儿在腊月下了一次山，为细林河的人除了一害。据说在细林河通往镇里的山坡上，有一个拦路的“张三”（狼），祸害了两三个人。狗剩儿下山后，就用了一种非常奇特的方法，把那个吃惯了嘴的狼给活捉了。

一晃几年过去了，到民国二十年，狗剩儿已经成了老黑山一带最有名的猎手儿，他也带上了虎牙，狗剩儿的虎牙比他叔常佩祥的还正，是左侧上牙。

狗剩儿是天生的猎手，他不仅耐力好，头脑冷静，并且枪打得出神入化，他打枪不用瞄准，枪一立，子弹跟长眼睛似的。据说，狗剩儿打枪靠的是感觉，是一种视觉、听觉和感觉的综合反映。

转年年号变了，变成了伪大同元年（1932 年），小鬼子进来了。小鬼子占领了县城和细林河，腾出手来的日本人开始进山围剿被打散的抗日山林队。当时，常佩祥和狗剩儿并没有参加山林队，他们是地地道道的猎户。小鬼子讨伐队到八道沟时，他们撞到了常佩祥，不由分说就把常佩祥捆了起来，没收了猎枪和匕首，当天就把常佩祥押回了镇里。

常佩祥被抓时，狗剩儿正往七站贩皮货，他第三天回到细林河才知道常佩祥被抓的事，在他回来那天上午，那家掌柜的已经将常佩祥从镇里赎了出来。在日本兵营里，常佩祥被打断了肋骨，马车把他拉回细林河时，他已经奄奄一息了。

常佩祥回细林河的当晚就不行了，他一句话也没说，只是瞪着发红的眼睛瞅着狗剩儿，艰难地呼吸着。他大概觉得窝囊，徒有一身的本领却这样死了。

狗剩儿也没有说话，他默默地跪在常佩祥躺着的炕前，瞅着常佩祥那双眼睛。

临咽气，常佩祥指了指自己的腰下，狗剩儿明白了，他摩挲着在常佩祥的腰带上找虎牙，然而，那只虎牙早已不知去向。

狗剩儿还是装成找到了的样子，他将自己的手握紧了，在常佩祥的眼前晃了晃。常佩祥终于闭上了眼睛。

……那年秋天的一个深夜，小镇的日本兵营被袭击了，死了两人伤了五人。据说是狗剩儿一个人干的，这件事震动了省城。

不久，县城的伪满警察和日本宪兵都进山了，他们有四五十号人，一齐围剿狗剩儿。进山一个月后，他们又垂头丧气地回来了。细林河的人从窗户里看到，队伍里抬的死人和伤员几乎都是日本人。后来从伪警察署里传出风儿，说那次讨伐又死了四个日本人。而那些伪满洲警察都知道狗剩儿的威名，他们根本不敢靠近狗剩儿，只有日本人自以为是，不知死活，进山的八个小鬼子，殪了一半。

不过日本人放出风声，说狗剩儿已经被击中，像中了弹的野兔，必然死于灌木丛中。并告示附近的山民，如果发现狗剩儿的尸体可获“大洋一千”。

就在有的山民暗里给狗剩儿烧香时，那年旧历年，县里的日本参事官岩下乔一被杀死在家里，正月十五，七站火车站又被袭击了，一个日本站长和两个伪满铁路警察被击毙，都是眼睛被炸开了，头颅血肉模糊的。

那年过年，是山民们暗藏喜悦的一年，他们走东家串西家，庆贺着。

狗剩儿也被传得越来越神，成了天上二郎神下凡。

正月一过，五个神秘的日本人来到了细林河，其中4人是省宪兵总部选拔的神枪手，这几个人中领头的叫山地，是县特务股的股长，北海道的世代猎户，另外的几个人叫：藤崎、冲原、西坂、盐诸。他们都是关东军中优秀的狙击手，几乎都有闻声中靶子的本领。

大概日本人也总结了经验和教训，为防止走漏了消息，他们化装成商人，夜行昼伏，马车爬犁路过细林河时正是午夜，细林河在冬夜中沉睡着，细林河是当时深山外唯一的一个屯子了，过了细林河，就算真正进山了。那天夜里，除了一阵狗叫之外，谁也不知道日本狙击手已经进了山。

第二天中午，山地他们到了老道砬子，在破损的庙里睡到天黑。天黑之后，山风就起来了，山地把盐诸和马爬犁留在了空庙里，以备接应。自己带另外的三个人开始向六道沟而去。六道沟的密林里就有狗剩儿的驻地，那是一个桦木木刻楼房子，已经几十年了。那个房子处于密林深处，走出20米看到的只是林子却看不见房子。房子的北面是黑色嶙峋、形状怪异的石砬子，砬子根儿有一处四季都活的泉水眼。山地他们到六道沟时已临近了午夜，月光很好，白花花地映照在山林里。在山顶上，藤崎和几个狙击手都预感到狗剩子就在山坡那片密林里。山地打开地图，那个早在10年前由日本测绘人员勘探的地图使他们多生了一只眼睛，他们对那些山的走势、树林的疏密程度都已经掌握。

进山之前，他们已经设计了5套围剿狗剩儿的计划，可真的站在这片静谧且有些神秘的深山之中，山地倒吸了一口寒气。经验告诉他：他们只能采取“下一步”的方案，他知道“理想”的方案是把狗剩儿打伤，抓活人，然而，身临其境，山地知道，以往的问题都出在那些指挥官过于相信自己的信心，实际上他面对的是一个真正的猎手，一个在这个世界上并不多见的优秀猎手。

山地似乎在布置计划时就知道，他们将面对着一场生死的较量。所以他根本不听狙击手的不同意见，而是实施了NO. 5计划。这个计划是这样的，山地和其他三位狙击手潜伏在三个不同方位，天亮时，在老道砬子的盐诸会牵着马出现在这个长满柳毛棵子的沟塘里。山地会跟在盐诸的后面，盐诸在上海长大，会说流利的南方话，他装扮成商人，直接去狗剩子住的木刻楞房子，力图把狗剩儿引出来，只要狗剩儿露头，即使狗剩儿逃脱他这一道鬼门关，也难过第二、第三道潜伏的围击……行动时间定在早晨六点。

布置完毕，山地拿出一壶酒，他扬起脖子喝了一口，又递给了藤崎、冲原和西坂，这一过程他们都没说话，显得庄严而凝重。

之后，山地一挥手，几个狙击手就开始向指定的目标分散。然而，没跑出十几米，藤崎就闷闷地“嗷”了一声，倒在地上。山地他们跑过去一看，藤崎被捕野猪的铁夹子给夹住了。那个铁夹子是俄国造的，几十公斤的力量，藤崎自己是无法把那个夹子掰开的，况且，他的腿骨即便不被夹子打碎，恐怕也被打折了。山地过去给了藤崎一个嘴巴，又向随之而来的冲原招了招手，他们两人合力，才把那个大铁夹子从藤崎的腿上卸了下来。

进山之前，山地告诫过几位狙击手，让他们避开野兽的路线，以防止出现意外。现在，围剿还没有真正开始，一个狙击手就先行倒下了。

藤崎的腿受了伤，并且不断流血，他也艰难地向目的地爬去。山地回到了他必须等待的位置，用军用锹挖了一个雪窖，在那里静静地等待围剿时间的到来。在雪窖里，山地还做了一个梦，他梦见自己和父亲在山林里……父亲的脸上都是血。山地醒来，他的心怦怦直跳……这时，启明星已经出现在东方的天空。

山地他们进山的第三天，马爬犁拉着四具尸体下山了。四具尸体中有狗剩儿、山地、冲原和盐诸。两个活着的日本人也带着伤，筋疲力尽。他们是藤崎和西坂。马爬犁在伪满山林警察队的护送下，缓慢地走过靠山屯细林河。围观的人很多，他们都想看看狗剩儿的样子。当地的人没人知道那场战斗是怎样进行的，甚至县里的人也不知道，打死狗剩儿的人实际上是山地，而山地在打死狗剩儿时已经与他同归于尽了。

后来有了很多传说，那就是另一回事了。半个世纪后，一个日本老兵在写回忆录的时候提过他在老黑山参加过一次“最没面子”的围剿行动，并从那一次开始，他懂得了什么是恐惧。具体内容也不详细。不过有一点人们的想法是一致的，他们都认为狗剩儿是被偷袭的，如果不是被偷袭，狗剩儿一定不会死的。

事实上，在此之前狗剩儿是得到过消息的。山地他们进山的时候，山地在县小学当教员的老婆在佛龛前给他祷告，她也听说狗剩儿厉害，所以请求大造神保佑山地平安回来。恰巧这时，她的同事张教员来看她，就知道了这个消息。于是，那天下午，小镇上跑出了一条黑白相间的老笨狗，那条狗直接进了老黑山。

狗剩儿死后，日本人在狗剩儿住的木刻楞房子里发现了一张“通风报信”的纸条儿，落款是“老疙瘩”，原来，张教员就是和狗剩儿小时候一起玩的张家的小女儿“老疙瘩”。不久，张教员就失踪了，从此下落不明。

老疙瘩是尽力了，可惜，狗剩儿根本不认识字，不然，他们的结局也许就不同了。

一年一年过去，很快就半个多世纪了。狗剩儿的坟早没有了，尸骨也化为芬芳的泥土，不过，现在老黑山一带还传说狗剩儿的一些事，很多人说狗剩儿的虎牙还流传着，说的人百分之百肯定那个虎牙的存在。

1999 年 11 月

在河面上行走

马麟的父亲临终前对马麟说了这样一句话:“你要学会在河面上行走。”

那是在老宅的东厢房里，纸窗上结着厚厚的乳冰，在幽暗的灯光中，冰凌闪闪烁烁如初现的繁星。

马麟跪在地上，他突然意识到父亲真的不行了，自己觉得两个膝盖发软，眼窝儿发热。那一跪就是一个时辰，马麟被家人搀扶起来时，腿已经不能走路了……

马麟的父亲临死的那天夜里，日本人已经占领了边境小镇绥芬河。王司令（指王德林）的抗日救国军司令部也提前一天撤到了苏联境内。就在王司令的司令部向苏联撤退的时候，马麟和他的“秧子”抗日队仍在二道岭阻击着日军，他们都打红了眼，觉得昏天黑地的，浑身的血也沸腾起来。在阻击战中，马麟眼看着自己的弟兄一个个倒下去，日本关东军突破防线时，他冲了上去，在那一刻，马麟想，这回，他的“秧子”抗日队真的全部杀身成仁了。

天黑时，马麟醒了过来，他知道自己还活着，躺在树林的雪窝子里。四周静谧，甚至闻不到硝烟和血腥味儿。马麟打了一个冷战，他摸了摸前胸，前胸上湿乎乎的，映着雪光一看，是血。马麟立刻又浑身瘫软，倒在了矮树棵子里。不知多久，马麟被冻醒了，他爬起来，又哆哆嗦嗦地在身上摸着，直到他确定自己是被子弹划了一些皮外伤，才借着柳毛棵子的遮掩，沿满是白雪的细林河沟膛子，踉踉跄跄地到了头道屯的油坊赵麻子家躲避。

在赵麻子的豆饼窖里，吹了油灯，马麟的眼睛还是闭不上，他的耳边总是嗡嗡地响着，类似现在说的耳鸣。第二天，他的大烟瘾又犯了，要死要活地在地窖里打滚儿。

说起来，马麟家也算得上五站的大户人家，他爹叫马银厢，盛京府金州厅人，光绪十七年来三岔口（现黑龙江省东宁县），参与官垦，当时，任帮办委员，月薪银十两，车脚钱三十仟文，渐渐置办家业。光绪二十六年，庚子年事发，官垦大遭破坏，宁古塔至三岔口的驿路再度荒凉，马银厢就凭空占了大片的熟荒地，在三岔口北面盖房子定居下来。

马家定居之后的十年间，犹如东北一望无际的大甸子上春天萌发的野草，以典型的野蛮形式成了暴发户。到马麟初长成的时候，马家已经拥有了几天走不到头的大片土地，在“旗镇”绥芬河有火磨米粉厂，在双城子（俄境乌苏里斯克）和海参崴（俄境符拉迪沃斯托克）也有商铺。然而，很多事似乎都暗合了某种天数，老掌柜马银厢这一代苦心经营的家业到了马麟这一代就像是到了秋天，果实和叶子纷纷坠地。在马家掌柜看来，他似乎违拗了什么，不然他不会生出三个儿子，三个儿子都是败家子儿。

马老掌柜的三个儿子中，马麟行二，上有哥哥马麒，下有弟弟马龙。马银厢像所有望子成龙的父亲一样，在他们身上花了不少心血，最初，马老掌柜的送他们读私塾，民国后又送他们读公学。谁想，这三个儿子似乎生就与他结了孽缘，不用任何人教，十四五岁就染得一身恶习。吃喝嫖赌，劣迹斑斑。张宗昌（东北军阀，后随张作霖入关，任山东都督）被贬到绥芬河后，为筹军饷在绥芬河开放了大烟禁，绥芬河成了飘着各国旗帜的“旗镇”，迎来了它的泡沫般的繁荣。那个年月，马家兄弟如鱼得水，经常出入烟花柳巷，对外赊账，对内骗钱，变本加厉，成了老街上有名的公子哥儿。马麟20岁那年冬天，具有官办色彩的富宁公司开始策划收购马家的一部分土地，富宁公司的人知道马家的弱点在什么地方，经过精心设计，不久就把马家三兄弟给收买了。而马家三兄弟也觉得是“机会”，他们可以从中弄钱以供自己挥霍，就态度积极地和富宁公司的人里应外合，结果，富宁公司收买马家土地一事使马家损失惨重，几乎造成了灭顶之灾。腊月时，马老掌柜的大病一场，起床之后做的第一件事就是宣布断绝与三个儿子的父子关系，清理了门户。

就在那个多雪而寒冷的冬天，大少爷马麒死于老街街头。小少爷去海参崴做生意，一走就没了消息，生不见人死不见尸。旗镇里只剩下马麟，马麟也贫困潦倒，浪迹街头。就在马麟走投无路的时候，外面发生了大事情，日本人打下了沈阳，并继续向东北推进。那些日子里，街头上出现了宣传不当亡国奴的标语，还有一些学生和打着各种各样抗日旗号的人宣传抵抗和筹款。马麟整天醉生梦死的，他没钱了，迎春园的小翠不理他了，韩老大黑烟铺也不赊烟给他，他只剩下一些没用的朋友。他流落街头，像一个要饭花子。

形势变化特别快，不久，王司令的抗日救国军进驻东宁，为了筹军饷，救国军在这个地区又开了大烟禁。马麟是有名的“大公子”，大烟禁一开，他就给“丹仁堂”烟馆做帮衬，人家需要他这个大户人家少爷的“幌子”，他也得以混一口饭吃混一点烟抽。马麟虽出身有钱人家，性格还算温和，待人也多有周到，特别是他有钱的时候，出手大方，为人慷慨，所以在一些烟民中口碑不错，还有一些人缘。这样，在下午温和的光线里，就常有一些烟民来告诉马麟外面发生的事，抗日救国军的人越来越多，声势越来越浩大。对外面的事一直麻木的马麟，突然在一个雨后的傍晚哭了起来，他哭得十分伤心，哭得自己都不知所措。

马麟大概想起了原来的自己，想起衰落下去的家业和生死逃亡的兄弟。或许还有别的什么。第二天，马麟来到了街上，他倚在青砖墙上，看着那些救国军威风凛凛地从街上走过，尽管那些军人的服装还不够统一整齐，可每个人的胳膊上都套着袖标，袖标上白下红，黑字写：“救国军不怕死不扰民”。马麟被那种群情激奋的状态感染，他突然想参加抗日救国军，这个想法一出现，就觉得自己的血开始热起来。下决心那两天里，马麟还联络了一些烟友，在一起讨论参加抗日救国军的事，大家都觉得挺有意义，甚至还在一起激昂地讲岳飞和花木兰的故事，他们认为国家兴亡匹夫有责。讲是这样讲，不过，谁都不免隐藏着这样一个心理：当救国军可以改变人们对他们这些“烟鬼”的看法。不想，马麟组织抗日队的消息一出来，街上那些同马麟认识的“秧子”们也纷纷来找马麟，表示要参加抗日队。那些“秧子”是街头上扎纸活的、卖豆腐的、算命的和要饭的……

马麟带着这支怪模怪样的“队伍”去救国军募兵处，那里值班的人觉得他们十分好笑，嘲笑了马麟他们一番，告诉他们当救国军可不是玩“跑马”（一种孩子玩的打仗游戏），有这个心把抽大烟的钱捐出来就算抗日，就算积德了。

就在双方产生分歧，相持过程中，救国军司令部的李参谋来了，他听说马麟他们这伙人是烟鬼和街上的“秧子”组成的，眼睛立刻一亮。他热情地把马麟领到接待处的客厅里，给马麟倒了茶。

“兄弟叫李贵，是司令部的参谋，你们的爱国热情应该大加赞赏。”

马麟受到这样的礼遇，心潮起伏，激动得不能自已。叫李贵的参谋有特别的政治敏锐性，他一下子就可以认识到马麟他们这些“特殊”人物参加救国军的重要意义。经过请示，马麟他们被改编为抗日救国军特别大队，归李参谋直接领导，参谋从兵工厂里给他们调来了一些经过修理，可以使用的步枪，还给他们派了一个老家里城（辽宁籍）的老兵任教导官，负责训练他们。“兄弟我免贵姓孙，以后你们叫我孙教官。”孙教官用里城话说。

不几天，抗日救国军在东宁办的报纸就报道了马麟抗日特别大队的消息，记者还在文章的结尾抒情道：不管是谁，不管能力大小，只要起来抗日就是好样儿的。

姓孙的教导官工作十分认真，完全按正规军的办法训练他们，练队列、开枪、拼刺刀等等，马麟特别支队的“秧子”们头几天还觉得新鲜，可被不停地训练就坚持不住了，有的想开小差。不想，姓孙的教导官治军严厉，差点把算命的老黄头的腿打折了。

大家都怕姓孙的教导官，这个特别支队名义上马麟是“司令”，可实际上，大家都听姓孙的教导官的。

事后马麟知道，姓孙的教导官在部队里也是捣蛋兵，以前开小差，腿差点被打折了。也许人家根本就不重视他们这个“秧子”队，派的教导官也派个“秧子”。奇怪的是，姓孙的老兵被委以“重任”后，居然格外认真，他处处做表率不说，还整天一脸的神圣感。

进入腊月，前方吃紧了，东宁还是一派热闹。土街上人来人往的，锣鼓、唢呐、铜锣时不时就响起来，还有人提前扭起了大秧歌。

那天天刚放亮，“秧子”抗日队就接到了命令，要他们去七站布防。“秧子”队里的秧子们已经受够了每日刻板的训练生活，“布防”新鲜感使他们孩子般快乐起来。队伍很快集合了，走出老街，天才大亮起来。

“秧子”队是午后到达指定的布防地点的，孙教导官说他们的阵地叫“6号阵地”。在他们布防之前，那里已经修筑了一些简要的工事。

那天的伙食也不错，五花猪肉片炖白菜水豆腐，主食是高粱米面和小麦面两合馒头。由于天气寒冷，还另为每人配了二两玉米小烧。“秧子”队布防的地方是獐子岭侧山头，山脚下是进入五站的公路，那个地方山高林密，山势颇为陡峭，有点虎踞龙盘的意思。据说守那一串防线的是两个团和三个大队，实际上只有不到一个团的兵力。“秧子”队布防的地方算不上是主阵地，但也是主阵地两翼最靠近前方的地带。

吃过饭之后，马麟和几个烟鬼在稀疏的林子里抽了大烟，迷迷糊糊躺在林子里，这个时候，有喜鹊在桦树相搭的枝条上跳跃，马麟的眼前出现了五彩缤纷的光线……

马麟他们沉浸在幻觉状态时，枪炮声爆竹一般在耳畔响了起来，孙教导官把马麟从林子里叫出来，命令“秧子”士兵进入阵地，进行阻击。这些“秧子”兵虽然经过速成训练，但毕竟谈不上训练有素，他们一进入阵地就胡乱开起枪来。“秧子”队开枪不久，进攻的日本关东军就开始用火炮还击了。炮弹一个接一个地落到了“秧子”队的阵地上，从一尺多深的雪里掀出草皮和黑泥，也将几个奔跑喊叫的“秧子”兵炸得血肉模糊。炮弹并不是炸几个就完了，而是没完没了地炸，即使趴在工事里没被炸着的“秧子”兵也给震傻了。事实上，对于铺天盖地的炮击，不要说“秧子”兵们没有心理准备，就是孙教导官也发懵，他所知道的“打仗”的含义和经验，和眼下发生的事不相联系，他对当时的作战缺乏起码的了解。这样的困惑也许对各个阵地的抗日部队都是一样的。

炮击结束了，硝烟也几乎散尽了，“秧子”兵还没缓过神儿来。他们还抱头趴在工事里，睁不开眼睛，耳朵嗡嗡直响。就在关东军炮击“秧子”大队阵地的时候，在主阵地指挥作战的李参谋接到了司令部撤退的命令，这个命令并没有向“秧子”队下达。离开阵地前，李参谋用望远镜向“秧大”队的阵地上撩望了一下，突然，他觉得心抖了起来，他看到密密麻麻的日军向“秧子”队所在的阵地开展了进攻，尤其令他惊讶的是，“秧子”大队竟顽强地阻击着，战斗空前惨烈……在属下的催促下，李参谋不得不离开了战场，这个时候，李参谋的眼圈儿有些发红。

在“秧子”队的阵地上，“秧子”兵在肩上受了伤的孙教导官和马麟的督战下已经没有退路，他们开始向带着皮帽子的日本关东军猛烈还击，可是，他们的战斗力太弱了，关东军并不太吃力就攻到了阵地上。很快，双方可以看清对方的脸了，哈出的雾气染白了皮帽子的毛和短胡子。

孙教导官大喊着只身冲出阵地，可惜没跑几步就中枪了，身子歪了歪就倒在阵地上。仗打到这份儿上，什么人也会打红眼的，“秧子”兵把什么都忘了，马麟和还活着的“秧子”兵也叫喊着冲出了阵地，与爬上阵地的关东军厮杀在一起……马麟冲向一个军官模样的关东军时，他觉得自己被迎面飞来的子弹击中了，他的腿一软就滚下山坡……

父亲马银厢被草草地安葬了。马麟在父亲的坟头说了很多忏悔的话，大意是说他从此戒掉大烟，洗心革面，重新做人，立志学好。然而，这些话马银厢都听不到了。

在马银厢葬礼那天，人们看到马麟独自一人在马银厢的坟前站了一个下午。那天下午下起了清雪，天空模糊一片，从山冈上就看不到马麟的身影儿了。

父亲死后，镇里就成了日本人的天下，马麟只好到深山老林里去种地，他走上父亲马银厢当年垦荒的路线，一直走到荒无人烟之处。

在被当地人称之为交界顶子的深山里，马麟在那里种了很多粮食，并且他热衷于作物的嫁接实验，在一年只能进行一次的实验里，马麟品尝了失败的痛苦和由于痛苦带来的强烈的希望。所以，每年春天对于马麟来说有着特别的意义。伪满洲国推销日本所谓的优良品种时，很多当地的农民都把它埋在菜窖里，马麟却把那些种子装在破衣服的口袋里，小心翼翼地拿到深山里，又开始了他的实验。

1945 年 8 月，苏联红军进东北。当年随王德林转入苏联境内的李参谋已经是少将了。一踏上东宁的土地，李参谋就想起了马麟和他的“秧子”特别抗日队，正是由于那支“秧子”队的阻击，才为他们顺利撤退到苏联赢得了时间。

李参谋派人了解“秧子”队的情况，寻找“秧子”队幸存的人员。后来，李参谋得到了消息，知道马麟还活着，李参谋特别高兴，那天夜里喝多了酒，摔跟头把脸摔了一个口子，落了一个终身的疤痕。不久，李参谋随苏联红军去了哈尔滨，他留给地方临时政府的意见是：请马麟同志出来工作，比如，可以当公安大队长。

县政府的人找过马麟几次，请他出来工作，但都被马麟拒绝了。马麟仍然在深山里研究他的农作物，长年事农，并且久经风吹日晒，无论外表还是心里，他都成了标准的农民。那个时候，马麟已经没有任何不良的嗜好，旱烟都不抽，酒也不喝。

后来，马麟的嫁接有了突破，他搞出了几十种蔬菜和粮食的新品种。据说，现在当地人家种的植物中，成熟时仍为绿色的西红柿，绿色的茄子，紫色的辣椒等等都是马麟半辈子的成果。

马麟是“文化大革命”结束的时候死的，终年 74 岁。临死那年冬天，他在位于边境线的细林河上走着，回忆起往事，他的眼前一片混沌。寒风吹来，老泪阻挡了本不清晰的视线。就在覆着冰雪的河面上，马麟的心突然有了年轻那会儿的跳跃感，他一生都没有忘记父亲临终说过的话：“你要学会在河面上行走”。他整整想了一辈子。虽然古书上说会轻功的人可以在水面上行走，但马麟知道他不行。马麟也知道父亲指的不是那个意思，是什么他也想不清楚。……现在，马麟明白了。

马麟明白了，他穷其一生苦苦思索的问题原本就简单得不能再简单了。不过，马麟还是觉得自己完成了一件十分神圣的任务。

1999 年 12 月

一县三长

一、大前日各儿

四号高干病室离马路不远，中间隔着一个院子，院子不规则地长着柏树。在那间病房里，刘岚芝已经度过了四个寒暑。

还有意识的时候，刘岚芝对护士说，大前日各儿……往下就口齿不清地念叨着，念叨念叨，又来了一句：大前日各儿。

外孙和外孙媳妇来看刘岚芝，护士就把这句话告诉给刘岚芝的外孙，外孙和媳妇讨论了半天，他们没明白“大前日各儿”是什么意思。后来外孙把这句话转告给母亲，也就是刘岚芝的女儿，女儿也不明白是什么意思。护士对刘岚芝的外孙说：会不会是方言呢？外孙说我姥姥老家在鲁南，从没听她说过这样的方言。这件事儿外孙也转告给他母亲了，刘岚芝的女儿想了半天，她说你姥姥这辈子去过很多地方，谁知道她说的是哪儿的方言呢。孙媳妇有些不耐烦，歪着脸说，你们真是闲着了，别说那句话没什么意思，就是有意思，前不着村后不着店儿，冷不丁那么一句，能代表什么？外孙瞅了瞅母亲，不再说话。

初冬的一场大雪刚停，有几只觅食的麻雀在病室的窗外飞来飞去。刘岚芝眼睛活泛起来，她的手指动了几下，护士问了半天，知道她是指窗外的麻雀。那个上午，刘岚芝的眼睛不停地瞄着窗外。“大前日各儿”，刘岚芝又开始念道起来。护士已经不喜欢听这句话了，她甚至觉得那是一种神秘的咒语，巧合的是，三天之后刘岚芝脑血栓第四次“回风”，而那之后，她完全丧失了意识。

事后，护士对医生说起了刘岚芝神秘的咒语，医生笑了，他说应该是鲁北方言，我老丈爹就这样说。没啥神秘的，就是大前天的意思。护士更加糊涂，她不明白刘岚芝为什么说话用大前天这个前缀儿，那个大前天是多深的历史岁月呢？还有，她怎么说起了鲁北方言？刘岚芝的外孙也不明白，他偷偷地和母亲讨论，母亲说，你姥姥刚参加革命的时候就在鲁北，好像叫“冀鲁边区”政府。你姥姥怎么会想起那么早的事儿呢？

刘岚芝的躯体在四号高干病室躺了整整4年，所以说“躯体”是因为刘岚芝已经没有了意识，她的躯体完全靠进口的高蛋白药物和呼吸机维持着。刘岚芝是高干，只要她有“气儿”就得不惜一切代价去治疗，这个没什么说的。原本，医院预计刘岚芝的“躯体”不会维持半年，谁也没想到，4个寒暑过往，一股气仍在那个越来越轻的躯体里微弱地循环，呼达呼达的。护士含蓄地向刘岚芝外孙和外孙媳妇表示，刘岚芝不可能再恢复意识了。外孙在他媳妇充满能量的目光的刺激下，立即愤慨起来，说了很多冠冕堂皇而又对医院不礼貌的话，其实护士心里明白，刘岚芝一天不离开，外孙和他媳妇就可以享用刘岚芝的待遇——独栋别墅、高额的工资……不过，作为“人质”的姥姥已经脱了人形，剩下不到40斤了。而维持那个躯体每月的费用远比外孙媳妇的月工资要高……护士沉默了，她想，如果刘岚芝知道这些，她会怎么想呢？

二、大老雀儿

那是午后阳光温和的下午，刘岚芝被陈黎明叫到军政训练大队办公室。路上，刘岚芝想，陈黎明找她不外乎两个方面的事儿，一是上个月她向组织提出，想去旅部文艺队工作。也许这事儿有了结果，再一个就是军政训练大队要升级为军政训练学校。先说文艺队的事儿。坦率地讲，刘岚芝并没有多少文艺细胞，她唱歌五音不全，也不会什么乐器，如果说到文艺队能发挥作用，也就是编编写写。在女子高级中学宣传队，很多抗日救国的口号和诗歌都出自刘岚芝之手。当然，下决心去文艺队主要还是因为胡萍，每次胡萍给她来信都动员她去文艺队。当然，还有一个潜在的因素，通过胡萍，刘岚芝还可以打听陶望之的消息。一年前，刘岚芝和胡萍、陶望之三人从老家一路北上投身革命，离家出走之前，刘岚芝和胡萍并不熟悉，后来她才知道，胡萍投身革命也是陶望之的原因，也就是说，陶望之既是她们的引路人，也是她们暗恋的人，两个女人喜欢一个男人，她们之间的关系微妙起来。然而，当她俩和陶望之离散之后，她们之间的关系又发生了变化，特别是在八路军艰苦的环境里，特殊的经历使得她和胡萍关系密切起来，几乎可以说是情同姐妹。陶望之是死是活不得而知，她们却在八路军里不断成长。刘岚芝成了军政训练大队的教官，而胡萍成了深受部队战士喜欢的“名角儿”。

再说军政学校的事儿。一段时间以来，训练大队的教职员工都在私底下悄悄流传，说训练大队马上就要升级为军政学校，新校长并不是他们一二九师的，而是一一五师旅教导队的队长。

现任大队长陈黎明是江西人，参加过长征的老红军。他是典型的小个子，给人的感觉，沉稳有余活力不足，他古板、教条而意志坚定。刘岚芝能想象出来，对组织上的决定陈黎明是不会提出不同意见的，他一定会坚决服从。那么，他找刘岚芝干什么呢？在他主政的最后时期对训练大队的教员进行一次大调整？

刘岚芝推开陈黎明办公室的房门，房间里空空荡荡。刘岚芝正踌躇着，不知道该不该停留在陈黎明的房间。这时，陈黎明从侧门出来，他用一条本来是白色但已经变成灰色的毛巾擦着嘴，气喘着说，早晨吃了硬东西，老胃病犯了，吐的全是酸水。

刘岚芝一时不知该说些什么，迟疑着：你应该多注意身体！

陈黎明没回应刘岚芝，他伸手指了指办公桌对面的凳子说，坐下来谈，刘老师！

刘岚芝坐下来，陈黎明则回到自己椅子上，他和刘岚芝隔着办公桌，面对面坐着。

陈黎明头也没抬，从抽屉里拿出一张公函。递给刘岚芝。刘岚芝心里倏忽一跳，去文艺队的申请批准了？同时，又莫名其妙地生发出一丝失落感。

刘岚芝抬头瞅了瞅陈黎明，陈黎明点点头，示意刘岚芝打开看看。

刘岚芝小心翼翼地打开了毛边纸加红印的公函。——印泥的质量很差，油脂扩散很大。公函的主要内容是调刘岚芝到冀鲁边区军政委员会工作，落款是中共冀鲁边区特工委。

刘岚芝有些糊涂，她问陈黎明，我申请去旅文艺队，怎么收到这么个调令？

陈黎明说，谁说调你去文艺队啦？刘岚芝同志！你要知道，你现在是革命队伍里的人，一切都要服从组织安排。刘岚芝的脸红了，她讷讷着：可是，我不明白，调我到边区军政委员会干什么？

陈黎明拿出一支烟，点燃，深深地吸了一口。然后眼望着窗外说，刘岚芝同志，你要知道，你是军政训练大队骨干，从心里讲我是不愿意放你的，可我也不知道上面怎么也盯上你了。按理说我不该违反组织原则向你透露情况……你是个成熟的革命干部，所以……跟你透露一下也没关系，你也好有个心理准备——组织上准备让你去乐津县当县长……

“当、当什么？县长？”刘岚芝当时就傻了，那年她刚刚年满18岁，而此前，县长只是她头脑中的感念。不行不行！刘岚芝说，别说当县长，我连小学校长都没当过！陈黎明说，进训练大队前你不是当过区妇女主任吗？刘岚芝说那个妇女主任只是挂名，我实际工作还不倒半个月，这个你是知道的。陈黎明说我知道有什么用，你的履历上这样写的。刘岚芝同志，现在缺干部呀，不然组织上绝不会到军政训练大队来挖人，我们这儿是什么地方？是种子单位，一个教员一年培养成百上千的干部。如果不是实在没办法，能从我们这儿挖人吗？

刘岚芝有些急了，她说不管怎么说，我也干不了。我不能耽误了革命事业。

陈黎明的脸阴沉着，他说不准你说不行，也不能说不行。就说我吧，我行吗？我是啥出身，放牛娃，不也一样当训练大队队长？刘岚芝说你跟我不一样，你听谁说有女县长啊？况且，我根本不知道县长是怎么回事儿。

陈黎明站了起来，背手在地上走了一圈，指点着刘岚芝说，参加革命时说要男女平等，教育别人的时候说男女平等，怎么啦，到了自己头上就不算数啦？女县长怎么啦，共产党人就是要出女县长，就是要创造新世界！

刘岚芝的眼圈儿红了，眼泪儿豆子一般，噼里啪啦地掉了下来。她低着头说，我不怕困难，也不懦弱，我是怕误事……

陈黎明坐了下来，他说请你相信组织，组织的眼睛是雪亮的。再说了，你不是总给学员讲群众工作吗，不是讲统一战线吗，不是讲防奸工作吗，这些都是你做好县长的基本功啊，当然了，也可以说是基本内容，光说不练可不是我们共产党人的本色啊！

刘岚芝还嘤嘤地哭着。陈黎明不耐烦地说，行了行了，女同志就是麻烦。收拾一下，明天去报到，至于怎么做好县长，特工委领导会给你们培训。……对了，对谁都不要说县长的事儿是我给你透露的。

谈话就这样结束了。多一句陈黎明都不肯说。

刘岚芝去乐津上任的路上，她才神情恍惚地认识到，陈黎明说的一切都是真的。特工委举办的县长培训班实际上还不到一天半，特工委领导也只是跟她做了例行谈话，随后，叫一个班的战士跟刘岚芝赴任。路上刘岚芝才知道，这个班的战士是从二十一支队抽调的，支队长托班长朱大可给刘岚芝稍话儿，说自己为了配合刘岚芝，把警卫排装备最好、战斗力最强的一班抽调给了她。朱大可还十分自豪地讲起二十一支队。这个支队的底子是一二九师的一个工兵连，不到一年的工夫已经发展到三个大队近一个多人。支队长曾经是军政训练大队第一期学员，对刘岚芝很敬佩。刘岚芝想来想去，脑袋里打了好几道弯儿，可还是对不上号儿——不知道朱大可说的那个叫曾四芳的支队长什么模样儿。朱大可说曾支队长是了不起的英雄，俺想，支队长敬佩的人一定也是英雄。刘岚芝说我可不是什么英雄。

刘岚芝一行到牛家岔村天色已晚，边区来接应的同志说，前面就是冯大牙控制的小河沿村，他们只能在牛家岔村借宿，明天绕道去下一个交通站。刘岚芝借宿那家姓赵，女人叫赵二嫂，赵二嫂的男人在八路军津浦支队当排长，她在家带两个孩子，应该属于支持八路军的堡垒户。赵二嫂听说刘岚芝是县长，不知道怎么热情才好。那个家本来十分贫穷，存粮也不多，赵二嫂蒸了一锅菜饼子招待刘岚芝他们，吃饭时，两个孩子只能眼巴巴地看着，实在经不住菜饼子的诱惑，孩子一伸手抓饼子，就被赵二嫂用筷子打了回去。刘岚芝了解到，平时赵二嫂和孩子都喝稀粥，她心里很难过。

还有不适应的是，朱大可在赵二嫂家门口安排了固定岗哨，在村口安排了流动岗哨。刘岚芝对朱大可说自己不是首长，到了县里就属于地方干部了，不需要这么多人保护。朱大可说刘县长，看来你对情况不熟悉啊，乐津地界儿很乱，各路武装你中有我我中有你，况且人心隔肚皮，怎么想的一下也搞不清楚，上个月，特委向乐津派了几名干部，还带了一部电台，没承想，他们到了黄坡村，被一伙打着抗日旗号的匪徒给绑架活埋了。我的任务就是保护好你的安全，有闪失我可担当不起。

刘岚芝这才想起什么，她从文件包里拿出了地图，那是一张乐津武装割据地图，用红蓝铅笔标示几种武装的势力范围，国、共、日、伪、顽，成分十分复杂，而牛家岔一河之隔的小河沿村就是名义上挂靠国民党河北保安队，态度上摇摆不定、打着抗日自卫军旗号的冯大牙。一个月前，边区的一名通讯员路过冯大牙的防区，被冯大牙扣留，边区出面交涉了半个月，好不容易用200发子弹把人换了回来。朱大可对刘岚芝说，特委让我们三天到乐津，咱们千万别让冯大牙那条破裤子把腿缠住了。

晚上，赵二嫂把家里仅有的一床囫囵被子给了刘岚芝，赵二嫂和孩子盖着绽放棉絮的破被子。熄灯了，刘岚芝偷偷把棉被盖在孩子身上。

那是一个怎样的夜晚啊。刘岚芝怎么也睡不着，她参加八路军以来还从未单独行动过，未来如同一个深不见底的黑洞，不知道有多深有多危险。刘岚芝没去过乐津县城，乐津是什么样的，跟家乡的县城一样吗？还有，她将在那个县里当县长，当县长压力更大，比让她上前线冲锋打仗的压力还大。以她刘岚芝的信仰，以她周身流淌着的、青春奔涌的血液来说，她是勇敢而坚定的。刘岚芝知道她不畏惧死亡，可她真的怕当县长。

刘岚芝一直无法入睡，大概后半夜了，她觉得身上痒酥酥的，更睡不着。那些痒随着她身子的扭动并没有减弱，相反，痒的地方越来越多。刘岚芝辗转反侧被赵二嫂察觉到了，赵二嫂起身点着了油灯。

“虱子咬的！”赵二嫂说着拿起刘岚芝身边的被子，在被子边儿咬了起来，一边咬一边移动。刘岚芝仿佛听到了“咯吱”“咯吱”的声音，并且看到被边儿的血渍。刘岚芝心里冷飕飕、麻酥酥的。

那一夜刘岚芝并没有脱衣服，但可以肯定的是，她的衣服已经被虱子入侵了。培训大队的宿舍里据说原来也有虱子、跳蚤和蟑螂，刘岚芝和几位女教工入住后，经常清洗晾晒被子和衣服，虱子什么的也基本绝迹了。培训大队那种相对稳定的生活恐怕要结束了，而虱子是刘岚芝融入新生活首先要过的一关，她想。

村里的公鸡开始报晓，随即天色一点点明亮。天透亮之后，赵二嫂就下地去做饭，刘岚芝发现赵二嫂两个孩子的头发上粘着虮子，像芦苇丛挂的霜花，星星点点泛着银白色。刘岚芝用赵二嫂为自己打的热水给两个孩子洗头，赵二嫂说，别管那两崽儿，你自己洗吧。

刘岚芝还是坚持给两个孩子洗头，她从包里拿出一小块儿肥皂，那个肥皂并不是香皂，可还是有油脂的味道。两个孩子从没见过肥皂，一个孩子满头泡沫地跑到赵二嫂跟前，大声喊：娘，真香，你闻闻，真香！

赵二嫂笑了，她说刘大人你别见不上，崽儿没见过洋东西儿。别给他们用贵重东西，白瞎了。

刘岚芝说这不是什么贵重东西，就是洗头发用的。还有赵二嫂，你别叫我大人，共产党不兴那些，我们之间是同志。

两个孩子满头肥皂沫儿，怎么都不肯洗掉。赵二嫂手里还带着面，开始在屋里屋外抓两个小家伙，两个小家伙一边跑一边喊：俺要这香味，俺要这香味！赵二嫂把两个孩子抓住，摁到脸盆里。

虱子虮子是洗不掉的，必须用细密目织的篦子梳头，才可以把粘在发丝上的虮子刮下来。刘岚芝向赵二嫂要篦子，赵二嫂有些羞怯地说，俺过门那会儿从娘家带了一个，天长日久用坏了……刘岚芝心里不是滋味儿，她说等有机会我再来牛家岔村，一定给你带一个篦子，还有香胰子。

顶着初春的太阳，刘岚芝一行人沿着河道向南走去，不想，前面树丛里传来了枪声。朱大可很快了解了情况，在河对岸发现了不明身份的武装人员，起码二十人以上。从衣着判断那些人不是冯大牙的队伍，更像是土匪。朱大可说，要不干脆把这伙小毛贼收拾了，半个小时解决战斗，还能缴获一些战利品。刘岚芝想了想说，我们有任务在身，最好别节外生枝了。朱大可说我知道你担心我们有伤亡，没事儿。刘岚芝反问道：那你能保证没伤亡吗？一旦交火，子弹可不长眼睛。我不希望警卫班刚划过来就有损失，以后我还指望警卫班啃硬骨头呢。

本来想表现一番的朱大可目光黯淡了。“是！”朱大可敬了一个军礼。

刘岚芝在警卫班的掩护下很快摆脱了不明武装的纠缠，进入一片芦苇连片的洼地里。他们辛苦地跋涉了大半天，可还没有走出洼地。傍晚起火做饭，朱大可才发现邹富贵的粮袋瘪了，大概是在奔跑时把装粮袋刮破了，米粒流出。朱大可上前一脚踹在邹富贵的后腿上，骂了一句粗话。邹富贵跪到地上，他知道自己失职，满面羞愧。刘岚芝过去拉起了邹富贵，厉声对朱大可说，你怎么打人骂人呢，我们是革命军人，不是反动军阀。都是自己的同志，有错误可以批评，但不许打骂。朱大可想辩驳一下，话到嘴边又咽了回去。

朱大可说，大家坚持坚持，到下一个村庄就有饭吃了。

邹富贵迟疑着，最后还是讷讷着说，我去给大伙儿打大老雀儿。朱大可一听，想起邹富贵身上那杆鸟枪。按理说，警卫班的准备是比较齐整的，邹富贵虽然负责班里的炊火，仍然配发了“苏制莫星·那干步枪”。邹富贵原来有把青岛仿制的鸟枪，不舍得上缴，考虑他的工作性质，偶尔打几只鸟改善一下伙食，稀里糊涂地保留下来。在警卫一班里，有两支枪的不只邹富贵一人，班里的七名骨干都配两支枪，一长一短，唯一缺乏的就是子弹。邹富贵那支鸟枪，粮食充足的时候，没人注意到它的存在，只有这会儿，邹富贵才显示了能耐。

天黑之前，邹富贵用那支装上黑色土药和散碎铁砂的鸟枪打了一大堆麻雀，他指导大家用盐碱滩上的泥将麻雀裹住，放在篝火里烧。

香味出来了，鸟也熟了。

朱大可带头把鸟身上的泥巴摔开，鸟的羽毛全随泥巴壳儿脱落，露出粉嫩的肉来。朱大可递给刘岚芝："趁热乎吃，好吃！"

刘岚芝接过来，问脸上抹着烟灰的邹富贵："你管这叫什么？"

"大老雀儿"邹富贵说。

刘岚芝噗地笑了。不过那真是鲜嫩的美味，盐碱土的矿物成分渗进鸟肉里别有风味儿。

三、长果儿

刘岚芝无论如何也想不到，她这个县长还没进县城，县城里已经有了县长，县长叫孙秉恕，是日伪政权委任的县长。更为巧合的是，这个孙秉恕还是她的未婚夫。原来，刘家和孙家都算是殷实之家，刘岚芝12岁时就依"父母之命媒妁之言"与孙秉恕订了婚。读女子中学之后，刘岚芝就开始反对封建包办婚姻，给孙秉恕写了一封"罢婚信"。孙秉恕怒气冲天，也给刘岚芝写了一封"退婚信"，两个年轻人私下里闹腾，两家老人却毫不知情，仍旧推杯换盏，商量婚事，就在这个时候，"七七"事变爆发，刘岚芝私自离校，从此和家人断了联系，自然也无从知晓孙秉恕的消息。

刘岚芝根据特工委的指示驻扎在距离乐津县城35华里的大宗庄，在大宗庄挂出乐津县民主政府的牌子。民主政府的构成是冀鲁边区军政委统一推行的"三三制"，并实行新的经济政策。刘岚芝的板凳刚坐热乎，就有人来打官司告状了。

早晨，刘岚芝刚要吃早饭，就听外面嚷嚷着要告状。出门一看，是一个连鬓胡子的中年汉子。刘岚芝从未有审案子经历，脑子里立即跳出说书人讲的县官断案子的情景。她对身边的朱大可说，问问，来者何人。朱大可显然也没有经过这阵势，大嗓门嚷嚷：来者何人？中年汉子扑通一声跪下，回答：小民是杨家村的杨木匠，要打官司告状。

朱大可问："因为何事？要告何人？"……居然还带上了家乡古装戏的味道。顺这路子下去，还真的就成了县太爷断案了。

刘岚芝意识到了，态度也立马转了大弯，她走过去拉起杨木匠："起来起来，民主政府不兴这个。有什么事儿坐下来谈。"杨木匠愣了下，望了望跨短枪的朱大可。朱大可说："县长让你起来你就起来！"

杨木匠还迟疑着。

朱大可大声说："你没听清楚啊？"

杨木匠一哆嗦，连忙站了起来。

刘岚芝用的责怪眼神瞅了朱大可一眼，让他别吓杨木匠，然后开始打量杨木匠。杨木匠光着脚丫子，初春时节，地面寒气十足。刘岚芝还注意到，杨木匠衣着整洁，衣服上没打补丁，好像刚刚浆洗过，穿这样衣服的人应该不会没鞋穿。不穿鞋打官司算是一种特别的含义还是一种风俗呢？刘岚芝很好奇，就直接问上了："地这么凉，你怎么没穿鞋？"

杨木匠转过身，他的后腰里插着两只鞋，黑绑白边儿，锃新。杨木匠说，有鞋，不舍得。脚磨不坏，鞋能穿坏。

刘岚芝愣了一下，随口说，可要是作了病，得不偿失啊。杨木匠露出一口黑褐的大麦粒牙笑了，他说做活儿的人没那么娇贵。

也许源自刘岚芝的平易近人，杨木匠也不拘束了，他断断续续地讲了要告白河村赵老六的原委。去年，杨木匠好不容易为儿子定下黄村农民马庆茂的二女儿为妻，准备彩礼花去了他两年的工钱，不想，前不久运河边的私盐武装队袭击了日本人 1 个小队，那个小队由 6 人组成，其中一名中国翻译，其余 5 人均为日本人。那几个日本人本来是在运河边测绘的，不想，双方动起手来，私盐武装队并没占到便宜，只打死了两名日本人，自己却伤亡 10 余人。日本人逃窜时并没有丢下私盐武装队希望缴获的"快枪"，只是一些测绘仪器，那些仪器对他们没有任何用处。私盐武装队大概是轻敌了，以为测绘人员没什么战斗力，结果吃了大亏。住乐津县城的日本人注定会报复的，打没打着私盐武装不得而知，却抓了一些人，其中就有马庆茂的女儿、杨木匠未来的儿媳妇马二丫。据说罪名是马二丫给私盐武装队通风报信。马二丫被抓第五天，就被乐津县的鬼子给杀害了，尸体埋在县城护城河外。马庆茂第二天去给女儿收尸，挖开黏土，发现尸体没了，夜里被人盗走了。盗尸体的人把马二丫的尸身卖给了白河村的赵老六，赵老六的哥哥两年前病亡，弟弟为了孝敬光棍的哥哥，买了只有18岁的马二丫的尸身，给他们举办了“冥婚”。

刘岚芝听糊涂了，关系从阳间复杂到阴间，就是婚姻官司她刘岚芝也不一定能“断”，何况还是“冥婚”。

杨木匠见刘岚芝发愣，突然想起什么，他解开布腰带，从裤裆里掏出一张叠成方块儿的纸说，俺找村里的秀才写的状子……花了银子的啊。

刘岚芝拿过来看了看，那状子写的半文半白，大意是，赵老六不讲道义，趁火打劫，要予以杨木匠赔偿云云。刘岚芝说，从因果关系上来说，你是不应该告赵老六的。杨木匠立即警觉起来，大声说，赵老六抢了俺的儿媳妇，为嘛俺不能告他？刘岚芝说，赵老六是从哪儿抢到呢？杨木匠说，那俺不管。马二丫生是俺杨家人，死是俺杨家鬼，埋到他赵老五的坟里给他哥当媳妇，不是抢俺的是抢谁的啊？刘岚芝问，你认准赵老六抢了你的儿媳妇，现在马二丫死了，你儿子还活着，你想要马二丫的尸体给你儿子当媳妇？杨木匠一时语塞。刘岚芝指了指状子说，你要求赔偿云云，赔偿什么？赔偿多少？杨木匠支吾着：俺要的也不多，把俺给马庆茂的彩礼钱退了就行。

“要彩礼应该向马庆茂要啊。”

杨木匠说：“向马庆茂要，要不了。”

“为什么要不了？”

“他家刚死了人，不太好……”

朱大可实在忍不住了，他飞起一脚踢在杨木匠的屁股上：“混账的东西，你还知道不好啊？马二丫为革命牺牲了，你还在这儿胡闹，我看应该先打你50大板，然后再把你关起来。”

刘岚芝大声喊道：“朱大可！你是县长我是县长，你公开违反组织纪律，我看应该把你关起来，让你好好反省！”

听到喊声，两个战士跑了进来。刘岚芝对两个战士说，我宣布朱大可同志暂时停职，独自反省，带朱大可下去！

朱大可被带了下去。

刘岚芝扶起浑身发抖的杨木匠。对杨木匠说：“你先回去，我们要做调查研究，等了解情况后再审理官司，请你相信，抗日民主政府会给老百姓做主的。”

杨木匠走了，刘岚芝负担反而重了。

刘岚芝找来县政府组成人员冯秋成和邱书吏。原农业学校校长出身的冯秋成和开明绅士邱书吏两个人的看法很不一致。关于赵老六赔偿问题，邱书吏认为赵老六应该按民间习俗赔偿杨木匠，冯秋成则认为赵老六没理由赔偿杨木匠，因为他们俩之间没有因果关系，尽管他认为赵老六的做法是错误的，可买尸体本身也有损失。如果杨木匠一味地追究，应该先找马庆茂，马庆茂再找赵老六，赵老六再找卖尸体的人。这个追诉链条其实是不成立的，因为赵老六并不能找到那个盗尸贼，按当地的风俗，冥婚交易中的盗尸贼是不露面的。邱书吏不同意，他认为马庆茂已经够惨的了，不应该继续在马庆茂的伤口上撒盐。

刘岚芝准备亲自走访马庆茂，她认为妥善解决这个问题对新生的民主政府来说，是一件十分重要的事情。

下午，刘岚芝去看独自反省的朱大可，到了牲口饲料棚那个临时“禁闭室”，才发现朱大可并没有在里面写检查材料。

刘岚芝喊了几声“来人”，系着围裙的邹富贵跑了过来。刘岚芝问朱大可哪去了。邹富贵说：“朱班长带两个战士出去了，他们一人带一个饼子，像是出了大宗庄。”刘岚芝的血立即涌到头顶，她对邹富贵说：“你去给我备马，要快！”

邹富贵迟疑着。

刘岚芝说："怎么，你也想不服从命令？我给你一袋烟功夫！我还真不信了，看看你们二十一支（队）出来的，都是些什么虾兵蟹将。"

没到一袋烟的功夫，邹富贵自己全副武装地牵着两匹马过来。

"干什么，你？我没让你备两匹马呀？"

这时，通讯员小顾跑进来。小顾气喘着报告说："刘县长，有紧急文书需要处理！"刘岚芝打开小顾递来的公文包，里面掉出两个封信。一封是特工委的指示，要求刘岚芝紧急筹集军粮300担，同时，为应付春季饥荒，动员全县农救会向地主开展"借粮"运动，并附有具体的政策、要求和注意事项。另一封信的落款居然是乐津县自治政府字样。刘岚芝打开信，信的落款是乐津县自治政府县长孙秉恕。刘岚芝的血又顶到了头顶，刚想把信撕了，平静了一下，还是把信读了下去。

岚芝：见字如面。

前日得悉，汝已来乐津地界。纷乱世道，求生不易，壮更难酬。吾等本为夫妻同林，却各鸣他界。自上次书信互责，一直愧怍万分，反省吾所作所为，难以宽宥。为夫为婿有罪，没护好妻之娇羽，使汝误入歧途，飞临险地。我虽东洋留学，仍为中华儿孙，识潮流，明大理不易，背负汉奸之辱，卧薪尝胆更不易。谅你年少单纯，自难识破诡局，然为夫为婿更觉责任深重，欲救汝于水火，更加爱惜吾妻，百年修就之姻缘。吾时刻静候汝幡然悔悟，来投夫婿怀抱，比翼双飞，共担国难，光宗耀祖。

刘岚芝呸了一口。骂道："真臭不要脸!!"

刘岚芝问小顾信从哪里得来，小顾说交通站转来的。刘岚芝回到办公室写了一封回信。这次她要用大白话写，骂也骂得痛快。

上次刘岚芝给孙秉恕写信罢婚，就是用文言文写的，本来她早就习惯了白话文，可不知道为什么，觉得罢婚这样的信还是用文言文写有劲道。接受东洋教育的孙秉恕的回信却是白话文，写得怒气冲天，洋洋洒洒。奇怪的是，这次孙秉恕居然半文半白地用上了文言文。大概，他觉得刘岚芝习惯文言文吧。

刘岚芝写道：你和我已解除了婚约，没有任何姻缘关系，不要再来卿卿我我那一套，说那些我觉得羞耻。看在你祖宗是中国人的份上，我代表乐津抗日民主政府郑重地告诫你，悬崖勒马，回头是岸，不要做辱没祖先，背负骂名的走狗汉奸！……

信写好了，封上递给小顾，刘岚芝又要了回来。刘岚芝补充一句：乐津县是中国老百姓的，我代表乐津县人民警告你，如果你帮日本鬼子蹂躏作践中国人，我们会让你血债血偿！落款：乐津抗日民主政府县长：刘岚芝。

处理完公文，刘岚芝想起朱大可的事儿还没处理。而此刻邹富贵已经不见了踪影。刘岚芝喊邹富贵，小顾说："刘县长你别找朱班长了，他知道自己错了，上午他让我抽了他三鞭子。"

"抽了他三鞭子？你有什么权力抽他三鞭子？"

小顾十分为难，他说他也没办法，不执行命令不行。

刘岚芝从小顾那里了解到，朱大可认识到自己的错误，不过他不会写检讨书，他连自己的名字都写不好，让他写检讨书不如杀了他。所以，他找来小顾，让小顾替刘岚芝惩罚他，惩罚时，小顾还必须"当"刘岚芝，还得说话。朱大可说，刘县长我错了，你惩罚我吧。小顾还得模仿刘岚芝的口气说话，问，知道你错在哪儿啦？朱大可说，我错在违反组织纪律，不该说的话不说，错在打骂老百姓，犯了军阀作风。小顾说："就这样，他让我抽他三鞭子，我下不了手，可他逼我，没办法，我就闭眼抽了一下，朱班长火了，让我使劲抽他，我……他身上血淋淋的。后来他说要戴罪立功，带两个战士去找杨木匠赔礼道歉，他还说，你一定会找赵老六和马庆茂了解情况，他怕你去危险，所以替你去了。"

刘岚芝一时无语。

邹富贵从马棚后面露出头来，被刘岚芝看见。刘岚芝说："什么戴罪立功，我看他是罪上加罪！"

小顾瞪着眼睛望着刘岚芝。刘岚芝说："他自己犯错不说，还拉上我，让我犯军阀错误，我怎么能用鞭子抽自己的同志呢？你说，这不是罪上加罪吗？"

小顾噗地笑了。

刘岚芝说："你还好意思笑，我真服你们二十一支（队）的人了。等县大队的武装建立起来，我立马让你们归建。"

小顾说："你这么好的首长，我们还没跟够你呢。"

刘岚芝说："你甭嘴上抹蜜，我知道你们心里怎么想的，不是有人发牢骚吗，什么不属于正规部队了，打不了硬仗了，落毛的凤凰不如鸡!"

小顾问："谁说的?"

刘岚芝说："别问了，别以为我什么都不知道。"

这时，邹富贵走了过来，他拿过一包油纸包的东西。小顾迟疑着说："刘县长，有个事情开始没敢报告。"

刘岚芝问什么事儿。小顾不说，捅咕邹富贵说。邹富贵说："长果儿。"

"什么叫长果儿?"刘岚芝打开油纸包，发现里面是油炸花生，香味扑鼻。

小顾说："这个，是随信来的。"

刘岚芝笑了，她说这有什么不敢报告的，顺手捏了几个放在嘴里，嚼着，香溢满口。"来，有福同享，你们也吃点。"刘岚芝把花生分给邹富贵和小顾，两人都金贵地拿着，一口一粒，不舍多吃。

刘岚芝问小顾："是特委哪个首长送的?"

小顾支吾着。

刘岚芝说："咱不能稀里糊涂地吃了，得领人家这份人情啊。"

无奈，小顾说，是跟乐津城那封信一起来的。刘岚芝当时就傻了，表情呆了足有一袋烟的功夫。接着，刘岚芝吐了起来，随手把油脂包扔到地上，转身离去。

刘岚芝走后，邹富贵和小顾一个粒一个粒地捡地上的花生。邹富贵对小顾说："这么金贵的东西不能糟蹋了，那个孙县长是汉奸，可长果儿不是汉奸。"小顾说对："这个我可以想明白，咱用的三八大盖还是鬼子的呢。"

那天下午，他们捡地上的花生就像捡金豆子。

后来，刘岚芝知道了这件事儿，她心里难过了好一阵子，战士们的生活的确太清苦了。

四、讲地

早春的大地仍寒气汩汩，而平原上的风在恣肆中却蕴含着暖意。桑葚也羞涩地、试探着开始冒芽儿了。

一个月下来，刘岚芝在忙碌中也体会到了价值。筹集300担军粮的任务圆满完成，县大队也顺利组建。朱大可尽管心有不甘，可特工委的一纸调令让他彻底从“主力部队”落到了地方。人虽然下嫁了，可职务却提升了，朱大可正式出任县大队队长，手下由原来的11个大头兵扩编到101人。他朱大可也算是破格提拔了。

朱大可任命下来的当天，欢喜劲儿没过的他就被杨木匠挡在院子外。

打了一个阶段的交道，杨木匠不那么怕朱大可了。朱大可说：“你怎么总是缠着我，我不是跟你说过吗？赔偿的事儿解决不了。”

杨木匠说：“娶了我家的媳妇就得赔偿我的损失，欠债还钱天经地义，从古到今都是。”

朱大可和杨木匠说不通，还不希望杨木匠打扰刘岚芝，这段时间，刘岚芝忙借粮的事儿，已经搞得筋疲力尽。

杨木匠说：“我不跟你说，我要找刘县长。”

朱大可说：“刘县长不在。”

杨木匠说：“你糊弄三岁两岁小孩啊，我早就盯着了，刘县长进了大院就没出去。”

一个要进，一个阻拦。吵吵闹闹的声音把小顾招来了。

小顾说：“刘县长真不在，去大潭镇了。”

杨木匠不信，一定要闯关。

杨木匠面对朱大可一个人的时候不闯关，小顾出现之后开始闯关，说明杨木匠还是有他的智慧的，他怕和朱大可一个撕吧占不到便宜，而且还没有证人，小顾的出现，让杨木匠来了劲头儿，他像准备用锛头砍木头一般，先是在两个圈起的手里吐口吐沫，吼了一声，闷头向刘岚芝的办公室方向冲去。朱大可拉了杨木匠一把没拉住，大声给小顾下达命令，小顾却笑盈盈的像个局外人。

杨木匠冲到刘岚芝的办公室，里面空空荡荡。

小顾给一脸怒气的朱大可使了眼色。朱大可说："不是跟你说了吗，刘县长不在！"

杨木匠眨了眨眼睛，不信，他那架势非要翻出刘岚芝不可。

此刻，刘岚芝真的不在办公室，她已经来到了大潭镇。刘岚芝离开办公室小顾知道，那个时候，朱大可正表情严肃心里窃喜地欣赏毛边纸任命呢。

刘岚芝到大潭镇是处理孙德礼抗拒借粮问题。孙德礼是大潭镇的地主，还有一层关系，他是孙秉恕的父亲。也就是说，她曾经是孙德礼未过门的儿媳，两家还曾有多年的旧交。大潭镇农救会应该知道刘岚芝和孙德礼的关系，不然，不会在矛盾激化的时候三番五次地派人请她出马解决问题。

春借平斗，秋还尖斗，一斗40斤左右，由农救会打条盖章，兑付现粮，再由农救会分头借给贫困户，让受灾的农民度过春荒，好有力气"讲地"。一开始刘岚芝并不明白"讲地"的意思，经过解释她才明白，讲地就是种地，方言就是这样，一县不同调，一乡不同音。按县政府推行的"借粮"政策，叫先易后难、先礼后"兵"。很显然，孙德礼是个老顽固，光"礼"不好用。大潭镇农救会开始对孙德礼用"兵"，原因似乎可以理解，孙德礼不同于一般的地主，他的儿子是汉奸县长。所以，当孙德礼不配合借粮运动时，农救会就把孙德礼给绑了。

对孙德礼用"兵"刘岚芝是知道的，父亲百里之外来找她说过情。原本因刘岚芝罢婚和离家出走而惹恼的父亲是很难主动找她的，经不住孙德礼家人的哀求，父亲只好牵一头小毛驴，穿越不同武装割据区来找刘岚芝说情。刘岚芝没给面子。父女俩谈了两天，不欢而散。这期间，孙秉恕也派人来找过刘岚芝，敌我对立，刘岚芝更不会理睬了。那段时间，华北日军主力南下，为保护京浦线的安全，日军驻守的几个师团、旅团都集中在津浦路德州至济南段。仰仗日本人的孙秉恕无力顾及到乡下，日本人也不会单单为了这个傀儡县长的父亲被扣押而采取军事行动。

刘岚芝到了大潭镇之后才知道，事情远比她想象的复杂。孙德礼不单被扣押，而是被农救会用了刑。如果孙德礼老实配合，也许事情还有些转机，谁知考过前清秀才的孙德礼是个死硬派，拒不配合，农救会有人气不忿儿，给孙德礼坐上老虎凳，可孙德礼死活也不提供藏粮地点，不仅不配合，还采取了绝食的办法。后来农救会怕死了人，突破了政策的界限，只好请刘岚芝出面。

刘岚芝了解情况之后，让大潭镇农救会立即放人。谁想，孙德礼死活不肯离开，无奈，刘岚芝亲自去见孙德礼，孙德礼被关在原来镇公所的一个地下室里，阴暗潮湿，充满了霉菌和腥臭的味道儿。刘岚芝向孙德礼说明情况，并代表县民主政府向孙德礼道歉。孙德礼始终不理睬刘岚芝。

刘岚芝去孙德礼家拜访，接待她的是孙德礼的小妾蓝花，丫鬟出身的蓝花没见过刘岚芝，不过她早就知道刘岚芝的名字。一见面蓝花就嘤嘤地哭起来，一把鼻涕一把泪的。刘岚芝说："大潭镇农救会违反了工作纪律，行动过激，委屈孙德礼老先生了。"蓝花问："老当家的还活着吗?"刘岚芝说："还活着。"蓝花又是哭天抢地的。刘岚芝说："我来就是要放孙德礼老先生回家的，可是老先生不肯自己回来，希望你们家里多派些人，如果他不回来，就把他抬回来。"

蓝花愣了一会儿，小声对刘岚芝说："我知道老爷子没抖搂……所以你才来找我。"刘岚芝回头瞅了瞅随行人员，农救会的人对刘岚芝说："抖搂是鲁北方言，就是交代的意思。"刘岚芝明白了。她对蓝花说："孙德礼老先生的确没、抖搂。"蓝花说："我豁出去了，就算老爷子回来责怪我，打我骂我休了我，我也不能见死不救了。粮食……粮食藏在后院的地窖里。”

刘岚芝说：“我知道你们已经不信任我了，可我这次真的是来放人的。”

蓝花小声对刘岚芝说：“大潭镇的人说，这件事从头到尾都是你在幕后操纵。我知道，大少爷当了汉奸县长，有良心的中国人都不忿他，只是不知道大少爷怎么把你伤到这种程度。”

刘岚芝说：“我和他没关系，也没有个人恩怨，如果有也是民族大义。”

蓝花带人把孙德礼连拉带架地抬回了孙家。后来刘岚芝听说，大潭镇农救会把孙德礼藏匿的粮食挖了出来。刘岚芝也听说，孙德礼回到家，一气之下沉珂不起。

大潭镇借粮事件引起特委的关注，特委派一名副书记带工作组来了解情况。三天后，刘岚芝匆匆忙忙赶回大宗村，第一眼就见到了陈黎明。

刘岚芝十分兴奋，她说：“回来的路上，两只喜鹊还陪伴着我，没想到见到了你。”陈黎明并没有表现出刘岚芝希望看到的热情，他板着面孔说：“我是来工作的。”

进了办公室刘岚芝才知道，陈黎明已经调到特委任副书记，这次带工作组下来，主要是调查大潭镇借粮事件并指导春耕前的减租运动。

“还没吃饭吧，我让炊事员给你做点饭。”刘岚芝说。陈黎明耷拉着眼皮，冷冰冰地说：“我和工作组生活上的事儿你就不要操心了，这两天你先写材料。”刘岚芝笑着问：“写材料？是检查材料吗？”陈黎明说：“这样理解也行。”刘岚芝心凉了，她说：“要停职审查我吗？要不要关禁闭？”陈黎明说：“我们要先了解情况，至于组织处理问题还要等情况调查清楚之后。”刘岚芝苦笑着，“当初我跟你说我不适合当县长，你根本不考虑我的意见。真的当了县长，我几乎倾尽所有心血，这两个月，我几乎感觉不到我的存在，可还是有顾及不倒的地方，还是出了问题。我可不是神仙……”陈黎明说：“这是两回事儿，主观和客观是不同的，我们就事论事。……对了，材料要全面细致，包括大潭镇借粮事件的过程，存在的问题和教训。等你的材料完成了，我们也全面掌握了情况，我再正式跟你谈话。”

刘岚芝问：“什么都不想跟我说了？”

陈黎明说：“我说得已经很清楚。”

“那工作呢？都停下来吗？”

陈黎明有些不耐烦了，他说：“我说得很清楚。”

刘岚芝眨了眨眼睛，觉得陈黎明说的并没有那么清楚。

朱大可回来了，几天前，他拉走了县大队主力，配合二十一支队围歼盘踞在小河沿村的冯大牙武装。围歼冯大牙武装已酝酿一段时间了，刘岚芝并不了解内部情况，她所知道的是，冯大牙已经投降驻德州的日军，屡次向八路军挑衅，在大赵村、丁村一带挖沟垒墙，扣押八路军过往人员，活埋抗日干部，谈判无效后，边区军政委员会决定收拾冯大牙。乐津县大队主要是配合主力部队打阻击，防止驻乐津的日军岩下大队和伪军增援。“我听说打得不错。”刘岚芝问。朱大可说：“大获全胜，大获全胜啊。县大队只牺牲一人，伤六人，可咱们阻止了鬼子和伪军一个下午的进攻。”说着，朱大可从口袋里拿出了一个油印的嘉奖通报。刘岚芝接过来，看一看，刘岚芝说：“朱大可同志，我觉得这里面有问题啊。”

“有什么问题？”朱大可显然有些扫兴。

刘岚芝说：“你看看这里写的，乐津县大队200余名战士英勇参战……咱们县大队经过补充，满编不是123人嘛。留守大宗村的周德胜中队23人，据说还有2名病号。这样一算，参加战斗的不足一百人啊。”

朱大可狡黠地笑了，他说：“这没什么，这是我的策略，现在各个县大队都在拼命地壮大自己，队伍壮大了，军分区才能提高装备和给养。我这是为了我们发展壮大留空儿。”刘岚芝说：“可这是弄虚作假啊。”朱大可说：“也不能算弄虚作假，你不希望咱们发展壮大啊，再说了，不足一百人完成了200人的任务，就不应该算弄虚作假。”

“你真会狡辩。”刘岚芝嘟哝着。接着，继续看通报。“我看就是弄虚作假。”刘岚芝指着油印单说：“经过一个下午的激烈战斗，共毙伤日伪军

100 余名，其中日军 30 余名。这个也太假了吧。你说说看，鬼子和伪军一共出动多少？”朱大可说：“日军一个小队，伪军一个连。”

“那就是说，你们基本把鬼子和伪军都消灭了。”

“那倒没有。”

“没有是多少？”

“大概……后来他们打了一阵子炮，就逃回乐津县城了。逃的时候抬了不少伤员和尸体。”

“你们缴获了多少武器呢？”

“不算多。”

“不算多是多少？要说具体。”

“5 只长枪，三把军刺，7 个水壶、6 个武装带。”

“那你怎么判断出敌人死伤 100 余人，而且其中鬼子 30 余人呢。”

“嗐，就是个数呗，有那么重要吗？”

“当然重要了，这里有组织纪律问题。”

“刘县长，你可别吓唬我。”

“我没吓唬你，军事上你归军分区指导，可组织上，你还归乐津县委领导。你要回答我的问题，这个数是怎么得出来的？”

原本来报喜的朱大可像长得欢实的茄子遭遇了霜冻，脸色瞬间少了光泽。他说：“是下面各中队凑的数儿，我也没考虑就上报了。我没想数上有什么问题，数多了也不是什么坏事儿，起码可以鼓舞士气……”

刘岚芝严肃地说：“其实你根本不用报虚数，你们一个中队阻击了鬼子和伪军的增援部队，圆满地完成了任务，而且咱们的伤亡不大，这些足以够上嘉奖了。何必还违法组织纪律，节外生枝呢？”

朱大可不说话了。

“这样吧。”刘岚芝说：“回头你们大队重新写一份报告，说明实际情况，纠正谎报的数字，同时说明，由于打扫战场时间仓促，敌人伤亡情况不详。可以吗？”朱大可摇了摇头，接着又点了点头。

朱大可灰心丧气地离开。刘岚芝想，是不是自已太过严厉了呢？现在很多地方武装都那么干，朱大可不过是“学”来那一套，让他发明他可能还没那本事。这回朱大可一定是生气了。不想，天一擦黑，朱大可拎着饭盒进来了。

“刘县长，我给你煮的茶汤子。”

茶汤子也是鲁北方言，指白面粥。时间不长，朱大可居然也说上了鲁北方言。刘岚芝盯着朱大可手里两层墨绿色的金属饭盒说：“你哪儿弄来的新鲜玩意？”朱大可说：“缴获小鬼子的，东洋货。”

“缴获要归公的。”

“是啊，归咱乐津县抗日民主政府了。你别瞅我，这次的战利品是经过军分区同意留下的。”

刘岚芝笑了，问朱大可：“本来以为你生气了，我不叫你你是不会主动来见我的。”朱大可说：“怎么能呢，我下午想明白了，你批评的对。”刘岚芝有些好奇地问：“以往，你脑子没这么快就转弯儿的呀。”朱大可说：“惭愧啊惭愧，下午我才知道，你都反省写检查材料了，还有心帮助我，一比，我还能说什么？”

刘岚芝本来空落落的心有了安慰，对朱大可说：“你赔我吃吧，我还真饿了。”

朱大可坐下来陪刘岚芝吃饭，同时讲了敌我斗争形势。朱大可告诉刘岚芝，军分区和各县大队打了招呼，敌我斗争形势会越来越严峻，让各县抓紧训练队伍，积极备战，将来血战、恶战在所难免。刘岚芝顾不上吃饭了，她打开了军用地图和朱大可一起研究起来。那张地图是她参加冀鲁边区特工委培训班时从首长手里软磨硬泡弄来的，那次培训班，萧华司令员作过《放弃武汉后的形势与当前的紧急任务》《游击战术》的报告。地图红色区域是冀鲁北根据地，北面是国民党冀省主席鹿仲麟，民团司令张荫梧的势力范围，东南面是国民党山东省主席沈鸿烈的势力范围，伪军华北自治联军副总司令刘佩臣和日本驻沧州。这几股势力都相互交叉，犬牙交错。朱大可说：“情况已经发生了新的变化，前不久鬼子兵力开始增加，还从伪满洲国调来了程照瑞的‘黄协军’，包括朝鲜人大队。据说，汪精卫的‘建国军’和国民党高树勋的部队也开始进入鲁北。”

刘岚芝说：“这样看来，斗争形势的确越来越严峻了。”朱大可说：“县大队整编和扩编的事儿是不是应该抓紧进行。”刘岚芝说：“我今天给特委写一份报告，明天让小顾送走，具体工作你抓紧做。”

“我想藏个心眼儿，把邹富贵那个中队做成双建制，表面是一个中队，实际上配备三个中队的人马，这样，即使上面不批，开战了咱也有了差不多一个大队的预备队。”

刘岚芝想了想说：“这样能行吗？”

朱大可说：“我知道你的肩膀担不动这么大的事儿，你干脆睁一只眼闭一只眼”。

刘岚芝一脸难色：“那你不该跟我说啊”。

朱大可说：“这样吧，你本来就不知道，出了事儿我兜着”。

刘岚芝拿着材料去找陈黎明，陈黎明去大潭镇调查没回来。往办公室走的时候，正好碰到杨木匠。杨木匠说：“我算看明白了，从古到今当官都是一样的，没有一个当官的是为民做主的。”其实杨木匠还真是冤枉刘岚芝了，且不说刘岚芝有多少挠头棘手的事情需要处理，但就这个“冥婚”官司来说，处理起来也没那么简单。往往就是这样，民间纠纷的调解远比有些大的事情甚至武装斗争还费周折。从当事人那头说，杨木匠、马庆茂和赵老六三人的立场、想法和要求都不挨边儿、不接茬儿。而县政府内部几个人的意见也不统一。那天，刘岚芝连夜召集冯秋成和邱书吏研究“冥婚”案，冯秋成和邱书吏争得脸红脖子粗，还是没有结果。无奈刘岚芝提出了一个方案，即将马二丫的尸体归还马庆茂，由马家重新安葬。冯秋成和邱书吏都觉得这倒是一个好主意，不过，冯秋成担心杨木匠不会同意，邱书吏则担心赵老六不配合。冯秋成说：“杨木匠在这一带很有名，他的口头语是赚钱难吃屎难，赚钱比吃屎还难，他的命可以舍钱不能舍，彩礼打了水票儿，他不会善罢甘休。”邱书吏说：“要说花钱，赵老六花的是现钱，如果从坟里把马二丫起出来，赵老六能让？关键是赵老六并不知道这个尸身是谁，他花钱买的只是尸身，跟谁有关系他并不在意。”

刘岚芝说：“我一直不明白的是，马二丫是马庆茂的女儿，可马庆茂像与这件事无关似的，反而是有间接关系的人在打官司，没完没了。”

冯秋成说：“鲁北这地方就是这样，要么出来个天不怕地不怕的，要么就是老实得拿杠子压都压不出个屁来的。很多都是马庆茂这样的人，胆小怕事，女儿死了都不敢放声喊几句。”

刘岚芝说：“那就这样吧，明天把他们三个人找来，咱们当面锣对面鼓地论一论，我的想法是让马庆茂把女儿的尸体领回去，这也算是天理公道吧。

刘岚芝这样说，冯秋成和邱书吏都没话儿了。

正如预想的那样，官司调解的并不顺利，赵老六死活不同意，杨木匠也坚决反对，只有马庆茂呆呆地坐着，仿佛这件事儿跟他无关。刘岚芝想，马庆茂的眼泪大概是哭干了吧，眼睛里一点湿润的意思都没有。

刘岚芝送走客人，回到办公室时就觉得气氛很不对。陈黎明和两名工作组成员凶神恶煞般地站在她办公室门前。陈黎明严厉地说：“刘岚芝同志，我跟你说的不清楚吗？”

刘岚芝懵懂地望着陈黎明。陈黎明说：“我让你写反省材料，没让你处理县政府的工作。”刘岚芝明白了，自己到底还是被停职软禁了。

两名工作人员过来，其中一个小伙子说：“对不起领导，只能关你禁闭了。”

关刘岚芝禁闭的地方也正是刘岚芝关别人禁闭的地方——牲口饲料棚。那几天陈黎明没露面，只有工作组的人轮番来找刘岚芝谈话，按理说朱大可应该有办法来探望刘岚芝的，可一直没见到朱大可的影子。

工作组谈话的重点是刘岚芝和孙秉恕的关系，什么时候订婚的，什么时候解除婚约的，通过信没有，信里都写了什么等等。刘岚芝知道组织上误解了她和孙秉恕的关系，可她的解释似乎没什么力量。当工作组带着一脸伤痕的小顾出现时，刘岚芝真的恼怒了。刘岚芝说：“我的确收过孙秉恕的信，也吃过他给的花生，你们鲁北叫长生果。但信的内容我背不下来了，不入心的字，我根本背不下来。”

第二天早晨，陈黎明终于出现了，他先给刘岚芝倒了一杯水，走到刘岚芝的背后轻轻地摁了刘岚芝的肩一下。陈黎明长出一口气，说事情都搞清楚了。

刘岚芝的眼泪瞬间涌出，她一句话都没说。

陈黎明说：“组织的审查可能严格了一点，请你无论如何都要理解，你和普通的干部不一样，你的角色十分重要，明面上你是乐津县抗日民主政府县长，背里你是县委书记，你一个人影响一个县啊，我这样说你该明白了吧？咱根据地 7 个县，丢一个人可能就丢一个县。当然，我所以过分严格，也算有我个人的私心，我们是在一起工作过的老同志，更应该铁面无私，当然……我的意思是……岚芝同志，其实，我……我非常希望你纯洁无私，是最忠诚的无产阶级革命战士。……你可能也看出来了，我对你有私人的感情。”

刘岚芝愣住了，问陈黎明：“你说什么？”

陈黎明摆了摆手说：“不说个人的事儿了。经过充分细致的调查，情况都搞清楚了，工作组认为，虽然你还有些经验不足，但你是个称职的好干部，好同志。”

刘岚芝抹了一下眼角，苦笑着说了声谢谢。

陈黎明和刘岚芝出了临时禁闭室，朱大可迎面走了过来。朱大可看了看刘岚芝，刘岚芝的心倒悬起来，从朱大可的眼神儿里，刘岚芝看到了杀气，而远处房顶还架着机枪，隐约闪动着人头。刘岚芝对朱大可说：“没事没事儿，我跟陈书记谈工作。朱大可你这一段跑哪儿去了，影儿都没有。”

朱大可愣住了，接着醒悟过来，他说：“参加军分区的军事行动，陈副书记，这个你应该是知道的吧？”

陈黎明笑着说：“军事行动的事儿不归我分管。”

刘岚芝舒了一口气，还好赶在朱大可行动前解除了误会，不然，朱大可酿出大祸，她的命运也许由此而发生颠覆性改变。

陈黎明离开大宗村前对刘岚芝说："听说国民党高树勋部已经进入鲁北，同时任命了各县的县长，你面临的压力会更大。"

刘岚芝说谢谢。其实那句话完整的意思是谢谢老领导的提醒。礼貌到那种份儿上，其实刘岚芝的心已经和陈黎明疏远了。不过，陈黎明后来嘱咐她的话她却记在了心上。陈黎明说："现在看来，一个县的地界上有了三个政权，三个县长，要我看啊，归根结底，并不是哪个县长能武力威胁人，有钱有势力，关键要看老百姓支持不支持，所以，争取民心是唯一的取胜法宝啊。"

说是和陈黎明的心疏远了，可陈黎明走之后，他说的那句"我对你有私人的感情"刻板的声音，还是在刘岚芝入睡前，时不时回荡在她的耳畔。很显然，陈黎明不是自己喜欢的类型，他就像一个没有温度的器物……比如桌子。与陶望之不同，陶望之是果敢的、生动的，在远处他是传说，描绘着天面的彩虹，在近处他刚毅的目光和身体里发出的男人气味儿吸盘般地牢牢牵引着他。奇怪的是，陶望之那彩虹太遥远了，以至于渐渐模糊了，而徘徊在她的眼前的正是那张呆板的"桌子。"刘岚芝有些厌倦去想那些，她把所有的精力都投入到减租减息和"讲地"上，减租是县民主政府推行的新经济政策，具体为两点：一是包租减租，一律按原租额减二成五；二是分租减租，佃户种地主的田，收获的粮食地主得 4 份，佃户得 6 份。春耕时节，对农民来说，抢节气就是抢一年的收成，而对刘岚芝来说，"讲地"关系到乐津县抗日民主政府未来的一年。

那天下午，刘岚芝到白河村了解"讲地"情况，站在地头，春风拂面。刘岚芝也萌发了一种莫名的神秘力量，这种力量来自身体内部，也来自自己脚下的大地。

这时，小顾气喘吁吁地跑了过来，他给刘岚芝递来一个纸条儿。刘岚芝接到纸条，直看到脸色红润，其实纸条上只有几个字：明天，我在乐津县城群英楼见你。望之。

刘岚芝对小顾说："你告诉朱大可一声，明天我带你去一趟乐津县城。"

小顾说现在和以前不一样，路上情况复杂，很危险。要不要多带些人去？刘岚芝说不用，你自已陪我去就行。

小顾犹豫了："我个人家（自己）？……可我怎么跟朱大队长说呢？"

刘岚芝说："你什么都不要跟他说。"

纸条儿是陶望之写的。刘岚芝为了见陶望之第一次对组织内部做了隐瞒。

五、刮拉报子

太阳明晃晃的，刘岚芝带着小顾来到挂着四个幌的群英楼饭店。进了店门，刘岚芝就看到那个熟悉而亲切的身影——陶望之站在通往二楼的楼梯口儿。陶望之看见刘岚芝没有说话，转身上楼去了，刘岚芝示意小顾在楼下等候，自己也随之上了楼。

在二楼一个小包间里，刘岚芝终于见到了自己崇拜、也暗自思念的男人。

陶望之商人打扮，一袭长袍，还披了黑色的斗篷。刘岚芝则一幅农妇的装束。两人相见并没有亲切的场面，见陶望之，刘岚芝紧张得手心都是湿的。陶望之问："岚芝，你还好吗？"刘岚芝的眼睛有些湿润，又怕陶望之察觉出来，咬着嘴唇使劲点了点头。"你呢？"刘岚芝问。陶望之说："我挺好的。看到你健康的样子，我就放心了。"

彼此问候之后，他们似乎都关心分手后对方的情况。从陶望之那里，刘岚芝了解到当时的实际情况。当初，刘岚芝、胡萍随陶望之北上参加革命，那是阴雨绵绵的日子，他们一路泥泞地跋涉了一天，不想，那天晚上在运河边一个村子里被私盐土匪武装盘查，陶望之怕刘岚芝和胡萍落到土匪手里，就将刘岚芝和胡萍藏在一条破船上，他本想引开土匪，跑了一里路之后还是被土匪抓住了。陶望之在土匪窝里混了一个月，终于有个机会逃了出来，找到了济宁国民党党部。而陶望之在土匪窝里艰难度日时，刘岚芝和胡萍却跑到八路军根据地。

“谢谢你，当初要不是你救了我们，现在我们还不知道会怎样？”

陶望之说千万别这样说，我一直十分愧疚，是我把你们俩带出来的，可路上却把你们丢了。对了，胡萍现在怎么样？

刘岚芝说：“胡萍很好，现在已经成了文艺队的名角了。”陶望之有些感慨地说：“短短不倒两年时间，世事竟发生这么大的变化……我是前一段才得到你的消息的，听说你在八路军这边，还当了敌占区的县长。所以这次我主动申请到鲁北来工作。岚芝，过来跟我一起工作吧。”

刘岚芝的眼泪快掉下来了。她说：“如果当初我们没分开，我们一定会在一起。”

陶望之说：“现在也不晚啊，现在国共合作，在那儿都抗日。我介绍你参加“CC”。”

“稀稀（CC)？”

陶望之说：“就是‘中央俱乐部’英文 Central Club 的简称。国民党的精英汇聚组织。……岚芝啊，不瞒你们说，我现在是国民政府乐津县县长，我这个县长可是正牌的。”

刘岚芝愣怔怔地瞅着陶望之。陶望之说：“我没有打击你的意思，毕竟我们这儿是名正言顺的，你那个县长最多也是过渡性质的。”

刘岚芝说：“我在共产党这里两年多时间，我已经是彻头彻尾的共产党了。”

陶望之说：“这个应该不是障碍，你退了共产党加入国民党就行了，你到我们县党部来工作，我们……永远在一起。”

刘岚芝叹了口气，她说：“我现在不会离开八路军，八路军真心抗日，为老百姓肯做牺牲，我对这个党有信仰……望之先生，你到我们这里来吧，我……还有胡萍都希望你到我们队伍里来，毕竟是你引领我们走上革命道路的……你知道我心里怎么想的。”

陶望之说：“我有责任，我没有彻底引领你们走上正确的道路，让你们走入歧途……”

“歧途?”刘岚芝看着陶望之。

陶望之说：“算了吧，短时间也不能把问题说明白，慢慢讨论吧！好在我们都在同一个县，你有时间考虑一下我的建议，我会一直等你!”

这时，小顾上了二楼，呼呼地敲门。

刘岚芝过来给小顾开门。小顾说：“楼下有几个身份可疑的人，像是密探。”陶望之说：“你们先走吧，这几个人一定是冲着我来的。”

刘岚芝思考了一下，“唰”地把陶望之的黑斗篷扯了下来。“你从后窗走吧。我来掩护你。”

“不行。”

刘岚芝说：“没问题，我披你的斗篷，等他们发现我是个女人时你应该安全脱险了。况且，我还有小顾保护。你放心离开吧。”

“我不同意。”陶望之说。

刘岚芝苦笑一下，她说：“望之先生，我已经不是两年前那个身子单薄的小女孩了，我现在是经过战火锻造过的革命战士！……小顾，送望之先生!”

陶望之还没反应过来，小顾抱起陶望之两条大腿，把他顺到了窗外，窗外是一楼的瓦脊。陶望之还想说什么，刘岚芝已经披起斗篷下了楼……

刘岚芝回大宗村路过大潭镇，见路上一队人送殡，喇叭呜咽，纸钱翻飞。小顾上前一打听，说是孙德礼过世了。

刘岚芝还听说，孙德礼病倒之后就再也没爬起来，孙秉恕多次派人接孙德礼去城里治病，孙德礼死活都不要见汉奸儿子，以至悲愤地撒手人寰。刘岚芝的心情十分复杂，一方面她为自己的过错而感到内疚，另一方面对孙德礼老先生的气节由衷敬佩。刘岚芝对小顾说：“你去和孙家人商量商量，让我去给孙老先生送送行吧!”

杨木匠的确十分难缠。刘岚芝一回大宗村就见他蹲在长条凳子上抽烟。刘岚芝突然想起第一次见面的情景，朱大可骂道，马二丫为革命牺牲了，你还在这儿胡闹。关于马二丫为革命牺牲的道理，刘岚芝也曾经跟杨木匠讲过，可杨木匠怎么也想不通。

刘岚芝自己也拉过一条板凳，坐在杨木匠的对面。

刘岚芝问杨木匠："你恨日本鬼子吗？"

杨木匠说："恨。"

"怎么个恨法儿呢？"

"我听说日本鬼子是杀人魔王。"

"仅仅是听说，所以你对鬼子并没有切肤的痛恨，所以马二丫被鬼子残害死了你没有同情心反而还计较你的彩礼损失？"

杨木匠说："你没损失，你当然这样说，站着说话不腰疼。"

刘岚芝说："那就只能这样了，把马二丫的尸身判给你家……"

杨木匠愣住了，半天说不出话来。

"你说赵老六抢你的未过门的儿媳妇，现在把媳妇还给你。"

"行啊。可儿媳妇呢？"

刘岚芝说："马二丫牺牲了。如果你想以儿媳妇的名义埋葬马二丫的尸身，我想大家会赞成的，毕竟，马二丫是被鬼子杀害的，也算是英雄，应该好好安葬。"

杨木匠快频率地眨着眼睛。支吾着说："我要活人，谁家娶媳妇娶个死的？我儿子还活着……"

"所以呀，"刘岚芝说，"你不安葬马二丫，那我提议要把马二丫的尸身还给他爹马庆茂。"

"我这样说你就理解了吧。"

杨木匠想了半天，刘岚芝本以为情况有了转机，不想杨木匠说："可是，我的彩礼怎么办？"刘岚芝哭笑不得，她说："你这个人啊，怎么一句话也离不开钱呢，钱重要还是命重要？杨木匠说钱重要。"刘岚芝被噎住了，她说："如果命都没了，钱还有用吗？"杨木匠说："那倒是，可是没有钱命也没了。"

刘岚芝气的眼睛鼓鼓的，实在没办法跟杨木匠掰扯下去。

杨木匠还没走，朱大可就跑过来。

朱大可把刘岚芝拉到一边，气喘着告诉刘岚芝，昨天晚上鬼子和伪军频繁调动，恐怕有情况发生。

杨木匠抻脖子望着。朱大可大声说：“别找毛病啊！杨木匠吓了一跳，脖儿缩了回去。”

刘岚芝说：“为了增加抗日力量，适当时机把“大刀会”整编过来，这方面特工委早就有了指示。”朱大可说：“算了吧，那些人中了邪一样，只相信神灵附体，真的开战了枪炮也不长眼睛。”刘岚芝说：“可他们也是农民兄弟啊，也有抗日的真心和热情，朱大可我可对你说，真的打起来你一定要掩护好他们，少牺牲一个是一个，未来都是抗日队伍的有生力量，而且他们很多人的功夫都不错。”

朱大可说：“我宁愿招那些生蛋子也不愿意招他们。”

刘岚芝说：“这样吧，明天我们跑一趟运河口，去坛主那儿谈谈联合抗击鬼子汉奸的事儿。”

夜里，刘岚芝向特工委写了一份报告，详细汇报了自己和陶望之的关系，以及私自去乐津县城见陶望之的情况。

那天星空繁闹，众多星辰遥远而深邃，刘岚芝的心却空空落落。陶望之曾经救过自己，而今天她也救了陶望之，那个过程几乎没有经过大脑过滤，是自己本能地还陶望之的人情债，还是冥冥中已经预示她要与陶望之告别了呢？告别活的陶望之容易，告别心里的陶望之不易。此刻，黑暗中青蛙响声一片。鲁北管青蛙叫刮拉报子，刘岚芝小时候听长辈讲过，青蛙的叫声里含着某种预示，这组合的音响预示着什么呢？

第二天，朱大可带了一个中队的战士陪刘岚芝去拜访大刀会坛主麻道长。麻道长原是招远红枪会的成员，失败后隐居多年，“七七”事变后他再度出山，在乐津运河边组织起了浩浩荡荡的大刀会。

为了显示大刀会的实力，麻道长召集大刀会成员在河口村场院里列阵，设坛祭拜。场院的一侧挂着醒目的条幅：“驱逐日寇，光复中华”，另一侧几十杆幡旗猎猎飘荡。

麻道长手持燃香，大声诵道：“每日焚香一缕烟，先敬老母后敬天，老母闻香心喜欢，保佑弟子永平安。”然后三叩九拜，场面十分壮观。

拜祭仪式之后，麻道长亲自登场表演，他光着肩膀来到场地中央，让弟子把他绑在一块竖起的木板上。随后弟子后退几十米，那里有一尊老式的笔筒炮。麻道长做了个手势，独自念起了咒语。弟子点燃了火炮，轰隆一声巨响，带着铁砂的炮弹在麻道长身边爆炸。刘岚芝吓了一跳，她还没回过神儿来，麻道长从硝烟中威武地走了出来，神奇的是，麻道长毫发无损。

刘岚芝小声问朱大可："真神了，你知道怎么回事吗？"

朱大可说："我现在还不知道，不过我可以肯定，那个家伙一定搞鬼了。不信我给他一枪，看看他的肉身能不能挡住我的子弹。"

刘岚芝厉声道："别胡来！"

朱大可说："我没胡来，就是说一说。"

刘岚芝说："想都不能这样想，还说一说？"

麻道长俨然胜利者的姿态，在大刀会成员的欢呼声中，表情庄严地做了一个手势，瞬间，场院里鸦雀无声。

麻道长带头念咒语，他念一句，下面念一句。

天生老母传下令，八大金刚紧护身。水不溺，火不焚，刀枪不能入，子弹两下分。急请急请，快请快到，一时不倒，灵官来罩。速速速，无量寿佛。

刘岚芝对朱大可说："不管怎么说，我们还是要平等、友好地待人家，毕竟都是抗日的同胞。我必须强调的是，如果打起来，我们宁可做出牺牲，也要保护他们。"

朱大可笑了，他说："你也看出他们那一套不行吧？"

刘岚芝说："我看出什么啦？我是觉得他们手里大刀长矛的，你手里可是快枪铜弹。"

麻道长仍旧率领大刀会成员念咒语，喊声震天。

……无生老母有规矩，爱护黎民切记心，烟酒不能动，素食能养性；天上不吃雁鸽鸠，地上不吃驴马牛；不爱财，不私吞，缴获东西要充公，

不邪念，不淫欲，尊重民女和百姓。

朱大可寻思半天也想不明白刘岚芝的话，他对刘岚芝说："还不是我说的。"

刘岚芝和朱大可拜访麻道长的第二天早晨，初夏的平原雾气很浓，枪炮声却接连不断地传过来。

刘岚芝匆忙出屋，迎头撞到正进屋的朱大可。朱大可说："刚刚接到命令，让县大队到大潭镇集结待命。我把邹富贵中队留给你。"话还没说完，朱大可就跑了。朱大可刚走，小顾就跑了过来，送来特工委的指示。特工委让刘岚芝立即组织县委、县政府机关向白河村西岸转移，那里是主力部队二十一支队的防区。

转移过程中，刘岚芝并不知道前方战事情况，到了运河边儿，邹富贵报告，运河里发现了鬼子的钢壳船（汽艇）。刘岚芝拿过望远镜一看，钢壳船上一个鬼子军官正用望远镜看着她。刘岚芝问邹富贵："你手里有硬家伙吗？"邹富贵偷偷一笑，他说："有一门小钢炮。"刘岚芝说："你怎么会有小钢炮？"邹富贵说："你还不知道啊，咱藏的家底儿，别说小钢炮，咱这个中队可有一个大队的人马，刘县长你下命令吧，我掀了他个驴进的，让他们统统喂王八喂鱼！"

刘岚芝审慎地研判着形势，如果打可能引来更多鬼子和伪军，如果不打，钢壳船眼看着就从身边溜掉了。刘岚芝又拿起了望远镜，她看到，钢壳船上的鬼子正在打旗语。在干校时，刘岚芝听一线部队的人说过，鬼子常常是通过旗语来指挥的，有打旗语的鬼子就有鬼子的指挥官。

刘岚芝暗自一喜。心想：谁让我碰上了呢？

刘岚芝把邹富贵拉到一边，对邹富贵说："一会儿，三个小队都摸上去，越近越好，等这头炮一响，各小队就猛打猛冲，不打拉倒，要打就给我打个狠的，一个鬼子也别放跑了。"

邹富贵已经急得不行，这回终于有机会大显身手了。他说："刘县长你放心吧，放走一个鬼子，我剁自己一个手指头。"

很显然，汽艇上的鬼子也发现了刘岚芝他们，他们的队伍显得七零八落。鬼子犯了一个常规的错误，他们大概把刘岚芝等当成溃败的散兵游勇。鬼子决定打两炮吓唬吓唬，按他们的习惯思维，炮声一响，抗日武装就溃不成军，四下溃散，何况散兵游勇。

所以，刘岚芝的部署还没完成，鬼子的炮就响了。炮声成了命令，三个小队还没完成对汽艇的合围，就喊叫着发起了冲锋。刘岚芝一看坏了，连忙指挥迫击炮发射，一连几炮都没打准，炮弹在汽艇周围溅起了水柱。还好，周德福他们人多势众，战斗中渐渐占了优势，而众多的炮弹中终于有一发炮弹击中了开足马力逃离的汽艇。……事后刘岚芝想，如果钢壳船原地不动会是什么结果呢？那些炮弹本来是落向不动的汽艇的，一直无法击中目标，恰恰因为钢壳船移动，攻击方歪打正着，鬼子那头却招致了覆灭的命运。

更令刘岚芝无法预料的是，同样是歪打正着，他们干掉了日军联队长松本大佐、两个中佐及下属8名鬼子，松本大佐是本次行动的最高指挥官，刘岚芝的行动对整个战局产生了意想不到的影响。

刘岚芝由此名声大震。

六、连腿儿

半个月后，刘岚芝带县委、县政府机关返回了大宗村。

战火硝烟早已散尽，可血腥的气息却远远没有散开，各村都在掩埋和祭奠死难的战友和同胞。

陈黎明来到大宗村，他带来了特工委对刘岚芝的嘉奖，也带来诱捕孙秉恕的“锄奸”命令——代号为“连腿儿”行动。“锄奸”行动小组组长由陈黎明担任，刘岚芝和朱大可担任副组长。时限为一个月。

事情的原委是这样的，上次日军的军事行动主要是针对二十一支队展开的，精心准备的鬼子攻势强烈，二十一支队和配合的地方部队吃了不少亏。为切断二十一支队和八路军津浦支队的联系，作为整个战局的一环，日军在大潭镇、黄村和大宗村一线部署了黄协军和伪军。那些黄协军和伪军均由日军指挥。孙秉恕参加了伪军的行动。他指挥乐津的伪军杀气腾腾，走一路杀一路。孙秉恕在黄村杀了5名农救会干部，在大潭镇杀了12名农救会和党地下交通站干部，在大宗村杀了8名抗日积极分子。就在战局极其被动的时候，刘岚芝那儿抽了彩头，炸死了日军指挥官，孙秉恕才停止杀戮，随日军撤回乐津县城。按老绅士邱书吏的话说，孙秉恕血债累累，罄竹难书啊。乐津县抗日民主政府联名上书特工委，于是，特工委决定除掉孙秉恕这样的铁杆汉奸，杀一儆百。

如豆的油灯下，陈黎明与刘岚芝、朱大可研究诱捕孙秉恕的方案。推翻了一个又一个方案，很难找到最有效而又最满意的办法。

日伪军撤退时，孙秉恕把大潭镇的家人都接到县城，他自知罪孽深重，为防止有人暗杀他，他不但加强了住所的安全警戒，而且深居简出、处处谨小慎微。在乐津县城杀孙秉恕很难，可把孙秉恕调出城又谈何容易？

讨论到半夜大家都困倦了，朱大可提议搞点夜宵，陈黎明严肃地说："干部不能搞特殊化。"朱大可伸了一下舌头，偷偷对刘岚芝撇了撇嘴。

陈黎明对朱大可说："你别在下面搞小动作，你以为我没看见我就不知道了啊，不是我批评你，你这个人优点不少，可毛病……"突然，陈黎明意识到什么，他一拍脑门说："有了。"

刘岚芝、朱大可他们重新围绕在陈黎明身边。陈黎明说："据我们掌握的情报，孙秉恕是个刻板严谨的人，不抽不嫖不赌……不过我相信人都有弱点，孙秉恕也不例外，要想诱捕他就得从他的弱点入手。岚芝你说说看，孙秉恕的软肋在哪儿呢？"

刘岚芝想了想，一下子想不起来。"我只是隐约的感觉他很凶残，脾气也很火爆。"刘岚芝说。

朱大可说："凶残是肯定的了，可我们怎么能从他的凶残中抓弱点呢？"

刘岚芝突然想了什么，她说：“据我所知，孙秉恕还算是孝顺的，当初为他爹的事儿他找过我好几次。对了，这几天孙德礼应该烧七期了吧，七期在鲁北可是大日子，孙秉恕完全可能去给孙德礼上坟。”

“去大潭镇西山上坟？”朱大可站了起来：“那他的狗胆子够大的。”

陈黎明打开地图察看着，他指点着说：“大潭镇西山离乐津县城不足30华里，东面公路边儿有鬼子炮楼，西面有伪军驻守的洼子炮楼，他完全可能冒一次险。只要他带一个连的警卫，风险就很小。一旦双方交火，他可以在20分钟内躲到洼子炮楼里。”

陈黎明经验丰富，说服力也强。刘岚芝瞅了瞅朱大可，朱大可瞅了瞅刘岚芝，两人只剩下佩服陈黎明的眼神儿了。

陈黎明说：“这个可以试一试，不过整个计划都要十分周密才行。”

方案初步确定下来时天色麻麻亮，陈黎明说：“不早了，大家早点睡吧。”刘岚芝一下笑了：“天都亮了，还早睡什么？”

接下来的任务就落在了刘岚芝政委和朱大可支队长身上——上次战役，乐津县获得了荣誉也得到了实惠，冀鲁边区军政委员会特批乐津县大队扩编为“小延安”支队，水涨船高，朱大可当上了支队长，刘岚芝兼任政委。刘岚芝和朱大可调邹富贵的大队随他们去大潭镇，天亮以前分三条战线埋伏在西山周围。

草丛中，刘岚芝突然有了一个自己都不能原谅自己的怪念头，她不希望孙秉恕出现在上坟的队伍里。好在这个念头转瞬即逝。当时刘岚芝想，如果没有鬼子入侵，没有孙德礼老先生的死，孙秉恕会那样丧失理性地疯狂杀人吗？假设是没用的，刘岚芝告诫自己说：孙秉恕毕竟是大汉奸，手里沾满了同胞的鲜血，他罪有应得。……孙秉恕孙家人果然出得城来，也有一队伪军护送，不过从护送的人数上看，刘岚芝有些失望，她小声对朱大可说：“如果孙秉恕没来千万不要行动，打草惊蛇，我们就会更加被动。”

朱大可不认识孙秉恕，所以整个行动都仰仗刘岚芝指挥。

透过望远镜，刘岚芝一人不漏地查找孙秉恕，遗憾的是，孙秉恕并没有出现在上坟的队伍里。孙秉恕料事如神吗？刘岚芝想。

诱捕孙秉恕失败了。

从大潭镇回到大宗村，刘岚芝看到远处的杨木匠半罗锅儿的样子，她想，应该把杨木匠的官司彻底解决一下了。

刘岚芝找来冯秋成和邱书吏，对他们说："过去我们走了一个弯路，老在杨木匠提出的要求上打转转，其实，在日寇的铁蹄之下，普通的老百姓都是牺牲品和受害者。马庆茂痛失女儿，杨木匠好容易给儿子订了婚，却人财两空，赵老六花钱为哥哥办了个冥婚……所有这些都和当前这个世道有关，我想，县政府应该利用这个机会向老百姓大力宣传抗日救亡的道理，官司也会随之解决了。"

冯秋成说："对呀对呀，我怎么没想到这些呢，最可恨的是鬼子，咱不一致对外，自己家里闹腾什么呢？"

邱书吏说："杨木匠这段时间没来找，大概也是因为前一段的战乱，他的木匠房被战火烧了，我听说，他儿子正闹着要参军呢。"

几个人正说着，杨木匠进来了。

冯秋成对杨木匠说："说曹操曹操到，又来打官司来了？"

杨木匠脸色难看，他说："本来我打算要回些钱，想再给儿子张罗个媳妇，可眼下的光景，饭都没地方要。"

"官司不打了？"邱书吏问。

杨木匠没说话。

刘岚芝说："所有的一切都是鬼子害的，杨大爷你想一想，如果鬼子不杀害马二丫，你儿子不就成亲了吗？讨公道也好，申冤也好，我们都得向鬼子讨，向鬼子申。……我这样说，你明白了吧？"

杨木匠突然哭了起来。

冯秋成说："别尿挤（哭）了。大伙都看着呢。"

杨木匠说："都是俺不好，俺老糊涂了……求求几位大人了，让俺儿子吃兵粮吧。"

杨木匠走了之后，刘岚芝和冯秋成、邱书吏达成一致意见，由刘岚芝代表乐津县抗日民主政府征求马庆茂和赵老六的意见，将马二丫的尸体埋在大宗村的烈士公墓里，并将杨木匠打官司的事儿作为典型在全县做宣传，号召广大农民兄弟团结起来，齐心协力抗击日本侵略者。

第一次诱捕孙秉恕失败，陈黎明的脸色就阴沉起来，一阴就阴了好多天，没一刻放晴。

陈黎明找刘岚芝和朱大可，绷着脸说："时间越来越紧迫了，孙秉恕多活一天就多一天危害。"朱大可说："不行我在短枪队里选几个身手好的弟兄，进乐津城亲手把那小子宰了。"刘岚芝说："这件事儿不能鲁莽。"陈黎明说："对啊，特工委的指示很明确，对付孙秉恕不能强攻要智取。"刘岚芝说："这几天我也一直想办法，孙秉恕是铁杆汉奸，最听日本人的话了，你们说，可不可以让日本人调动他呢。"

陈黎明说："这个我也想过，关键是怎样才能让日本人调度他呢？"

朱大可说："找人冒充日本人，到'红心萝卜'伪军据点给他挂电话，把他调出城来不就行了吗？"朱大可说的"红心萝卜"是指被争取的伪军下级军官，表面给鬼子做事，暗地里给八路军做事。刘岚芝说："孙秉恕在日本留过学，他的日语非常好，一听就能听出是假冒的，不露馅才怪呢。"

朱大可说："对了，二十一支那边不是有日本俘虏吗，听说还有个医生出身的卫生员。让那个卫生员给孙秉恕挂电话不就行了？"

陈黎明想了想，认为这个方案可以考虑。

陈黎明出面和二十一支队商量，支队长曾四方还真给面子，把日本俘虏借给了陈黎明。陈黎明、刘岚芝和朱大可带日本俘虏去了毛集的伪军据点，在那里让日本俘虏给孙秉恕挂电话。

日本俘虏说他是盐山县的日本指导官池田大作，让孙秉恕明天到盐山县来介绍县治的经验。孙秉恕态度谦恭地答应了。

事情进展得比预想的顺利，朱大可带县支队装备和素质最好的第一大队，也就是邹富贵大队连夜急行70多华里，埋伏在乐津县城到盐山县城之间一片树林里。

刘岚芝本来要参加这次行动，被陈黎明强力阻止了。陈黎明和刘岚芝焦急等待朱大可的消息，小顾跑了进来。

“怎么样?”陈黎明问。

小顾说：“国民党的“二政府”来了信函。”

“朱支队长还没消息?”刘岚芝问。

小顾说还没消息。

刘岚芝打开信函，信函是陶望之以民国政府乐津县长的名义写的，约定下午在黑牛背镇公所见面。讨论规范政权工作。刘岚芝把信递给了陈黎明。陈黎明看过之后，嘴角露出一丝不屑。陈黎明说：“说是见面，我看是谈判!”

刘岚芝说：“确实应该真刀真枪地碰一碰了，这一段时间，国民党方面在很多村镇都挑动事端，迫害抗日政权的干部。”陈黎明说：“对待国民党‘二政府’和对待汉奸的伪政府不一样，要坚持独立自主的原则，也要讲统一战线的政策。要斗争更要联合，坚持对的反对错的。”

刘岚芝说：“上次你对我说得话我一直铭记在心，政权的作用和合法性关键看人心向背，绝大多数老百姓还是支持咱们的。到目前，陶望之这个县政权还没什么大的作为，他们的人都在大的城镇发号施令，和老百姓很少有接触。”

陈黎明说：“时间很紧，你收拾一下就去黑牛背谈判吧，注意，要特别向他们强调，要求他们停止对抗日民主政权的破坏，重点是划分工作领域范围和配合的事项。”

刘岚芝起身要走。陈黎明说：“多带些人，一定要保证你的人身安全。”

刘岚芝去黑牛背镇的路上听到锄奸再次失败的消息。问题在什么地方呢？刘岚芝一时想不明白。他们大概忽视了孙秉恕的智力，孙秉恕狡猾多端，他是不是从日本俘虏的说话方式里察觉到什么，或者口音不怎么对劲儿，还有，孙秉恕完全可以给盐山的真池田大作回一个电话，这样什么皮儿都破了，什么馅儿都露了。

陶望之一身深色的中山装，静静地在镇公所的房子里等刘岚芝，刘岚芝推开房门，阳光打在陶望之身上。光线里漂浮着棉絮般的尘埃，那个房间的旁边就是弹棉花的工棚。

陶望之先是递给刘岚芝一杯水，接着推过一个盖着蓝色大印的“通告”。刘岚芝没有拿起那份“通告”，只是低头看着。

“通告”的内容大概三部分。第一部分是对各抗日民主政权在抗日斗争中发挥的积极作用给予了原则性的肯定。第二部分指出了问题，“破坏抗战大局”“鱼龙混杂”“乡下为非作歹”，等等。第三部分是实行统一的政令。限令各村镇各类旗号的政权组织七日内向民国县政府递交报告书，包括人员组织、资产明细等。整体移交政权的原班人马可在民国政府整训之后继续担任职务，只移交政权不移交人员的，中心村镇由民国政府派人接管，村以下由国民政府指导选举。对“所谓的乐津县抗日民主政府”专门做了一条说明，政权移交办法参照上述训令。

刘岚芝看完了“通告”，她拿起水杯，把水杯里的水一气儿喝干了。

“还有吗?”刘岚芝问。

陶望之说内容就是这些。

刘岚芝说：“我说的不是这个，我问的是水。”

陶望之连忙给刘岚芝倒水。

“岚芝啊，”陶望之一边倒水一边说：“你知道我多么希望你回到正轨上，尤其是你在鲁北已经成了大英雄，不瞒你说，我已经向上峰建议，给你留了更好的工作，如果你肯投身国民政府……”

刘岚芝咕咚咕咚喝水。

“岚芝啊……”

刘岚芝说：“原来我以为你要跟我谈判的，现在看来，咱们已经没什么可以谈的了。”

“没什么可以谈的?”陶望之愣住了。

刘岚芝说：“你根本没想跟我谈，你这是什么？这是命令我们怎么做！

按你们的想法怎么做，现在鲁北斗争形势这么严峻，大家不齐心协力打击鬼子，还窝里斗，让人心寒啊。望之先生，我怎么都不会想到你会这样?”

陶望之说：“规范县治不正是为了更好地完成抗日统一大业吗?”刘岚芝说：“可你不能不顾及目前发展的新形势和鲁北的现实，单凭自己的想法去要求别人。”陶望之想了想说：“我知道你被洗脑了，一时半会还转不过弯来。”刘岚芝说：“你和很多国民党干部一样，动不动就用洗脑来说事儿。我跟你说心里话望之先生，我是从泥里尘里，血雨腥风和死亡里爬滚过来的，我知道什么是正确的道路。”

陶望之叹了口气，他说：“咱们先不谈大道理，还是说具体事儿吧。”

“什么具体事儿，你的这个通告?”刘岚芝说：“如果是这个通告，我们就没必要谈了，回大宗村之后，我们也会发一个通告，到时候会送给你的。”

“通告，什么通告?”

“县抗日民主政府的通告啊，我们也可以提要求，尤其是针对你们提要求，知道老百姓怎么叫你们吗，叫你们‘二政府’。”

“岚芝……你别这样，我们慢慢谈，我还有很多话要跟你说。别的不说，上次你救了我，我连感谢的话还没说呢。”

刘岚芝说：“不用说了，当初你也救过我，我们两清了。”

“两清是什么意思?”

“就是两清的意思!”

刘岚芝返回大宗村，路上风大，她的眼睛一直流泪，她不承认泪流是因为陶望之，她认为是风的原因。

陈黎明和朱大可的心情似乎不错，不知道朱大可在哪儿掏弄到了猪大肠等猪下水，进了小食堂，味儿就飘了过来，刘岚芝好久未闻到荤腥味儿了。“有什么好消息吗?”刘岚芝问。朱大可说：“孙秉恕又有消息了。”

刘岚芝问陈黎明什么消息，陈黎明说：“吃了饭之后再说吧。”

刘岚芝处心积虑地想办法诱捕孙秉恕，可她无论如何也不知道，对方同时也处心积虑地想办法诱捕她。联队长松本大佐被刘岚芝炸死之后，被授予少将军衔，刘岚芝打死了日本少将，同时也上了鬼子诱杀的黑名单，诱杀刘岚芝的任务就落在了驻守乐津县的日军大队长岩下中佐和伪县长孙秉恕身上。也就是说，刘岚芝计划诱捕孙秉恕时，孙秉恕也正诱捕刘岚芝，对此，刘岚芝一无所知。

吃过饭，陈黎明递给刘岚芝一份《挺进报》。刘岚芝连忙打开报纸，却发现里面有一封信。信是孙秉恕写给刘岚芝的，信的大意是，孙秉恕要面见刘岚芝，想最后一次挽回他们之间的“婚约”。孙秉恕表示，在战乱中他也成了受害者，家破人亡，现在他心灰意冷，有了强烈的厌倦情绪，如果刘岚芝同意和他保持婚约，他则退出自治政府，携刘岚芝到乡下教书，过田园生活。见面的时间地点由刘岚芝定。

“假的。”刘岚芝说。

陈黎明说：“我也觉得不那么真，可这毕竟开了一个口子。我和朱大可分析了，如果是真的，事情不那么好办，恰恰因为是假的，事情好办多了。”

“怎么好办多啦？”刘岚芝问。

陈黎明说：“你想啊，如果是真的，孙秉恕一定不会出城的，他会让你进城见面。可如果是假的，他完全可能出城。”

“你的意思是……”

陈黎明说：“咱不妨来个斗智斗勇，假戏真做，真戏假作，几个回合下来，一定会引蛇出洞的。”

刘岚芝说：“看来你已经想成熟了，那，说说你的方案吧！”

接下来，刘岚芝和孙秉恕书信往来了好几个来回，孙秉恕坚持城里见面，刘岚芝坚持大潭镇见面，僵持不下时，刘岚芝回信不谈了，孙秉恕也使了性子，连信都不回了。

陈黎明糊涂了。

那天晚上，地下交通站得到确切情报。孙秉恕要参加在大埔镇召开的现场会，日军在大埔镇建了炮楼，挖了壕沟，加强了伪政权建设。在大埔镇召开现场会就是为了推广伪政权建设的经验。大埔镇在县城的西面，离大宗村很近。

“真是绝处逢生啊”。陈黎明说，不过陈黎明同时也说：“不排除这里面有诈，可就是圈套我们也得钻了，我倒要会一会这个孙秉恕，我不信他有三头六臂？”

刘岚芝说：“你不能去，你是指挥员，你不认识孙秉恕，别误了战机，还是我去吧。”陈黎明说：“不管谁去，这次一定要周密布置，确保万无一失。”

按理说这次行动组织得还是无可挑剔的，大埔镇鬼子现场会头一天晚上，朱大可已经带第一大队一中队埋伏在县城和大埔镇之间的公路两侧，第二天天不亮，刘岚芝带第一大队另外两个中队出发，留一个中队在大宗村外围接应他们，他们要带活的孙秉恕回来，准备召开公审大会之后处决。

行动开始也比较顺利，刘岚芝她们刚到了预定的伏击地点，三辆汽车就开了过来，随着刘岚芝的枪声，战斗不到一袋烟的功夫就结束了。打死2人，俘虏9人，其中有孙秉恕在内的三个伪政府官员，3名伪军和3个穿日本军服的伪满洲国司机兵。伏击战还是引来了鬼子，县城方面和大埔镇的鬼子伪军都出动了，等他们追过来时，刘岚芝他们已经越过了封锁线，眼看就进入到大宗村的地界时，他们才歇下来喘口气儿。

刘岚芝过去看孙秉恕，孙秉恕脸色酱紫，气喘着，只对刘岚芝说了一句话：夺命冤家啊！孙秉恕的话音刚落，一发炮弹呼啸着落了下来，接着一发挨着一发，爆炸声此起彼伏，气浪环环相抵，硝烟弥漫。

炮声停歇，枪声就响成一片。朱大可跑了过来，扶起腿被炮弹皮炸伤的刘岚芝，他告诉刘岚芝，现在三面都有鬼子，只有通往大宗村一条通道，那个通道必须渡河，他担心那个渡口有埋伏。刘岚芝把战场指挥权交给了朱大可，让他组织战士突围。

事情远比想象得严重，在很短的时间内鬼子和伪军已经冲击过来，把刘岚芝他们分割开了。好在小顾还跟在刘岚芝身边，刘岚芝对小顾说：

“你别管我，快去找孙秉恕，带不走就把他嘣了吧。小顾死活不执行命令，背起刘岚芝就跑。”

小顾跑的方向是远处的玉米地，那时玉米棵子已经长到人肩，跑进地里就可以隐蔽一下。谁知，这时一队鬼子骑兵喊叫着冲了过来，小顾丢下刘岚芝，跪在地上向骑兵射击，可小顾毕竟势单力孤，无法阻止越来越近的鬼子骑兵。

就在刘岚芝绝望的时候，玉米地里突然杀出一支队伍，仿佛神兵天降一般。陈黎明带邹富贵冲了出来，同时指挥一部分战士从侧面冲击围堵，形成了敌中有我，我中有敌的混战局面，战斗可以用激烈和惨烈来形容，一直激战到天黑，枪声才慢慢稀落下来。

刘岚芝被抬回了大宗村，陈黎明也被抬回了大宗村。所不同的是，陈黎明早已牺牲，身上有四五处穿透伤。

后来刘岚芝听说，陈黎明仿佛有什么预感一样，下午命令邹富贵带队伍跟他去接刘岚芝，这个命令不在计划方案之内，完全是陈黎明临时做出的决定。正是这个决定救了刘岚芝和朱大可，如果接应部队不是早走了两个小时，如果听到枪炮声再去接应，刘岚芝和朱大可他们早就全体牺牲了。

夜晚的屋子里出奇地静穆。下午小顾送来一个包裹，一个染了血的手绢儿，里面是一支钢笔和一块磨得发白的手表。小顾说陈书记咽气前嘱咐给您的，他说这是他全部家当和他的心。刘岚芝抚摸钢笔和手表，一直到坐到了天亮。

——还有，刘岚芝没想明白，陈黎明为什么给这个行动取了个古怪的代号“连腿儿”呢，事实上，诱捕成了双重的诱捕，也许冥冥之中是某种暗示吧。这些，随着陈黎明的牺牲，都无法查证了。

七、赶等着

天空高远，大雁南飞。刘岚芝院子里的红枣杜梨也挂上了枝头。秋天本来是一个收获的季节，收获意味着喜悦，然而，鬼子扫荡的局势令鲁北各村人心惶惶，手忙脚乱。刘岚芝见了陶望之一面，不过陶望之是来向他道别的。之前，刘岚芝和陶望之的较量主要在征粮上，抗日民主政府动员各村镇对“二政府”抗粮，轰轰烈烈的抗粮运动让陶望之一败涂地。老师败在学生手里，按陶望之的话说，不算丢人。

陶望之离开跟征粮失败无关，高将军调防到津浦路以西，乐津等冀鲁北7县的国民政府随之消失。陶望之对刘岚芝说：“如果我们命大，如果我们还有缘分，等抗战胜利的时候我们再相见吧……”

刘岚芝安静地看着陶望之，她轻轻地笑了笑。

反扫荡的主战场在白河村，津浦支队主力被日军一个旅团和伪军五个团包围，二十一支队前来解围，结果与乐津、盐山的鬼子遭遇，战斗十分激烈。

朱大可本来参与大潭镇阻击战，激战中接到军分区的命令，让他们放弃大潭镇向大宗村撤退，掩护大宗村机关、被服厂向山里撤退。

县委、县政府机关早就做好了撤离的准备，被服厂和一些老百姓提前就撤离了，所以接到命令的晚上，七八辆马车拉上县政府机关的家当和人员迅速撤离，黑夜里伸手不见五指，只听车老板“哦、哦”声和马蹄声。第二天早晨，大宗村几乎空空如也。

朱大可对刘岚芝说：“你不撤离，上级会批评我的。”刘岚芝说：“我就是你上级，别以为你当了支队长我就不是你上级了。我已经派小顾给特工委送信了，我要在乐津打游击，要亲手除掉孙秉恕，替老领导陈黎明报仇。”

朱大可说：“报仇有我就行了。”

刘岚芝说：“你别啰嗦了，大宗村守不住我们就化整为零打游击，总之，我是乐津的县长，我绝不离开乐津的地界。”

一直到了下午，日伪军才大摇大摆地向大宗村发起进攻，几番进攻失败之后，鬼子驶出了两辆装甲车，坚守外围阵地的三大队拼命抵抗，以巨大的牺牲打退了鬼子又一次进攻。朱大可知道，如果以这种打法消耗下去，大宗村外围阵地很快就危在旦夕了。这时，小顾跑过来报告，上级派的增援部队到了。

刘岚芝和朱大可连忙跑到村南头，河的对岸，旌旗招展，呐喊连天。朱大可把望远镜递给刘岚芝，失望地说：“什么增援部队，大刀会!”

刘岚芝说：“大刀会也是咱们的帮手啊。”

朱大可大声说：“混闹!”

刘岚芝说：“都什么时候了，你还这样说话。”

朱大可说：“本来就是胡闹吗，你仔细看看，他们抬的什么?”

刘岚芝仔细看了看，大刀会队伍前面居然抬着土地爷的塑像。刘岚芝说：“不管怎么说，在这个时候有人帮咱，咱就该感谢人家。”

朱大可说：“得了吧，不帮倒忙就好，炮弹打过来，咱还得保护他们。”

后来刘岚芝想，如果麻道长过来商量一下协同作战的问题，也许大刀会的伤亡就不至于那么惨烈了。麻道长大概要坚持自己的独自指挥权，他在大宗村南侧布阵，正面迎击鬼子的装甲车。结果，血肉之躯在钢铁炸药中一排排倒下，刘岚芝都不敢睁眼去看。

那天晚上的场面太揪心了，大宗村的空地上摆满了尸体和伤兵，伤兵有呻吟的有喊叫的。麻道长也奄奄一息，他似乎在运气功护体，遗憾的是，他每一次用力，拳头大的伤口都汩汩冒血。刘岚芝拉着麻道长的手，安慰他说：“坚持一下，等卫生员来了就好了。”

麻道长似乎知道自己不行了，他小声对刘岚芝说：“我该做的做了，当不了英雄，但可以做个好汉。”

刘岚芝说：“你很了不起，不只是好汉，你是个令人敬佩的大英雄!”

麻道长说：“遗憾的是，有些弟子昨晚和老婆合房了，我们有严格的戒律，战前合房必亡啊。”

刘岚芝拍了拍麻道长，示意他不要多说话，节省一些体力。刘岚芝回头问小顾：“卫生员还没找到吗?”小顾说：“找不到，也许在别的地方，伤员太多了。”其实卫生员牺牲了，这一点刘岚芝也想到了，只是她不愿意承认罢了。

没多久，麻道长开始大口大口倒腾气儿，血沫子糊满嘴巴的时候，麻道长咽气了。

那天晚上的月亮很大很圆，不知道月亮是不是闻到了血腥和死亡的气味儿，显得很冷酷很凄清。

天亮之后，刘岚芝组织人掩埋支队战士和大刀会成员的尸体。小顾跑来说："不好了，部队的首长要带走朱支队。"刘岚芝连忙跑回县政府大院，进了院子一看，一个首长模样的人正在教训朱大可。

"狼心狗肺的东西，这么快就不认老部队老首长了？亏你还知道你叫朱大可，怎么……你还真当你是支队长啊？就算你是支队长，老子总还是纵队长吧，不服从命令是不是？"说着，首长模样的人吸了两口烟，烟灭了。朱大可连忙过去给他点烟。

刘岚芝走来，问朱大可怎么回事儿。朱大可没说话。

首长模样的人热情地对刘岚芝说："哎呀，这不是小刘老师吗，对了对了，应该叫刘县长。我是曾四方啊。"

"曾四方？"刘岚芝想了一下，突然想起来了，原来是二十一纵队队长。

"首长有什么指示？"

曾四方说："刘县长，我也不瞒你，我的部队打散了，现在我要收编朱大可支队，跟我去增援白河村。"

刘岚芝说："这不行，'小延安'支队是地方部队，需要有特工委批示，有军分区的命令，别人，谁也别想调动。"

曾四方说："眼前都火烧眉毛了，还这个命令那个命令的，谁的命令也不会反对打鬼子呀。"

"总之，"刘岚芝说："没有命令就不能调动。"

曾四方哈哈大笑，他说："小刘老师不光长得漂亮，性格也干净。不过，道理我们还是要讲的，我这个人呢喜欢不喜欢都挂脸上，也体现在行动上，当初，把警卫排中最精华的一班调给你，是因为我喜欢听你讲课，敬重你，现在情况不同了，我成了光杆司令，还要去解救兄弟部队，你说，我该怎么办？”

刘岚芝说：“给我点时间，我马上向上级请示。”

曾四方说：“等你请示完了，津浦支队得有多少兄弟遇难啊。”

刘岚芝说：“要不这样，你给我写个借条，临时调朱大可参加行动，完成任务后及时归队。这样既解决了问题，对我们也是公平的。”

曾四方火了，他说：“屁，当初朱大可就是借给你们的，现在该我收回去了，你就这样向你的上级报告吧。朱大可！”

朱大可一个立正。“到！”

“集合队伍，清点人数。”

“是。”

刘岚芝上去跟曾四方理论，被曾四方的警卫推开。刘岚芝大声喊：“你这算什么首长，不是明抢吗？”

曾四方不理刘岚芝，偷偷地笑了一下。

朱大可集合完队伍，向曾四方报告：“‘小延安’支队原有人数 827 名，除牺牲和伤员外，现有 212 人，请指示！”请指示的声音挺弱。曾四方当然听得出来，对朱大可说：“你有什么想说的话吧。”

朱大可底气不足地说：“所有的都走吗？大宗村……”

曾四方笑了，他说：“我怎么能做那么绝的事儿呢，大宗村需要保护，小刘老师也需要保护，再说，你们支队的编制也不能撤啊……朱大可！”

“到！”

“留下一个成建制大队，人员你定。”

“是。”朱大可站到队伍面前，高声喊道：“第一大队出列。”

出来 30 多人。

“警卫排出列。”

出来 10 多个人。

“第一大队大队长邹富贵出列。”

朱大可大声说：“现在我宣布，你们四十几人就是小延安支队的家底，就是火种，要保护好县政府，保护好咱乐津的老百姓，保护好咱刘县长，明白吗?”

大家齐声喊着，似乎从来没有那么悲壮过。

朱大可被曾四芳带走了，走的时候，朱大可不舍地回头看了一眼。刘岚芝分明看到，一脸油污的朱大可，眼里含着泪花儿。

朱大可走的第三天，孙秉恕带乐津城里的皇协军攻占了大宗村。刘岚芝离开大宗村时，以为所有村民都离开了，后来知道，邱书吏和杨木匠，还有 9 名年老体弱的村民没有离开，这 11 人都被拉到大潭镇，他们无一例外没有一个孬种，最后被黄协军集体枪杀在大潭镇炮楼外，草草掩埋。

刘岚芝带人返回大宗村时，县政府机关的房子都化作一片瓦砾和炭黑木桩。村民陆续回来了，打散的县支队战士、伤愈的大刀会成员也陆续回来了。刘岚芝带领大家为死难的战士和乡亲举办了悼念大会。在战后残垣断壁之间，大家没有喊革命口号，而是清一色的那种鲁北口音——

“敢等着!”

“敢等着!!”

“敢等着!!!”

按当地风俗，人死一定要入土为安。在激愤的人群中，刘岚芝的脑海中闪过一个念头，她做出了一个令人意外的决定——去大潭镇抢村民的尸体。

邹富贵提醒刘岚芝是不是向上级请示一下。刘岚芝说：“现在联系不到上级，我相信，为老百姓做出牺牲，上级不会反对的。”

那是最后一场秋雨，刘岚芝组织了抢尸队，兵分两路，半夜向大潭镇出发，到了大潭镇，刺骨的冷雨仍淅淅沥沥。

邹富贵负责掩护，刘岚芝则指挥大家在据点墙外挖尸体。炮楼里的日伪军发现了他们，夜里他们不敢出炮楼，只是胡乱打枪。

子弹时不时在刘岚芝的身边跳跃着，有一颗子弹还咣啷一声划过刘岚芝的铁锨。刘岚芝仿佛置身于无人之境，带头用力挖着，她一声不响，从容不迫。接下来，一个奇怪的场面出现了，几乎所有人都无视鬼子伪军的存在，枪炮声成了装饰背景。雨夜里听不到大家的说话声，只有各种杂音合成的一组怪异而又悲怆的交响。

枪杀渐渐稀落，尸体也一个一个挖了出来，被小心翼翼地放在门板上。刘岚芝为每一具尸体包裹被子，怕惊动一般，她做得很精心、很仔细。

雨越下越大。

刘岚芝带着大家泥里水里，一路颠簸了20多里，天亮时，12具尸体摆放在大宗村的空地上。新增加的一具尸体是小顾的，他在流弹中意外伤亡……

八、大前日各儿

四号高干病室离马路不远，中间隔着长得不规则的柏树。刘岚芝在那间病房里住了4年。那四年里，刘岚芝最大的渴望是能在马路上走走，那个场景倒退着，越来越遥远。事实上，她所在的病房离马路并不远。

刘岚芝被认定为“植物人”之后，她的意识并没有完全丧失，她丧失的只是表现出来的能力，那些意识不稳定也不连贯。一会儿是冬天一会儿是夏天，一会儿出现陈黎明面孔，一会儿出现陶望之的面孔，一会儿是朱大可，一会儿是小顾……

——那是个阳光灿烂的午后，新任通讯员找她报到。

刘岚芝打量一番，发现他光着脚。

“你怎么没穿鞋？”

“不舍得。”小战士说，说着还转过身来，一双新鞋塞在后腰上。刘岚芝想起了什么，连忙问小战士叫什么？

“杨忠宝。”

“杨宗保？你是杨家将的后代啊？”

“是不是杨家将俺不知道，俺只知道俺爹是谁。”

“那，你爹是谁？”

“俺爹是杨木匠。”

——转瞬间，刘岚芝觉得自己置身关帝庙门前，在傍晚的光线下清点担架数。

一身戎装的邹富贵小声问，让咱乐津县出这么多担架，准是要打大仗了。我听说咱八路军要出动一百个团，乖乖，一百个团啊。

刘岚芝严肃地说，注意保密纪律。

邹富贵说，这回孙秉恕那汉奸走狗跑不了了吧。等抓到他，一定让老百姓把他扔茅房里，用石头块子砸死他。

——应该是民国三十一年（1942 年），根据地最艰难的时刻，刘岚芝被围追堵截，身边只有杨忠宝一个人，他们沿运河支流白河跑了十几个村，在枪林弹雨中冲过一道又一道封锁线，每一次都得到乡亲们的掩护和救助，总能在危难中脱险。

她们踉踉跄跄冲破最后一道封锁线时天就黑透了，刘岚芝病倒在牛家岔村。

晃动的烛光中，赵二嫂笑盈盈的面孔。

扭动的雨水里，赵二嫂在枪声中倒下。

刘岚芝记得，她艰难地翻过身子，拉着赵二嫂问：“二嫂，你为什么对我这么好?”赵二嫂咯咯地笑着，笑得干净、透明。赵二嫂说：“因为你是俺个人家（自已）的县长，你从来没见不上（瞧不起）俺，你的心给了俺，俺也把心给你……”

重症监护室里，外孙和外孙媳妇还在讨论刘岚芝为什么说“大前日各儿”，“大前日各儿”代表什么意思呢？突然，外孙媳妇说，姥姥眼角好像有泪花。

“我看看、我看看。”外孙走过来，他摇了摇刘岚芝，见刘岚芝没任何反应，回头对媳妇说：“瞎说，植物人怎么会有眼泪呢!”

2013 年冬

情报

张小姐是个不苟言笑，条理分明的人，在别人看来，她总是凛然不可侵犯、极其严肃的样子，当然，这样的人做起事情来也会十分认真。陈祖兴来之前，张小姐已经把情报处理好了。她采取的是一种当时非常先进的方法，在一张白纸上用化学药水画了城区图和敌方兵力布置情况，并将重点详细注明。等情报送到相关人的手上，再用起化学反应的药水擦涂，内容就显现出来。这样说来，如果不是敌方的情报人员，随便什么人即使接触到这个“情报”，也只是一张白纸而已。

张小姐把“情报”那张白纸卷成了卷，放在万花筒的夹层里。这样的设计在当时已经十分高级了。

问题是，认真的张小姐在整个设计当中搞错了一个小的细节，而这个小的细节却酿出了大错。——张小姐在窗前张望的时候，一阵风把檀色写字台上的情报吹到了地上，而另一张白纸被张小姐当作情报给卷在了万花筒里。

陈祖兴到张小姐的住处比约定的时间晚了两个多小时，陈祖兴之所以没有准时赴约，是因为他遇到了麻烦，他发觉自己一直被人跟踪着，他不想暴露张小姐，所以，那两个小时主要是与跟踪他的人周旋着，陈祖兴当了三年的地下情报员，他有一些经验，只是，这次与以往不同，当时，街上的警察和特务比行人都多。

人在心情好的时候可以创造奇迹，陈祖兴很机智地把跟踪他的特务甩掉了，想一想，自己提心吊胆地当了三年的地下交通员，自己的军队已经兵临城下了，也就是说，眼看就解放了，自己总算熬出了头儿，心情能不激动吗。

跟踪陈祖兴的特务叫“角三儿”，是特别行动小组的组长，由于跟丢了陈祖兴，差点儿被上司给枪毙了。其实，敌方特务机关早在一年前就掌握了陈祖兴的情况，只是没立即抓他，想让他当诱饵，钓陈祖兴乃至张小姐幕后的大鱼。陈祖兴当然不知道，他所以在这一年里顺利地送了好几次情报，跟敌方的配合也有一定的关系。现在不同了，现在是决战的时候，敌方特务机关准备将其地下组织一网打尽。

陈祖兴到了张小姐的住处，张小姐告诉他，“猫头鹰”让陈祖兴出城，把万花筒送给解放军情报部的王部长。“猫头鹰”是他们的上级，陈祖兴对这个名字太熟悉了，只是，他不知道“猫头鹰”是谁，也许，张小姐也没见过“猫头鹰”。

陈祖兴明白了，他知道这是一个艰巨的任务，比以往任何时候都艰巨。

最后，张小姐说：“后天下午 3 点前务必送到。”

陈祖兴包着一个俄罗斯女式花方巾从张小姐住的楼的后门出来，出来之后，他要做的第一件事是回家和妻子凤敏告别。按常规，这样做是违反组织纪律的。单从陈祖兴的角度来说，他大概觉得自己是最后一次送情报了，所以，就大胆地破了一次例。

陈祖兴原来在港口码头上当装卸工，他没有文化，除了自己的名字外，认识的字是有限的。陈祖兴被地下组织选上，大概在于他的忠厚和机灵。一开始，陈祖兴对参加地下组织并没有深刻的认识，他只是不甘心在码头上出苦力，想出人头第而已。发展陈祖兴加入组织的是码头上的老高，而陈祖兴每一次为他们做事情，老高都给陈祖兴一些零用钱。后来，陈祖兴离开了码头，专门做地下交通员，他就有了更多的“活动经费”，当然，在这一过程中，陈祖兴的觉悟也提高得很快，认识也不像以前那么肤浅和功利了。

陈祖兴离开了码头，整天穿干净的衣服，戴黑色的礼帽，邻居们觉得他很有出息。他们都知道陈祖兴在做生意，至于做什么生意，就没人知道了。

邻居老赵的老伴和女儿从山东过来，见陈祖兴是个有钱、憨厚的小伙子，就托媒人把自己家花朵一般的女儿凤敏介绍给了陈祖兴。陈祖兴当然高兴了，他向组织上汇报了这一情况，组织经过认真的考虑，同意了陈祖兴和凤敏的婚事。

陈祖兴和凤敏是去年结婚的，这一年凤敏 19 岁。

凤敏是个守妇道的传统女人，她从不问丈夫的事，一心一意操持家务侍奉丈夫，夫妻间十分和睦和恩爱。

陈祖兴回家时，凤敏正在洗衣服，陈祖兴过来拉凤敏，进了屋，凤敏明白了，陈祖兴想和她干那事儿。凤敏的脸一下子就红了，她努力挣脱着，想把自己的胳膊从陈祖兴钳子般的手里抽出来。陈祖兴不管这些，干脆把凤敏抱了起来，放在炕上。

凤敏继续挣扎着，说：白天不行！

陈祖兴跳下地来，把窗帘拉上。

陈祖兴拉窗帘的时候，凤敏也跳到地上，陈祖兴回过身来，一只胳膊把凤敏夹了起来，扔在炕上。凤敏继续反抗着，一边反抗一边说：白天不行。

两人在默默地搏斗着，凤敏如何也占不了上风，等她的裤带被陈祖兴解开时，她就不在反抗了，而是羞涩地侧着脸。陈祖兴伸手在凤敏的下身摸了一下，发现那里已经湿了……

陈祖兴从心里喜欢凤敏，走到凤敏身边，他都觉得凤敏身上有一股奇特的好闻的气味，一闻到那种气味，陈祖兴的体内就骚动起来。他喜欢用自己的胸脯贴凤敏紧而饱满的乳房，紧紧地拥抱她，那一时刻，陈祖兴感到自己每个部位都充满了力量。还有凤敏口腔的气味儿，总是那么香甜怡人。

从凤敏身上下来，陈祖兴就坐在炕上抽烟，凤敏蓬松着头发，脸色红润地将头枕在陈祖兴的大腿上。

陈祖兴吐着烟圈儿，直到吐了一个特别圆的，他才满意了。随即，陈祖兴抚着凤敏的头说：我今天要出一趟城。凤敏立即把头抬了起来，一双漂亮的眼睛流露出惊异和惊恐的神色。尽管凤敏整天待在家里，可全城的人都知道解放军要攻城了，这个时候没有人会出城的。陈祖兴继续说：有一个生意，不去不行。你在家里等我。凤敏什么都没说，眼泪无声无息地流了出来，越流越多。陈祖兴说没事儿，我这人福大命大造化大，你等我，一定要小心肚子里的孩子啊。

凤敏嗯了一声，可眼泪还是啪嗒啪嗒往下掉。

陈祖兴离开张小姐的住处没多大一会儿，敌方特务机关就把张小姐抓了起来。有意思的是，他们没有去陈祖兴家抓陈祖兴，敌我双方都沿用了同一个思路，他们绝对不会相信陈祖兴在这个时候回家的。

陈祖兴逃过了一劫，只是他不知道，他已经成为敌人追捕的主要目标。

战时不同于平时，现在出城只有三条路线。一个是城门，尽管有 5 个城门，实际上，一个也不开，等于封城了。再一个是铁道口儿，也就是火车出城的口儿，而那个沿线已经修了一公里长的军事火力点，还在一些公路、铁路交叉口处架设了铁丝网，设了哨卡。最后一个途径就是从绵延 2 公里长的江堤上越过去，渡过那条 200 米宽的江面。陈祖兴选择的就是第三条路线，他是这样计划，天黑以后，他就隐藏在江堤下的草丛里，等巡逻的士兵走过去，他就快速越过江堤，然后渡江出城。前一段时间，江堤一带有照明灯，这一段由于解放军炮火增强，城里进行了灯火管制。

这次出城，陈祖兴的身份是一个杂货商人，也就是城外人称的“卖货郎”，背包里除了针头线脑之外，还有一些儿童玩具，如：洋娃娃、玉米型小口琴，鸡毛毽子以及那个漂亮的万花筒。

为了泅渡，陈祖兴还预先做了一些准备，他把装有情报的万花筒放在一个宽口玻璃瓶里，用蜡封上瓶口，以免过江时把情报弄湿。

好像老天都在配合着陈祖兴，按理说，陈祖兴过江那天是阴历十八，月亮仍很亮，属于“大月亮”地，江堤上过人会明晃晃的。可陈祖兴潜伏到江边一带时，发现天空阴暗，根本看不到月亮。

天黑了，陈祖兴等了半天也等不到巡逻的士兵，他决定不再等下去，直接爬上了江堤，陈祖兴顺利地越过了江堤，用了几乎一个小时的时间，就游到了江的对岸。这时，陈祖兴听到了声音。

陈祖兴藏在江对岸的苇子丛里，看到了巡逻兵烟头的光亮，也看到远处军营的汽灯。陈祖兴打了一个激灵，他明白江堤上为什么没有巡逻兵了，原来，大量的敌兵都聚集在江的对岸。这样说来，陈祖兴不但没有出城，反而进入到敌方的口袋里来里。

半夜里落到敌人的阵地里不会有好结果的，这一点陈祖兴心里十分清楚。他别无选择，只有一条路可走，就是再横渡一次江，从哪里来回哪里去。

一觉醒来，太阳已经老高了。陈祖兴从面粉厂的仓库里爬出，坐在一个灰瓦的厢房上，这时，他看见一只鸟从自已脚底下飞来飞去，他把灰瓦揭开，发现是一个鸟窝。鸟窝里有四五只黄嘴丫的幼鸟大张着嘴巴，尖声地叫着。陈祖兴把自已被江水泡过的饽饽拿出来，撵碎一些，喂到那些争先恐后的嘴巴里。陈祖兴没有养鸟的经验，他并不知道那些食物是否适合那些幼鸟，那些幼鸟吃了他的饽饽，是不是消化不良而死掉？不得而知，陈祖兴只是觉得，那些张大嘴巴的鸟一定很饿。

从房子上下来，陈祖兴已经做了决定，他并不确定这个决定是什么时候形成的，是在喂鸟的过程中还是从房子攀下的一瞬间？陈祖兴的决定是：从铁道口出城。猫头鹰曾经说过的一句话是，最危险的地方有的时候是最安全的。关键是，陈祖兴已经没了选择，即使冒生命危险他也要闯一闯，他所剩下的时间不多了。

陈祖兴想到“最危险的地方也是最安全的。”不幸的是，正在追捕他的“三角儿”也想到了这句话，所以，他把赌注压在这条出城路线上，在铁道线最接近城市的出口难关岭车站守候着，他想戴罪立功，而唯一的希望就是这次守株待兔。由此说来，陈祖兴和“三角儿”的愿望肯定是截然不同的，“三角儿”望眼欲穿，做梦都想陈祖兴出现，而陈祖兴恰恰相反，他可不希望有人在他的前面预先挖了陷阱，等着他跳进去。此时，陈祖兴并不是恐惧自己的危险，而是怕完不成任务。

陈祖兴几乎是迷迷糊糊上路的，路上，他眼前跳跃着凤敏的奶子、水汹过的饽饽和幼鸟的黄嘴丫子。

上午十点左右，陈祖兴出现在难关岭车站，他向从前线下来的伤兵兜售香烟时，被军部里的情报军官发现了，他觉得陈祖兴的行为不合常理，开战这段时间以来，还没有一个做生意的人敢到车站的士兵中间来兜售商品，老百姓躲都躲不急呢。就在这个时候，“三角儿”也发现了陈祖兴，他拔出了手枪，发疯一样向陈祖兴所在的位置冲去。

然而，等“三角儿”冲过来已经晚了，陈祖兴被军部的情报官给抓了起来。“三角儿”也被士兵挡住了，他拿出证件给士兵看，士兵不管那些，他们只服从部队的上级，并且，由于“三角儿”穿的是便装，自然不会被士兵们重视，他被士兵的枪口挡住了。

陈祖兴被押在一辆敞篷吉普车上，情报军官就坐在他的旁边，一身油腻的军官服，一股明显的汗油味儿，看到士兵油黑的枪筒，陈祖兴还是冒汗了，巨大的恐惧感笼罩了全身。陈祖兴知道麻烦了，自己的处境先不说，任务恐怕也没有机会完成了。

吉普车在路上颠簸着，陈祖兴闭着眼睛，有时树叶打在身上、胳膊上，等陈祖兴睁开眼睛，他愣住了：他们竟然出了城。

原来，那个情报官的上级指挥所就在城郊的一个养猪场里。几间民房成了临时指挥所。陈祖兴被押解到饲料库里，情报军官开始了审讯。

饲料库是由带褐色树皮的木板围成的，长年的腐蚀，木板和木板间露出很大的缝隙，龇牙咧嘴的。那天的阳光不算强烈，阳光如子弹打漏的水桶水柱四溅，有的光柱还交叉着，其中最大的阳光窟窿就在情报官的身后。

陈祖兴带的杂货就散乱地堆放在情报官的身边，已经被翻动了几遍。

敌方的情报官是个白面书生，目光并不凶恶。他以一种近乎严谨的问话方式开始了讯问。陈祖兴只回答自己是做小本生意的，这几天家里断了粮，所以就冒冒险出来兜售货物。无论情报官怎么讯问，他都这样说。情报说：我已经知道了，你是共党的探子，想刺探我军的城防情报，现在给你机会，不然，你后悔也来不及了。陈祖兴沉默了。情报官以为陈祖兴动摇了，走过来拍了拍陈祖兴的肩，说：承认了吧，现在承认了就不吃亏。陈祖兴慢条斯理地说：我刚才都说了，我只是做小本生意的。情报官很不高兴，他对几个穿军服的人说："看来，不用刑是不行了。"

人残酷的一面也是很有创造性的，在临时的简陋的环境里，用刑的军人竟然采取了令人意想不到的方式，他们用细麻绳把陈祖兴的两只胳膊反绑上，然后把绳子的另一端抛过房梁，从另一侧把陈祖兴吊了起来。这种吊法儿和人们惯常熟悉的那种——将两个胳膊合绑在头顶不同，背面吊着，胳膊本身就是反关节，再加上吊起来的力量，再顽强的人也难以承受的。没多大一会儿工夫，陈祖兴的汗就雨滴般下落，身下的泥地洇湿一片。

陈祖兴被吊起来的过程，伴随着讯问和殴打，不久，陈祖兴就昏厥过去。

陈祖兴被水激醒了。他躺在地上，眼前模糊着情报官白皙的脸，恍惚之中，那张脸犹如凤敏的脸，陈祖兴突然有了委屈感，泪水从脸上滚落下来。情报官大声问：你到底说不说？陈祖兴知道，自己完全可能被这几个拿枪的人打死，可如果自己当了叛徒，也逃不了一死，当了叛徒死还不如这样死。他显得有气无力地说："我都说过了。"然后，闭上了眼睛。

此刻，情报官自己也动摇了，不过，他不肯轻易地放弃，也许不放弃并不是自己确信陈祖兴是刺探城防情报的特务，而在于自己的颜面，在于自己抓了陈祖兴是正确的。这样看来，特定环境之下，陈祖兴没有了希望。

接下来的刑罚更加残酷，几个用刑的军人像孩子一样，十分快乐地进行着他们的实验，他们把子弹的弹头卸下来，将弹药倒在陈祖兴的身上，那些黑褐色的弹药在陈祖兴身上成了蛇型的图案。接着，士兵用火点燃了炸药，炸药吱的一声，弧光闪过，陈祖兴嚎叫起来。浓烈的肉皮烧焦味和火药味儿弥漫开来。

为使这种游戏更富有刺激性，两个家伙还掏出自己的生殖器，对着陈祖兴烧焦的部位撒尿，经过尿水的清洗，陈祖兴被烧过的地方由浓黑变成了嫩红，新鲜如去皮的石榴。

陈祖兴想痛快地骂几句，可他实在没了力气。

在半昏迷状态中，陈祖兴隐约地听到情报官和部下的对话，他们大概认为陈祖兴已经死了，决定派人把他抬到后面的水沟里埋了。陈祖兴知道，即使自己不是真的死了，也可能被他们给活埋了。

情报官和几个部下离开了饲料库，临走，几个士兵把陈祖兴带的杂货也瓜分了。两个士兵为争夺杂货中最关键的东西——万花筒，结果把万花筒里的三角面镜片弄坏了，红的绿的黄的纸屑飞落下来，万花筒的主要部件坏了，外边那个筒也没用了，被扔在地上，还被踩了几脚。

太阳光渐渐暗了，先头对陈祖兴用刑的士兵找到当地的两个村民，指挥他们把陈祖兴抬到一个木轱辘的两轮车上，把已经“死”了的陈祖兴推到后沟埋了。

推陈祖兴去后沟的两个农民见士兵没有跟着，嘟哝着，还没到后沟，走到蒿草密集的地方，就把陈祖兴从车上掀了出去。陈祖兴躺在蒿草里，绿头苍蝇在自己的伤口上方盘旋，等两个村民的声音离远了，他才摸了摸腰带里那个——已经瘪了的万花筒。

陈祖兴见到解放军王部长已经半夜了，王部长热情地接待了他，让卫生员给他处置伤口，送来很多好吃的东西。陈祖兴死里逃生，觉得十分庆幸，同时，也预感到，这回可立了大功，不久就可以见到凤敏，不知道为什么，一想起凤敏，陈祖兴觉得喉咙发热、鼻子发酸。不想，第二天早晨，陈祖兴被关押起来，他莫名其妙。

宁城解放以后，陈祖兴被移交到宁城监狱，这时，他才知道自己被组织上怀疑成内奸，原因是他送了假情报。他只负责送情报，至于情报的内容他并不知道，无论他怎么解释和申辩，都改变不了组织上的态度。一次，在押犯放风，陈祖兴见到了“三角儿”，“三角儿”走到他身边，笑着说：“我早看见你了，不想你隐藏这么深，兄弟在哪个学校受训？干训班几期？”陈祖兴古板而忧郁地说：“你说的我不懂。”

“三角儿”在押六个月后被处决了，而陈祖兴在几十次提审中不停地重复自己送情报的经过，他的解释和申辩都毫无意义，他自己的确搞不清怎么送了假情报。已经获救了的“猫头鹰”和张小姐，他们也无法证明陈祖兴没送假情报，他们也说不清楚。宁城解放之后，熟悉陈祖兴的人再也没见到过他。

凤敏是1951年才得到陈祖兴的消息的，凤敏这才知道，自己的丈夫是个隐藏在革命队伍内部的汉奸、特务，他出卖了自己的上级，还给解放军送假情报。组织上找凤敏谈话，凤敏哭成了泪人，她说陈祖兴平时老实巴交，总说做生意，我不能问他到底干什么，我一点都不知道，谁想，他当了汉奸、当了特务。……每次调查的人一走，凤敏就哭得昏死过去，她的确也搞不清陈祖兴是不是送了假情报。

2003年11月

老白家豆腐

后沟老白家是个地名，就一户人家。

那地方离小镇不远也不近，沿铁道线走，得大半天的时间，从山道上爬过去，需要两个小时。后沟有一道雨水冲刷而成的深沟，雨季，山涧水冲下来，汹涌而壮观。平时，那里山深林密，天一亮就有山鸟咕骨咕骨地叫，叫声里，树林越发显得葱翠。这样的地方只有一户人家，外乡人一定觉得奇怪，而了解底细的人知道，那地方是龙王眼，整个夏季雷阵雨庙会的锣鼓一般，响个不停，心眼不好的人是不敢住那里的，怕被雷劈死。

后沟老白家的男主人老白，是个种菜的农民。女主人叫什么没人知道，都管她叫哑巴媳妇，农忙季节，哑巴媳妇帮白先生侍弄蔬菜。他们夫妻两人都有残疾，老白耳聋，老婆是个哑巴。小镇的人曾给老白和她老婆编排过笑话。说有一日他们夫妻俩在菜地里网虫子，看见官道上有人送媳妇过门儿，老白问媳妇：谁家娶媳妇啊？媳妇不能表达，只能用体语。她在老白朝着太阳的脸上亲了一口。老白明白了，点了点头说：“啊，东屯的。……东屯谁家呀？”媳妇拍了拍自己鼓胀的乳房。老白又点了点头，说：“是二奶奶家啊……二奶奶家谁呀？媳妇在他的下面薅了一把，老白说：“啊，是二球子啊。……谁家的姑娘啊？”媳妇又在他脸的一侧亲了一下。老白明白了，他说：“啊，西屯的啊。……西屯谁家呀？”媳妇拿一个菜叶抖了抖，老白明白了：“老蔡（菜）家呀……老蔡家哪个姑娘啊？”……后面的话就不易写在这里了，只能出现在正月里小镇的二人转段子里。

这样说来，老白夫妻俩的知名度很高，当然，他们种的菜也很好，卖菜季节，只要老白把菜挑到二道诃子镇，太阳刚冒出了山头，他就回家了。

回家的路上，见到老白的人就示意他，这么快就回去了。老白高兴地点了点头，说："是啊。"对方用两个指头在一起缠绕着，做着下流的动作，那意思是，你急着回家跟老婆睡觉？老白看明白了，他说："操你哥的！"说是这样说，老白并不气恼，反而还有自豪的意思。媳妇是个心灵手巧，漂亮贤惠的人，如果不哑巴，断然落不到老白家里。老白种菜种得好，插秧就能活，可养孩子不行，媳妇总是挂不住孩子，一怀上就流了，老白不甘心，也很着急，天一黑他就跟哑巴媳妇钻进了被窝，他越这样，媳妇越挂不住孩子。媳妇怀疑他们住的地方不对，地气不好，影响了他们生育。

老白和媳妇商量来商量去，决定一起搬到小镇上。一开始，老白媳妇十分犹豫，她和老白都知道，到了小镇，老白媳妇的日子就难过了。如果老白媳妇又聋又哑还好说，关键是，老白媳妇只哑不聋，也就是说，她听得到别人的话而自己说不出话来，如果有人故意气她，会把她给气死的。到了小镇，那些二流子如果想讨她的便宜，她只有生气的份儿。然而，考虑到生孩子问题，老白和媳妇都豁出去了。老白和媳妇往二道河子搬的那年冬天雪特别大，天气也格外寒冷。老白和媳妇刚到小镇，日本人就进来了。

伪满洲国成立那年冬天，日本人开始在后沟勘测地形，知道内情的人说日本人准备往那里移民，人们很高兴，他们认为日本人坏，正好借了龙王爷的手让雷劈了他们。

日本人进入后沟老白和媳妇都知道，那天晚上，老白喝了一两高粱烧酒，揉了揉冻红的鼻子，对媳妇说：后沟是咱的，咱要回去。媳妇拉着他的手，用小拇指指了指自己的鼻子，意思是"小鼻子"（日本人），又比画着把心掏出来用鼻子闻一闻，手在扇着（指日本人心不好），又抚摩自己的身体，比画着，意思是自己要受欺负。老白在烟笸箩里奈一锅黄叶烟，吧嗒吧嗒地抽，叹着气。媳妇的眼圈儿红了，她拉过老白，让老白好好地日自己一顿，老白也很卖力气，大汗淋漓之后，喘着从媳妇身上下来。媳妇拉住他，让他好好看自己，油灯灭了，媳妇再加上油，还拉着老白让他看，油灯再灭，媳妇再加。老白不理解，他磕了烟锅，就去睡了。天亮了，老白见媳妇缠着脸，他才知道出了问题，媳妇用烧红的炉钩子给自己破相，老白听不到媳妇的惨叫声，不过，老白知道，媳妇经受的不仅是肉体上的痛苦，心里的痛苦更大。媳妇毕竟才26岁啊。

开春前，老白就带着媳妇回了后沟。

果然，开春时，嘀里哇里说日本话的老人妇女孩子一批批地从火车上下来，陆续进入到了后沟。小镇上的人戴着簪帽头儿，抄着袖子，站在光线充足的墙根儿看热闹，也兴高采烈地期待着，等夏天一到，那些矮个子陌生人就大难临头了。

日本开拓团真的进入了后沟，他们在山涧筑了坝，还修了一些明渠，在下沟大片平坦的地方开出了一格一格的稻田。山上的树很快就绿了，翘首企盼的人们并没有盼来挥斧斩寇的雷公，相反，日本人知道那地方是雷雨小气候，在地势高的地方按上了避雷针，一切问题都解决——人们傻了。

老白夫妇是后沟唯一的中国人，他们能留在那里简直成了一个谜。也许，由于他们是残疾人，对日本人没什么威胁，也许标榜“亲善”的日本人故意留下了老白夫妇，以备宣传之需。这些似乎成了谜，没有人知道。

老白夫妇住在后沟的上沟，日本人刚进来的时候，还派卫生所的人给他们夫妻看过病，化验血和尿什么的，后来他们大概觉得老白的聋和他媳妇的哑是不治之症也就作罢了。老白在后沟继续他传统的营生，种菜。没想到，那一年老白的生意很惨淡，勉强维持了一年，转过年，老白突然种起了黄豆，还在山坡地上种一些杂粮。开始，媳妇并不明白老白的用意，豆油灯下，老白媳妇眼睛一眨一眨的，睫毛的暗影在伤疤上跳跃。媳妇见老白没有向她表明的意思，她也就不再问了。老白媳妇从不干涉丈夫做什么，她只是做自己应该做的事情，就是生孩子。

老白媳妇很争气，回到后沟的第二年开春，她生了一个儿子。老白高兴得连蹦带跳，他要把喜讯告诉小镇上的人，可他到了小镇之后才发现，整个小镇都死气沉沉的。老白逢人就说："我、老婆生了个带把的，我老婆生了个带把的。"听了他的话，人们并没有表现出他期待的兴奋，他们对老白的喜悦十分漠然，令老白十分失望。那天，老白回家已经半夜了，媳妇听到他的声音就把油灯点着了。进了屋，老白的眼角挂着泪痕。媳妇静静地瞅着他，不知所措。

老白抽了一会烟，站了起来。媳妇用手比画着，问他要去什么地方。老白说：我要让日本人知道，我生了儿子。

媳妇的脸当时就吓白了，她跳到地上，拉住老白的胳膊。

老白的脸色隐现酒后的涨红，他说我就是要让小鼻子知道我生了儿子，这也不犯法。

媳妇还死死地拉着他，老白犯了疯病一般，他冲出门去。正在作月子的媳妇无力地倒在了炕上，血慢慢地殷湿了更生布裤子。

老白去开拓团找他们的干部岩下，岩下听到敲门声吓了一跳，他连忙从佛龛下拿起了三八步枪，拉上了枪栓，抵在门口问：敲门的是哪一位？老白听不到岩下的声音，也听不懂，他还不停地敲着，岩下慢慢地开门，枪筒先伸了出去……岩下发现是老白。

老白先是一惊，接着一边比画一边大声说：我老婆生了个带把的，是小子！

岩下听不懂中国话，他见老白的情绪既紧张又激动，以为胡子下山来了，他立即返回屋里，拿起铜号吹了起来，吹完了号，把铜号夹在胳膊上，敏捷地打起腿绑来。没多久，十几个荷枪实弹的武装开拓团团员就来到了岩下家。

老白被日本人拿枪的样子吓着了，他撒腿就跑，十几个日本人跟在他身后，哇哇地喊叫着，手电光晃来晃去。老白一直跑回了家。日本人也跟到了老白家，他们围在老白家的杖子外，严阵以待。

这些日本人中，没有一个懂汉语的，无奈，岩下把盐诸叫了过来，让盐诸去跟老白谈。盐诸也是哑巴。有意思的是，这个时候声音语言失去了意义，而哑巴之间的手语却发挥了作用。盐诸进了老白家，跟老白和老白媳妇一顿比画之后，他明白了，原来老白是想告诉他们，自己生了儿子。

老白的行为还是惹恼了日本人，他们把老白楸了出去，噼哩啪啦地打嘴巴，直把老白的嘴角打出血来，之后，岩下和几个日本人嘀咕了一番，一边嘀咕一边瞅着老白。老白已经被日本人打了，他反而没那么恐惧，他猜想日本人大概在一起商量怎么处置他时，日本人就摇晃着走了。盐诸是最后一个走的，他用手比画着，做出一个男性生殖器状，随后，竖起了大拇指。老白明白了，盐诸是指男人的那个东西厉害，只是，老白不知道，盐诸所说的厉害是指自己的还是刚生下的男孩。

第二天，岩下派人给老白送来了一袋干海菜和一包白糖，以表示祝贺，也许在岩下看来，老白是有组织纪律性的，生了孩子立即报告，也许从另一个角度来说，他们也在猜测民族习惯问题，生孩子不是小事情，无论对于中国人还是对于日本人来说都不是一件小事情。老白和媳妇都不敢动那些东西，他们并不是怕日本人害他们，在那些东西里面下毒什么的，主要是他们的尊严被伤害了。送东西是岩下的老婆和盐诸的聋老婆，他们把东西挂在老白家的杖子上，她们还用手捂着鼻子，嫌老白家脏。老白和媳妇都感觉到了屈辱，以前从没有这样的感觉，他们虽然不是健全的人，但他们一样有尊严。或者这样说，即使岩下抽老白的嘴巴子他也没觉得那么屈辱，只有被人公然蔑视和瞧不起时，才真正把老白和他的哑巴媳妇给伤着了。

眼看着入冬了，老白媳妇还为粮囤子里的黄豆发愁时，老白突然从镇里运回了大号缸和大号铁锅。老白对懵懂的媳妇说，此处不养爷，自有养爷处，处处不养爷，爷去卖豆腐。这时，老白媳妇才明白老白为什么一定要种黄豆了。

老白和媳妇都是勤快人，半夜2点就起来了，把孩子放在悠车里晃着，孩子哭闹，媳妇就用背带背着孩子，点着油灯磨豆子。她一手推着磨，一手往磨眼里放泡得饱满起来、水晶晶的黄豆。石磨吱吱呀呀地转着，糊糊状的生豆从两块圆磨石的缝隙里汩汩流出。老白媳妇的前大襟冻得帮帮硬，摩挲起来沙拉拉直响，几种声音配合到了一起，组成了一组莫名其妙的音乐声。生豆糊磨出来了，老白将豆糊放在纱布网上过滤，那个纱布网是用交叉的木棍吊起来的，豆糊放进去之后，老白还得跟媳妇配合，用木板挤压，乳白色的豆水流进大铁锅里。接下来，老白就用大铁锅熬豆浆，两抱柞木拌子，锅灶里的火很硬，不一会儿，豆腐房里就热气腾腾，棚顶的霜花也慢慢融化，一滴一滴落了下来。豆浆熬好了，老白用蓝边的白瓷碗给媳妇盛一大碗豆浆，媳妇不喝，怕浪费，老白告诉媳妇，孩子需要她的奶水，这东西下奶。也许正是豆浆的作用，媳妇的奶水很旺，像自流井一般，常常在半夜就溢了出来。

下一步就是卤水点豆腐，老白下的卤水很有准头，最多点三下，搅动起来，大缸里就满是"豆腐脑儿"了，那些脑儿仿佛飘了一缸饱胀的絮状的云朵，慢慢游动着，变幻着。另一边，老白媳妇工工整整地在木槽子里铺好了纱布，老白把豆腐脑儿倒到木槽子里，包好，再用石头压上。豆腐的生产过程就完成了。接下来，媳妇回屋子里侍弄孩子，老白等豆腐压好，天上还挂满星辰他就推着木辐的花轱辘车上了路。老白从后沟到小镇走两个小时，可豆腐还是温呼的，不管天多冷，即使是三九天，老白的豆腐也没凉透过，那时候没有什么保温设备，老白的豆腐车上，无非是盖了两层破棉被。渐渐地，小镇上的人已经习惯了，天麻麻亮，老白就在小镇那条街上出现，用他棉花糖般沙哑的嗓子喊："卖豆腐喽！"

应该说，做豆腐并不复杂，但里面的差别却很大，就如同不同的人做菜一样，即使主料、配料相同，每个人做出来的菜味也是不同的，所谓一人一味。老白似乎天生就是做豆腐的，他做出的豆腐味道纯正，越品越有滋味，口感也好，筋道而又滑润。他的豆腐车到小镇没多大工夫，五六槽豆腐就卖光了。太阳升起来的时候，老白已经回到家里。

春天化江了，幽蓝幽蓝的江水里漂着白花花的冰排，经过一个严冬的努力，老白做的豆腐不仅在小镇上取得了声望，在日本人那里也有了名声。老白的豆腐能引起日本人的关注，应该归功于歧部正平这个血液中游动着艺术细胞的日本地方官员，他算是发现老白豆腐的“伯乐”。岐部正平是县政府的参事官，也是满洲林口县政府里为数不多的日本人，参事官名义上有“顾问”的意思，实际上，他掌管了林口县的大权。按说，岐部正平也不是政客出身，他原是中学音乐教师，拉一手漂亮的小提琴。日本军人内阁之前，社会环境还算是宽松的，岐部正平曾经参加过日本共产党，还办过一个叫《工人向导》的小报，后来小报办赔了，他也脱离了组织。在家乡那个叫集渊的小镇上，岐部正平和中学美术老师九井发生一场轰轰烈烈的婚外恋，结果让九井当铁路警察的丈夫把腿给打折了，岐部正平养病在家住了三个月，九井一次都没来看他，他十分伤心，一气之下，把小提琴摔碎了。小提琴几乎是他和九井感情的某种象征，他第一次拉小提琴，九井就用异样的眼神看着岐部正平，眼睛里闪动着泪花儿。岐部正平病好之后，他在九州通讯社的朋友鼓动下，决定到“赚钱容易”的满洲闯一闯。于是，满洲事件之前，他就背着一架德国产的照相机到了大连，准备搞一些满洲报道和摄影作品，在大连，岐部正平结识了满铁株式会社的实力派人物：同乡铃木。伪满洲国成立后，铃木把他推荐给在新京（长春）做官的旧属，同年，岐部正平就被委任为位于小兴安岭余脉张广才岭东麓的林口县的参事官。岐部正平到了林口，他首先被当地的自然风光迷住了，尽管他也有其他日本官员所具有的古怪、严厉和凶狠的特征，同时，他也有多愁善感，对陌生事物好奇的特点，所以，上任不久，他就开始在林口各地转着，到处拍照，不像官员倒像是摄影记者或者是测绘技术人员，他还对中国的民俗感兴趣，喜欢尝试中国菜。那年冬天在仙人洞村吃饭时，吃到了后沟老白做的豆腐。吃过了那顿豆腐，岐部正平就再也没有忘记。

岐部正平喜欢老白的豆腐，他就忍不住向人推荐。当时，离后沟不远的“六站”驻扎一个关东军的部队，主要任务是守卫柴河大铁桥，至于那个部队是什么番号、有多少人，这些小镇上的人都不知道，老白也不知道。一天，守桥部队负责伙食的“眼镜”找到了老白，他品尝了豆腐，觉得很满意，一查，老白的根上还是满族，取得了日本人的信任，后来“眼镜”提出了一些卫生检疫方面的条件，让老白给部队供应豆腐。那时候没有书面“订单”，口头协议就算数，就这样，老白成了特殊的居民，专门给关东军供应豆腐。

老白的豆腐在关东军那里出了名，自然也在开拓团那里引起了反响。一天，盐诸来找老白，比画着，问老白做豆腐的方法。因为盐诸也做豆腐，所以按现在的说法，盐诸是在跟老白交流经验或者叫切磋技艺。盐诸想看老白做豆腐的过程，拜老白为师，老白犹豫了一番，最后答应了。老白把盐诸找他的事跟媳妇讲了，媳妇跟老白比画着，意思是，日本人抢了我们的土地，还给我们当老爷，我们不跟日本人合作，不应该把技术告诉日本人。老白叹了口气，说：“我已经答应了他，虽然我不是读书人，但中国人讲信誉，君子一言驷马难追。”老白媳妇比画着：“他们不是君子，你当什么君子。”老白说：“他们不是君子，我们才更应该当君子，再说，我答应他，主要考虑他也是哑巴，不容易。”老白媳妇听老白这样说，也不在表示什么，只是难过地摇了摇头。

盐诸来拜师了。老白媳妇给盐诸设了一些规矩，比如喝拜师茶，盐诸要跪在地上双手端杯擎在头的上方。老白说：“算了吧，日本人不一定适合这些。”老白媳妇不同意，想让盐诸知难而退，不想，盐诸做起这样的事来一点也不打怵，没觉得有损尊严，乐呵呵地照着办了。盐诸给老白当徒工，还算得上是敬业，不偷懒耍滑，只是在有些卫生习惯上与老白不同。比如，老白上茅房拉屎用土块或者小木棍擦屁股，而盐诸用松软的纤维纸，上了茅房之后，盐诸一定请老白洗手，老白不接受，他就垂着头坚持着。做豆腐的过程中，盐诸对卫生看得很重，这些也逐渐影响了老白。半个月后，盐诸“出徒”了，他主动跪下来，给老白敬茶，那些茶是盐诸送来的正宗的菊花茶。老白没有喝茶的习惯，只是由于形式的需要而做出品茶的样子罢了。盐诸离开，老白破例和媳妇喝了瓶高粱烧，老白不胜酒力，二两酒下肚脸开始发热，他兴奋地对媳妇说：日本人也没什么了不起的，照样给我老白下跪。媳妇比画着，他今天给你下跪，明天就骑在你脖子上拉屎。老白明白媳妇的意思，只是他仍处于兴奋的状态，对媳妇的意思没入脑入心。媳妇继续比画着，她做出猫的形状，咪咪着，两个胳膊划拉着，还做着爬树的样子。老白注意力没在媳妇所表达的意思上，他直直地盯着媳妇湿润的嘴唇。老白打断媳妇，对媳妇说："我想摆弄摆弄你。"媳妇的脸立即羞红，她用手来捂老白的嘴，老白顺势把媳妇拉在怀里，开始解媳妇的袄罩前襟，媳妇推他，反而增加了他的斗志，把媳妇压在身子底下，干脆不解上衣，"唰"地把媳妇酱色的（原本是红色的）布条腰带抽了下来，媳妇不再反抗他，用衣襟把脸蒙上了。老白也没脱上衣，只是把他的家伙拿出来，用力向媳妇戳去……老白汗水淋漓地从媳妇身上下来，这时，他才想明白媳妇跟他比画猫的意思，媳妇大概是提及老虎和猫学艺的故事，老辈人讲过，猫是老虎的师傅，当初猫将自己的十八般武艺都教给了老虎，老虎学会武艺，就恩将仇报，想把猫吃掉了，不想，就在它向猫攻击时，猫"噌"地蹿到树上——猫没把所有的武艺都教给老虎，留了一条后路，也救了自己一命。老白没留后路，他把所有的技术都交给了盐诸，仔细想来，不知道是本质善良，深受礼仪之邦文化的影响，还是由于别的原因，比如虚荣，自己可以在占领者面前指指点点，满足那点可怜的虚荣心。媳妇见老白眼睛里布满了阴云，就依偎在老白的怀里，安静得像一个小猫。

媳妇的担心还是应验了。没多久，盐诸的豆腐就出来了，盐诸的豆腐不仅吸收了老白的风格，而且还有了一些创新，比如，盐诸在豆浆里兑上菠菜汁和胡萝卜汁，就做出了绿豆腐和橙色的豆腐。盐诸的豆腐开始供应守桥部队，老白的豆腐被挤了出来。

老白似乎并不在意这些，日本人不要，他还可以到小镇上卖豆腐，尽管那样他的生意惨淡了一些，收入也减少，可在他的内心，他还是不愿意给日本人做豆腐的，老白不是不明白，正是那些拿着"快枪"的日本军人让他们当了亡国奴的。

伪康德三年冬天，也就是公历 1936 年。老白去小镇上卖豆腐时，把

10 岁的老俅子领了回来，老白没跟媳妇商量，家里突然增加了人口。一般情况下，媳妇从不对老白的决定提出疑问，家里大小主意全是老白拿。可老白突然把老俅子领回来，挺着大肚子的媳妇不理解了。日子越来越艰难，腊月里她还得“猫月子”，也就是说，不久家里又得添孩子。媳妇比画着，意思是老白不应该把老俅子领回来。老俅是老白媳妇的远房亲戚，论辈分，老白媳妇还得管老俅子叫七叔。老白私下里对媳妇说，如果我不收留老俅子，老俅子的命就保不住了。原来，老俅子一直跟着父亲冯老三，在七道沟以打猎为生，冬天，县里成立了“松源工作班”，在镇伪满警察大队的配合下，讨伐山里的抗日山林队，在七道沟的木刻塄窝棚前，宪兵队上等兵松源见到老俅子的父亲冯老三，也就是老白媳妇的叔辈爷爷，冯老三可不是一般人，他是大青背山区一带有名的猎手，他打枪从不瞄准，完全凭感觉，一枪出去，说打眼睛不打鼻子。只是松源见到冯老三时，冯老三正在发热，松源认为冯老三得的是传染病，就下令把木刻塄窝棚门卡死，放火把木刻塄烧了，老俅子虽然没在窝棚里，也等于是眼睁睁看着父亲被烧死了。

下雪了，大山的沟沟坎坎平整了很多，站在山头上看二道河子小镇，小镇的上空阴霾着，也缺少生气，只有铁道上的火车鸣叫着，冒着长龙似的白烟。

老俅子到了老白家，也不完全是吃干饭的，他成了“小半拉子”劳力，每天半夜起来帮老白做豆腐，早晨陪老白去二道河卖豆腐。小镇的人见老白大摇大摆地领着老俅子满街叫卖，自己都觉得身子发冷，他们不知道老白什么时候变得那么大胆，也不知道老白有什么本事，竟然在日本人手里救出了老俅子。按一般的规律，日本人对所谓携带“传染病病原体”的人是要斩草除根的。

日子就这样一天天挨着，一天夜里，老白从梦中醒来，他有些忧伤地坐在炕上发呆。媳妇也看着老白，轻轻抚摩着老白。老白叹了口气，对媳妇说，他不知道以后会发生什么事，想把豆腐手艺传下去，儿子还小。媳妇明白了，她比画着，意思是老白可以把手艺传给老俅子，老白摇了摇头，他说老俅子是外人，他的手艺是祖上传下来的，传内不传外，传男不传女。媳妇听了不太高兴，她有些激动地比画着，还发出了“咿呀”的声音。媳妇的意思是，日本人拜你为师你同意，你把手艺毫不保留地传给了外族人、传给来占我们土地的强盗。老白越着头，说：“妇人之见啊，我收他当徒弟，是要尊严，这个你不懂。”媳妇更激动，她比画着，意思是：你在自己身上割肉，去喂恶狼，到最后，狼也要把你吃了。老白目光忧郁，他又叹了口气，说：“兵荒马乱的年月，我也不是一定要守老掉牙的规矩，不传给老俅子，主要是怕日后有麻烦，老俅子是个心里堆满恨的人，他的眼睛成了深不见底的愤怒的窟窿，而豆腐毕竟是给人吃的东西啊。”

媳妇不再表示什么，也不理老白。老白提早起来，自己去冰窖一样的豆腐房磨豆子，老俅子起来时，老白已经把当天的豆子磨完了。老俅子在门口站着，油灯下，他的眼睛黑少白多，十分不解又有些惊慌地看着老白。老白指了烟笸箩，说：“老叔你抽烟吧!”

大年过后，县里来了通知，要老白参加“豆腐大赛”。“豆腐大赛”是歧部正平的创意，按他的说法，豆腐是东亚老百姓的家常健康食品，举办豆腐大赛可以继承传统文化，有利于增进“五族协和”。老白接到了县里的邀请，他当即表示，不参加大赛，他大概觉得荒唐，在他的记忆里，从没听说做豆腐还可以比赛的。后来，老白听说他的“徒弟”盐诸也参加比赛，而且还放出风来，一定要拿冠军。老白想了两天，那两天他不思茶饭，老婆知道老白犯难，小心翼翼地围在老白身边转着，走路都很轻，老俅子也知道豆腐大赛的事，他站在远处观察着老白，黑白分明的眼睛眨也不眨。

飘羊毛雪的早晨，老白告诉媳妇，他已经下了决心，要参加豆腐大赛。媳妇比画着，表示为他担心，媳妇知道，她反对也没用，只好用“担心”的方式力图来改变老白的想法，老白摇了摇头，他说：“我已经想清楚了，我一定要把盐诸那个小鼻子给比下去。”

老白参加大赛的豆子是他一个一个精选出来的，豆子个个有光泽、籽粒饱满，连一个杂色都没有。大赛的日子临近了，老白知道，参加大赛的共8户，原本他以为细林河的豆腐宋会参加的，谁知豆腐宋不肯跟日本人合作，接到参赛通知后，劈木拌时把手指头劈掉了。在老白的心目中，老黑山这一代，方圆几百里，真正能跟他比个高下的就是细林河的豆腐宋了。豆腐宋不参加比赛，老白也就没了真正的对手，不过老白还是认真地准备比赛，他知道这个比赛已经不是原来意义上的比赛了，8户参赛选手中，有3户是日本人，1户朝鲜人，尤其是他的徒弟盐诸。

比赛那天是农历2月初10，县里请了伪牡丹江省的官员、《牡丹江日日新闻》的记者，还组织了高跷队和秧歌队，场面隆重、热闹。比赛地点在东安饭庄，那是县城里唯一挂四个“幌”的高级饭店，青砖楼子上，贴了不少彩色纸的条幅。

按规定，参加豆腐大赛的豆腐匠须在早晨太阳出来以前将豆腐送到东安饭庄，然后在东安饭庄后厨分类，统一放置在青花瓷盘里，青花瓷盘有编号，但对于参加鉴评的人来说，就会只认豆腐不认人了。为了显示公平，大赛还规定，无论日本人、朝鲜人、满族还是汉族人，都一律采取此种方法。这样看来，大赛还是力求公平的，问题是，表面的公平恰恰掩盖了实际上的不公平。负责“后台”分发豆腐的是县出张所的勤务平井，民族骄傲心理作祟，他不可能让中国人在这场大赛中胜出，就暗自打定了主意，采取“特别的措施”。应该说，平井的行为并没有得到歧部正平的授意，或者这样说，即使歧部正平跟他有一样的心理，也会在大赛评选过程后期，而不是评选之前作弊。最关键的问题是，歧部正平也许根本就没想作弊，他甚至想以豆腐大赛的公平，来提高自己统治的威望（这时的歧部正平已经是县长了）。

平井在后厨监督着，参赛选手将自己的水豆腐和干豆腐分装到盘子里，饭庄的账房做记录，小伙计贴标签，忙得十分热闹。这一过程中，老俫子一直跟在老白的身边，他还时常用眼睛观察着平井，平井对老俫子那双眼睛印象很深，他甚至很讨厌那双眼睛，似乎自己要作弊的事已经被那双眼睛识破了，同时，他也感觉到，那双眼睛是令人恐惧的。

豆腐分装好，就一盘盘地摆上了鉴评大员对面的桌子上，大家开始品评。品评也是有标准的，从豆腐的色泽、弹性、味道到口感，分别打分，这种评价办法与过去笼统的方式不一样，以小分累积，大家就少了争议。很快，评选结果就出来了。4 号豆腐被评为第一名。4 号豆腐对应的是盐诸，这个结果歧部正平是乐于接受的，毕竟是日本人在豆腐大赛上拔得头筹，同时，歧部正平也不免为老白遗憾，老白对应的是 3 号，却被挤出了前 3 名之外。

对这个结果最满意的还是平井，他在分装豆腐时，一闻老白的豆腐，他愣住了，老白的豆腐的确十分特别，即使他这个天生不怎么喜欢吃豆腐的人，也被豆腐那种醇香的味道打动了。他想，难怪歧部正平赞赏老白的豆腐，果然是名不虚传。那种味道令他想起童年那个水稻成熟的季节，微风徐徐吹来，沁人心脾，也让他想起雨后，自已家老宅木墙散发的松木的幽香。紧跟着一个念头是，他觉得麻烦来了，老白完全可能为日本人争取荣誉设置障碍。

平井不会对此坐视不管的，就在由后厨向鉴评席送豆腐盘的短暂瞬间，平井将 3 号和 4 号标签调换了一下，这个微小的动作却改变了一个重大的事实，在此之前，老白做豆腐的一些辛苦和努力都没有了意义，没有意义还好，而是走向了相反，或者这样说，平井的一个“偷梁换柱”，使得老白事实上在“为虎作伥”。

公布比赛结果，歧部正平心下郁闷，他不明白老白为什么被比了下去。仪式过后，“松源工作班”的宪兵队上等兵松源走到歧部正平面前，他用十分尊敬的口吻问歧部正平：“阁下赞赏的那个老白为什么没取得好的成绩。”歧部正平摇了摇头，说：“大概满洲人和我们对比赛的理解是不一样的。”松源问：“他们怀疑比赛上不公平的吗？”歧部正平又摇了摇头，说：“比赛是公平的，只是他没全身心地投入，不够尊重这个比赛罢了。”松源请求歧部正平答应他，将老白用于比赛的豆腐送给他，他要亲口尝一尝，看看歧部正平为什么会推崇一个汉人。歧部正平似乎意识到松源的用意不端，他严肃地说："如果松源班长喜欢，尽可以去鉴评好了。"松源说："歧部正平县长不避误解，我只是想品尝品尝。"

平井"偷梁换柱"的事并没有人知道，他自己大概也觉得很成功，暗地里高兴还说不定呢，事实上，除了平井之外，老白心里清楚，他的豆腐被人给"调包"了。评比结果出来时，账房核对参赛者和对应的号码，老白看了一眼3号盘，他的心立时"咯噔"了一下，他自己的豆腐一眼就可以看得出来，他的豆腐没这么白，多少还有点泛黄，还有，他的豆腐被切割后的茬口是高弹力的，稍微晃动就抖动起来。为了进一步证实自己的豆腐被"调包"了，老白用手在3号盘的豆腐上挖下一块儿，在鼻子下闻了闻，经过这一闻，老白对自己的豆腐被"调包"确信无疑。这盘豆腐的豆子煮到七成，还有点生豆子味，压豆腐的盘子是金属器皿，而不是凝聚着松香的老松木搅拌的，也不是渗透着柞木悠醇的老木盘子压出来的。老白叹了一口气，用手指在自己的腮帮子刮了一下，媳妇曾经做过这样的动作，那是在羞他，现在他自己在羞自己，后悔不该来参加狗屁的豆腐大赛。

如果说这些对于老白来说只是气愤和懊悔的话，那么，接下来老白的感觉就不同了，他突然觉得嗓子眼发堵，顿时两腿发软。

原来，老白从3号盘挖下一块豆腐后，就来到饭庄的后院，他把那块豆腐添到嘴里，这一添不要紧，老白品到了五步蛇菜的味道，五步蛇菜可不是一般山草药，它长在山沟的背阴处，阔叶，叶子上覆一层白璞，农历五月，还开一种浓艳的红花，花朵很小，却长尖刺。山里人知道，这是一种剧毒的植物，人们并不了解它的化学成分和功效，就猜测，这是五步毒蛇的毒汁培育而成的，所以就叫它五步蛇菜。过去，练武术的人曾用五步蛇菜的汁液涂抹飞镖等暗器的刃处，所以，人们都害怕这种植物。想到了五步蛇菜，老白不可能不紧张，一定有人投毒了，投毒的人心肠够狠毒的，为什么要陷害他这个残疾人呢？

老白翻过来覆过去想，怎么想也想不出别人陷害他的理由，唯一的可能是，盐诸这只老虎，想把他这个猫师傅给除掉。

老白躲在院子里时，盐诸正四下找他。盐诸见到老白，恭恭敬敬地给师傅行了一个礼，然后，要把获奖证书送给老白，老白闭上眼睛没理盐诸，在他心里，已经把没良心的盐诸捆绑起来，扔到野外喂恶狗去了。

东安饭庄里正热闹着，老白就带着老俫子离开了县城，说是离开的，实际上是逃出来的，当时，老白对结果无法想象，他的大脑一片空白，他所有的念头都集中到一个字上：走。这个“走”不是现在的走的含义，有点类似古代汉语里的那个“走”，有逃跑的意思。

中午时分，老白和老俫子已经逃出了县城。老白气喘着对老俫子说：“咱们的豆腐被人调包了，有人谋害咱们，在豆腐里下了五步蛇毒药。”老俫子也发懵了，他讷讷着：“我明白了，一定是日本人干的，他把日本哑巴（盐诸）的豆腐换给了咱。”老白听不到老俫子说什么，他继续对老俫子说：“这回事闹大了，性命难保啊，现在，我求老叔一件事，如果我被抓走了，你们都不要花钱托人搭救我，让日本人抓去，花钱也白花。你帮我媳妇照顾家，让这个家的人还能活下去。”老俫子也没想到事情怎么严重，他哭着跪到老白面前，说都是自己惹的祸，他比画着，是自己恨小日本，在盐诸的豆腐里下了毒药，本来，他是想嫁祸给日本人，不想，嫁祸到了自己的亲人——老白的头上。老白听不明白老俫子的话，还以为老俫子在安慰他。他很感动，“嗵”的一声跪在老俫子对面，他说：“老叔，啥也别说了，一切就靠你了。”

就这样，自知大难临头的老白和老俫子开始了难熬的等待。奇怪的是，一天两天过去了，宪兵队的人并没有出现在后沟，没来抓老白和老俫子。

豆腐大赛结束那天下午，歧部正平觉得肚子不舒服，去了两趟厕所，他猜想是中午吃的东西不够卫生，并没有联想到豆腐被人投了毒。而就吃的量的来说，最多的还是宪兵队的松源，下午，松源面色赤红，不停地跑肚拉稀，一直折腾到了半夜。这些，老白和老俫子都不知道，他们没想到药力这么轻，没要了他们的命。的确，五步蛇菜的毒性很大，足以要人的命，但所有的事物都是界限的，五步蛇菜要人的命须达到一定的剂量，这样看来，歧部正平和鉴评大员品尝的豆腐中含有少量的毒药，即便那个宪兵也吃了不足以要命的五步蛇菜药剂。发生这种情况，大概跟老俅子的投毒方式有关。如果老俅子不是把毒药投放在日本哑巴盐诸做的豆腐上，而是在老白压豆腐时就投毒，那么，凡是吃了豆腐的人，都会一命呜呼。问题的关键在于，老俅子把五步蛇菜的毒液临时放在盐诸的豆腐上，他耍了点儿小聪明，想既报复了日本人，还保护了自己。匆忙中，他把毒液撒在盐诸覆盖豆腐的亚麻布上，那些毒药也仅仅渗在豆腐的表皮上，这样，就大大减弱了毒药的效力，当然，老俅子更没有想到，盐诸的豆腐会被人调包，回头又转嫁到了老白这里。

第二天早晨，松源去拜访歧部正平，松源对歧部正平说："阁下真是有眼力，老白的豆腐的确很神奇。"歧部正平问其原委，松源说，他吃了老白做的豆腐，一下子解决了很长时间的便秘问题，现在觉得浑身清爽，舒服极了。原来，这一段时间，松源工作班进山围剿"土匪"，工作不顺利，很上火，上火的直接表现就是大便干燥，早晨蹲厕所，憋得脸如猪肝，还是拉不出来。吃了老白含有五步蛇菜毒的豆腐歪打正着，一下子把松源板结的肠道给通开了。

老白和老俅子等待着灾难的来临，灾难却迟迟不肯降临，这是一种更加难熬的状况，如果说在事情刚发生的时候老白还有恐惧的话，现在，老白已经没有了恐惧，只是希望那个结果快点发生。老白这样自言自语："该死该活痛快点，别这么折磨人。"豆腐大赛后的第九天，老白实在熬不住了。那天夜里，老白把媳妇拨弄醒，不管天不管地地把媳妇弄了一通，天没亮，他就进城自首去了。

老白进城的当天，盐诸就来找老白了。他跟老白的媳妇比画着，意思是想请老白继续教他手艺，尤其是可以治病的办法。媳妇并不知道老白要去自首，只告诉盐诸，老白已经进城了。

老俅子得知老白进城的消息，连忙去追赶老白，快到二道河子街时，见到了摇摇晃晃的老白，老白喝了很多酒，说话跟脚下的步伐一样笨笨磕磕。老白看到老俫子，他笑了，说："没事了没事了，一个人也没药死。"老俫子愣愣地看着老白，酒精的作用，使得老白的话多了起来，他说："其实我早就知道，日本人是不会把面子让给咱的，现在好了，以后就不用参加比武（比赛）了。豆腐就是豆腐嘛，豆腐用这种方法是比不出来的……"老俫子还是默不作声地看着老白。突然，老白回过头来，给老俫子跪下了。一边流泪一边说："老叔！我求你一件事，以后你别再害我了，我有老婆孩子，我还要好好活着……"老俫子也跪下了，他不说话，只是用袖头擦着眼泪和鼻涕，袖头上磨得车轴一般锃亮。

豆腐大赛之后，老白虽然没有拔得头彩，却获得"双赢"的局面。在二道河街的人看来，老白有中国人的骨气，不与日本人配合，即使没有办法参加了大赛也不好好做豆腐，瞎糊弄，不然，老白的手艺肯定是冠军。而在日本那里，老白更是名声大噪，"老白做的豆腐"被很多日本所熟悉。应该说，豆腐大赛是一个重要的契机，老白的豆腐更加受人们的欢迎，不久，老白成立了官方批准的"豆腐坊"，这样，他不仅仅在冬天做豆腐，夏天也开始做豆腐了。二道河子街的东安饭店专门开了"老白豆腐食谱"，除了水豆腐和干豆腐外，还有"腐竹""素鸡"等十几个品种。"花花"等几个日本料理馆也打出了"白的豆腐"的招牌，而在豆腐大赛中获得冠军的盐诸，与老白的竞争中败下阵来。老白对这些都不关心，他仍日复一日，按部就班地继续做豆腐。

豆腐大赛之后，老白就不让老俫子做豆腐了。那年春天，老白媳妇又生了一对双胞胎，媳妇的奶水不够，老白就抓了2只山奶羊饲养，以补充孩子的营养。老俫子负责放羊。老俫子整天闷着，一大早把羊赶到山上去，然后就坐在山坡上向铁道线上望。铁道线在山里只是一段儿，划一个半圆的弧度，太阳出来后，那段铁轨雪亮刺眼。每天有8趟车从他们那里经过，火车出现之前，在山的另一边就开始鸣笛，如发情的邙牛，很是响亮。

夏天，老俫子经常在水库里洗澡，一天，开拓团的几个日本孩子也来到水库钓鱼，他们看到了水里的老俫子。日本小孩中，有岩下的儿子岩下俊一和盐诸的女儿盐诸袖子。岩下俊一和老俫子的年龄差不多，而盐诸袖子的年龄却比老俫子小一些。几个日本小孩见到水里的老俫子都嗷嗷地叫喊。老俫子是这一带唯一的中国小孩，他不上学，而在山上放羊，引起了他们的好奇心。

岩下俊一用鱼竿把老俫子放在岸边的衣服挑起来，一边喊叫一边挥舞着，老俫子连忙游到岸边，过来拿他的衣服，他还没上岸就引起盐诸袖子和另一个日本女孩的尖叫，原来，老俫子没穿裤衩。

老俫子被盐诸袖子她们的叫声下着了，他连忙蹲在水里，蹲在水里的老俫子大声对岩下俊一喊："把我的衣服还给我？"

尽管语言不同，可岩下俊一他们知道，老俫子一定是在要自己的衣服。岩下俊一和几个伙伴商量了一下，然后，走进水库边，对老俫子一边说一边比画，意思是让老俫子跟他们比赛游泳，如果他赢了，就可以取回衣服，如果输了，就不还他衣服。说着，他让盐诸袖子把衣服拿到水库的对岸。盐诸袖子显然不愿意做这个事情，她和岩下俊一争论了一会儿，不得以还得执行任务。盐诸袖子一手捂着鼻子，一手用鱼竿挑着老俫子的衣服，走了两步，衣服掉了下来，她再慢慢用鱼竿挑起来，一点点向水库对岸走去。这一切都被老俫子看在眼里，他的眼睛已经燃烧着炽热的烈火。

为了要回虽然破烂、满是污垢，但属于自己的衣服，老俫子决定跟那个几个小日本崽子比试比试，他觉得，自己的水性还是不错的。——比赛开始了，岩下俊一和另一个日本男孩参加与老俫子的比赛，以老俫子所在的地点为起点，一直游到水库的对面，用眼睛量一下，大概有 200 多米。岩下俊一自己当裁判，他喊了一声开始，就游了起来。老俫子见他们快速翻动的水花，才知道比赛开始了，他紧随其后，使尽全身力气追了上去。岸上的盐诸袖子和另一个日本女孩异常兴奋，大喊大叫地为同伴加油。

老俫子拼命游着，可是，还没到中间，他已经显得体力不支了。也许是他过于气愤了，一开头就使出了吃奶的劲儿，体力消耗过大，另一方面，跟他使用的游泳姿势有关，岩下俊一他们用的是蛙泳和自由泳，老俫子不会那些，他只会“狗刨”，狗刨是一种出力不讨好的姿势，游泳时的阻力很大，全依靠两条后腿蹬出水花作为推动力，而且特别消耗体力。老俅子好不容易游到水库的中间，岩下俊一和另一个参赛的日本男孩已经上了岸。几个日本孩子以胜利者的姿态庆贺着，高声叫喊。然后，将老俅子的衣服一件一件扔过了水库的拦水大坝，几件衣服卷入到汹涌的急流中去。

仍泡在水中的老俅子傻了。

几个日本孩子高兴了一阵子，觉得没兴趣时就陆续离开了，盐诸袖子离开前，还做了一个“丢人”的姿势，朝老俅子的方向吐着口水。这一切都没跑出老俅子的眼睛，老俅子虽然不懂他们的语言，却懂他们表达的意思。岩下俊一和盐诸袖子离开了很久，老俅子才上了岸，他冲着日本孩子消失的方向大声骂着：“等着吧，早晚有一天我要报仇，让你们跪着管我叫爹！”

伪康德六年（1939 年），伪满洲政府实行新经济政策，出台了《粮谷统制法》，直接向农民征收粮食，也叫“出荷”。他们采取的办法是：年初由兴农部大臣给各省下达计划，叫任务也行，再由各省下达到各个县，县里再下达到各个村屯。那个计划是不留余地的，也就是说，年成好的时候，普通农户百般努力才可以完成任务，而留下的口粮勉强可以糊口，赶上收成不好，一年至少得吃半年的代食品。粮谷统制了，老白也没那么多的黄豆做豆腐了，就在老白要告别豆腐坊时，当地日本驻军突然来了通知，让老白为驻军做豆腐，盐诸也为驻军做豆腐，大概由于驻军增加，盐诸的豆腐坊供应不过来，所以才让老白加入其中。

老白为驻军做豆腐，老俅子是不高兴的，但由于有了豆腐大赛的教训，再看看老白一家人都指望老白做豆腐养家糊口，所以，他没做出任何表示。尽管如此，老白对老俅子也十分警惕，时刻防范着他，生怕哪一天没看住，老俅子又闯出什么祸来，不可收拾。

老白做豆腐做得十分认真，他做的豆腐越来越受到驻军的欢迎，一开始，驻军每天需要六屉豆腐，到了后来，增加到十六屉，而盐诸的豆腐却日渐减少，由原来的二十屉减少到十屉。老白起早贪黑，勉强养活了一家人。

一年一年就这样过来了。

那年秋天，县长歧部正平派人来请老白，让他到省城牡丹江去做豆腐。原来，已经当了伪满洲国大臣——歧部正平的恩人铃木到牡丹江视察工作，歧部正平去拜见了铃木，有心让铃木再度提携，他已经当了5年的县长，自然会抓着这个机会。歧部正平知道铃木喜欢吃豆腐，他就想让本县的“豆腐王”老白去给铃木亮亮手艺，同时，也隐藏着这样的意思，让老上级看看他治县的能力。

歧部正平要求老白拿出看家的本领，做出最有特色——按他的话说“独一无二”的豆腐。老白明白歧部正平的用意，他也提出了要求，如果要做出独一无二的豆腐，就要带一些工具，比如挤豆浆的布包和杠子以及压豆腐的槽子，那些布包常年包裹豆浆，有点酸味还有点馊味，挤豆浆的杠子是柞木，5年生，而压豆腐的槽子，边沿是白松的，底板是红松的。这些都十分重要。歧部正平没有犹豫，爽快地答应了。

老白被安排在牡丹江东一条路的喜来饭庄做豆腐，第二天中午，满洲的大臣铃木就要在那里用膳。头一天夜里，老白一点觉都没睡，他坐在水桶上一袋接一袋地抽黄烟，他想了很多，当然，他也要拿出看家的本领，让这个满洲的日本大官见识一下，老白家豆腐中的顶级珍品。

第二天中午，铃木在省县两级官员的陪同下来到了喜来饭庄，专门吃豆腐宴，铃木听到这个提议以后十分赞赏，按他的话说，太平洋战事爆发以来，国民都应该勤俭奉公，全力支持圣战。豆腐毕竟是素食，不算铺张浪费。

豆腐宴很讲究，共16道菜，均由豆腐做成，可以做出鸡鸭鱼各种样式和味道，铃木眼界大开。席间，铃木感慨地叹谓：中国的文化真是无比玄妙，小小的豆腐也能翻出这么多的花样，虽然说这些年中国落后了，但如果他们把脑袋用在现代技术上，一定非常厉害。

铃木满意也就达到了歧部正平的目的，席间，歧部正平暗示送菜的“跑堂”，让老白将最拿手的豆腐极品端上来。不一会儿的工夫，老白的顶级珍品——红玛瑙豆腐上来了。那个豆腐外形跟水豆腐差不多，色泽就不同了，豆白底色的豆腐上晕出一条儿一块儿边缘模糊、淡淡的暗红色，犹如晶莹剔透的玛瑙，豆腐极嫩，吃起来滑润爽口，还透出一种奇怪的幽香。铃木胃口大开，一边吃一边叫好。他问起歧部正平如何请到了这样的豆腐大师傅，歧部正平把发现老白以及举办豆腐大赛等事一一对铃木做了汇报，铃木很满意，听了歧部正平的陈述，他有些好奇，提出要见一见老白。

饭店的掌柜连忙到后厨叫老白，无奈，老白只好磕了烟灰，扯下围裙，来到贵客房里见铃木。铃木问了老白一些豆腐知识，最后问：这个玛瑙豆腐是怎么做的。老白犹豫了一下，说：“加入了新鲜的人血。”听了这话，现场的翻译愣住了，他不知道如何翻译。铃木是中国通，他听明白了，见翻译面带难色，他用中国话问：“血，是哪里来的？”老白举了举手，他左手的中指缠了一块白布。铃木面孔冷峻，沉吟一番，挥手让老白出去了。

铃木当天晚上就离开牡丹江回了新京，临上火车，随从对歧部正平说，大臣阁下对他很不满意，做豆腐的老白心肠大大地坏了，他给大臣阁下吃人血豆腐，暗示我们日本人吃中国人的血。歧部正平傻了，他无论如何也想不到会有这样的结果。

老白被扣下了，他进城之后再也没能回家。老白媳妇派老俅子去县里打听，没有老白的消息，老白媳妇在老俅子的陪同下去了县里，也没打听到老白的消息，那年入冬，歧部正平被免了职务，据说去满影株式会社（今长春电影制片厂）帮工，发挥他艺术的天分。但是老白的确是失踪了，有人传说他被送到滴道（今鸡西）煤矿当苦力，也有人说他被抓到满洲和苏联边境去修要塞，还有人说老白已经死了，被日本狼狗给掏出了肠子，总之，老白像被蒸发掉了一样，从这个世界上消失了。

老白失踪之后，老俅子帮着老白媳妇做一些农活，下大雪之后，老俅子就经常进山，冰冻的河水成了天然、宽阔平坦的“大路”，马拉柞木爬犁在上面跑起来飞快。老俅子仿佛是天然的猎手，每次从山里回来都带回一些山货，狍子、野兔什么的，偷偷用于改善老白媳妇和三个孩子的营养，老白媳妇细致地观察着老俅子，一天，她从老俅子的眼神中看到了令她不安的东西。老白媳妇对老俅子比画着，她告诉老俅子，老白在的时候说，去跟日本人拼命很了不起，可那并不是一件非常非常难的事，难的是有尊严地活着、比日本人活得更好。比画半天，老俅子明白了，老俅子啥也没说，只是点了点头。

那年腊月，柴河大铁桥受到抗日山林队的破坏，一列装满军用物资的火车差点颠覆，铁路中断了一天一夜。日本宪兵队在后沟搜查了好几天，出事那天晚上，老俅子不见了。

老白媳妇似乎明白是怎么回事儿，她不肯离开后沟，无声无息，忍辱负重带着三个孩子顽强地活着……

1945 年秋，苏联红军进入东北，伪满洲国树倒猢狲散，在后沟的日本开拓移民成了没娘的孩子，他们搭帮结伙沿着已经破坏了的铁路向间岛（今延吉）和朝鲜的方向逃去。老俅子下山了，此时，老俅子已经成了皮肤黝黑、壮实的汉子，他留着浓密的小胡子，黄昏时分潜伏在铁路路基下，袭击那些走得筋疲力尽的日本军人和武装开拓团青年。他太仇恨日本人了，几天的工夫，他就在杀死的日本人那里缴获了 7 把三八大盖步枪。

日本哑巴盐诸和老婆在逃跑时跟女儿盐诸袖子失散了。夜里，盐诸袖子沿着铁道线走，白天，她就躲藏在铁道边的玉米地里。老俅子发现盐诸袖子是在一个下午，他扛着步枪，在反射着太阳光、亮得晃人眼睛的铁轨上摇晃地走着，突然，他发现猎物一般看到玉米地歪斜的玉米秧子，直觉告诉他，玉米地里有人。老俅子迅速拉上了大栓，子弹上膛，迂回着向有人的地方摸去。初秋的玉米秧子已经成熟了，叶子挂在人的皮肤上，划出肉眼不易分辨的小口子，火辣辣地疼……目标渐渐接近了。就在老俅子要扣动扳机的一刹那，他发现，一个日本姑娘惊恐地向他这边张望着。

老俫子走了过去，拉了那个日本姑娘一下，盐诸袖子惊叫起来。老俫子的力量很大，就在他拉盐诸袖子时，盐诸袖子身上的衣服被拉开了，滚落出几个带着泥土的地瓜。盐诸袖子大概又累又饿，加上惊慌，她的抵抗一点实际意义都没有了，就在盐诸袖子和老俫子的对持之中，老俫子看到了似曾相识的眼神儿。由于多日没换洗衣服洗澡，盐诸袖子身上女人的气味更加浓厚，老俫子被这种气味迷惑了，加之他对日本人的极端仇恨，老俫子丧失了理智，一下子将盐诸袖子按在身子底下，扯开了盐诸袖子衣服，顿时他全身充满了血，尤其是两腿间的肉体，涨得快要裂开了一般，老俫子急忙把那个膨胀体掏了出来，在盐诸袖子惊恐的眼神中，将她两腿间的肉穴刺出血来……

事后，老俫子呆呆地坐在玉米地里，盐诸袖子就躺在他身边，披头散发嘤嘤地哭着，老俫子坐了好一会儿，拄着枪站了起来，他刚想走，不料，自己的大腿被盐诸袖子抱住了，老俫子的脑海里立即出现了日本宪兵用枪托砸父亲冯老三的场面，父亲是无辜的，他从未“通匪”，还被活活给烧死了。老俫子用日本人的枪托击打着盐诸袖子，盐诸袖子的耳角被打出了血，可她还不松手，死死地抱着老俫子，老俫子心软了，他实在下不了手，他将盐诸袖子搀扶起来，决定收留这个日本遗孤。

老俫子搀扶着盐诸袖子，盐诸袖子实在走不动了，他就背着她，一直到了半夜，老俫子才将盐诸袖子背到了老白家。老白媳妇也好多年没见到老俫子了，没想到老俫子还活着，而且长成高大结实的汉子。见到老俫子，老白媳妇当时就吓昏了。

盐诸袖子在老白家洗过脸，老俫子才发现盐诸袖子长得十分白净漂亮。一个月之后，他才知道，原来他带回来给自己当老婆的日本姑娘就是开拓团哑巴盐诸的女儿——曾经在水库羞辱过自己的那个日本姑娘。

秋收之后，大地上一派荒凉，一个苍老的老人蹒跚着出现在后沟，当时，老俫子正光着膀子在场院里打场，盐诸袖子一身中国农妇的打扮，用竹扫帚扫场院，老人慢慢走了过来。老俫子停下了，愣愣地看着。盐诸袖子也探过头来。

老俅子问："大爷你找人吗？"

老人问："……原来这儿住了一家姓郑的，还在吗？"

老俅子没听明白。

老人进一步说："做豆腐的。"

老俅子明白了，他说："你找老白头吗？他已经死……"说到这儿，老俅子说话的嘴僵住，他看着看着，突然，眼睛里噙上泪水，他小心翼翼地问："是你吗？……还活着？"

那个老人就是老白，老白回家的当天晚上，他对一家人说："今天晚上做豆腐！"

白先生并不姓白，老白是他的外号，老白所以叫老白，因为他做的豆腐非常白。老白姓郑，郑重其事的郑。

公元1995年夏天，日本东京的井源先生到大连办一家豆制品加工企业，他生产的豆制品的品牌叫"老白家豆腐"，谁也不知道这个名头的由来，也难以分析其中的含义。地方电视台就此问题采访过井源先生，井源先生解释说：这是父亲留下来的名字，父亲在日本做豆腐很有名，被称为豆腐井源。至于豆腐品牌为什么叫"老白家豆腐"，他也不知道，他说可能跟日本的古老传统有关吧。

2004年2月

小温的雨天

一

麦女士多次下决心去找小温，可到了要找的最后时刻，她又动摇了。麦女士意识到：无论自己多么有现代意识，多么理直气壮，口才多么好，可毕竟是自己与人家的老公有关系，而不是人家与自己的老公有关系，怎么说这也是一个尴尬的角色。关于这一点，麦女士每次计划去找小温时都要深切地体会一次，也可以说是受一次折磨。问题是，麦女士必须要找小温谈一谈，不找小温，这件事就堵在心口上，如一块瘀血，面积越积越大。

这期间，麦女士对小温做了无数次的想象，她几乎在脑子里形成了一个关于小温的完整印象。小温梳短头发，不化妆，最多也就施淡妆，衣着朴素，即使穿有颜色的衣服，也会显得“老土”。麦女士知道，小温是育文中学初三班的班主任，教数学。当然，麦女士也能想象到，小温肯定不是等闲之辈，嘴皮子利落自不必说，整天和十五六岁的孩子讲话的人，说她没口才没人会相信。还有，长年累月和学生打交道，一定会固执和保守，喜欢用教训人的口吻告诉你应该做什么不应该做什么，这样做是对的而那样做是错的等等。好在小温是中学里教数学的而不是大学里教伦理学的，这一点让麦女士心理上稍稍放松了一些。上周五，麦女士彻底下了决心，她直接去了育文中学。在她向别人打听小温老师时，一个学生指着操场上的女老师说，那就是温老师。麦女士当时就僵在那里了。她看到的小温老师是这样的：身上穿着“名牌”运动装，经过漂染的头发伞状地贴在头上，头发一条条地被染成黄色。这样看来，小温不仅不是她观念中的

"文静而朴实的初中老师"形象，相反，小温显然比自己还时髦。还有，麦女士见到小温时，小温正在教训一个胖乎乎的男生，她的声音很大，即便操场上声音嘈杂，她还是可以听到小温说的"你还要不要脸?"这样的粗话，对此，麦女士显然是没有心理准备的，同样，在观念里，她想象不出初中老师会在公开场合用关起门来在家里吵架的语言来教训学生。麦女士有些胆怯，她悄然离开了。

麦女士回到家里，她又有些后悔，觉得自己不应该离开，她应该迎上前去面对小温，顶上去就顶上去了，天塌不下来！这次不顶上去，迟早还是要面对的。也就是说，小温是她必须要过的一关。

天气预报预测星期一有雨。小温出门前透过玻璃窗看了看外面，外面发暗，属于看不清云彩整体阴霾的那一类，小温出门前就带好了雨具，急三火四地下了楼。

外面果然下雨了，是不紧不慢的细雨，细雨常常更持久更有韧性，小温知道，恐怕一天都会是这种阴雨缠绵的状态。小温并不喜欢雨天，即使在光滑的城市街道上，雨天仍令她联想到泥泞什么的，她还不喜欢雨天里的气味儿，尤其是在雨天里挤公共汽车，上了车，车厢里就弥漫着腥丝丝的味道，那种腥味儿不同鱼的腥味儿、破壳的鸭蛋的腥味儿，甚至不同于褐色的铁锈的腥味儿，而是一种她表达不出来的腥味。而这一切都是小温无法回避的，也就是说，她必须要在雨天出门，还必须得挤公共汽车，在公共汽车上闻她不喜欢的腥味儿。

这天还算顺利，小温很快就上了公共汽车。

汽车缓缓地开动，从雨天里上车的人们似乎都不太愉快，几乎每个人都拎着伞，小心的人还好，不小心的人很容易把伞上的雨珠儿淋到别人的衣服或者裤子上。接下来就是不满的目光或者埋怨的话。碰上两个人都气不顺，就容易不"文明"起来。小温意识到这一点，她把折叠伞拿在胸前，这样，雨珠想淋也只能淋在自己身上。只是，小温没有想到，她躲避了这个方面却没能躲避另外一个方面。就在人们拥挤的时候，小温感觉到一个硬邦邦的东西就在自己的屁股后面。小温下意识地用眼睛的余光向后面扫了一眼，直觉告诉她，她身后有一个男人，男人呼出热气，热气打在她后脖颈上。小温的心嗵嗵直跳，甚至有了站在二十层高楼上向下看的晕眩感，失重一般，身子发软，大脑瞬间空白。

一开始，小温身后的男人还是很小心的，他硬邦邦的东西并没有直接去顶她，而是随着汽车车身的晃动而处于有意和无意之间，见小温没有做出反感的反应，并且有些发晕，他大概产生了错误的判断，认为小温已经接受了他的方式，于是，他的胆子大了起来，开始寻找着恰当的位置，并按自己的节奏在小温的身后一下一下动着。小温这才从晕眩中清醒过来，她“呸”了一声，抬起脚，用高跟鞋后跟用力向后面的一只脚跺去。

“我的妈呀！”后面有人大喊一声。只是，这个声音不是男人的，而是一个女人的声音。小温回过头去，见一位穿花格子衣服的中年女人正龇牙咧嘴，大喊大叫。也就在同时，那个男人趁乱向后面挤了过去，小温清晰地看到了那个男人的模样：长脸，一双小眯眯眼……

那天一整天，小温的心情都跟窗外的天气一样，十分郁闷。教语文的老师齐卉卉问她，“来事儿了吗？”小温没好气地说：“不至于那么频吧，刚好没一个星期。”齐卉卉捂着嘴吃吃地笑，她说：“我看你的情绪不佳，以为你又到了生理周期了呢。”小温说：“你别没话找话了，说吧，是不是有事求我？”齐卉卉走到小温面前，动作有些亲昵地在小温的肩上捡起一根发丝。“要说在咱们学校，最了解我的人就是温老师了，是这样……能不能帮我串串课？”小温说：“我就知道，看起来你在关心我，其实是为自己着想啊。”齐卉卉说：“干嘛呀干嘛呀？我不至于留给你那么坏的印象吧？”

小温说：“算了，我不过是过过嘴瘾，到头来便宜还是你赚。……下午第二节课给你了，不过，你也别安排得太密了，如果学生家长有反映，我都得跟着受连累。”齐卉卉说：“愁不愁人呀，这个班的语文课总是在学年里垫底，就是好的学生，一篇作文里也有七八个错别字。”小温说：“他们这个年龄就这样，你也别太上火，去年我的奖金不是也被扣了吗？”

“我可不在乎那点奖金，主要是荣誉。”

小温努力露出点笑容，她说：“在我的印象里，你一向不在乎荣誉的。”齐卉卉故意夸张地说：“有没有搞错？我不可救药吗？”小温看了看齐卉卉，她说：“开个玩笑，别太认真了。”齐卉卉说：“我当然不会认真，我已经习惯你了。”

“习惯我什么？”

“挖苦人呗。”

小温想了想，没说话。

齐卉卉突然笑了，她说：“我知道了，是不是你家老陈又惹你不高兴了。”小温说：“跟老陈没关系，在车上打了一仗。”

“打仗？动手啦？”

“那倒没有，吵嘴了。一个老娘们，满嘴的脏话。”

“因为什么？”

“我踩到她的脚了。”

“啊，那人家当然不高兴了。”

“可是，我不停地道歉，她还张口骂人。”

“那，你为什么要踩人家的脚呢？”

“本来，我是踩另一个人，一个男人的脚……”

“为什么要踩男人的脚？”

小温一肚子的苦水倒不出来，她想了想，说：“……总之，我看他不顺眼、不舒服！”

齐卉卉表示理解的样子，她歪着脑袋说：“这就是你的不对了，自己找气生，要知道，生气这种事是最吃亏的，气的是别人，伤的是自己。”

小温叹了口气，心想，话是好说，可谁倒霉谁心里知道。

齐卉卉下午做语文模拟题时，不巧校长过来巡查。校长巡查之后，在走廊里遇到小温。本来，校长想批评小温几句，他最痛恨代课老师私下里串课。串课不仅违反学校的计划，更重要的是，一旦哪个学生家长举报，学校在考核时就得丢分。不想，校长见小温神情恍惚的样子，不仅批评的话没说出来，反而安慰起了小温。校长问她是不是不舒服了。小温说没有。“不对吧，”校长说，“你脸色很难看啊。”小温说：“可能是昨天没休息好。”校长表示理解，他说：“你也别太上火了，凡事想开一些，现在社会就这么个现状，那种事也不是个别现象了。”小温知道校长说的意思，她的脸色更加难看，她生硬而清楚地说：“你误会了，我的心情跟我丈夫没关系。”校长愣愣地看着小温。小温冷静了一下，说：“谢谢你关心，没事我先走了。”

校长望着小温的背影，尴尬地站了好一会儿。

二

小温不知道34岁的女人为什么那么忙乱，前几年，她还有固定的化妆时间，现在，她描口红基本是两笔，上一笔下一笔，然后，两个嘴唇向中间黏合几下，就搞定了。

化妆速度快，说明自己熟练了，熟练了就可以节省时间。问题是，原来坐在化妆镜前半个小时，自己一点都不忙，而现在熟练了，反而很忙乱。一大早，小温匆忙地下楼，脑袋里、口袋里都装了很多事，楼下了一半，手机又响起来，小温拿出手机一看，是短信：办理各种文凭、票据、印章、车牌等，请与1334567890吕先生联系。小温把手机一关，随口说了一句“讨厌”。她觉得这些推销电话和垃圾信息已经影响了她的生活，有时，凌晨2点手机就会响起来，打开一看，又是那些非法广告信息。

小温晚上不关手机，她在等老陈的电话，老陈不是社会上随便哪一个老陈，而是她的老公陈小甫。陈小甫出差已经5天了，一个电话都没给她打来。一般说来，老公不打电话，她打一个电话也就解决了，问题是，小温不肯先给陈小甫挂电话。小温没给陈小甫挂电话，并不等于不接他的电话，陈小甫刚走的头两天，到了晚上10点，见陈小甫不来电话，小温就把手机关掉了，只是一天天过去，陈小甫还没来电话，过了10点，小温不再关机了。平时，小温的手机不常开，在家里几乎不用开手机，家里有座机，座机在客厅里，卧室里没有分机，小温倒在床上就不愿意起来，白天忙了一天，一躺在床上就觉得骨头散了架一般，骨缝都疼。当然，还有一个更重要的原因，小温用手机接电话，即便躺在床上，她也可以这样对陈小甫说："我现在在外面，跟朋友坐一坐。"

老陈一直没来电话。

小温和陈小甫结婚10年了。刚结婚那阵子，小温挺自卑的，自己家在外县小镇上，娘家生活清贫，读大学时她只读了"免费"的师范。她是在大四的时候认识陈小甫的，那时，陈小甫是市图书馆馆员，图书馆专业硕士毕业。人长得也帅，领他去学校都觉得脸上光彩。然而，陈小甫的家人并不看好小温，觉得陈小甫应该找一个更好的，而不是家在农村的小温。陈小甫并没有听家人的意见，小温刚一毕业，他就跟小温登了记，年底，小温也调到了市里。客观地说，小温走入城市跟陈小甫有关系，当然，没有陈小甫小温也是要进入城市的，城市是相同的，只是男人不同而已。尽管她还属于定向培养的师资，毕业后要回到小县城里，可小温从走进大学那天开始，她就暗暗下了决心，从那天起她决不离开这座城市。小温的愿望在陈小甫那里实现了。

小温和陈小甫结婚的头几年，小温的内心一直是满足的，陈小甫毕业两年就评上中级职称，5年后就是高级职称了。那几年，在图书馆当馆员可是个好工作，清净不说，求他的人也不少，办特惠图书证了，借馆藏的珍贵图书了等等，学校里就有不少人求小温，小温热心地帮他们办理，在那过程中，也有一种被重视和需要的满足感。

说起来，陈小甫算得上是"标准"的知识分子，走路的派头，说话的腔调，想问题的方式等等。陈小甫整天除了看书就是看书，对名利荣辱都看得很淡。这些都令当时的小温觉得舒服、安全。这些年，社会发生了很大的变化，变化之快令人瞠目结舌。或者这样说，平常日子里你并没有感觉到什么，可过段日子回头一看，你自己都会吓一大跳。就像我们在地球上并没有感觉到地球的旋转，其实，地球旋转的速度是非常惊人的。一晃，几年过去了，小温也生了女儿做了母亲。渐渐地，找小温借书的人一天比一天少，后来几乎绝迹了。与此同时，小温这个曾不被人看好的初中老师地位却日渐提高，越来越被人们重视。在这个家里，陈小甫发挥的作用越来越小，他只挣死工资，偶尔发篇论文得二百元的稿费，还不够请图书馆的“清水肠子们”小酌的。小温就不同了，换房子、装修、家里安电话等等，都有学生家长帮忙，别的不说，新年前，她光挂历就收了60多本。人是经不起比较的，有一天，小温突然觉得陈小甫不合时宜了，为什么不合时宜，小温一时又想不清楚，为这个问题她还苦恼了一阵子，后来，她觉得她想清楚了，她认为陈小甫不属于这个时代，或者说他属于10年前而不属于10年后，这里一个主要的原因是社会在发展，而陈小甫却在原地踏步。也许根本的原因是，陈小甫本来就是那样一个人，只能说10年前的气候适合他，而现在的气候不适合他。时势不仅造英雄，平头百姓也有个“逢时”问题。这样说来，小温觉得自己选择对象还是缺乏长远和发展的眼光的。

有了这样的想法，不可能不改变原有的家庭格局。现在小温成了家里的主角，饭来张口衣来伸手，脾气还大了不少。老陈（这时候，陈小甫已经变成了老陈）似乎不在意这些，他一如既往，还那付清逸、半仙体的样子。小温气也气不过来，想来想去，觉得老陈总归还是有优点的，起码让她放心，现在的社会环境，男人越来越令人不放心了，这一点，老陈没问题。

也许正是这样的心理，老陈出事后小温更加接受不了。小温怎么也想不明白，像老陈这样一没钱二没权，甚至模样都显得过时的人居然也能闹出桃色新闻。人家泡在女人堆里的人都没出新闻，出新闻的偏偏是一向以晋代贤士自居的老陈。

事情的经过是这样的。老陈在图书馆里认识了在机关工作的读者麦女士，后来两人就彼此萌发了被人们经常称作爱情的那种东西，一开始两人用手机发黄色笑话，后来就眉来眼去，终于有一天，他们有了第一次约会。约会的地点是麦女士所在的机关，他们约好晚上一起去吃巴西烤肉。

老陈大概缺少这方面的经验，本来约定在晚上 6 点，老陈 5 点就在机关大门外等麦女士，麦女士接到老陈的电话，觉得老陈很幼稚也很可笑。正巧，麦女士的房间里只她一个人，同时她也不希望老陈在大门外“显眼”，于是，麦女士就把老陈邀请到了办公室里。麦女士一直靠到下班才跟老陈出门，那段时间，麦女士不能离开办公室，她必须等到下班铃响，机关也不是没有脱岗的时候，问题是，麦女士毕竟是跟老陈约会，不同于其他情况，如果在麦女士离开办公室期间有什么事，处长追问起来，她怎么回答？编圆了还好，如果把约会的事露出去，那就麻烦了。这样看来，麦女士跟老陈一起坚守岗位，更重要的不是怕脱岗，而是怕约会的事露了。

在办公室里，麦女士不停地问老陈是什么时候开始喜欢她的，这是一个女人都喜欢问，而诚实的男人不好回答的问题。老陈支支吾吾，说了几种答案麦女士都不满意。最后，麦女士说：“算了，我不为难你了，只要你真心喜欢我就行。”老陈的头开始冒汗。麦女士大笑起来，她说：“其实我不喜欢花言巧语的男人，我知道你在我面前不好意思说，这样吧，我们在计算机上聊。”老陈犹豫着，麦女士已经把老陈坐处对面桌子上的计算机打开了，她说你过来，用小陈这台电脑。说着，麦女士笑了，她说：“我们这儿也有个小陈，刚来不到一年的毕业生。”于是，老陈就打开自己的 QQ，跟麦女士聊了起来。

麦女士跟老陈走出了办公室已经是晚上 6 点多了，大楼里的人基本走光了。麦女士说：“你说怪不怪，两个大活人在一起，偏偏对着计算机聊。”老陈说：“是啊，在计算机面前，说什么都不觉得不好意思了。”麦女士说：“晕，你还好意思说?”老陈不自然地笑了笑。

麦女士见老陈不自然，马上把话题拉了回来，她说：“不管怎么说，我们聊得还不错。”

的确，他们在计算机上聊得很自然也很大胆，聊到关键时候，他侧过脸去看了看麦女士，麦女士对他调皮地眨了眨眼睛。

走廊里静悄悄的，一段明一段暗，每隔六七米就有一盏灯，有灯的地方明亮，两个灯中间的地方就暗一些。尽管日光灯发出嗡嗡的声音，可走廊里还是显得十分安静。

麦女士单位在一楼，办公室的门正对着楼梯口，楼梯口拐角处有一个清洁工放清洁用具的地方，那个地方比较隐秘也比较黑暗。麦女士把门锁好，一转身就把老陈拉住了。老陈先是一愣，后来什么都明白了，他呼吸的气流也开始加大。老陈随麦女士来到楼梯口，他轻轻把麦女士揽在怀里。

就这样，老陈和麦女士在楼梯口拐角处拥抱、亲吻和抚摩，实践着他们在计算机上谈的设想，也使得这次约会提前进入了状态。

麦女士和老陈在楼梯口亲热的时间一定挺长，并且十分投入。机关保卫处的人走过了长长的走廊，他们竟然没有发觉，等清晰地听到声音时，保卫处的老王已经走近了他们。

老王说："我是机关保卫处的王强。这是机关大楼，差不多行了，抓紧走吧！"

麦女士不愿意听，她说："怎么啦，我们不是刚出门吗？"

老陈也不太高兴，他对麦女士说："你们这儿真怪，还要清场关门吗？"话虽然是对麦女士说的，其实是给老王听的。

老王当然不愿意听，他说："这是机关大楼，想亲热换一个地方。"

老王这样说，麦女士和老陈都脸上挂住了，麦女士说："哎，不要随便说话啊，说话是要负责的。"老陈说："是啊，有证据吗？凭什么这样说？没证据就是诬陷，诬陷是要负法律责任的。"麦女士和老陈心里清楚，老王并没有看到他们亲热。

其实，老王一开始只是想让他们早点离开，并没想跟他们如何，不想，麦女士和老陈反而理直气壮，冲着他来了。老王立即恼火起来，他说："怎么着？我骚扰你们啦？打断你们的幸福时光了？我诬陷你们？是不是还要求我向你们道歉？"

老陈说："这是一个基本素质问题，现在不是'文化大革命'时期，总用怀疑的眼光看一切。"麦女士说："是啊，你要解释你的话，什么叫亲热？谁在机关大楼里亲热了？"

老王说："正在说你们呢，我不管你们是什么关系，机关大楼里就是不准亲热。"

老陈说："你看见我们亲热了？别以为别人不懂法，想扣什么帽子就扣什么帽子。"麦女士拉了老陈一把："走，去保卫处找他们领导，今天非让他说明白不可，这关系到我的名誉。"

老王说："这可是你们想把事情搞大的，别说我这个人不留情面。"说着，又回头对老陈说："我怎么没见过你？你不是大楼里的吧。"老陈说："怎么啦？这个大楼不是为人民服务的吗？我不可以进来吗？"老王说："你说的没错，是为人民服务的，但是，不是给某些社会丑恶现象提供场所的。……还有，你说你懂法，那我看这问题就好办多了。"

事态发展到这一步，麦女士和老陈都没有意识到问题的严重性，他们忽视了某些重要的问题。麦女士无论如何也不会想到，机关大楼里有数码摄像设备，她和老陈亲热的镜头都一清二楚地被录了下来。当初，机关为了防止盗窃分子隐藏在角落里，所以，角落里被观察得更加清楚。而老陈忽视的不仅是摄像机的问题，他还觉得自己懂法，觉得法律是保护自己的一个强大的武器，事实上，问题就出在这里，他对法律的理解只是宏观的、大概念上的，就他的理解，他和麦女士并没有触犯法律，即使到了最后，证实他和麦女士在楼梯口亲热也没有触犯法律，相反，老王的言行却侵犯了他的尊严和名誉。麻烦也许就在老陈觉得自己懂法上，真的精通也好，怕的就是对法律的误解或一知半解。所以，老陈胸有成竹地跟老王去了保卫处，到了保卫处，他们气势很盛，大吵大闹。保卫处的人很生气。的确，老陈和麦女士没犯法，他们没权对他俩做出处罚，但是，他们可以把他俩的行为连同录像一并通报给双方单位。这种结果是麦女士和老陈都没想到的。这一招更狠，彻底把麦女士和老陈打趴下了。

老陈和麦女士的事被双方单位传了几个来回，小温才听到了消息。听到消息，小温如被雷电击中，当时就昏了过去。

星期五下午又开始下雨，电视台播报的天气预报是中雨，实际上，小温觉得是小雨。也许对于中雨和小雨，小温和气象台在理解上是有差别的。比如，气象台考虑的是降雨量，而小温考虑是雨珠的大小。雨珠小而持续时间长，也可能是中雨，可在小温眼里，那天的雨根本算不上中雨，小雨细软，还断断续续的。小温最不喜欢这样的雨天，让人心里难受，在她看来，要么就下大，要么就不下，吞吞吐吐的，不把人窝囊死才怪呢。

3 点开家长会，学生提前离校。这个时候，家长一般都遵守时间，2 点半多一点，教室的门口就堆满了各色各样的雨伞。大约在 2 点 45 分，小温被一个面孔给吓着了。那个在公共汽车上对她不轨的小眯眯眼出现在她的面前。——小温确信她是不会认错的，按过去的一句老话，他就是变成骨头化成灰小温也能认出他来。其实小温只是见到了那张面孔，不知为什么，她又有了晕眩感，"忽悠"一下，觉得脚下的水磨石地面都松软。那种感觉仿佛小眯眯眼正在对她做流氓动作，而不是出现在这个教室里。

这一切都发生在小温自己那里，别人并不知道。

五六分钟之后，小温才从恍惚当中清醒过来，她用充满敌意的眼光寻找小眯眯眼，很快就找到了。小眯眯眼坐在漂亮女生姚丽的位置上。小温恨不得冲过去，朝那张白皙的脸上狠狠来一巴掌，再骂一句臭流氓。

这些动作小温只是在心里完成了，她并没有离开座位，她坐在讲台的旁边，离小眯眯眼有四五米的距离。离小温近的是窗户以及窗外哮喘病一般的小雨。

小温用充满敌意的眼光看小眯眯眼时，小眯眯眼也正在看她，看看小温，又前后左右看一看，再回头看小温。很显然，小眯眯眼没认出她来，他的目光中充满了无辜和疑问，仿佛在问，怎么啦？我哪出错了吗？

学生家长都坐在自己孩子的座位上，小眯眯肯定是姚丽的家长了。小温的血液又快速流动起来。在此之前，小温并没有过多留意姚丽，姚丽除了漂亮之外并没有其他显眼的地方，属于中下等生，性格内向，也没有明显的特长。难道小眯眯眼是姚丽的父亲？

家长会开始了，校长讲话，关于学校收费情况的通报，解释为什么这个学期多收了 23 元钱，讲了订阅期刊和辅导报纸的事，同时对为学校做出贡献的一些家长给予表扬，比如哪个学生家长帮学校装修、出车、提供运动会奖品等等。校长的声音在扬声器里消失之后，就该各班的班主任讲话了，不知道为什么，小温准备了3页稿纸16个问题，一个也没讲出来，她大致说了说班里的情况，然后说：各位家长有什么事就个别跟我说吧。

小温这样做很失算，属于共性的问题她没讲，家长就围了过来，问这问那，没完没了。小温清楚地看到，小眯眯眼也没走，由于来参加家长会的多是女同志，他不好挤上前来，就默默地在后面等着。小温的血压又开始升高，她想，这对小眯眯眼来说是个机会呀，那么多年龄不等却认真打扮过的女人，正混乱地围成了一大圈，顾头不顾尾的，小眯眯眼有机会要流氓了。小温几乎盼望小眯眯眼在这个时候要流氓，这样，她就可以抓住他，好好地惩罚他。可惜这些都是自己的妄想，小眯眯眼很安静，像个排队交作业的孩子。“装得像个人似的，臭流氓！”小温在心里骂。

“温老师，你不舒服吗？”一个学生家长问。

小温知道自己过于漫不经心了，连忙收回心，一一解答学生家长提出的问题。尽管如此，小温还是显得力不从心，她在回答学生家长提出的问题时，还时刻想着小眯眯眼，那个家伙会提出什么问题呢？他提出问题她回答他吗？

小温的含混似乎引起了学生家长的不满，她们的声音大了起来，一个比一个嗓门高。小温不得不彻底把心收回来，她想，自己不应该怕那个流氓，现在是在学校，不是在公共汽车上，如果在学校都怕他，自己也太懦弱了吧，况且，在公共汽车上自己也没怕过他呀。

小温解答完家长的提问，已经是下午5点了。她抬起头来找小眯眯眼，小眯眯眼不见了，不知道他是什么时候走的，也许看提问题的人太多，实在等不起就走了。可是，他是什么时候走的呢？小温见小眯眯眼走了，她松了一口气，她希望小眯眯眼走吗？潜意识里也许是，可理性告诉她，她不和小眯眯眼正面接触一下，真是很不甘心。

小温回到办公室，办公室的老师基本都走了，小温看了看窗外，觉得小雨没有结束的意思，就把折叠伞拿了出来。这时，小温的手机响了起来。

“喂！……喂喂！”电话没人回答，只有汽车的声音。

小温的心直跳，也许是小眯眯眼？小温关掉通话键，不想，电话又响了起来。

“喂！……说话呀！”对方似乎在犹豫，过一会儿，对方把电话挂断了。

“神经病！”小温把电话收了起来，拎着手提包出了门。

这会儿，雨有些大了，她将裤脚挽了起来，带着小跑出了校园，没想到，到了校园门口，一个黑影出现在她面前。

“谁！?”小温大声喊。

黑影立即打了小温一拳：“干嘛呀？声嘶力竭地，吓死我了。”

小温一看是齐卉卉老师。

小温很不高兴：“还说呢？你突然蹿出来，想干什么？还没说你呐，反来咬我一口？”齐卉卉捂着胸口说：“我可没想吓你，再说，你也太经不住事儿，像诈尸似的，怎么啦？昨晚做噩梦啦？”小温不回应齐卉卉，反问齐卉卉，“人家都走了，你在大门口干什么？”齐卉卉说：“今天也怪了，总打不到车。”

“今天不是下雨天吗？”

齐卉卉笑了，她说：“就是啊，平时不需要，出租车排成了队候着你，到了急需的时候，连个影都没了。以后，我也惩罚他们一下。”

“怎么惩罚？”

“罢坐！要知道，我对出租车行业的发展支持很大呀。”

“你呀，等着吧，过不了三天，你又去打车了。”

“说的也是，我一旦罢坐，他们有损失可我也受影响啊。”

“就是啊，所以你做不到。”

齐卉卉想了想突然笑了，她说：“你说这出租车是不是像男人，你不需要的时候他总往你身边凑，可等你需要了，他们都躲大老远的。”

小温说：“这个我说不明白。”

齐卉卉离婚一年了，似乎对男人没什么好印象，不过，她也没有停止跟男人约会。

“车来了!”齐卉卉拉了小温一把，对小温说：“走吧，我稍你回家。”小温按了按胸口，惊魂未定的样子：“真是的，心还不停地跳着。”齐卉卉赶紧说：“心不跳就麻烦了。”

小温从出租车的后门上去，坐下来就闭上了眼睛。不愉快的事阴云一般袭上了心头，堵到了嗓子眼儿。她以为这辈子再也见不到小眯眯眼儿了，不想这么巧。有的时候就是这样，不想见的人一辈子都不想碰到，可越是不希望碰到的人越能碰到。而且是自己班里学生的家长！还有，那个莫名其妙的电话，是小眯眯眼打来的吗？他会不会也认出了她，他要找她干什么？想到这儿，小温拿出了手机，按来电记录又拨了回去。

电话是一个苍老的声音接的。

“请问，刚才谁挂电话?”

对方说我怎么知道，我这里是公用电话。

小温态度和蔼起来，她说：“大爷麻烦你，刚才有人用你的电话打进了我的手机，能不能麻烦你回忆一下。”

对方迟疑一下，问：“什么时候。”

“大约15分钟以前。”

对方说：“有一个女的打过电话。”

“女的?”

“有一个女的。”

“你确定吗?”

“下雨，这段时间就一个女的打过电话。”

“能告诉我她长什么样吗?”

“没太注意……”

“啊，谢谢大爷。”

“不用客气……也不用叫我大爷，我才27岁。”

小温放下电话，齐卉卉回头问：“谁呀?”小温说：“我也不知道，可能是打错了。”

其实小温心里明白，绝对不可能是打错了。如果打错了，就不会不说话。可问题是，这个女人是谁呢？为什么打通了电话又不说话了？

小温回家时，老陈正躺在沙发上看电视，小温一见到老陈，胸口的火苗就腾地蹿了起来，噼噼剥剥燃烧着。小温说：“你没病吧，出去这么多天连个音儿也没有。”

老陈懵懂懂地坐了起来。他说：“……你回来了？我给你买了……”

小温严厉地打断老陈的话，她说：“你还没回答我，为什么不给我打个电话，啊？你啥意思？”老陈说：“我能有什么意思，这次出去忘带充电器了，到了昆明的第二天手机就没电了。”

“手机没电了，你不会用宾馆的电话打？”

“旅游团住的房间，电话都不开外线。”

“要不说你一根筋呢，你不会下楼去找个公用电话，或者找同事的手机用一用？”

“我琢磨过，反正也没什么事儿，所以……”

“什么是事儿？给家里打电话本身就是一件大事，……你眼里还有没有我？好，咱不说我，就说这个家吧，这个家在你心目中还有没有位置？……我越来越看不懂了，原来你不是这样子的……”小温话里有话，老陈不是听不出来，他的脖子根立刻发红了，他转了话题，说：“我给你买了件蜡染的衣服，你要不要试一试？”小温说：“没心情。”

老陈实在有些忍不住了，他说：“不就一个破电话吗，至于吗？”

“不至于吗？”小温紧紧地盯着老陈看，丝毫没有退让的意思，不仅不退缩，反而还有跟老陈打一仗的意思。老陈不明白小温为什么火气那么大，按常理，一个电话小温不会那么大动干戈的，当然，老陈不会想到小温会有汽车上一场遭遇。只是，刚刚下了飞机的老陈实在没有打仗的心情，他嘟哝一句：“今天怎么这么倒霉。”然后就不说话了，小温说什么他都保持沉默。

就这样，那场一触即发的冲突就避免了。打仗是两个人的事，一个人打一个人不打就打不起来，即使一个人打另一个人也算不上严格意义上的“打仗”。小温并没有打老陈，她冲老陈吵了半天，自己也觉得无聊了，就回了卧室，躺在床上生闷气。

三

姚丽从同学那儿得知温老师要找她谈话，她觉得十分突然，在她的记忆里，自己基本是属于被温老师遗忘的那部分人中的一员。她学习成绩不突出，可她也从不惹祸。温老师找自己干什么，而且还要到操场上去？是因为体委给她写纸条的事吗？可她根本没理睬那个身上有汗酸味的男生。姐夫告诉过她，对付不安分的男孩子，最好的办法就是沉默。她按姐夫的话去做了，还很灵验。

小温和姚丽的谈话是在操场的单杠下进行的。操场当然是露天的，露天的地方不一定不安全，那里的视线很好，完全不用担心别人可能偷听到她们谈话的内容。

谈话开始，小温的目光一定很凶，姚丽显得十分胆怯。

小温问：“昨天的家长会你妈为什么不来？”姚丽支吾了半天才说：“我妈不在了。”小温说：“你大点声，我没听清。”“我妈不在了。”姚丽又重复一句。“去世了吗？”小温的声音缓和了一些。姚丽把头压得低低的。闷着头。

“你跟爸爸一起过？”

“不，跟我姐夫。”

“谁？你跟谁在一起？”

“姐夫。”

“姐夫？”

“嗯。”

“昨天来给你开家长会的是你姐夫？”

“是。”

“那么，你姐姐呢？”

“也不在了。”

“她去了哪儿？”

“也去世了。”

小温惊讶得睁大了眼睛。

经姚丽解释小温才知道，原来，几年前的一场空难，使得一起外出旅游的姚丽的父亲、母亲和姐姐都蒙难了。“对不起，老师过去对这些不了解。这是老师的失职。”小温说。

姚丽看出温老师的目光温和起来，她说：“这不怪老师，我跟任何人都没讲，我姐夫也不让讲。”“为什么？”小温问。姚丽讷讷着：“我怕同学对我另眼相看”。

小温点了点头。突然，小温想起了小眯眯眼，她又瞪大了眼睛：“你姐夫没把你……”

姚丽抬头瞅着小温。

“我是说，你姐夫没把你送回……对了，你家里就你自己了。”

“没有啊，我还有姐夫。”

“你姐夫对你好吗？”

姚丽点了点头。

“你们分开住吗？”

姚丽的目光中充满了疑惑。

小温想了想，还是换了一种谈话方式，她说：“姚丽你也不小了，男人和女人之间的事也明白了。我想说的是，女孩子应该学会保护自己，知道哪些地方可以碰，哪些地方是不可以碰的，无论多么亲近的人……”姚丽扬起脸来，她说：“温老师你别说了，你的意思我懂，我可以告诉你，目前没人动过我，你更不用担心我姐夫，他是我目前了解到的、天下最好的男人了。”

“那他是在征服你的心，你还小，没有经验。”

“他什么都没有，他只是在抚养我，教育我。”姚丽有些不高兴了。

小温转换了口气，她说：“这样就好，老师没别的意思，老师是为你好。”

小温和姚丽的谈话结束了，那是一次不怎么成功的谈话，小温怎么也不相信，一个在公共汽车上行为不轨的男人，会对自己的小姨子无动于衷。而且，家里只有他们两个人，也许那个男人在等小女孩成熟，事实上，姚丽虚岁16了，她比实际年龄还成熟一些。那是为什么？——法律？16周岁以前姚丽还属于幼女。也就是说，无论对方是不是愿意，只要和不满16岁的少女发生关系，都以强奸罪论处。法律规定在小温的印象中就是这样的。

自从老陈那次旅游回来，小温半个月没理他。不理归不理，可日子还得过。明天是大礼拜，在红叶学校寄宿的女儿会回家过周末了，总不能在女儿面前还保持敌对的状态吧。老陈似乎明白这一点，他表现得十分主动，小温没回来之前，他就把小温最喜欢吃的酱焖小嘴鱼做好了。小温还是不跟老陈说话，不过鱼还是吃了。吃饭的时候老陈说：“为了买这条鱼，我跑了一趟大菜市，还好，总算买到了。”小温知道大菜市离她家很远，一个在城市的大东头，一个在城市的大西头。小温也知道老陈是想讨好她，和她缓和关系，小温没吱声，不过，心里已经不那么气了。

老陈上床时小温已经熟睡了，是老陈把她拨弄醒的。小温知道老陈要干什么，她用力推老陈。老陈并没有因为小温推他就停止行动，老陈知道，小温并不是真的反对他碰她，如果小温真的反对，她就会大声地说出来。凭借以往的经验，只要小温默默地反抗，那就是半推半就。老陈受到鼓舞，钻到小温的被窝里，将小温紧紧地抱住了。

小温被老陈给弄清醒了，她从床上爬起来，去了一趟厕所，回来时用枕头打了老陈一下，说：“真烦人，这么晚了折腾什么劲儿。”

老陈故意厚着脸皮，说：“不是想老婆了吗？”说着，伸手将小温拉上了床，小温顺势倒在老陈怀里，嘴里嘟哝着："讨厌。"

自从老陈闹出绯闻之后，小温只和老陈上过三次床，而那三次，他们都不成功，老陈好像受到什么刺激，刚开始没多久就全线崩溃。小温心里也很难过，她侧过身子"吃喽吃喽"地哭，让老陈痛悔不已，手足无措。

今天，小温决定配合配合老陈，给他一些信心。然而，老陈仍旧不争气，忙活了半天也没进去，胶水般的物质在外面就流了出来。

老陈一头大汗，说我这是怎么了，一边说还使劲揪自己的头发。小温说："你别着急，我相信你说的话，你和那个女的没干什么。……我相信。"老陈说："我怎么会这样，我才 38 岁呀。不行明天去医院看看。"

老陈把小温抱住，不停地在小温耳边说："对不起，真对不起。我这是怎么了！"小温轻轻抚摩老陈的头发，她说："没关系，慢慢就会好的……"

老陈在小温的抚摩中睡着了，小温却无法入睡，眼角的泪静静地流了下来。

老陈星期一去红叶学校送女儿，10 岁的女儿对他说："老爸，我看你和温雨红之间有点问题。"老陈说："别瞎猜，我和妈妈挺好的。"女儿说："得了吧，别以为我是小孩好糊弄，我看出来了，温雨红现在管你叫老陈，不叫你小甫了。"老陈笑着说："爸爸老了，女儿都这么大了，爸爸能不老吗？"女儿说："别瞒我了，你和温雨红吵架我都听到了。告诉我实话，你是不是跟一个阿姨好？"老陈愣住了，他说："小孩子，别乱讲话。"

女儿的声音更大了一些，她笑着说："怎么样？承认了吧？"

老陈说："既然如此，老爸就跟你说实话，那不过是一场误会，爸爸没跟别人好，只跟你和妈妈好。"

女儿对老陈的话不怎么上心，她按自己的思路问："那个阿姨漂亮吗？"

老陈生气了，他说："没什么阿姨，知道吗？"

女儿更加笑，她说："老爸你别紧张，我不介意。"

送完了女儿，老陈就去单位上班，走在路上，老陈觉得浑身发冷，好像自己光着身子走在大街上，自己的一切秘密都暴露在光天化日之下，路上的行人也在瞅着自己，自己无地自容。

这一段时间以来，陈小甫一直觉得有个监视自己的东西在跟着他，像清朝人的大辫子一样，在自己的脑袋后面飘来荡去，无法摆脱。走到哪儿仿佛都有监视器在自己的头顶上方，在自己察觉不到的地方，即使在梦里，那个章鱼眼睛一样的东西也不厌其烦地出现。……坐电梯，电梯里有摄像镜头；去医院，医院里有摄像镜头；去商店银行，商店银行里有摄像镜头；去广场散步，广场旁边的大楼上有探出的摄像镜头；就是自己家住的小区，物业部门也安了一个个摄像镜头。现在，没有摄像镜头的地方太少了。而以前，老陈根本就没注意。当然，安摄像镜头是从安全的角度考虑的，可考虑到别人的隐私了吗？老陈知道，自己和麦女士的行为在现阶段是不受法律保护的，可其他的隐私呢？也许很多人还没注意到这一点，如果自己没有那一场遭遇，自己会意识到这一点吗？

现在，老陈觉得自己是受了惊吓的麻雀，胆战心惊地出门，可还是摆脱不了摄像镜头，总觉得自己生活在一种监视之下，没了自信也没了自己。

走到单位门口，老陈给小温打了一个电话。

"我把小臭送到学校了。"老陈说。

电话里的小温有些懒散："我知道了。"

"小臭说了些莫名其妙的话。"

"什么话？"

"她说……算了吧，回家再说。"

"好吧。"

"我到单位了。"

"嗯。"

“在单位门口给你打的电话。”

“你怎么这么啰嗦……还有别的事吗？”

“没有了。我只是想告诉你，我已经到了单位。今天单位……”

挂了电话，小温觉得涩涩的，心里涌来一阵酸楚，她知道，陈小甫以前不是这个样子的。

四

城市里的人对季节的变化并不十分敏感，常常是在不知不觉间把季节错过了。而农村就不同了，季节的变化是非常明显的。小温小时候就知道七九河开，八九雁来。在农村，可以看到庄稼一点点生长，在城市里就不同了，看不到那些过程。说起来没人相信，小温是根据雨天来判断季节的变化的。这天早晨，突然下了一场暴雨，雨来得很急，不过很快就结束了。小温知道，这该是夏季了。小温喜欢这样的雨，该下的时候下，下完就放晴了。并且，按通常的规律，早晨下雨，一天都会晴朗的。

小温下楼时雨已经停了，方砖上，积了很多雨水。按说，这种天小温的心情应该好起来，可不知为什么，小温还是觉得郁闷，好长一段时间，小温都郁闷着，她身体里的雨季并没有结束。

到了学校，小温突然觉得自己清楚了——是那双眼睛，经常出现在自己视野里的姚丽的眼睛。说起来奇怪，从初一带这个班，已经两年多时间，小温从未感觉到姚丽那双眼睛特别，几乎没感觉到它的存在，可自从那次家长会之后，她一坐到讲台前，就无法回避姚丽那双纯净的、隐藏着忧伤的眼睛。

下课之后，小温把姚丽叫到前面，她对姚丽说：“如果我帮你，你有信心进入前十名吗？”姚丽愣愣地看着小温，小声试探着说：“我数学不行。”“我说了，我可以帮助你。”小温补充道。姚丽迟疑着点了点头。

“我帮你只是外因，关键还在你自己。”

“我知道。”

“可能要经常补课。”

“放学之后吗？”

“当然是放学之后。”

“知道了。”

“现在，还有信心吗？”

姚丽瞅了瞅小温，在判断小温的话是认真的之后，使劲点了点头。小温也点了点头，表情凝重而庄严。

这段日子里，麦女士并没有打消给小温打电话的念头，时间并不是问题，也许对别人是问题可对麦女士不是问题。闲下来，麦女士就想起小温，想起给小温打电话的事。

这期间，麦女士也给陈小甫挂过电话，陈小甫似乎十分怕听到她的声音，在电话的另一端几乎可以感受到陈小甫的手和嘴唇在发抖。麦女士也是好不容易挺过来的，好在大家现在都十分宽容，要是以前，自己肯定没办法在这个单位待下去了。

麦女士熬过来了，可她知道陈小甫还没熬过来，她甚至隐约能感觉到陈小甫恨她，躲瘟神一样躲着她。她猜想，陈小甫的压力主要不是来自单位，而是来自她老婆小温，小温可不是省油的灯。

有一个雨天，麦女士给小温的手机挂了电话，电话一接通，就传来小温凌厉的声音，麦女士想，小温大概正在生气，生气的时候跟她谈和她丈夫的事，效果注定不会好。不过，电话已经通了，麦女士无法退缩了。

“我姓麦。”麦女士说。

“谁？”小温没听出来。

“麦，麦子的麦。”

小温还是没听出来，她根本就不知道和丈夫老陈闹出绯闻的女人姓麦。

“是这样，你丈夫是陈小甫吧？”

“是啊。”

“你丈夫是不是有一些传闻?”

“什么传闻?”

“跟一个女人的传闻……”

“你是谁?”

“我是……”

“你什么意思?”小温说话的语调很快，没容麦女士说话，她就不停地说下去：“听着，我不管你是谁?也不管你出于什么目的，我告诉你，我信任我的丈夫，请你不要在里面做文章!你做文章也是无聊的、没有任何意义的……”

“我……”

“还有别的事吗?没事我挂了。”

麦女士一机灵，她耳边的话筒里“砰”地一声，小温把电话放下了。麦女士愣了半天，嘟哝一句：“邪门!”

小温回到家，一进门就把脱下的鞋打在老陈身上，她说：“陈小甫你不是人，别以为我不知道，你跟那个女人还没断!”老陈愣了半天，支吾着说：“哪个女人?我没跟任何女人来往!”

小温说：“你不承认是不是?……要我揭穿你是不是?那个女人是不是姓麦?”

老陈懵了。

小温扯着大嗓门喊：“下午她还给我打了电话，你们到底想干什么，啊?!”老陈气得嗓子都冒烟了，他自言自语：“她他妈的想干什么?等我找她算账。”

小温并不因为老陈这样说就完了，她要好好折腾折腾老陈。老陈也变得聪明了，他起身离开了家。出门时，小温拉他也拉不住。

老陈离开家之后就要去找麦女士。可到了真的去找时，老陈才发现麻烦了。实际上，老陈只能通过电话找麦女士。老陈给麦女士挂了手机，手机关机，他不知道麦女士家里的电话。这个时间，麦女士已经下班了，单位里是找不到的，他也不知道麦女士住在哪儿，只听麦女士说过，住在白云新村。白云新村大了，上千户居民，去那里找她，无疑是大海里捞针，总不至于去派出所查麦女士的住址吧，更何况，即使去派出所也不一定就可以查到，现在跟以前不同，人员流动性大，搬了新家不迁户口的有的是，自己家就没迁户口。就算在派出所可以查到麦女士的住址，老陈也不可能去派出所，想归想，他最懒得和警察打交道了，他已经跟麦女士所在机关保卫处的人打过交道了，那些人都不好惹，还是不沾他们为好。

这样，老陈就在白云新村居民区里转来转去，他希望碰到麦女士，当然，他还不能去麦女士的家，到了她家里，无形中又会增加很多复杂因素，他更加解释不清楚了。

老陈在白云新村溜达到晚上10点，仍没见到麦女士的身影，麦女士没在菜市场买菜，吃完饭没在街心广场散步，总之，他一直都没见到那个他并不愿意见到又急切盼望见到的身影。就在这个时候，两个穿便装的人走了过来。其中一个矮个子说："我们是白云派出所的，请你跟我们走一趟。"

"派出所？……我怎么啦？"

"你问我们？我们还要问你呢！走，到派出所再说。"

……小温接到电话已经是夜里11点了，她赶到派出所时，老陈脸色苍白，蔫头蔫脑地坐在派出所的外勤室里。

小温到了派出所才知道，原来，白云新村连续发生了撬门盗窃案，警察调查时居民反映，一个瘦高的男人在这儿转了一个晚上。于是老陈就被请进了派出所。

到了派出所，老陈支支吾吾，他不肯说是找麦女士，当然，说了也没人相信，哪有他这样找人的。老陈只说自己是散步，可警察问他都到哪儿散步了，他说菜市场、便利店和街心广场等等。有你这样散步的吗？警察问。老陈又答不上来了。回答不上来，老陈就不回答，他心里有底，他没干什么，即使哪个地方有隐秘的摄像镜头，把他全录了下来他也不怕。

小温听明白了，她告诉派出所的警察，自己跟老陈打仗了，老陈心情不好就出来溜达，她说老陈盗窃是不可能的，他还没那个本事。

警察也查不出证据，就把老陈放了。

临走，小温对警察说：“你们应该有经验，像他长这样儿，能是窃贼吗？”

矮个子警察说：“哎，话可不能这样说，盗窃分子脸上也不贴个贴。看我这样像警察吗？不像是不是？可我是个警察。”

出了派出所，小温理都没理老陈，打个车就走了。

很快到了七月份，小温带的班也在准备初升高考试，小温最担心的就是姚丽了。那天给姚丽补完了最后一课，小温对姚丽说：“老师能做的就是这些了，今后就靠你自己了。”姚丽沉默了一会儿，小心翼翼地说：“老师，能您你一件事吗？”小温问什么事。姚丽说：“今天晚上是我的生日，我姐夫想请您一起给我过生日。”小温愣住了，她说：“生日活动老师就不参加了，你开心地过生日吧。”想了想，小温问：“你应该是16岁的生日了吧？”

“是啊，今天我16周岁了。”

“16岁就成年了，你要记住老师的话，学会保护自己。”姚丽懵懂地点了点头，对小温话中隐藏的含义并没有真正清楚。“我是说，这是一个重要的标志。”小温补充说。

姚丽临走还回过头来，她轻声问：“老师，能告诉我为什么吗？”

“什么为什么？”小温一愣。

“您为什么对我这么好。”

小温笑了，掩饰着自己，说：“老师对所有的学生都挺好的。”

“不，”姚丽说：“我能感觉到，老师对我特别好。”

姚丽走了。小温还在空荡荡的教室里坐着。小温一直想着姚丽，想着姚丽说的那句话。是啊，自己为什么对姚丽特别关照呢？她能回答她吗？告诉她，老师知道你的身世，同情你怜悯你！这样的话当然不能说，还有另一层，因为姚丽的姐夫侵犯过自己吗？那自己算是什么人了，不是明摆着犯贱吗？在丑恶的东西面前屈从和妥协，以后，学生家长谁对自己恶自己就对他的孩子好？好像也不是这么一回事，在小温内心里，她不想让幼稚单纯的姚丽受到伤害，毕竟姚丽还小，仿佛就是小时候的自己，她要保护姚丽，她要帮她逃出“虎口”。而保护姚丽的有效途径不仅是给姚丽灌输保护自己的意识，还要在学业上帮助她，让她树立信心，考上重点中学，考上了重点中学将来考大学就没问题了。现在谁都明白，孩子真正竞争的不是考大学而是考高中，那是人生的一个分水岭啊。

这时，齐卉卉从门口探进头来。齐卉卉说：“明天下午你帮我代一节课呗，反正也没什么事，就是做模拟题。”小温说：“这个时候串课不太好吧。”齐卉卉说：“有什么不好的，我的课时量比规定的还多。”小温说：“问题不在这儿。”见齐卉卉没明白她的话，小温说：“打这样一个比方，你经常打扫卫生，都不在领导面前，突然有一天领导来了，而打扫卫生的不是你，是平时从不打扫卫生的人，领导却留下了这样的印象，打扫卫生的是别人而不是你。”齐卉卉说：“对呀，这几天领导要来检查了。”说完，齐卉卉又想了想。说：“那我也不在乎！”小温说：“你不在乎我可在乎，那次串课让校长堵着了，老大的不高兴，找到机会就旁敲侧击地点拨我。”齐卉卉笑嘻嘻地说：“你装糊涂不就完了。”

“什么事啊，那么重要？”小温问。

齐卉卉说：“要是别人我就不说了，告诉你吧，我又联系了一个对象，留学生。他想回来投资，让我陪他去海岛考察。”

“前几天那个牙医呢？”小温问。

“吹了。”

“吹了？”小温笑起来：“你真拿得起放得下，和男朋友分手像吹生日蜡烛那么简单。”

齐卉卉连忙问：“没什么不妥吧？”

“我又不是评委，我说妥不妥都没用。哎……这个留学生是学什么专业的？”

“不知道。”

“没了解就陪他去海岛考察？”小温有些惊讶地问。“没了解才需要时间去了解呢，”齐卉卉说：“我只知道他在国外是搞电脑的，现在国外的日子也不太好混，所以就回国投资了。”

“能投资，那一定是有钱人啦。”

“现在还不知道。”

齐卉卉走后，小温又想到姚丽。想到姚丽小温开始有些后悔，她似乎应该答应姚丽去参加她的生日聚会，在生日聚会上，她还可以找姚丽的姐夫——小眯眯眼私下谈一谈，揭穿他的伪装，郑重地对他发出警告。告诉他，别以为姚丽16岁了，成年了就可以欺负了。刚才，她让姚丽自己回去了，她已经保护了姚丽这么久，而在关键的时候放手了，会不会功亏一篑？小温还这样想象，小眯眯眼在姚丽的生日上百般殷勤，然后乘机把姚丽灌醉，即使他不把姚丽灌醉，凭借他这么多年的铺垫和成熟的经验，他肯定会顺利地把姚丽哄到床上。小温也是从姚丽那个年龄走过来的，她知道那个年龄是偏激的、冲动的和无法把握自己的。小温开始为姚丽担心了。

那天夜里，小温突然从梦中惊醒，醒来之后，她并没记起自己做了什么梦，她只看到了窗外的雨。下雨了，雨轻轻敲打着窗棂，犹如古诗中的芭蕉夜雨，从未有过的孤独感将她笼罩了……老陈毛愣愣地跳到地上，夜光中，瘦骨嶙峋。老陈定神之后，问小温：“你怎么啦。”小温说：“没事儿。”

早晨，小温早早地来到学校，等姚丽出现了，她才舒了一口气。小温把姚丽叫到教室门口，她问姚丽：“昨天的生日过的好吗？”姚丽灿烂地笑着，她说：“我非常开心，我姐夫说，他一定要见你，当面向你致谢。”小温咬了咬嘴唇，她说：“看到你的笑容，我就放心了。”

五

老陈被派出所询问的第二天，他就找到了麦女士，他们进行了一次长谈。麦女士解释说，她没有想和老陈继续下去的意思，她只是觉得这件事给老陈造成了伤害。麦女士认为，表面的伤害容易愈合，而内在的伤害不容易愈合。老陈问："什么属于内在的伤害。"麦女士说："你夫人那里不解释清楚，她会记恨和怀疑你一辈子。我也是女人，这方面我比你懂。"老陈说："我求求你了，这事到此为止吧。"麦女士想了想，同意了。

只是，老陈走了之后，麦女士又改变了想法，她觉得还是要跟小温谈。她这样想，这件事带有明显的误会成分，如同一团棕麻系了一个大疙瘩，不去解，疙瘩是不会自己松开的。在她看来，以前误会深的只是小温，现在把老陈也绑进来了，所以，她更应该去解这个疙瘩。而在问题的更深层面，麦女士觉得在解疙瘩的同时，也在为自己洗清罪名，毕竟她和老陈没突破那一层界限，他们只是拥抱、接吻和抚摩，他们都没用自己关键的部位接触对方关键的部位，既然他们两人关键的部位没有接触，他们还背了一个"作风问题"的名分，实在是有些委屈。这里，麦女士似乎清楚又有些糊涂，她原本就搞混了，只是她就这样认为，谁也没办法。

老陈与麦女士谈过之后，不仅没有解决问题，相反，麦女士更坚定了找小温"谈透彻"的决心。

初升高考试的第二天下雨，小温等在考点学校的门口儿，像很多学生家长一样，焦急地在每一个走出考场的学生中寻找着，所不同的是，她找的是她的学生，那就是姚丽。

姚丽出来的比较晚，她一出现在门口，小温就看到了她。"姚丽！"小温大声喊。

姚丽像白桦林里的小鹿一般，跳跃着跑了过来。"温老师我答得挺好，有好几道题的题型你都帮我辅导过。"

"考得好就好。"说着，小温的眼睛里溢出了泪花。仿佛考试的不是姚丽，而是自己的女儿，毕竟，自己在姚丽身上花费了不少心血啊。

小温拉着姚丽的手，突然间，她觉得一个搁置已久的问题突然清晰了。在此之前，她也丧失过自我，她观念里已经形成的什么是正确的什么是错误的标准被现实给冲击了，也就是说，她面对的事情，用过去的标准无法判断了，尽管她整天告诉孩子们什么是对的什么是错的，可轮到自己，她也不清晰了。尽管如此，小温发现人在摸索着走路时，内心里还是自然地往美好的一面靠拢，仿佛是冥冥中的某种召唤。这也许就是姚丽问的那个问题的答案？

“小丽！”不远处传来喊声。

小温和姚丽都转过头去，小眯眯眼就站在不远处。

“我姐夫。”姚丽说。

说话的功夫，小眯眯眼来到小温跟前。“温老师！……一直想去感谢你。”小温本能地保持着距离，有些冷淡地说：“不用了。你们谈，我还有事。”小眯眯眼热情地拉住小温的胳膊：“中午了，我请你吃顿饭吧。”

小温一下子紧张起来，她大声喊：“干什么？你！”喊的时候用力挣脱着胳膊，她的力量之大，一定令小眯眯眼十分吃惊。

“老师，求你了。”姚丽在一旁说。

小温从小眯眯眼那里挣脱，一下子跳开，离小眯眯眼有两步远。她急匆匆地说：“我真有事，你们吃吧。”说完，小温就离开了。

事后小温想，也许自己过于神经质了。也许姚丽的姐夫不是侵犯自己的那个小眯眯眼。可是，她认为自己的记忆是不会错的。好，就算姚丽的姐夫是侵犯自己的小眯眯眼，那他除了在公共汽车上侵犯过自己之外，一点优点都没有了吗？或者换句话说，他能在公共汽车上不轨，就什么坏事都会干吗？也许并不是这样的。小温又想起她跟齐卉卉讲的打扫卫生的事，姚丽的姐夫可能做了很多很多的好事，而做坏事时恰恰被自己遇到了。想到这儿，小温又犯糊涂了，是不是自己心地太善良了，把人想得太好，太宽容了？说到宽容，自己对陈小甫宽容吗？

放暑假期间，齐卉卉到小温家里做客，小温问起“留学生”的事，齐卉卉反问：“哪个‘留学生’？”小温说：“这就怪了，不是你跟人家去海岛考察的吗？”齐卉卉想了起来，她说：“你不提还好，那是什么留学生，是假的。”

“假的？”

“是啊，一个在国外的打工仔，也冒充留学生来投资。”小温也觉得突然：“他没钱啊？”“他有什么钱，他给一个老板做掮客，说好听点是中间人。”小温说你说话也别太刻薄了，打工的不一定水平就低。“他高中没毕业就出去了，英语倒是讲得流利，可惜是个文盲。”

“能讲英语还是文盲吗？”

齐卉卉瞪大了眼睛：“你见哪个文盲不会讲中国话？”

小温笑了，不想自己这么轻易就犯了错。

齐卉卉拨弄着沙发上的一个毛毛狗，多少有点伤感地说：“现在的男人也不知道怎么了，比女人都自私，什么事都先想到自己……哎，说正经的，你手头有没有那样的男的，有爱心的，年龄大点没关系。”

齐卉卉说到这儿，小温突然在脑海里出现了姚丽姐夫的概念，不过同时小温又否定了他，怎么可以把有不轨行为的小眯眯眼介绍给她的同事齐卉卉呢？在小温眼里，也许齐卉卉也是缺少责任心那类女孩，可从本质上来说，齐卉卉心地还是比较善良的。

小温笑着说：“我又不是开婚姻介绍所的，‘手头’怎么会有现成的男人？”齐卉卉说：“你要是开婚姻介绍所的我才不找你呢，我想找的就是了解的人。”小温故意揶揄她：“你不是不在乎那些吗？”“以前是，现在，不那么想了。”

“可是，有的时候太过了解了，反而不一定好。”说一说，小温的心情复杂、沉重起来。

“你啥意思？”

“意思都说出来了。”

第二天，姚丽带着姐夫来拜访小温。小温先是紧张了一下，转念一想，凭什么自己紧张，如果这个小眯眯眼是公共汽车上的小眯眯眼，紧张的应该是他而不是自己。尽管如此，小温还是不希望姚丽和他姐夫到家里，她在推辞不掉的情况下，同意和他们在楼下的茶馆里见面。

茶馆就在小温家所在的小区的街对面，面积不大，光线幽暗。他们见面寒暄之后，小眯眯眼就坐在小温对面的椅子上，他似乎想说什么，没说出来，就把一大包礼品递了过来。“温老师，您是我们家的大恩人，我们真的不知道该怎么谢你。”小温有些脸红，她说：“我做的只是本职工作。这样吧，感谢的话我收下了，东西不能收。”小眯眯眼不和小温争，过来给小温倒水，然后就讲起了家里的事。这样，小温知道小眯眯眼叫曲大明，在一个机关的工会工作。他和姚丽的姐姐是大学时同学，恋爱了6年才结婚，没想到命运对他那么不公正，妻子、岳父岳母都死于空难。后来他就抚养了年龄还小的妻妹，他们已经在一起走过了4年。他可以为姚丽提供别的孩子拥有的生活条件，唯独不会辅导她读书，正在他犯愁的时候，小温伸出了援救之手。小眯眯眼说话的节奏很慢，声音低沉。小温几乎把在公共汽车不轨的那个小眯眯眼忘了，或者说没把眼前的曲大明跟公共汽车上的小眯眯眼联系在一起。等曲大明的讲述结束，小温问了句莫名其妙的话：“这么长时间了，你没找个对象？”

曲大明对这样的问话显然没有心理准备，他想了想，说：“没有”。

小温意识到自己的唐突，她转了话题：“姚丽，重点高中的分数段下来了吗？”

姚丽说：“我还不知道。”

是啊，她是老师她都不知道，学生怎么能知道呢？小温笑了，她说：“放心吧，我觉得你没问题。”

姚丽也笑了，她说：“我自己的感觉也挺好的。”

那天，他们在一起谈了近一小时，临分别，曲大明说什么都请小温把礼品收下，姚丽也拉着小温的手，她请求着，眼泪就在眼圈里转动，眼看就要掉下来。

小温妥协了，她说：“好，我收下就是了。”

姚丽跟曲大明是坐公共汽车走的，小温的心又咯噔了一下，曲大明会在公共汽车上不轨吗？接着她又想：不会的，在姚丽面前，曲大明不会的。可是，令小温困惑的是，曲大明身边好几年没有女人了，他是如何解决生理需求的呢？总不会经常到公共汽车上耍流氓吧？况且那也不一定能解决问题。也许他是个手淫者？刚才谈话时的一个画面返回到小温的脑际里，曲大明习惯性地把手放在两条大腿之间……

六

麦女士没有失言，她到底还是来找小温了。

小温呼吸急促地下了楼，看见一个略显发福的女人打着伞站在居民区的院子里。小温努力使自己镇定下来，大步走了过去。

麦女士呼吸显得急促，她小心地问："是……温老师吗？"小温说："我姓温，你找我谈什么？"麦女士脸上的肌肉抽搐了一下，说："我们找个地方吧，好好谈一谈。"小温说："不用，在这样的天气里，不是挺浪漫的吗？"

她们打了两把伞，伞忽高忽低，麦女士把脸遮上，他们都看不到对方的表情。令小温觉得好笑的事，麦女士找了她这么久，要跟她谈的内容无非是向她解释，她跟她丈夫没干什么，只是在一起拥抱、接吻和抚摩。

"那还没干什么？"小温反问。

麦女士说："可我们都没动对方关键的地方。""什么地方是关键的地方？"小温问。"……你当然知道。我们没动关键的地方，就不能算是严格意义上的男女作风问题。"

小温忍不住笑了，她说："那算什么？在一起做个游戏？"

麦女士沉默了一下，她说："我之所以找你就是想向你解释清楚。"小温说："你说的我都明白，不管事情是怎样的过程，可你总不能说你们是无辜的是光彩的吧？"

"我没说是无辜的，没说是光彩的。"

"那你想说什么？"

"我在说事实真相，不想让你把我和你丈夫想得那么坏。"

小温无奈地摇了摇头，她觉得这样的谈话进行下去毫无意义，转来转去总转不出来一个套子。她说："这样吧，除此之外，你还有别的想法吗？""没有，我没有别的想法。"麦女士说。小温说："那我已经听清楚了，我们的谈话可以结束了吗？"

"可以。"麦女士说。

回到家里，小温觉得莫名其妙，这个世界上真是什么人都有！对着镜子，小温发现自己的肩膀被淋湿了，翻着衣服领子，小温突然停下了。镜子里的自己显得十分妩媚而动人。她回忆着麦女士的模样，那个模样很普通，甚至应该划到丑女人的行列里，可陈小甫为什么会看上那样一个女人？也许问题的关键是，美和丑在不同人的眼里或者不同的时期是转换的，这几年，她只看到别人的变化，找别人的不是，是不是自己也变化了，也有很多令陈小甫接受不了的毛病？想到这儿，小温的心悬了起来，在空旷黑暗中漫无边际地悠荡。

陈小甫是下班的时候回来的，他进屋时，小温的手机又响了起来，小温一接，又是麦女士打来的。麦女士说："真对不起，我忘了跟你说一个细节，很重要的细节。"小温说："我不听了，从今天开始你不要再给我挂电话，你说的一切我都知道，我都明白，我都清楚，这样行了吧？"

对方犹豫着，把电话挂了。这时，小温才意识到，陈小甫和麦女士发生的事情比通常所理解的还要复杂、还要严重。靠道德感去判断、靠本能去反映是一件很容易的事，可认真去思考就不同了，也许除了更深的社会背景之外，我们内心里是不是还有很多东西原本就沉睡着？且不说这件事是如何发生的、谁对谁错，就事件本身也出现了不止一个"受害者"。它不仅伤害了小温，还伤害了他们自己，丈夫老陈从此得了病，疑神疑鬼，无法进行正常的性生活，而另一位重要角色麦女士时刻都想向人解释，不厌其烦，絮絮叨叨，解释她是清白的，因为他们没动关键的部位。"关键的部位究竟是哪里？"小温嘟哝着。

老陈紧张地问："谁……谁的电话？"

“啊，一个学生家长打来的，没什么事。”小温温和地说。

七

北方的八月就有了秋天的意思，那场雨一下来，小温知道秋天到了。秋天的雨跟夏天的雨是不同的，夏天的雨朦胧、温和，秋天的雨透明、利落。秋雨中你可以清晰地看到一百米以外的楼房上的广告牌子，尤其是雨后，街道上清亮清亮的，当然，清亮中也蕴藏着某种寒意。走在雨中，小温似乎想到了什么，那东西忽远忽近，近的时候渐渐清晰，可远离后又变得模糊了。生活中是不是也这样，有些东西本来就是模糊的，可人们总是高估自己的能力，认为什么都可以认识清楚，并一厢情愿地做了简单的归纳。当然，雨天对每个人也是不同的，小温觉得，她有属于自己的雨天。

初升高的成绩下来了，小温班的成绩不错，19 名考上了重点高中，比去年提高了 2 个百分点。姚丽也如愿以偿。想到姚丽，小温莫名其妙地想到了曲大明和齐卉卉，她临时给齐卉卉打了一个电话，对齐卉卉讲起了曲大明，讲起了姐夫抚养小姨子的故事。小温说：“这样的男人现在还真不多。”齐卉卉显然是有了兴趣，她说：“那你帮我联系联系呗。”“可是，他也可能有严重的缺点！”小温说。齐卉卉说：“那你就不要管了，我自己不会了解吗？”

说的这儿，小温又有些后悔，觉得不应该打这个电话。问题是，既然走到这一步了，也没了退路，小温想了想，说：“那我试试吧。”

小温给“小眯眯眼”曲大明打了电话，委婉地介绍了齐卉卉的情况，还补充说：“现在姚丽不在我们学校了，老师也没关系，先认识一下，交个朋友。”曲大明犹豫了一番，说：“谢谢温老师的关心，我现在还不想谈女朋友，等姚丽考上大学再说吧。”

“……这并不影响啊。”

“可是，我在姚丽姐姐的遗体前发过誓，我要遵守诺言。”

放下电话，小温萌发了一个奇怪的念头，曲大明是公共汽车上的“小眯眯眼”吗？

巧合的是，小温放下电话，她看到当天的晚报上有这样的介绍文章——男人保健常识：常喝咖啡不得胆结石，经常手淫不易患前列腺炎。联想到一些事儿，小温笑了起来。

小温买菜回来雨已经停了，上楼时，她收到了姚丽发给她的短信，姚丽在短信上写着：温老师，我永远爱你。小温漫不经心地把手机放回口袋里，不过，她还是觉得心头一热。

推开家门，传来了小温最喜欢吃的酱焖小嘴鱼的味道，她知道，陈小甫回来了。进了门，小温说：“雨停了。”

陈小甫系着围裙从厨房里探出半个身子：“你说什么？谁不行了？!”

2003 年 12 月

有过青梅

青梅回到城里，她的心情并没有自己期待的那样好，傍晚灰蒙蒙的天空，街道上拥挤的自行车流，连成片的刺激神经的喇叭声。尤其是回到家里。弟弟第一天见她还有笑容，接下来，目光就冷若冰霜了。妹妹没表现出不满，她还打着青梅的条状黄棉衣的主意，那个棉衣是仿制的，冷眼看来，像朝鲜战争时女志愿军穿的军装。对于多雨、阴湿的上海来说，这样的棉衣并不适用，但那毕竟属于时装啊。

朦朦胧胧的夜色中，青梅醒了，她本想一步跨到“炕”下，恍惚中被吊铺的护拦挡了一下，这才知道是在自己家里，身边躺的是睡得发昏，卖了她、她都不知道的妹妹。那个吊铺 1.7 米高，如果自己一步跨下去，不知道结果怎么样?

其实，青梅就是在那个吊铺上长大、发育的，只是这几年，她有了另一种生活，一下子又不适应了。

青梅小心翼翼地下了地，她绕过父亲和母亲的床。推开门，就听到了厨房里有声音。青梅连忙把厨房的灯打开。志军在喝菜汤。志军对青梅眨了眨眼睛，示意她把灯关掉，那样会浪费电的。青梅问：“饿了?”志军小声说：“肚子里空。”青梅也觉得肚子里空，她把灯关掉，喝了两杯母亲早已凉好的开水。

母亲说：“昨天晚上你和志军去找吃的我晓得，你是我的亲女儿，和你讲话也不用要面子，粮票是限量的，志军和志红的胃口大如牛，一个月的供应最多够 21 天。”青梅说：“我晓得，他们正是长身体的时候。”母亲说："不管怎么说，你那里的粮食还是蛮多的吧？"青梅笑了笑，说："粮食是够的。"说着，母亲的眼圈儿又红了，她说："我晓得，你们吃高粱面，棒子面，阿芬都跟我说了，你胃溃疡，都吐血丝了。"青梅说："没事的。"

上午还是浑浊的天空，太阳像刚刚醒来，没梳头没洗脸，一幅懒散的样子。青梅坐在自行车的后座上，听着父亲一路唠叨。父亲说："简报我看到了，看到你的名字我真高兴。"青梅知道，父亲表面上什么事都不在乎，其实他内心里也是看重荣誉的。青梅想了想笑了，她说："本来说好是住一个月的，这才住了半个月就要回去了，原以为你不高兴的。"父亲说："我是支持你的，广阔天地，大有作为吗？"青梅说："是啊，没回上海，做梦都想回来，可回到家，又总梦到林场，在那里，我觉得有做不完的事，可回到家里，不知道该干什么？"父亲问："毛衣打好了吗？"青梅点了点头，父亲又问了一句："志红不是帮你出工了吗？"青梅这才想起，自己点头父亲是看不到的。她说："是啊，打了两件呢。"父亲说："你们姐俩都像我，心灵手巧，干什么都很麻利。"青梅笑了笑，将脸贴在父亲冰冷的后背上。父亲说："不对吗？假使来讲，不是我女儿手巧，那么多花色的毛线，打出毛衣多难看。"青梅说："有了图案就好了，别人还以为我是故意买的花色线呢。"父亲说："行家一眼就可以看出来，那些毛线都是旧了的呀。"

在曙光副食商店，父亲从口袋里拿出了一个手绢包，手绢里包着一些零钱。"我要给你买点吃的。"父亲说。青梅认真地看着父亲，觉得父亲的动作很滑稽，像一个藏了私房钱的小男孩。"你不要告诉志军和志红啊"父亲说。青梅点了点头，又补充说："晓得了。"

父亲一定会觉得自己的手很灵巧的，很多漂亮的标语是经他的手写出来的。路上，父亲常给青梅指点："见到那个没有？三个月前写的。大家都佩服我的。"父亲说。青梅相信，她离开上海之前，就知道父亲写的大字比印刷字体好看，印刷的字太死板，而父亲知道字的结构如何处理更好一些。所以，他的字既像印刷体那么规整，又比印刷体灵动，有魂。

父亲认真地数着钱，数了一遍又一遍。“怎么会少了一分钱呢？”父亲自言自语。青梅说：“算了，少一分就少一分吧。”父亲似乎不甘心，他仔细回忆着。又开始数了。青梅看着父亲的手，那双手已经有些粗糙了，纹理深处还纳着洗不掉的红色油漆。手掌和指头如磨得起了毛的棉布，灰白。青梅小声说：“算了吧！”父亲突然眼睛一亮，他说：“想起来了想起来了，不少不少，正好是八块五角七分钱呀。”

青梅上了火车，她睡不着，一直望着车窗外。其实窗外什么都看不到，霜花让外面的灯光也模糊起来。青梅回忆着在家的这段日子，她的耳边回响着父亲的话：“不得了，大白兔奶糖，上海人也很少吃得到的。你要一点一点吃，补充营养的。吃的时候，不要放到嘴里嚼，要把它泡在杯子里，一块奶糖就像一杯牛奶一样。”

青梅到了红星镇，大雪已经把大地都覆盖了，雪在阳光下青白无比，直晃人的眼睛。青梅感觉自己一下子掉到了冰窖里，这感觉刚到东北的时候尤其强烈，好在有了两年多的历练，她已经见怪不怪了。

红星镇离林场还有60华里，她要搭进山的运木材车才行。过了二号检查站，雪就不刺眼睛了，满目是黑黝黝的森林。由于刚刚下过雪，汽车开得很慢，走了一半的路天就黑了。“听说这里有狼的”。青梅对开车的司机说。司机说：“如果狼群来拦路，我就把你推下去，你足够他们吃的了。它们吃饱了，就不吃我了。”青梅说：“真的假的？你不会那样的，你是男人吗？”司机说：“正因为我是男人，我比你力气大，才可以把你推下去呀。”青梅知道司机在开玩笑，不过，她还是觉得自己的后背发凉。青梅从口袋里拿出一小包饼干递给司机：“喏，这是上海带来的。”司机哈哈大笑，他说：“我跟你开玩笑，我跑了这么多年的车，一次都没见到狼，况且，狼是怕光的，车灯一照，它们早吓跑了。”青梅说：“不是的了，我是慰劳慰劳你，到了马桥经营所，还要麻烦你送我去青年点。”司机不笑了：“我说的嘛，不然你们上海人才不舍得呢？”青梅说：“不要这样说上海人，上海人给你饼干吃，不给你饼干，你还是要送我的啊。”

青年点在路的端点，到了那里就没有路了。那里叫“曙光”，地图上的任何“曙光”都不是青梅他们那个曙光，仅仅是重名而已。那里有三户农民，24个北京、上海青年。三户农民是原居民，他们三家分别住在地窨子里。那些“房子”实际上是镶嵌在地下的，大雪一盖，几乎找不到房子，只能看到烟囱在冒着烟儿。

据了解内情的人讲，那三户人家有两户曾经是逃犯，一户姓关，一户姓车，他们逃啊逃，就逃到森林的深处，一个三不管的地方。过去，官府的兵追赶急了，他们就翻过沼泽去了苏联。还有一户实际上是一个人，一个上了岁数的老太太，她是大仙，她住在深山老林里，大概是为了与神对话方便吧。

这三户人家虽然古怪神秘，可在青梅看来，他们并没有人们想象的那么可怕，他们老的老、小的小，只有关虎和他们的年龄差不多，人长得圆墩墩的，一双罗圈儿腿，两头尖中间粗，像木头削的尜儿，按当地的话说是车轴汉子。不过，关虎长得很结实，三四个北京知青跟他摔跤都摔不过他。关虎妈只有40岁，却风烛残年的模样，她总用漏风的牙对人唠叨，我见过真老虎，生关虎的时候，老虎就在东北的林子里坐着，它眼睛眨都不眨地看着我，好像要跟我说话似的，后来我知道，那是只老了的虎，要死了。我的肚子就搅劲儿地疼，我想，我生的孩子就是那只虎托生的吧。

关家和车家都不怎么跟城里来的人交往，他们只是种地、收割，日出而耕，日落而息。只有麻大仙例外。麻大仙并不姓麻，谁也不知道她姓什么。她的衣着和神态成了青年人眼中的怪物，她躲闪的眼神、听来似懂非懂的语言以及莫名其妙的行踪引起了年轻人的好奇心。“麻仙姑”，上海知青这样叫她。后来青梅仔细看过麻大仙的脸，那张脸上有很深的皱纹，却没有麻子。

青梅回到曙光已经是午夜了，天地格外安静，似乎擦一根火柴，都可以划破夜的天空。

青年点的几栋房子婴儿一般，在大山的摇篮里安静地熟睡，没有灯光没有声息。青梅向自己住的两栋房走去，雪在脚下“吱吱”地响。突然，青梅听到一种声音，那声音遥远而苍凉。青梅愣住了，她听到了嘤嘤的哭声和古怪的吆喝。青梅知道，一定是麻大仙又在作怪了。尽管如此，她还是觉得头皮发麻，周身充满了恐惧。青梅连忙跑到宿舍的门前，用钥匙打开了房门。

进了宿舍，青梅随手摸到门边儿的灯开关，房间里亮起了灯。灯亮了，青梅的眼睛也直了。火炕上，居然躺着两对男女。这是青梅没想到的。她的大脑瞬间空白，不知所措。虽然没有明确的规定，但实际上知青是不能搞对象的，更不要说男女混居，这样已经远远超出了青梅的想象。如果事情处在苗头上，青梅觉得自己有很强大的力量来阻止这些事，而真的发生了，她一点办法也没有。

经过一阵短暂的沉默，青梅的室友卢琴先穿衣服，躺在他身边的是郊县黄浦的瘦马，瘦马嬉笑着说：“穿衣服干吗，一起来吗?”卢琴打了瘦马一拳：“拆白党，没脸没皮!”青梅没言语，脸色铁青。

青梅的态度还是对几个知青产生了影响，几个人纷纷穿衣服，一声不响地离去，宿舍里只留下了青梅和卢琴。青梅问：“你说这事儿该怎么处理吧?”

卢琴说：“阿拉不晓得，随便你了。”

青梅没想到卢琴持这样的态度，她说：“这件事很严重，我捂不住的，只能向上级报告了。”卢琴咬着嘴唇没说话。

青梅想不明白，自己离开仅半个月的时间，卢琴的思想竟发生了这么大的变化，她直盯盯地瞅着卢琴，问：“怎么了？让麻大仙给做法了吗？以前你不是反感瘦马吗？说他是个没出息的跟屁虫?”卢琴摇了摇头，还是没说话。

天一亮，青梅就去找明亮，明亮和她是这个青年点的负责人。明亮告诉青梅，这段时间曙光青年点发生了很多奇怪的事情，在人们的思想里引起了混乱。——三九最寒冷的季节里，沼泽里的坚冰融化了，而且，冒着黄色的散发硫磺味道的气体。仓库里，冬眠的老鼠吱吱叫着，四下流窜。还有，明亮说，麻大仙的预言验证了。“什么预言？”青梅问。“入冬的时候，麻大仙说，关虎他妈将在腊月被山牲口吃掉，果然，一个星期以前，关虎妈被一只黑熊舔了，脸上的肉都没了……”明亮见青梅的表情很异常，就改变了话题，他说这几天，麻大仙逢人就说，要天塌地陷，百兽一起下山吃人。

“你相信吗？”青梅问。明亮说：“我不相信，可是，很多现象都反常。这几天，我一直跟县里联系，电话线被暴风雪压断了，联系不上。”“所以，”青梅说：“所以大家都相信了麻大仙的话？”

明亮说：“也不完全是这样，可大多数知青相信世界末日来临了。瘦马他们还拿出了科学的依据，说宇宙的一个行星马上就要跟地球相撞。”“马上是什么时候？”青梅问。明亮说：“最迟这个月末。”“那，你打算怎么办？”明亮无奈地笑了笑，他说：“你回来就好了，我们去县里一趟，把这儿的情况反映一下。如果早晨就走，估计中午一点就可以到马桥河林场，到了那里就可以找到下山的运材车了。”青梅说：“我们两人不能都走，总要留下一个人守着。还是你去吧，快去快回。”明亮说：“只好这样了。”

青梅帮明亮收拾好了东西，明亮就准备出发了，走到门口，明亮又回过头来。想说什么又有些迟疑。“还有什么事吗？”青梅问。明亮支吾着，断断续续地说：“如果真的到了世界末日，我们……我是说……”青梅的脸有些涨热，她说：“你也相信他们的鬼话？”明亮说：“我不相信，可是，很多事情并不是我们能左右的。好了，我走了。”

明亮走了，青梅还呆呆地在门口站着，明亮已经走远了，青梅大声喊：“一定要注意安全啊，我们都等着你！”起风了，天空飞扬起雪沫，明亮听不到青梅的声音。青梅想起，她应该给明亮带些从上海带的饼干，还有大白兔奶糖。

明亮走了之后，青梅就把自己关在宿舍里，一整天都不说话。卢琴觉得青梅的表情很古怪，有些害怕，就去找瘦马他们了。瘦马他们把供应的食品罐头都拿了出来，点着篝火狂欢，仿佛用那种方式迎接着世界末日的来临。青梅没出去，她知道这个时候，她没力量制止他们，而且，明亮还不知道到了县里没有。

青梅自己也糊涂了，也许真的到了世界末日。如果那样，她不该让明亮走，如果走也是两人一起走，她知道明亮暗恋着自己，而自己也心仪明亮两年了。可他们之间谁都不能说破。现在不同了，现在就要到世界末日了，他们应该在一起，死也死在一起，说不定，百万年以后人们发现了他们的化石，应该是拥抱在一起而不是分开的。青梅胡思乱想着，外面的雄壮的歌声消失了，篝火也熄灭了。卢琴没回来。

青梅坐在冰冷的土炕上，不知不觉睡着了。

第二天天亮以前，也就是冬日里人们睡得最沉的时候，曙光青年点摇篮一般摇晃起来，青年点的砖坯房子在摇晃中倾斜、倒塌，而原居民那三户地窨子却没受到损失。青梅醒来时，她已经不能动了，她觉得自己失去了身子，眼前是一摊暗红的鲜血。

天蒙蒙亮，关虎拉着马爬犁出现了，他用撬杠撬起倒塌的屋顶把青梅抬了出来。青梅被抬出来时已经奄奄一息。青梅对关虎说："明亮，抱住我！这个世界没有了，可我们最后在一起，我们是幸福的，是幸福的！"

公元2004年冬天的一个早晨，青梅的父亲早早就起床了，他细心地把一个多彩的蜡烛放到手提袋里。今天是自己大女儿青梅的生日，女儿离开已经30年了，可她是在青春的时候就走了，没有人祭奠，只有父亲去祭奠她了。青梅的父亲知道，青梅喜欢五彩的蜡烛，她喜欢光明。他不可能去遥远的北方，他只能去青梅出生的老房子，到那里去表达心情，父亲可是唯一没有忘记她的人啊。

青梅出生的老房子已不复存在，那里是市中心，已经筑起了"傲视群雄"的金融建筑。而搬迁到了郊区居住的父亲要返回到那里，必须要换四次的公交车。挤到225路公交车上，青梅的父亲就想不起来了，自己要到哪里去？是去买菜，还是去交水电费。想不起来，他索性就去了广场，由于气温低寒，广场上的人也很稀少，青梅父亲就坐在一个广告牌下，他的肩膀渐渐落上了鸽子。

太阳向西沉了，青梅父亲的头脑才清醒了一些，他记得自己有过一个叫青梅的女儿，很多年以前，在一次地震中离开了。他想，这个匆忙的世界谁还记得青梅呢？——也许只他一人。

2005 年 9 月

月光走过

宋毓名36岁那年的初冬是沉闷而孤寂的，那时他还在大学的教员楼里住，每天早晨有黑色的轿车接他，而晚上，他回家时，楼道里空空荡荡。

宋毓名从原来的社交圈子里真正消失的时候，他才感受到原来的圈子所给予他的灵魂抚慰是重要的，他有着让一些人羡慕、嫉妒的地位，不管是不是出自真心，每天见到他的人至少在表面上对他是恭敬的。宋毓名常常想不明白，当然，这里也有这么一个原因，他不愿想那些令自己伤脑筋的问题，他想，浮在脑子表层和一些硬挤进脑子里的东西已经让他消化不良了，何必再去苛求自己呢？

那天晚上下初雪，没有一丝风，这样的雪天，雪花下得感觉工工整整、轻轻盈盈的，也下得十分安静。宋毓名就那样从雪花中走过，觉得自己的身子也轻盈了。

走在飞舞的雪花之中，宋毓名似乎还感觉到周身流动着机关楼里打字室的气息，那是一种年轻女人的体香和低档香水混合的气息，那气息时时拨动他潜藏在体内的敏感神经，这样一想，他就在不自觉中加快了心跳。

……打字员美娜整个身子都鼓胀着青春的气息，那模特般的身材和漂亮的脸蛋儿离他只有咫尺之遥，有的时候美娜站起来，她长而飘逸的散发不经意之中摩挲在他的脸上。他呆呆地坐在一个与美娜相邻的小转椅上，他在核对美娜打出的讲话文稿。此时，窗外已是灯火阑珊。

有的时候，房间里静得出奇，除了美娜打字时敲打键盘的声音，几乎连呼吸声都听不到，他坐的那把椅子离美娜很近，稍不注意就会碰到美娜细长的腿。不过，他没有碰到过美娜的腿，他知道他和美娜都很小心地躲避着。

文稿修改定稿之后，大概已经是晚上九点多了，他本想请同样没吃晚饭的美娜去吃饭，后来想了想，对美娜说：“本来应该一起去吃晚饭的，我还有事，只能让你自己回家吃了。明天我会告诉管主任给你开加班费。”

美娜说：“谢谢领导关心。”

司机小马一直在楼下车里等着。宋毓名和美娜从大楼里出来，天上已经开始下雪。小马连忙把一本描写过去领袖人物私生活的书放下，下车给宋毓名开了车门。

宋毓名坐在后坐，美娜就坐在前坐。美娜上车后十分轻松地和小马讲话，完全没有在他面前的呆板，笑得也十分随便十分自然。宋毓名的心情很复杂，不过，他看到眼前的情形，不知出于什么样的心理，突然决定说：“小马，一会儿你带小刘去吃点饭。”

美娜姓刘。

小马其实不小，他比宋毓名还大 5 岁，应该是 41 岁。不过小马长得显年轻，身子干瘦，嘴皮子麻利，很会讨好女人。平时，小马不出车就候在打字室里，美娜似乎与小马的关系也不错，而美娜在办公室里的人缘似乎不够好，大家在一起说话时，常半真半假地说一些对她不利的传闻，或者阴阳怪气的揣测她，很难坦诚地与她交流。不过小马和美娜之间却有一种交流上的默契，那种默契来自相互间的轻松气氛，没有戒心和排斥。宋毓名这样认为。

当宋毓名让小马带美娜去吃饭时，他并没有过多的思考，他的决定本身给小马提供了一个不错的机会，既可以用公款招待美娜，还可以好好“泡”美娜一通。或者这样说，不用花自己的钱就可以和美娜度过一段特别的夜晚时光。

或许这里的关键问题是，宋毓名只有把美娜推到小马那，他才可以使自己已经有所燃烧的情绪平静下来，他不想与美娜有染，他还这样认为：他本来也不可能与她有染。

宋毓名回到家里，他好像真的摆脱了今天晚上加班带来的心理变化。

妻子小秋在看一部韩剧，注意力十分集中。

宋毓名说："我还没吃晚饭，有没有什么可以吃的东西。"

小秋白了他一眼，头也没转地说："这么晚了还不吃饭，你这个官是怎么当的？饭菜在碗橱和冰箱里，自己热吧。"

宋毓名对厨房是不陌生的，他在大学教学的时候，常常是整个学期没课，后来当了系主任、硕士生导师就更加清闲了。他经常看电视里的生活频道，学些居家过日子的常识，当然，做菜是其中的强档内容。

小秋原来也在系里工作，生了孩子之后就调到了学校出版社，出版社不用坐班，小秋常常几天也不下楼。特别是现在，宋毓名调任市社会保险局当副局长，小秋就更加慵懒了。

说起来人就是这样，你希望什么的时候没有什么，等你不想的时候，事就会突然出现。去年底，他的学兄——校长老杜当了副市长。春节过后，学兄找他，问他："你想不想到'地方'去干。"他说："不想了，如果当初不是留校而是直接分配到了地方还行。"

学兄说，直接到地方的也未必有什么成就。宋毓名想了想觉得也有道理，那些一毕业就分配到机关走仕途的同学最大也就熬个处长，同学聚餐的时候还得意扬扬的，根本没把他这个"教授"放在眼里。

宋毓名说："当然，如果有所安排我会考虑的。"

在学校里，他算是学兄的挚友，不过事物都在变化，学兄已经不在学校了，他是不是真的为他想他自己也无法确定。谁想，过了"五一"之后，上头就到学校考核，不久就通知他到党校学习，按计划在党校学习一个月，没到一个月的时候，组织部就找他谈话，他做梦也想不到，自己一下子就当上了拥有22个机关处室、十几个事业单位的大局的副局长。他的升迁得益于学兄，当然，他也赶上了大气候，讲究学历成全了他。原来那个局有正副局长七人，他一跃成了第一副局长。在学校那个小圈子里，博士有一批人，机关就不同了，他大概是全市局长这个层次里少有的博士。

在那间宽敞而独立的办公室里，宋毓名的大脑麻木了一个多月，突然的变化使他原有的思维方式受到了挑战，他一到任，就有人巴结他，那些老同志有的是副处长，有的只是副处级调研员，他们大概为职务的升迁绞尽了脑汁，耗尽了心血，也在感情和道德上留下了缺憾。尽管那些人的方式方法不同，态度都谦恭至极，总体来说无非是想讨好他。宋毓名并不是抱着一种同情的态度来理解他们，他觉得自己与他们不同，他甚至想他们的悲剧也正在于把官本位看得如同生命，他不是，干不好他还可以回去教学，他这样想。

在他转换脑筋的那一段日子里，美娜出现在他的视线里，他当时精神一振。他真想不到机关里还有这么漂亮的女孩子。

有一天他在打字室里见到美娜，他以领导的口吻询问美娜，比如今年多大（领导问话就没有“不能问女人年龄”的忌讳了，而是一种关怀），哪个学校毕业，有没有对象什么的。这样，宋毓名很快就知道美娜二十二岁，是职业高中毕业，正在参加自学考试，文秘专业大专班。现在还没有对象。宋毓名说，我认识一些不错的小伙子，都是大学生，也有研究生，用不用我给你介绍一个？其实宋毓名说的时候，他对“不错的小伙子”并没有具体的概念。美娜笑着说：“谢谢领导关怀，等自考毕业了再考虑……”

吃了饭，宋毓名就倒在躺椅上看电视，这一天他参加了三个会议，晚上又加班改材料，实在有些疲劳了。

小秋并不了解宋毓名的实际情况，她去卫生间洗了澡，在进卫生间之前，她还对宋毓名有了明确的暗示。宋毓名明白小秋的意思，只是，他实在没那份心情。

尽管宋毓名没有心情，他还是与小秋做了。一段时期以来小秋早在言语之中流露出怨气，宋毓名假装听不明白，在自己上床那个短暂的时刻，宋毓名尽量使双方的意识和心情转变得柔和一些，尽量与做那件事相协调一些，那样，他就可以稳稳地睡觉了。宋毓名觉得这不怨他，工作环境的变化已经使他疲于应对，不像以前，他整天在家里没事做，看 VCD，他不喜欢看动作片，而喜欢选生活片，常常在看片的时候身体的某一部位就被刺激起来，那个时候事少，他和小秋也挺频繁的。

在与小秋做爱的过程中，宋毓名对小秋主动提出的爱抚要求有些不愉快，他觉得小秋这样公开地向他提出他认为繁琐的要求不够合理，并且，由于小秋迟迟不好，令他信心大失。小秋生了女儿小品之后就开始无节制地发胖，肚皮越来越厚。在做爱过程中他不得不用一种消耗体力的辛苦姿势。所以今天，宋毓名的确有些应付差事的感觉，并在那个过程中联想到了美娜……

小秋在下边问他："你想什么。"

"没想什么。"

"没想什么就怪了。"小秋说，说完小秋不满地把他推了下去。

他们各自睡去，相互也不讲话。过了一会儿，宋毓名觉得自己应该主动和小秋说话，就摸了摸小秋的头，说："对不起，这几天太累了。"

小秋没出声儿。

这时，宋毓名发现小秋的脸上有了泪水，他不太高兴，声音大了些："怎么啦，又?"

小秋说："没怎么，我自己想这样，跟你无关……"

这座海滨城市是存不住雪的，下雪的第二天早晨，街上已经干干净净了。宋毓名准时下楼，他要参加一个办公会议，几位市长都参加，其中也有学兄老杜。他想，今天汇报时，一定得拿出一点水准来。

坐进车里，宋毓名问小马："昨天晚上请小刘了吗?"

小马说："请了。"

宋毓名本来希望小马继续说下去，小马的语言却十分吝啬。无奈，他接着往下问，"去了什么地方?"

小马说就政府后面的"三千里烤肉店。"宋毓名去过那个地方，是和一位读研的女学生去的，那里一个小包间挨一个小包间，包间里的装饰有点类似日本风格的塌塌米。进包间的人必须脱鞋，围着小桌子席地而坐，这样的环境，可以快速缩短人与人之间的距离，很自然的，两个人的脚就可能碰到一起，他有这方面的经验。小马这小子，他竟然选择了这样的地方！宋毓名觉得呼吸有些受阻。

“吃得挺晚吧？”宋毓名又问。

小马说时间不长，“领导放心吧，吃得挺简单的，没花多少钱。”

宋毓名闭了一下眼睛，不好再问下去。不过，宋毓名还是对小马产生了不满，本来是他让小马请美娜的，真的请了，他反而不痛快。是不是因为本来想请美娜的是他自己，他没办法实现这个愿望，所以，就以相反的心态来对待了。

后来宋毓名想了想，他觉得自己对美娜并没有具体的想法，他是单位的领导，尤其是机关单位，即便他宋毓名生性喜欢拈花惹草，也不会在身边惹麻烦的，他宋毓名的智商还够，哪头大哪头小他能平衡过来。有的时候，问题出在，明白归明白，每次美娜出现在他面前他体内都有一种无法抑制的冲动。说起来，美娜那种美并不合他的拍，有点俗艳之美，即便他回到青春，也不一定会选择美娜那样的女孩儿做妻子的。美娜留给宋毓名的综合印象是这样的。出身贫寒，父亲工伤早早就病退了，母亲没有工作，家里还有两个弟弟，都没受过正式的教育，没有正式的工作。她家还住在六十年代初建的老房子里，他虽然没去过她家，不过宋毓名知道那些房子没有集中供暖，没有煤气，有的生活用水的水龙头还在院子里。美娜本人也缺乏应有的教养，她比一般的女孩子的虚荣心还强，比如她喜欢吃零食，化浓妆，穿时髦的衣服。同时，她很会打扮自己，衣着十分协调而得体，只是衣服过于昂贵了，远远超出了她的工资收入和家庭生活水平，这在宋毓名的观念中是难以接受的。美娜的声音很好，清柔而甜美，只是说话过程中会时不时暴露出知识的贫乏和修养的欠缺。比如有一次办公室的文书不在，让她代为电话通知，她板着面孔，像教训人似的。她一定是学了机关里的一些毛病，只是学得了皮毛，显得稚嫩罢了。当时，宋毓名就在办公室，他看到美娜的表现，暗想，美娜在家里也不是省油的灯啊，即便她对父母也会大吵大闹吧，一般出身贫寒的女孩子都容易这样。

纵然美娜身上有这样那样宋毓名不能认同的弱点，可一见到美娜，宋毓名还是不能自制，他隐藏在体内的那些敏感的地方都会活跃起来，他不知道为什么会被激发和触动。

关于激发和触动问题，宋毓名自然联系到小秋身上，他和小秋在读本科的时候就开始马拉松似的恋爱，小秋比他晚一年读研究生，小秋在读研究生第2年的时候，他们才举行了婚礼。小秋是那种希望生活简单，追求恬淡的人，她每天听听英语，看看电视，下一点挂面，打两个鸡蛋，一天的生活就结束了。她从不注意修饰自己，说话直来直去，也不注意丈夫的心理变化。或者这样说，小秋进入了一种自由的生活状态，她在精神和心理上已经经历了太多的东西，所以，她不再追求外在、肤浅的女性表现了……这些算是小秋不能激发他的原因？

从理性上说，无论怎样宋毓名都是倾向小秋这一边的，可小秋就是无论如何也不会让他产生美娜带给他的感觉。有的时候，他甚至对美娜产生了敌对情绪，他认为美娜身上有一种不洁的诱惑。

冬天的气息在这个城市飘忽不定，几天寒风刺骨，几天春意融融。忙忙碌碌的机关生活使宋毓名体内萌生的鲜绿的东西渐渐枯萎。

早晨，美娜照例到他的办公室打扫卫生，他照例坐在办公桌前批文件。前几天讨论机构精简的事，办公室报来了机关工作人员和工勤人员的名单，美娜的名字列在三个聘用名单之内。当美娜手里的拖布拖到他的身边时，他站了起来，腾出了身子下那个空间。这时，美娜身上的气息又传了过来。

宋毓名控制着自己的情绪，平静地问美娜：“你怎么还是聘用的？”

美娜抬起头来，她目光单纯地望着他。

宋毓名莫名其妙地说：“我知道了。”

美娜当然不知道宋毓名说的话的含义，宋毓名自己都不明确，美娜怎么会明白呢。

美娜思忖着走了，也给宋毓名留下了想象的空间。

宋毓名在美娜走了之后，似乎使自己模糊的一些想法渐渐明晰了。美娜的吸引力也许来自于青春的力量，来自于她自身美丽而又较低的社会地位，那个地位让很多人都会产生这样的错觉，觉得她容易侵犯，还可以说美娜的吸引力来自于她表现美的直接及袒露，往往简单到粗俗的地步，更容易接近人的本质，更纯粹，更容易直接调动你。宋毓名这样想的。

所以，宋毓名认为美娜不适合在机关里工作，她更应该去当模特什么的。在机关里，由于她的美貌会引起那些黄脸婆的嫉妒，也会让那些结了婚的男人乱了方寸，就像他一样。不过对于美娜来说，她追求的也许恰恰相反，尽管在机关里她是底层的，说不准她还用机关人的眼光来看待其他的职业，比如模特。她还不一定看得起呢！她一定是在公众的眼睛和想象里来假设自己的价值的，年轻的女孩子在大机关里工作，不管干什么，都显得有身份和地位。

那一段时间，宋毓名开始频繁地出现在各种宴会场合上，有些是他自己不能把握的，他在内心里不断拒绝浪费时光的宴请时，自身的价值也在接连不断的赴宴中得到确认。老局长的宴请越来越少了，他的宴请越来越多，这里有了一个微妙的信号，离法定退休年龄还有 4 年的老局长可能要提前“下野”，如果老局长下野，他就是当然的接替者。当然也不排除这种因素，在机关里混得极端精明的属下们，提前预支感情于他，像押宝一样，押正了意义就大了。

表面上，宋毓名一如既往，内心里他也设计了若干的方案，如果他当了局长，他不可能不对原来的状况有所改变。

那天下班后，宋毓名在办公室里处理当天必须处理的文件，晚上六点他还要去参加党校同学（虽然上一次聚会刚过去一个月的时间）的聚会，这些同学大多是局级领导，经常在一起交流交流是需要的，也是有好处的。

这时有人敲门。宋毓名以为又是那些来为自己倾诉不平的属下，他没出声。谁想，门开了，美娜走了进来。

“领导还忙哪！”

宋毓名嗯了一声，继而抬起头来，问美娜："你还没下班?"

美娜点了点头。

"有事吗?"宋毓名已经习惯了用领导的口气和人说话了。

"是"，美娜又点了点头，接着，支支吾吾起来。

宋毓名放下手里的笔，和善地问美娜："有什么事就说吧。"

美娜说她自己也不清楚怎么得罪管主任了，本来她的聘用合同已经到期了，该签续聘合同了，管主任说等一等，还含沙射影地威胁她，说能不能续聘还不一定。她还说了办公室里的一些她认为对她不公平的小事，一件接一件的。

美娜讲的时候宋毓名一直不表态，他平静的表情让美娜心里更加发虚，美娜像受了欺负的孩子在向大人告状和诉苦一般，到后来几乎是哀求的目光了。

宋毓名外表的平静倒不是针对美娜倾诉的内容，他的注意力早已转移了。事情往往就是这样，对于美娜来说事关重大，对于宋毓名来说也许根本就无关痛痒。

最后，美娜流出泪来，目光长久地盯着他，凄婉而哀怨，甚至还有一种期待，那种期待似乎是：只有你能为我主持公道。宋毓名想勇敢地承接美娜的目光，可还是游移着，把目光移开了。

美娜本来就美丽的眼睛凄楚起来更加令宋毓名动心，他几乎要过去拍拍美娜的肩，安慰她。如果他真的过去拍她的肩，她的身体也许会战栗，也可能会把她纤细的手放在他的手上。想到这儿，宋毓名看了看办公室靠墙的一侧，那里有一张单人床，那张床是他的前任副局长午睡用的，他没有午睡的习惯，也不到那张床上去，所以那张床上的用具整洁如新。宋毓名看到床的时候想，凭他的条件和地位，他完全可以在这个时候把美娜带到那个床上去的。

事实上，宋毓名没有离开他的座位，他仍然平静地对美娜说："我知道了。"

那天晚上宋毓名和党校的同学喝了不少的酒，又唱歌又跳舞的，闹到

11 点。回家的路上，宋毓名又想起美娜，他觉得自己还是对的，没有在关键的时候冲动，如果自己不控制自己，那麻烦就可能随之来临。比如，美娜会理直气壮地出入他的办公室，接下来要求他给她调换工作，安排她弟弟的工作，改善现有的住房等等。如果不小心使美娜怀孕了，美娜完全可能大吵大闹地要求他离婚……沿这样的思路想下来，越想宋毓名觉得后果越可怕，越想越觉得自己正确。不过，反过来想一想，美娜也许同他的那些想法没有关系，她是洁净的。

临下车前，宋毓名对司机小马说："打字员小刘找过我，我才知道她是聘用的，不过这事儿是办公室的事。"

小马说："就是，大领导哪能管这些鸡毛蒜皮的小事。"

那天晚上的月色很好，是冬季里少有的明朗的月光，宋毓名在阳台上望着天空，他心里流淌着无边无际的感慨。

过了旧历年，宋毓名果然当了局长，他成了市里最年轻的局长，也是唯一的博士局长。

美娜则在机构精简的时候下去了，分在局里所属的地处郊区的一个事业单位，据说机关精简人员的名单都是宋毓名亲手圈定的，留在机关里的人宋毓名也不一定都认识，尤其是一般工作人员，不过，他肯定认识美娜。

2002 年 4 月

昨日之雨

一

总体上来说，朱聆教授还是喜欢认真求学的学生。比如学生甲不会来事儿，不主动帮他做什么，也不给他点好处，可这个学生治学严谨、论文写得也精彩；而学生乙则灵巧周到，会说教授喜欢听的话，手脚勤快跑前跑后，节日发个祝福短信、平时发个半荤半素逗乐的段子什么的，假期回家还带一些家乡的土特产品“小意思一下”，可这个学生用功不足，毕业论文有明显的“蒙混过关”迹象。两个学生放在一起，朱聆会毫不犹豫把甲放在前面，为防止这种判断在他不小心或打瞌睡的时候生变，他做了一个巩固性的补充来约束自己：教授要有教授的职业操守。

李青洲属于学生乙。

问题是，如果学生甲和乙都邀请他吃饭，并且是单独邀请，情况就不一样了。与甲吃饭一定会很无趣，在一起谈什么呢？谈学术问题，对方可能不顾你的师道尊严，跟你一脸正经地争辩。乙则不同，乙会以崇敬的眼神（且不管是不是修饰出来的）望着你，对你过嘴瘾夸夸其谈时还点头表示赞叹，至少可以满足他“导”兼“师”的虚荣心。更重要的是，李青洲是漂亮女子，漂亮跟技术层面的东西无关，比如考试，同一张试卷，绝对不会因为你漂亮就暧昧起来，在单独吃饭这个问题上，漂亮女子的优势就轰然而立，蛮横地阻挡了很多东西，当然，漂亮女子还可能诱发吃饭以外的其他想象甚至走向，不确定性本身就是吸引。

所以，李青洲第三次用短信向朱聆发出邀请时，朱聆只好给李青洲回了电话。朱聆说的第一句话是：“我最近很忙。”李青洲在电话的另一端沉默了。李青洲如果说那就算了，朱聆一定很失望，他希望李青洲继续说服他。

沉默了一下，李青洲说："其实，我知道你忙，不过饭总是要吃的。"朱聆连忙说："那是，饭还是要吃的。"李青洲的声音愉快了一些，她说："那，就是说，你答应我了"。朱聆迟疑一下，问："有什么主题吗？"李青洲说：吃饭一定要有主题吗？朱聆说："可是……"

李青洲咯咯地笑了起来，她说："到时候你就知道了，现在保密。"

不论承认与否，朱聆还是做出了相应的反应，如同准备蒸馒头的发面，慢慢发生着变化，李青洲的邀请成了酵母。朱聆看新闻联播时，注意力却集中在和李青洲聚餐主题的疑问上。会不会是李青洲的生日？（当然，也不是自己的生日，所以不用担心闯入预设的、善意的恶作剧氛围里）。应该不会是她的生日，她应该是冬天的生日，朱聆看过的履历表残留着朦胧的记忆，不过，现在的年轻人有心情生日，一年过几回生日也没什么大惊小怪的，但从实际情况看，年轻人的生日一般都搞得比较隆重，不会单单邀请他一个人，李青洲想表达尊重和好感完全可以用其他的方式而不是生日聚会。想到好感，还真让朱聆紧张了一下。朱聆承认，现在的女学生的确让导师紧张，往前些年推，女研究生好带，几个爱情失意的"圣（剩）女"（男学生的表达方式），发愤图强考了研究生，跟她们在一起十分安全，别人不会想什么，自己也不会想什么。后来不同了，研究生扩招扩得几乎成了"普及"教育，美女开始渐渐如云。跟着，时代也变化着，"一日为师终生为父"变成了"一日为师终生为友。"女学生越来越现代，由照相时挎你的胳膊，发展到搂你的肩膀，插科打诨，半真半假，不紧张就怪了。李青洲曾对自己有过暗示，但并没有明确表示，这样说来，也许自己多虑了。还有什么？发表论文？发表论文的事他已经知道了。要么就是确定了毕业接收单位，李青洲曾告诉他，她已与接收单位签订了试用意向，据说不出意外就没问题。联系单位他没帮什么忙，如果为此请他，朱聆觉得理由不够充分，了不起也就是"分享"而已。

李青洲的"酵母"持续发挥作用，一直到了早晨，朱聆起床后想的第一件事就是和李青洲见面，即使在心里想一想，他也不愿用"约会"这个词。那么，在极力否认和逃避的同时，是不是也隐含着别的什么，好奇？抑或某种不可言明的期待？不得而知。

朱聆走到楼下，随着楼道防盗铁门“咣当”一声关闭，他才下意识地看了一下表，他把时间搞错了。原计划9点从家里出发，此刻是8点零5分，几乎提前了一个小时。朱聆有些不自然地四下看了看，没有人，“没有人”对朱聆很重要，他的心情平稳了一些。

朱聆回头向自己家的窗口望了望，他不想回去了，而这个时候叫出租车去见李青洲又太早，想了想，朱聆决定坐一坐公共汽车。走到公交车站，朱聆才意识到，自己已经几年没乘公共汽车了。

公交车站不远，就在朱聆所在小区的拐角处，那里已经有人在排队。看到年龄不同、性别不同，高矮胖瘦不同，服饰各异的待乘“队伍”，不免让朱聆的联想丰富起来，不过，总体来说，朱聆还是觉得人们的文明程度高起来了，而且是突然高起来的。对于几年没坐公共汽车的朱聆来说，最初的记忆和眼前景象之间的变化，当然是“突然的”。朱聆东张西望，觉得新鲜的东西不少。

公共汽车没来，等待中的朱聆除了四处张望外，又回到李青洲的问题上。“对了，应该是论文。”朱聆想。

李青洲写的毕业论文是《基于博弈论原理分析无牌照汽车管理问题》。这个题目还是朱聆提出的。起初，李青洲提交《开题报告》时拟定的论文题目是《现代公共交通管理的研究与思考》。朱聆觉得很宽泛、很空洞。他对李青洲说：“别总是研究与思考，什么都用研究与思考，写论文不研究不思考行吗？”导师嘛，当然可以尖锐一些，这是一种特权，这个特权无论怎么过火都不过火，因为后面有一个东西托底，那就是“还不是为你好。”

李青洲对导师自然唯命是从，态度谦恭。朱聆说：“就是嘛，以你的阅历和经验，驾驭现代公共交通这样的大题目是小马拉大车。”李青洲低着头，不让朱聆看到她的眼神，导师说一句，她点一下头。

朱聆印象深刻的是“黑车”的事。暑假返校时，李青洲讲了她回家坐黑车的经历。李青洲家所在的县城离省城60公里，坐出租车打表走字儿，花费不菲。如果坐黑车，费用则大大降低。前往县城的黑车一般集中在花鸟市西侧，黑车一般都不错，只是没有“承运手续”，不用交一些管理费，价格当然便宜，而且，跑外县的黑车一般都实施“捆绑”战略，把同一目的地不相识的人拼到一起，费用大家分摊。李青洲被拼到一辆“捷达”上，四个“同志”，每人十元。从省城到县城起码每人20元，并不是司机给他们折扣，这辆车只能跑到大岭镇。大岭镇是省城和县城的交界处，到了那里，乘客就得换车，换到等在那里接班的县城的黑车上，尽管是黑车，他们也有自己的游戏规则，自然而然地形成了秩序，相互配合而不是彼此侵犯。“你说这有意思吧?”李青洲笑眯眯地说。朱聆说：“透过现象看本质，这个游戏规则是在制度框架内衍生的，你能说跟交通管理部门的一些人没关系吗？为什么他们有聚集的地点，为什么省城的黑车不敢去县城的管辖区域，这里，一方面有权利出租的问题，另一方面有违规的成本问题，可以好好研究研究。”

李青洲的论文唤醒了朱聆关于黑车事件的沉睡记忆。朱聆说：“你可以运用博弈论的原理——著名的囚徒困境你知道吧?”李青洲有些迟疑地点了点头。朱聆的内心里有一丝不悦，李青洲的敷衍显然是对朱聆说的“著名”不配合。无奈，朱聆在便签上画了一个四方格，分别标注甲沉默和甲坦白，又标注乙沉默和乙坦白，并分别向李青洲说明了可能发生的四种情况，最后的结论是，甲和乙都必须选择均衡点。朱聆说：“黑车管理属于现实中的博弈问题，你可以从这一现象入手，以小见大，从而提出解决黑车问题的管理模式或政策建议，既有理论和规范研究，又有实证研究。”

李青洲很聪明，她在论文研究和写作期间，还加工出几篇副产品，发表在地方报纸“理论版”和校报上。比如《囚徒困境与纳什均衡》、《纳什现象——为什么波兰的一个普通中学出了3位诺贝尔奖大师》等等。李青洲给朱聆发短信，她说导师给我的题目，对于我来说也是“囚徒困境”，不过，我十分感谢导师让我发现了新的认识视角。

李青洲论文写作过程中，朱聆帮着修改了3遍，有的时候，他觉得那个研究是自己的孩子，不自觉进入了“我写的论文”的状态。总体来说，朱聆对这篇论文是满意的。如果李青洲是为论文的事找他，谈什么？也许是匿名评审的事，让他提前疏通疏通关系？过几天，研究生院组织专家匿名评审，实行一票否决。当然，学生也好，导师也好，都不希望自己的论文被否了，按学术委员会的条例规定，一旦被否，下次提交至少要半年以后。

朱聆想，存在这种可能性。问题是，朱聆不可能做这样的事，他不知道谁评审这篇论文，即使知道是谁，他也不可能去找那个“谁”，他觉得自己是有原则的。

公共汽车没来，朱聆看了看表，觉得时间还很宽裕，他又四下张望起来。

朱聆似乎觉察到了情况的变化，他隐约地记得站在自己前面的是位年轻女人，而不是现在这位老太太。朱聆往旁边看了看，报摊旁边果然有一位女人在打电话，她衣服的颜色很有生机，豆绿色的花叶在她的身体上起起伏伏。朱聆想，她一定急于打一个不希望别人听到的电话，并绅士地想，等一会儿车来，我会让她继续排在前面，不算她加塞。

公共汽车没来，一辆警车闪烁间就到了。警车下来的警察和穿“绿花叶”的女人交流着什么，还不时向朱聆排队的方向看着。不一会，两名警察走了过来。朱聆向左右看了看，想搞明白到底发生了什么。这时，朱聆觉得自己的肩膀被人戳了一下。

“你，跟我们来一趟!”一个警察对朱聆说。

“去……哪?”

“到地方你就知道了。”

二

到了派出所，就没人管朱聆了，他被丢在挂满了锦旗的会议室里。朱聆很自信，他知道这一定是一场误会，所以，他根本没想跟进派出所有关的事，而是继续猜测李青洲将要谈的内容。从这个角度看，学生也是可以给导师出题目的。

坦率地说，朱聆不会为论文匿名评审跟评委“打招呼”的。不过，这也提醒了朱聆，他想起论文被他忽略的“注释”部分，按新调整的规定，论文注释采取章内注释，注释的格式统一，如，作者不超过三人，超过就成为“等”了，参考论文的题目以及引用的书和杂志不加书名号，而是［J］或者［M］，并且要注明出版时间和页码。也许匿名评审不会因为注释的“不够规范”而提否定意见，就如同自己，看重的是主体结构，而不是旁枝末节。不过，过去的确出现过因此被否决的情况，尽管那个否决充满了争议，很多教授都觉得那样“行使学术权利”会影响自己的形象，但不等于说，那个小概率事件不再发生。

恍惚间，朱聆闻到一股咸鱼的味道，他四处寻找着，发现桌子底下堆放着脏兮兮的运动服，他用脚踢了踢，踢出运动鞋来。朱聆明白了，那里是散发气味的根源。不知为什么，朱聆有一种强烈的愿望，就是把那双气味难闻的鞋拿到敞开的窗台上。

朱聆哈下腰来，手指已经触摸到运动鞋了，这时，会议室的门响了。

一个年轻帅气的小伙子走进来，他对朱聆说，你跟我来。无奈，朱聆离开了会议室。临出门朱聆还向存放运动鞋的桌脚瞅了瞅。

朱聆懵懂地跟在小警察的身后，进到一间烟尘滚滚的房间里。

很显然，那个房间是刚腾出来的，朱聆坐的椅子上还有隐约的温热。除了朱聆对面那个小警察，房间的另一角，一个年龄大一些的警察正和留着小胡子的人说着什么。

朱聆刚想问小警察为什么把他带到派出所，不想，小警察的面孔立即严肃起来，口气冰冷地说：把你口袋里的东西掏出来！

朱聆愣住了，他没想到会受到这样的待遇。

“听到没有？”

朱聆一激灵，下意识地从口袋里往外掏东西。朱聆右手从裤兜和上衣口袋里分别掏出手机、名片盒、银行记账卡和信用卡，左手掏出500元钱。500元钱是早晨临时装进去的，尽管是李青洲请客，朱聆还是带了点现金，以备急需。

小警察对朱聆掏出的物品检查一番，问：身份证呢？朱聆说身份证从不带在身上，放在单位了。“我只是出差的时候用”。对方抬头扫了朱聆一眼，然后，将朱聆掏出的东西分成了两部分，一边是500元钱，一边是其他物品，跟朱聆左手右手掏出的东西差不多。

“姓名？”小警察有些职业地问。

“朱聆！”朱聆说。

“单位？”

朱聆迟疑一下，说：“海大。”

“说全称！”

这个城市里的人几乎都知道“海大”。朱聆想了想，还是忍住了，他清晰地说：海洋大学经济管理学院。

“职业？”

“教书。”

小警察低头摆弄朱聆的名片夹，他应该早就做出了判断。名片盒里有十几张名片，其中有五六张是相同的，那是朱聆的名片。

“还是个教授啊。”小警察说。

这回该轮到朱聆发问了，他说：“我不明白，你怎么像对待犯人那样对待我，我违章了还是违法啦？”

小警察抬起头来：“你问我？这话正是我要问你的。”

朱聆说：“我当然不知道。”

小警察没接朱聆的话题，继续他的询问。“年龄？”

朱聆说“你还没告诉我为什么？”

“现在是我在问你，不是你问我。”小警察不高兴了。

朱聆自言自语地说：“那总要知道为什么审问我吧。”

“都会搞清楚的，”小警察说：“我们不会冤枉一个好人，也不会放过一个坏人。”

朱聆无话可说。

“年龄?”

“四十三，周岁。”

“说说事情的经过吧。”

“什么经过?”

“进派出所之前，你在哪儿?都做了什么?”

朱聆明白了，他说:“我在23路站点等公共汽车，公共汽车还没到，莫名其妙就被警察带到了派出所……就这些。”

“等车的时候，你干什么啦?”

“什么也没干啊。”

“什么也没干?”

“我只是想……跟学生论文有关的事。”

“有关的什么事。”

“注释。”

“注视?你注视什么?”

“我没注释什么，是我带的研究生的注释。”

“还有一个人?”

“……没有，我是说，论文的注释。”

“那你为什么等车，你要去哪儿?”

“去……”朱聆突然意识到，他们的谈话是有圈套的，他不能说去鼎湖温泉中心。朱聆没去过鼎湖温泉，他只知道大致的方位。当初，李青洲用短信通知他的时候，他内心里就产生了暧昧的感觉。一个老师一个学生，一男一女去洗温泉，据说那里可以男女同浴（穿着衣服），不过从另一个角度想，海滨浴场不也男女同浴吗?区别无非是，一个在光天化日之下，一个环境幽暗一些罢了。那个地方当然不能说，自己都对那个地方产生联想，如果对警察说，他会怎么想?接下来一定会问去干什么，这个问题比较麻烦，目前连朱聆自己都不知道。于是，警察就会打电话跟李青洲核实，那样，自己岂不是在学生面前丢了面子，而且，会越来越说不清楚。

“去图书馆查资料。”朱聆撒了一个谎。

小警察很不高兴，他说：“我提醒你认真配合，既然你是个知识分子，就要懂得珍惜别人给你的机会。”

朱聆沉默了。

小警察说：“我只做笔录，事实要你自己负责。”

朱聆突然意识到自己的角色很麻烦，配合？他没犯什么事儿，凭什么让他配合？朱聆火了，他说：“奇怪了，我为什么要回答你的问题？一个人无缘无故就被带到了派出所，还有法制吗？还有天理吗？本来，我还是比较礼貌的，不想跟你们理论，我善良地认为这是一场误会，可你的态度就是把我当犯人，好吧，我奉陪！我不相信没有公理，你们必须对侮辱我人格的行为给个说法……”

朱聆发火，小警察却十分平静。

朱聆一口气把话说完，拿起桌子上的水杯，刚想喝一口，发现里面的水都起了豆绿色的璞。

“说完了？”小警察问。

朱聆气呼呼地说：“没那么容易完，告诉你吧，进来容易出去难，不搞个水落石出，我还不走了呢。”

小警察对朱聆的慷慨激昂表现出本能的麻木，他的眼神似乎告诉朱聆，你不要认为自己是教授，就觉得知识多，那要看是什么知识，在对付犯罪嫌疑人方面，可别小瞧我。还有，别认为我年龄小好糊弄，我见过的人多了，什么样身份的人没有？什么样的表演没有？小警察在自己的身上摸了摸，想找什么东西。这时，屋角那个小胡子扔过一盒烟来。小警察棒球运动员那样，一个前扑动作接过了烟。

小胡子笑着说：“冯哥，低焦油，正适合你。”

冯应该是小警察的姓。冯警察接过烟，随手又抛了回去。“谢谢，改口味了。”

扔回去的烟，被小胡子身边的人接住了。

冯警察从口袋里摸出烟，点燃，深深地吸了一口，他对朱聆说："其实我知道你在撒谎，可我很好奇，你为什么撒谎？"

"我撒谎？"朱聆不屑地说："我有什么谎好撒的！"

也许在冯警察看来，不敲打一下这个自以为是的教授是不行了，他厉声道："你不是去图书馆吗？去图书馆应该坐26路车，为什么坐23路？你不知道23路走反方向？你总不会告诉我，你就想绕城市一圈，最后抵达图书馆吧？"

朱聆被噎住了。

三

接下来的询问成了制造棒棒糖的熬糖锅，稠密而粘连。

无论冯警察说什么，朱聆都不表态。如同一场球赛，一方抛出的球再有智慧和力量，另一方不接球，那个智慧和力量就无法显示出来。后来，冯警察也显得疲惫了，他说："你不要以为沉默对你有利，很多人不讲话，最后吃亏的是他们自己。这样跟你说吧，能把你带到这里，我们肯定是掌握了确凿的证据，有证据没有口供一样可以定罪量刑。我所以在你身上花精力，主要是看你是一个知识分子，我想知道其中的原因，甚至想找一些对你有利的原因，这样，有利于减轻处罚……话都说到家了，你还不明白？"

朱聆仍沉默着。

"你不相信我们掌握了证据？"冯警察死死盯着朱聆，朱聆抬头瞅了冯警察一眼，目光中流露出一丝的不安。这一微弱的信息还是让冯警察捕捉到了，他说："我给你五分钟时间考虑，过五分钟，我就不再给你机会。"

朱聆叹了一口气。

冯警察趁热打铁，递给朱聆一根烟。朱聆不抽烟，可不知为什么，他还是把烟接了过来。冯警察给朱聆点燃，朱聆吸了一口，呛得直咳嗽。

五分钟到了，朱聆又一次醒悟过来，他知道自己是无辜的，可奇怪的是，在派出所这特定的场合和氛围里，他被诱导着一次又一次扮演着犯罪嫌疑人的角色，不知不觉就进入了状态，自己都不知道是怎么回事。

"说吧，时间到了。"冯警察说。朱聆的脸涨热起来，他问冯警察说什么？

"说你的事儿，……你犯的事儿。"

朱聆说："我不知道。"

冯警察呼地站了来，一拍桌子："我要警告你，抵赖是要重罚的！"

朱聆也站了起来，一拍桌子，嗓门不比冯警察的低："我也要警告你，诬陷是要负法律责任的！"

冯警察和朱聆的冲突引起角落里另外两人的注意。年龄大一些的警察温和地提醒了一声："小冯！"

两人僵持不下的当口，门开了，一个女警伸进头来，"冯凯，马队找你！"

冯凯厉声对朱聆说："坐下！"

朱聆没动。

冯凯转身要走，走之前还用食指点着说："把你关起来，你想找我说都没机会了，到时候，你哭都来不及。"说完，匆忙离开。

朱聆站在那里，继续站着有些尴尬，坐下来也有些尴尬。想了想，朱聆还是坐了下来。

桌子边只有朱聆一个人了，他开始胡思乱想，这一想不要紧，脑子里开始生长着杂草，那些杂草生长得很汹涌，而且没有条理。冯凯为什么肯定地说掌握了证据，真的有什么所谓的证据？看来，那个证据还不是一般的证据，足以把他关起来，"关"是指监狱吗？起码应该是看守所吧。

可自己究竟犯了什么事儿（按冯凯的说法）？现在，朱聆不得不内省一番了，也就是说，他必须回到事件的开头寻找。

朱聆是在23路公共汽车站遇到警察的，从警车下来的警察几乎什么也没说，就把他带到了派出所。——等等，警察出现的时候，并没有直接走向他，而是跟穿“绿花叶”的女人交流了一番。对了，问题也许就出在这里。朱聆心里紧张起来。没错，肯定跟“绿花叶”有关，警察来之前，“绿花叶”还站在报亭一侧打电话，那个电话大概就是报警电话。

问题是，那个女人为什么这样做呢？

通缉犯？朱聆突然想起公共汽车站站牌的宣传栏，有几张复印成像的黑白照片曾跳跃过他的视线。有寻人启事，也有通缉令。“绿花叶”女人是不是看到了“通缉令”，觉得朱聆像被通缉的那个人。于是，处于“觉悟”或者“奖金的吸引”而报了警。这样，朱聆就被“请”进了派出所。

如果是这样，那就没什么了，事情总会搞清楚的。当然，如果他配合一些，可能更有利于尽快把事情搞清楚。唯一的损失是，他大概要错过李青洲和他约定的时间。

在特殊的环境里，朱聆觉得自己这个推论是合理的，不过很快，他自己也产生了怀疑，——还有没有其他的可能呢？比如那个女人的原因？一想到这儿，朱聆的心里，立刻冷风抽打树枝一般，抖动起来。

那个女人会诬告他有不良举动？朱聆仔细想了想，他觉得自己并没有跟那个女人有身体上的接触，他只是东张西望，东张西望并不局限看她。退一步讲，即使看她，也不至于被认定为“流氓罪”吧，现在已经不是专政年代了。

在肯定的同时，朱聆产生了怀疑，主要是他并不能完全否定两种情况：一个是朱聆的确专注地看过女人的衣服，他觉得“绿花叶”很清新，有一种生机的感觉。算命的说他八字木旺，对绿色偏好。他专注于女人衣服，并没有专注于女人的身体，曲线或半露的乳沟（有吗？），如果女人因此而不满意，一定误解了他欣赏的目光。

还有一个不确定是，23 路车虽然没来，但在等待的时间里，临站的 6 路和 9 路车来过，等候 23 路车的乘客也异动过，异动的过程中，朱聆是不是“碰”或“触”过女人，女人就在他前面，碰到触到也在情理之中，况且，朱聆是无意的，他敢对天发誓，他绝对没有意去侵犯排在他前面那个女人，他甚至想不起女人的模样，他只记得“绿花叶”。

问题是，生活中很多事靠想是不能解决的，你这样想，并不代表女人也这样想，如果她是个特例，她就把朱聆看衣服的目光理解成“淫邪”的目光，把朱聆被推搡中无意的身体接触理解为“吃豆腐”，那朱聆也没办法。

脚正不怕鞋歪！朱聆想。

“臭！臭到姥姥家了！”

朱聆被房间一角的声音吸引过去。小胡子和中年警察正在讨论足球。

小胡子说：“我觉得以现有的人员看，应该打352，这样博罗斯和弗林纳儿就可以打双后腰，巴拉打前腰，而且，巴拉和博罗斯的位置可以灵活互换，提高灵动性和攻击速度。左前，我觉得应该安排拉姆德尔，他的能力没话说，这你承认吧？”

中年警察说：“唔，拉姆德尔这小子不错。”

小胡子说：“右前可以让小布什来，他本身就是左撇子。三后位很关键，错就出在让老默特，大梅和小胡特三个同时上。他们仨的通病都是转身慢。如果换上弗雷德里希就不同了，他的速度快，还有位置感。”

中年警察说：“352不现实。尽管他们的后防有很大的改善，但是与中场前锋线配合还是塌腰，队中最强的是中场，如果在中场投入更多的兵力的话，尽管克洛泽等人会获得较大支持和机会，但后卫线的危机又会导致对方单刀的出现，我觉得奥西克尔打后卫是非常理想的，相当于百米田径的速度，如果加一点技巧，足以拦截对方任何一个前锋。还有一个问题是门将，那是个补不了的破裤裆。”

朱聆是足球盲，两人的讨论令他云里雾里，不知道谈论的是意甲、德甲、法甲还是西甲。

小胡子注意到朱聆听他们的谈话，挥动一下夹烟的手指，问：“来一根儿？”

朱聆连忙摆了摆手。

四

朱聆当前要解决的还是自己的危机。

很显然，自己不是通缉犯，也不是侵犯“绿花叶”的流氓。可自己为什么被带到了派出所，小警察冯凯说他已经掌握了“确凿证据”。确凿证据是指什么呢？

难道那个证据跟“通缉犯”“耍流氓”没关系，而是跟以前的某件事有关系？这样一想，朱聆反而有些紧张了。以前，是一个有跨度的概念，复杂，有纵深感，究竟是哪件事呢？朱聆并不能保证“以前”所有的事都是经得起推敲的。

首先从沉淀的记忆岩浆中“咕嘟咕嘟”冒泡的是“税”这个符号。这些年来，他的收入很大比例是外出讲课，他的出场费不菲，一个上午或者一个下午一般是1500元。一般情况下，没有人提税的事，开始，朱聆还问一下，“我的讲课费是税后的吧。”对方会说，这个你不用操心，我们会处理好。口头说不行，没有合同，一较真儿，就立不住了。

一次1500元不够纳税标准，可一个月、一个季度、一年累计下来就多了，看用哪个标准去计算了，即使一个月累计的“合理避税”也很大。还有其他的收入，比如帮上市公司会诊管理问题的“红包”，挂名“副主编”“名义主编”的稿费，“荣誉顾问”“客座教授”的补贴等等。加在一起就是一个较大的数目，如果深究他“逃”税的问题，绝对不会是个小问题。尽管朱聆不承认，在他看来，那些收入都是“税后”的收入。

除了税的问题，是不是还有“占”的问题。这几年，作为学院管理学科的学术带头人，他每年都承担着重要的课题研究，在课题研究经费使用上他是“一支笔”，申请立项时，本来有些子项——如资料查询费、实地考察调查费、其他费等等都有很大弹性。总体来说，朱聆还是比较自律的，但有的时候也不免占一点，比如朱聆自己吃饭偶尔也会报销，比如买资料的时候，给自己带一些。朱聆知道，这些问题在两可之间，说不是问题就不是问题，说是问题就是问题。

问题是，“税”也好，“占”也好，跟“绿花叶”女人有什么关系呢？

对了，朱聆突然想了起来，会不会跟改成绩表的事有关呢？去年，不，应该是前年，一位读本科时的同学宋找到朱聆，说自己一个亲属的孩子参加事业单位录用考试，笔试成绩不错，已经成为5个面试候选人之一。招收工作人员的单位是一个具有行政职能的重要事业单位，他们有严格的考录要求，其中一项是：考生在校期间的主干科不能补考。那个考生是海大的毕业生，刚好有一科主干科“挂”了，成绩是补考。宋拜托朱聆给想个办法。碍于老同学的面子，朱聆只好应承下来。由于那个考生不属于朱聆所在的学院，所以必须得找关系求人，一向牛哄哄的朱教授硬着头皮打了七八个电话，跟人说起了小话。三天后，事情办妥了。一个星期后，宋的亲属的孩子如愿以偿。

事情过去半个多月，朱聆接到一个女人的电话，那个女人自称是某某的姐姐，她说她弟弟参加录用考试，笔试成绩第一，而笔试成绩第四的人被录取了。朱聆说，我也不是考官，这跟我有什么关系。女人说，录取跟你没关系，可你为什么帮别人改成绩表呢。朱聆傻了，他不知道秘密操作这个暗箱怎么会泄进了光，而且达到如此精准的程度。朱聆当然不能对一个陌生的电话承认什么，他说这事儿你不应该跟我讲，如果你觉得有问题，可以去有关部门举报。

女人说那是我的事，我只想跟你说，作为一名大学老师，你的行为是有悖操守的。

事后，朱聆找宋，宋也搞不清哪里出了问题，不过他告诉朱聆，你放心吧，没事的，况且，你也没把不及格的成绩改成及格，只不过是换了一个时间，不是原则问题。

果然，后来就没了声息。

难道“绿花叶”是打电话那个女人？

朱聆倒吸了一口冷气，他想，真的反思起来，人是经不起“理顺”

的。多年来，自己一直认为自己在并不纯净的社会里是纯净的，不同流也不合污，有着高度的精神洁癖。现在看来，事情没那么简单。

朱聆的心情沉重起来，仿佛心脏被绑上了枷锁，往下坠，还粗粝地磨。这不算，他的脑子里还幻化出两种不同的声音。一个似乎是罪犯的朱聆，他在极力逃避罪责，说自己是好人，另一个是法官的朱聆，他郑重地宣布朱聆有罪。

“你有罪!”——“不，我没罪。”

“你是个坏人。”——“我不是坏人，我是好人。”

“你是个假装的好人，其实你是坏人。”——“我没假装好人，我就是好人。”

朱聆在进行内心审判的时候，冯凯的开门声阻止了朱聆继续错乱下去的神经，使他恢复了理智。

冯凯只是看了朱聆一眼，对中年警察说：“老车，我那个也交给你了，有紧急任务，去南方。”

老车说：“真够烦人的。”

冯凯说是啊，前天刚从哈尔滨回来，现在一坐火车，我的头皮都发麻。

老车说：“我说的不是你，我手里这块苍蝇巴巴还没抖落干净呢!”

小胡子笑嘻嘻地说：“哎，哎，我提醒你注意语言文明啊。”

老车说：“文明就别犯事儿，你以为我不图清净啊。”

冯凯本想说什么，他瞅了瞅老车，然后示意老车跟他出去。两人在门口交流着什么，听不到声音，但可以看到他们在门玻璃上的影子，那个影子不规则地动着，证明他们是活着的物体。

小胡子紧紧盯着朱聆，问朱聆：“你因啥事进来的?”

朱聆没说话。

小胡子无声地扇动着口型，朱聆没读懂，不过肯定不是好话。

老车一个人进来了。他走到小胡子身边，对小胡子说：“没办法，公事公办。”

小胡子说："车哥，别这么无情无义啊。"

老车说："有情义你就不给我找麻烦了。委屈点吧，十五天之内你别想看球赛了。"

老车从腰间拿出钥匙，咔嚓一声，打开手铐子。朱聆刚刚看到，原来小胡子的另一只胳膊一直被手铐子扣在暖气管子上。更令朱聆吃惊的是，小胡子是个坏人!!

五

房间里就剩下朱聆和中年警察老车了。

毋庸置疑，老车是另一种风格，比较随和，没有跟你过不去的意思。不过，朱聆亲眼看到小胡子的结果，他更加小心和警惕。

老车说："你的情况我刚才了解了，没什么大不了的，如果咱们好好合作，很快就完事了。"

朱聆比谁都希望快点完事儿，且不说他与李青洲约定的时间眼看着就临近了，这样的地方也不是正常人呆的，这是个可以把好人也逼出问题的地方。

"那就是说，你同意我的意见，我们立即进行？"老车说。

朱聆瞅着老车，一副无辜的样子。

老车没说什么，继续冯凯做的笔录。姓名、年龄、职业……问到为什么去公共汽车站，朱聆又沉默了。

老车抬起头来，他说："我们不是说好吗？怎么又叫停了。"老车说叫停，而没说卡住了，不知道他心里想着什么。

朱聆不回答，和面对冯凯时的不回答不同，头一个沉默是抗拒，这个沉默是警惕。

无奈，老车小声提醒朱聆："500元，也不是什么大不了的事儿，态度好的话，把钱还给那女的，训诫一番也就算了。态度不好，也可以拘留七天，关键看我们之间的合作了。”

朱聆明白了，原来自己进来跟500元有关，也就是说，“绿花叶”一定认为他偷了她500元钱，才报警，他才进了派出所，才受到这么多折磨。

朱聆开始说话了，他滔滔不绝地讲自己本来是要去见一个学生（没说是女学生，也没说鼎湖温泉中心），在公共汽车站就稀里糊涂地被抓了。“我怎么可能去偷？况且我也不会偷啊，别说区区500元，就是5万元我也不可能偷啊。你想一想，我是大学教授，我怎么可能做……那样的事呢？”

老车说：“一般情况下你不应该做那样的事，问题是，有一般就有特殊，摩洛哥王子什么不缺，可他贼不走空，就喜欢偷东西，一天不偷东西手就发痒。还有刚才那个人，面孔像艺术家吧，惯偷！”

朱聆说：“你这样的比喻我不能接受，我觉得侮辱了我的人格。”

老车说：“那你拿出证据，证明你没偷。”

朱聆哑言，拿出没偷的证据，怎么拿？他的确拿不出来。朱聆想了想，说，我拿不出来，……可你也得拿出我偷的证据啊？

老车说：“证据就在眼前。”说的时候，老车用眼睛瞅了瞅桌子上的500元钱。

朱聆说：“那是我的。”

“你怎么证明是你的？”

朱聆说：“可也不能证明是那个女人的。”

老车说：“那边的笔录已经做完了，她证明丢钱的时候，只有你在她身后，这你总承认吧。”

朱聆说：“我是在她身后。”

“好，”老车说：“好，如果恰巧你没有500元，事情就不好说了，问题是，她丢了500，你又有500，符合物质不灭定律吧。”

朱聆说：“也不完全是500元，这不，500多吗，差不多600了。”

老车说：“多就对了，如果你的钱少于500元，事情还真难办了，问题是，你的钱超过了500元。”

朱聆说：“这钱是我的。”

老车说："这样说没用，你还是没证明这钱是你的。"

朱聆急得直咬嘴唇。

老车说："我刚才说了，事儿说大不大，说小不小，关键看咱们怎么合作，如果你配合，咱们弄完材料，把钱还给当事人，就算处理完了。跟你说实话，我这个季度的指标已经完成了，不想再送人进去了。可话说回来，如果你不配合，我只好把材料报上去，到时候，委屈你在这里待半天，等分局把行政拘留的材料批下来，估计你得在拘留所干七天活儿。"

朱聆说："我不相信光天化日之下，会发生冤案。"

老车笑了，他已经看透了故作姿态的朱聆。他说："我看你是个知识分子，不想难为你，况且，你这事儿也不算大，你不是忌讳偷这个字眼儿吗？"

朱聆的眼睛睁得圆鼓鼓的。

老车说："既然你没偷，可钱在你手里，不好解释呀，总不会是人家给你的吧。不认不识的，人家凭什么给你，对不对？很多事情之间就差那么一点点儿，就一点点儿，比如，钱在口袋里被拿是偷，可钱刚好离开口袋，就是不偷了。你好好回忆回忆……"

朱聆随口说："不会是捡的吧。"

老车说："你说捡？这个倒也说得过去，可你是怎么捡的呢？"

朱聆觉得自己又进入了圈套，他说："等等，我说捡，只是符合你的解释清楚，但不是事实，我没捡，这钱是我的。"

老车把签字笔扔倒桌子上，他说："你要不合作，我真没办法了。"

朱聆说："可我不能说假话呀。"

这时，朱聆的手机蜂鸣起来，他知道，一定是李青洲发来了催促的短信。

老车说："那好吧，我一会就去调查。这个结果可是你自己领受的。"说着。老车站了起来，去饮水机上接水。

"调查，去哪儿调查？"朱聆问。

"能去哪儿，你的单位海大，你的家红岩社区，还有你要见的人……"

朱聆说："这些都跟这事儿没关系。"

老车咕咚咕咚喝完水，冷着脸说："你总不至于指挥我到哪去调查吧？"

朱聆觉得头晕目眩，有恐高症的他仿佛站在30层楼顶向下张望。想想单位、居民区的反映，想想在鼎湖温泉中心的李青洲，而最关键的是，真的调查起来，朱聆没把握其他的事都是无懈可击的。

"老车！"

老车猛地回头瞅着朱聆，笑着说："你怎么知道我是老车？"

朱聆的眼里已经涌出委屈的泪水，他紧咬嘴唇，躲开了老车的目光。

老车用一次性纸杯给朱聆打了一杯水，放到他的面前。

朱聆平静了一下情绪，声音清晰地说："我想起来了，我的确是捡的。"

老车坐下来，让朱聆讲事情的经过，并开始记笔录。

朱聆一边说一边编故事，大意是他等车的时候，看到排在自己前面的"绿花叶"掏口袋时，把钱带了出来。于是，他就把钱捡了起来，他准备还给那个女人时，女人就来电话了，到一边打电话，回来，警车就出现了……

老车说："你后面说的，我不能这样写，如果写了就不合理了。"

朱聆说："那你看着写吧。"

老车说："实际情况是，你虽然没违法，可错误还是有的，不是吗？你没想把钱交出来，刚刚才认识到错误。"

朱聆说："算是吧。"

六

朱聆赶到鼎湖温泉中心已经下午1点，超出李青洲约定的时间一个半小时。见到李青洲，朱聆装作什么也没发生的样子，问李青洲："我给你的短信看到了吗？”

李青洲说：“看到了，可是，有一点我没看懂，导师！”

“什么？”

“你说路上下雨，可外面很晴朗啊。”

朱聆说：“是下雨了，你看我的衣服，还有肩膀，这不还湿着呢。”

李青洲伸手摸了摸，说：“这就怪了。”

朱聆看了看窗外，窗外晴空万里。他有些疑惑地自言自语：“的确是下雨来着”。

李青洲又摸了摸朱聆的肩膀：“不会是汗吧，导师跑了吗？”

朱聆说：“我说过了，是下雨来着。”

李青洲不再讨论雨的问题，她从日式榻榻米上起来，掀开青底挂白菊的布帘子，对服务员说：“麻烦你上菜吧。”

朱聆坐了下来，他笑着问李青洲：“今天请我，到底是什么名目啊？”

李青洲调皮地说：“没名目就不可以请导师吗？”

朱聆说：“你在电话里说，到时候告诉我，现在到时候了。”

李青洲笑了起来，她说：“没有名目就是最大的名目。”

朱聆也笑了，他说：“怎么，快毕业了，不在乎导师了？”

李青洲说：“不是，不过跟你开个玩笑，不在乎导师还请你干吗。是这样的，我发财了。”

“发财了？”

李青洲欢天喜地的样子，她说：“是啊，上个礼拜天，我到便利店给电话充值，剩了2块钱，就随手买了张足球彩票，你猜怎么着，我中奖了。500块，这500块对我来说不算小数目。我想啊，外财不可留，准备把它消费了，想来想去，还是觉得导师是最应该感谢的人。”

“就这样？”朱聆显然有些失望。

客观地说，朱聆对李青洲并没有非分之想，准确点说，不是没有，而是不敢，有点“想吃怕烫”的意思，但又不完全是，这个不敢，包括身份的约束也包括心理的约束。朱聆只是好奇，他想看看李青洲究竟搞什么把戏。等于说，李青洲给朱聆设了一个迷局，朱聆被迷局牵引着，走进迷宫，最后谜底揭晓，谜底过于简单。

其实朱聆应该知道，哪个谜底揭晓之后不是索然无味的？问题是，朱聆的特殊遭遇，使这个谜更加颠三倒四，节外生枝。

朱聆坐在琳琅满目的菜肴中间，如同坐在花圃中，只是，泄了气的他，不管怎样强打精神，也没有生气，仿佛花圃里的一尊石雕。

李青洲殷勤地给导师敬酒，聪明的李青洲还是在朱聆笑容里看出了疲倦和懈怠。

吃完饭，李青洲邀请朱聆去温泉泡澡，朱聆委婉地拒绝了。

走出鼎湖温泉中心，李青洲的眼圈有些发红，她说以前听朱聆说过，他对日式温泉很好奇，所以做了精心的安排。朱聆仔细回忆着，他想不起自己说过这样的话。也许在某个特定的场合说过，但特定的场合是有情境的，不是日常的语言，并不能代表内心最真实的想法。“不管怎么说，我还是要谢谢你。”朱聆说。

那天晚上，朱聆 9 点就开始洗脚洗袜子，他想早点睡觉。

门铃叮咚叮咚响了起来。朱聆光着湿淋淋的脚走到房门前，透过猫眼一看，他的头触电一般离开，接着，又附在门上向外看去，他觉得心里隐隐压来得阴云遮挡成一片黑暗。

门外站着的是“绿花叶”。

“有事吗？”朱聆口气有些生硬地问。

“我来还钱的。……是这样的大哥，真对不起，我的钱没丢，是我脑袋臭，我明明记得自己是拿钱了，可回家一看，发现钱在门口的大理石台上。我已经跟派出所说了，警长老车也说要向你道歉。真对不起……我脑袋太臭了，不过，也不是经常犯毛病……”显然，她是一个絮叨的女人。

朱聆明白了，可让他紧张的因素并没有消除。朱聆胆怯地问：“你、你是怎么找到我的？”

“咱们是邻居啊……”

“邻居？”

“是啊，我就在楼下三楼，你家的斜对面。晚上我看见你上楼的，不太敢确认，还找了楼下送奶的大娘核实。你说闹不闹心？过去在老房子，街坊邻居之间啥事都知道，现在倒好，一个楼门洞住二三年了竟然不认识，如果知道是邻居，怎么会搞出这么大的误会……常言道，远亲不如近邻，近邻不如对门，你说，这扯不扯！我们之间……”

朱聆切断绿花叶滔滔不绝放送声音的电路，用结束谈话的口吻说，“我知道了。”

“这事儿，我是有错，可你为什么承认捡钱呢，如果你不承认捡钱就不会出现这样的问题了。我很奇怪，派出所……”

女人的话如同利剑和尖刀直刺在朱聆的软肋上。这样不是钱的问题，涉及到了人格上的敏感的问题。朱聆沉默一下，刻板而清晰地说：“我那钱是捡的”。

“你真捡钱啦？”

“你还有别的事吗？”

“那不可能啊，谁会在那儿丢钱呢，就算有人丢钱了，可为什么没人找啊。再说，就是有人丢钱也不会是500呀，哪那么巧呢？大哥，你是不是还记恨我，不原谅我，如果你不要这钱，我该咋办，毕竟这钱不是天上掉下来的，没有人丢钱，你捡到了钱，我没丢钱，钱却在我手里，你说……”

朱聆说：“别说了，如果你没别的事就到这儿吧，我正在忙。”

女人说：“那怎么行，还没还钱呢，我知道你不好意思……这样吧，请把门打开，开一个缝儿也行……我这样想，这事目前只是你知我知……”

后面的话朱聆没听到，他悄悄返回卧室，拽过被子把头蒙上。

七

朱聆搬到离学校不远的黑石礁，那里离海近，看海景很方便，不好的方面是空气过于潮湿。朱聆在湿漉漉的日子里偶尔想起那个雨天，感觉雨天就发生在昨天。

关于那个雨天其实是有疑问的，起码李青洲就不承认下过雨，朱聆想，能证明那件事的最佳人选是“绿花叶”，不过，他不可能去找她。

事实上，他们之间都有需要对方确认的疑问。

2008 年 6 月

鸣桥

大上午的，浅田枝子就跟老头儿闹得不愉快。早晨天还没亮透，浅田就哼哼唧唧的，断断续续地喊着枝子的名字，枝子拉开浅田的房门，浅田说：“我喘不过气儿来。”枝子知道老头子又犯病了，她的第一个念头是给浅田喷一种气化的缓解药，正要转身去药盒子里拿药，发现那个万花筒一般20ml的药瓶早已躺在浅田的身边。枝子连忙握住药瓶，将喷头伸进浅田嘴里，按压一下，没听到“呲”的一声。枝子摇了摇药瓶再喷，还是没喷出来。浅田气喘着说：“没、没气了。”枝子知道浅田说的是喷剂。

枝子想给儿子打电话，一想儿子这会儿正在上海出差，儿媳妇几乎听不懂几句汉语，沟通起来十分困难，即便是儿子在家，从城里赶到岛上最快也要一个半小时。两个女儿就更不用说了，一个在爱媛县一个在岩手县，赶来已经没了意义，况且，赶来又没太大的可能。当然，枝子也想到了他们熟悉的中岛医疗所，不过这个时间医疗所里是没人的，而急救中心的电话她从未打过，即便打通了，凭借她的日语水平怕也说不清楚。无奈之下，枝子又给“双眼镜”打了电话。也许正因为是给“双眼镜”挂了电话，浅田对枝子颇为记恨。

双眼镜大名叫岩下茂，双眼镜是浅田给他起的外号，还有一个外号叫白眼狼。他的两个眼镜片儿不一样，一个远视一个近视，所以透过眼镜片看他，他的眼睛显得一只大一只小。岩下先生矮墩墩的身材，整体上比常人小一号似的。岩下的正式身份是一所国际语言学校的校长，也是浅田夫妇去医院看病的专职翻译。说起来，看病翻译是一个特别的领域，在翻译职业大类里这个应该属于小类中的小类，有点冷门的意思。双眼镜已经给浅田夫妇做了十几年的看病翻译，翻译费不但一分没少，每隔几年还要上涨。逢节日，双眼镜见到浅田夫妇，偶尔会带一个小礼物，比如两双箸（筷子），一盒小型的台历，最贵重的礼物要算是一盒寿司或者昆布卷了。昆布卷就是海带包着青鱼或者多春鱼，扎上葫芦条儿的那种日本传统食品，浅田和枝子都不喜欢吃那个东西，主要是含糖量太高。浅田所以不喜欢双眼镜，钱是一方面，主要是觉得双眼镜的翻译水平不够，属于糊弄洋鬼子型的。可在这个小岛上，他们还真找不到第二个合适的人。有一次枝子跟儿子讲了双眼镜翻译中出现的过错和笑话，儿子沉吟一下："说岩下先生非常可以了，在城里找这样的人更不好找。日语好的汉语不好，汉语好的日语又不好，因为讲病这样的翻译和一般的贸易翻译、工作翻译都不一样，很困难的。"枝子把儿子的话复述给浅田，浅田白了枝子一眼，总之，尽管他不得不用那个一身薰衣草香水味儿、洋芋模样的男人，可他一点儿都不信任他，一点都不喜欢他。

屋外传来了轻型汽车的鸣笛，枝子搀扶着浅田出门。早晨的雾气已经散去，空气中弥漫着港口一带传来的咸腥味儿，还传来海鸟的鸣叫。枝子知道今天是这些日子里难得的晴天。只是浅田的脸却一直阴沉着，属于该下雨不下雨那种阴法儿。其实，天亮以后，浅田的病症就缓解多了，也许是听说双眼镜要过来，他坐起来，涨红着脸费力地骂枝子："混蛋老婆子，谁让你找那个白眼狼啦?"白眼狼是东北的土话，双眼镜一定听不明白的。当然，很多话也是没办法翻译的，别说"白眼狼"岩下先生，儿子和女儿也翻译不了。比如无脊六瘦、杨了二瞪、突撸反仗、得儿喝的、舞舞扎扎、鼻涕拉瞎、水裆尿裤、木个瘴的……这些话不仅枝子说，浅田也说。有一次浅田看牙病，浅田对医生说："这几天吧，我就难受巴拉的，总觉得这半拉脸酸几溜洪，谁想，昨天晚上厉害了，牙疼不是病疼起来真要命，贼拉邪乎呀!"……双眼镜听得半云半雾，上不去下不来，怎么能翻译明白呢。医生问双眼镜，浅田先生是日本人吗?双眼镜告诉医生，浅田是地道的日本人，跟父母去中国东北做武装移民（开拓团），昭和 20 年（1945）战争结束时丢在了中国东北，那时浅田先生才 3 岁，被中国农民收养了，昭和五十五年（1980）才回到日本。医生理解浅田的日语为什么有那么重的口音了，连忙起身向浅田道歉。浅田莫名其妙，问双眼镜：“这个大夫啥意思嘛，弄得我五迷三道的。”接着，该轮到双眼镜莫名其妙，被浅田说的话儿“五迷三道”了。

浅田不怎么气喘了，但是医院还是要去的。浅田管这叫瞧大夫，瞧大夫其实是让大夫瞧，瞧瞧你到底有没有问题。浅田瞧大夫更有“瞧”的意味，有点小毛病就瞧大夫，闲人更在意自己的身体嘛。退休之后，浅田和枝子看病基本不花钱，可是翻译每次都收一万多日元，他们俩每月从政府那里总共才领取 14 万日元，向政府提供的“廉租房”交 2 万日元的租金，加上其他的生活费开销，如果一个月内看四次病，刨除翻译费 5 万元，这个月就亏欠多了。没办法呀，谁让咱老么卡眼儿了呢。枝子这样说。

那天上午，浅田一点都不配合，只让医生检查，就是不说话。浅田的意思枝子明白，不说话就不用翻译，不用翻译就可以不给双眼镜翻译费。可事实并不是这样的，既然请了人家，你就得付报酬，人家算的是时间，跟说话多少没关系，十句也好二十句也好，没那么计算的。从医院回来，浅田就找茬儿发脾气。枝子说：“你不用找茬儿，我能怎么办？请人家能不给钱吗？”浅田说：“你这个混账老婆子，败家呀！我一句话都没说，为什么还要给岩下那个白眼狼钱？”枝子说：“你一句话没说，可说明病情还不得靠人家？别说人家帮忙了，就是人家不帮忙，陪了咱一上午，还不是一样得给钱？”浅田仍紧绷着脸说：“败家老婆子，谁让你请他呢？”枝子说：“我不请他我请谁，你说说看，当时我有什么办法？有本事你别有病，你没有病那就谁都不用请了，得了八瑟的样儿……”浅田的脸进一步涨红，他说：“你请就请了呗，钱不能给少给一点？”枝子觉得浅田的话很没道理，生气地说：“你别站着说话不知道腰疼，少给？那你给啊！你以为我愿意给？这个月的生活费又不够了，我不知道钱好啊！我又跟钱没仇。你在这儿跟我筋鼻瞪眼的，一会儿我就给岩下先生打电话，让他把钱退回来，你再给他！”浅田被枝子给“将”住了，张嘴想说什么又没说出来，最后只说了一句——看你那样儿，破马张飞的！

枝子心里想笑，她知道对付浅田最好的办法就是压住他的火力，他欺软怕硬的性格是从娘胎里带来的。

中午浅田的病就好了，他在枝子身边转悠了两圈儿，对枝子说：“你不是说这两天要吃酸菜炖粉条吗?”枝子用眼睛斜了斜浅田，没理他。浅田说：“我听说中国超市里有酸菜，是从东北运过来的。”枝子还是不理他。浅田说：“如果你想吃，我可以去买。”枝子的脸板不住了，她噗地笑了，说：“你要想吃酸菜就直说，别拐弯抹角的。”浅田说：“这几天嘴里不是味儿，巴苦巴苦的，就是想换换口味儿。”枝子不想跟他斗气了，说：“你要想吃就自己去买。”

浅田去超市买来酸菜，还买回一袋“顾食品”豆腐，那豆腐不同于一些日本人发明的“日本豆腐”，那些豆腐膏状，鸡蛋糕一样软塌塌的，“顾食品”属于东北豆腐。做豆腐和酿酒一样，对水的要求很高。老顾头做的豆腐用的是日本水而不是东北家乡的水，应该说味道是有些差异的，但毕竟还比较接近东北的大豆腐。那些豆腐都有种原始的、粗粝的豆香味儿。那是一顿丰盛的午餐，酸菜肉片炒粉条，家常炖大豆腐。尤其是尖椒段泡酱油，吃得浅田鼻尖儿冒汗。吃过饭，浅田抹抹嘴巴去遛弯去了，枝子才给自己盛了一碗米饭，抹上昨天炸的鸡蛋酱儿吃了起来。

枝子想，老头子这么快就好了，要感谢佛祖保佑啊，这样一想，眼睛就瞄向了佛龛，她连忙放下碗筷，去厨房净了手，然后到佛龛前上香。枝子嘴里祈祷着，十分虔诚，以致回到饭桌时想到浅田会不会又是周期性闹人这样的问题，都觉得是对佛祖的不敬。事实上，浅田每隔一段时间都要闹腾一次，特别是顾食品的老顾头去世以后，浅田发病几乎有了节律和周期性。唉，人老了，身体有毛病，心里也添毛病啊。

浅田不在，枝子的世界就格外安静了。收拾完餐具，无聊的枝子只能打开电视，她家的电视通过卫星接收器，锁定的电视频道只有几个，都是中文电视台，看新闻、看电视剧、看娱乐节目，中国国内发生的事情她都关注，都上心，按原来的中国国内的老话说，心和祖国的脉搏一起跳动——尽管她早就加入了日本籍。可是，如果心不跟祖国的脉搏跳动又能怎么样呢？到日本20年了，除了简单的日常用语，根本没办法和日本人深入交流，也就是说，她从未真正融入过日本社会。浅田呢，那老头子也一样，他在日本的亲戚都很远，住的距离远，彼此的关系也远。当年他父母加入东北开拓团是举家全迁的，日本没有留下直系亲属。据说，前期移民到东北的日本人还有选择，后来日本政府发现有些人牵挂家乡，没几年就跑回日本去了，所以就修改了政策，要求举家全迁。浅田在日本的亲属都是远房亲戚，按中国的说法儿——早就出了五服。浅田和那些亲戚三四年都见不上一面。浅田虽然是日本人，他的日语水平也比枝子高，可只要一张嘴，就会被认为是外国人，小时候定型的口音是没办法改的。退休前，枝子在一家中餐馆打工，那个中餐馆的主要业务是接待旅游团，每天接触的也都是国内来的游客。翻来覆去就那几样菜：红烧肉、麻辣豆腐、炒大白菜、土豆烧茄子、西红柿炒蛋……还有紫菜蛋花汤。也就是说，除了青菜根据季节的变化调整外，其余的菜品常年基本保持一个模样。如同一成不变的菜一样，简单重复的生活并没有让枝子增加外国生活的经验，而一转眼自己就老了。浅田虽然在工厂里做工，可每天接触的是电子元器件儿，似乎也没积累更多的日本生活经验和人脉。人脉这东西说起来可就复杂了，别说与其他人，就是亲戚之间、甚至儿女之间也是冷冰冰的，礼貌并且保持着距离。因此，对于枝子来说，看中文电视、吃中餐，还保留国内的一些生活习惯、一些思维习惯，都是没有选择、没有办法的事情。

电视里正演一个抗战片，游击队无比勇敢，日本兵除了对老百姓凶残之外显得不堪一击。看着看着，枝子进入了梦乡。

浅田是什么时候回来的，枝子不知道。浅田见枝子斜歪在沙发上，张着大嘴酣睡，就用遥控器关闭了电视，不想，枝子一下子醒了过来。“几点了？”枝子问。浅田没回答枝子的话，语调平和地说：“今天是老顾头的祭日。”浅田手里还拿着一小把显得有些精致的菊花。枝子叹了口气，她不明白浅田为什么会在意老顾头的祭日，他和老顾头并没有多深的交情，以前，浅田从不祭奠谁，他亲哥哥的祭日也没祭奠过。

浅田的祭奠仪式也比较简单，他在一个空白的木牌上写：顾先生。然后，将菊花摆在那个牌子的下面，祭奠仪式就算完成了。枝子没理睬浅田，独自叼上一根烟去厨房抽烟，点着烟的同时，枝子打开了吸油烟机。吸油烟机很努力地工作着，枝子吐出的那股日本生烟的味道儿还是辗转到浅田那里，浅田空空地咳了两声，枝子连忙把烟熄灭了。

老顾头第一次到家里做客是横扫本州和四国的台风之前，浅田给一家料理店送货，就让枝子去跨海大桥的桥头等老顾头。桥头离枝子家大概一公里左右，距离并不远，但是站在家里的阳台上并不能看到大桥，她家和大桥之间有很多比他们视野还高的建筑物。退休后枝子经常到那个桥头张望，儿子在桥对面的城市里，好几个月见不到儿子、儿媳和孙子孙女了，她还不能给他们打电话，只好张望着。枝子这样对自己说，自己来桥头并不是等待儿子的，明明知道桥上一辆接一辆的汽车里没有儿子，如果是等待儿子，那自己脑袋不是出了问题了吗？自己来桥头仅仅是散步而已，散步看风景。了不起就是浅田的说法儿：特性！好端端的人习惯到那里去闻汽车尾气的味道儿。

可能相对于小岛上的人来说，枝子最熟悉那座桥了。枝子管它叫鸣桥，因为那个桥下可以根据不同的天气发出不同的声音。除了“唰唰”的汽车行驶的声音外，遇到疾风暴雨，那座桥就会升腾戾气，那些风雨仿佛有了牙齿，与桥体接触时发出急促碰撞的声响。单纯的刮风天气就是另一种声音了，根据风的大小，声音也是不同的，比如呜咽、哼叽、抽泣甚至呼号。鸣桥的叫法也是有过一些经历的，一开始枝子管它叫响桥、风箱桥。有一次浅田得了中耳炎，她向岩下先生介绍浅田得病经过时，提到了响桥，大意是说浅田分辨不清响桥的声音。岩下当然不明白响桥的含义，枝子解释了半天，岩下似乎明白了，他在纸卡片上写：鸣桥。枝子想了想，觉得反正意思差不多，也就认可了。后来，枝子想起岩下写的那两个字，觉得文绉绉的，从此以后，枝子也把那座桥叫鸣桥了。——只是，除了枝子和岩下先生，小岛上的人谁知道那座桥叫鸣桥呢？当然，这些都不重要。

枝子还记得老顾头第一次到家里来的情景，她为客人做的是日本料理：烤秋刀鱼、炸鸡脆骨、蔬菜天妇罗、大杂烩关东煮，还有柚子薫鱿鱼饭，配餐纳豆。这些日本料理都有半成品，加工起来很方便，口味应该不算最正宗，比如枝子在烤鱼中加了孜然，在关东煮里添加了料酒和白醋。料理虽然不正宗，两个老头儿吃得还是十分高兴的。浅田请老顾头喝的抹茶也是枝子自制的，那些茶叶是从中国国内捎来的，而她自己独特的配方是添加了家乡玫瑰花的花瓣和大枣干儿。将茶叶、玫瑰花瓣和大枣干儿碎粒儿倒入干磨杯里，磨几次，过筛，未过筛的茶粉倒回干磨杯，反复再磨，自制的抹茶就成了。老顾头问，这么好的抹茶是从那里买的呢？枝子掩饰不住骄傲地说，别的地方您是买不到这样的抹茶的，东京买不到，大阪也买不到，要买只有我们浅田家里有！老顾头用赞叹加疑惑的眼神儿看着枝子，那意思仿佛是，曾经的一个农民还会做出这么讲究的抹茶？老顾头也曾经是地道的农民，他比浅田大 16 岁，日本投降那年他刚刚当了“伪满洲国”兵，苏联红军进东北时，他协助苏军看管日本开拓团的妇孺，按老顾头自己的说法，他年轻时就好色，他在看管的人群里物色到了池上理子，并带着理子回了老家。那阵子，骄傲的日本人成了落汤鸡，有饭吃就跟着走，理子成了老顾头的老婆。老顾头当了一辈子农民，他的日本老婆为他生了 8 个孩子，7 女 1 男。不想，年近 50 的老顾头竟然跟着池上理子移民到了日本。眼前的老顾头早就没了农民的形象，他皮肤细嫩透亮，带一幅金丝边眼睛，俨然一个大老板。浅田说：“老顾头刚到日本的时候不行，和理子闹矛盾，他老天扒地的，还跑到东京做买卖，别的买卖他也不会做啊，在东北老家做了十几年豆腐，豆腐做得好吃，他就在东京做豆腐，做豆腐也不容易啊，吭哧瘪肚的。可谁也没想到，老顾头的豆腐正好对上从中国来的那些人的胃口，一来二去出了名，大伙儿都管他叫顾豆腐。老顾头干脆弄了一个‘顾食品’，全日本都有人订购。”枝子问：“老顾头自己这样跟你说的啊？”浅田说：“有一些是他自己说的，有一些是我听别人说的。”

老顾头和浅田一边喝日本清酒，一边说说笑笑，十分开心的样子，枝子在他们身边服侍着，本想听听他们说些什么，没多大一会儿，浅田就用不欢迎的眼神儿看了她好几眼，枝子自觉没趣，悻悻地离开了。

枝子知道两个老家伙一定又讲女人什么的，如果不是讲女人他们不会那么猥琐地笑，浅田也不会鬼鬼祟祟的样子。老顾头离开之后，枝子问浅田："老顾头都跟你讲了什么？"浅田支吾起来。枝子说："看你吭哧瘪肚那样儿，准没啥好事儿。"浅田说："也没说啥，都是生意上的事儿。"枝子再问，浅田就不高兴了，嘟嘟哝哝回房间睡觉去了。

晚上二女儿来了电话，枝子本想提浅田去医院的事儿，想一想还是算了，说了女儿也不会来的，她早就想好了，除非浅田病危，不然她没必要告诉女儿，告诉也白告诉。枝子有些抱怨地对女儿说："本来以为这个月你不来电话了呢。"二女儿说："是啊，没什么事儿打电话也烦你们。""那你打电话一定是有事儿啦？"枝子问。二女儿也没客套，直接说："妈你跟我哥说说，让他快点把借我的30万日元还了，不然我在丈夫面前都抬不起头来。"枝子立刻不高兴了，她说："你哥借你钱你不去找他，找我有啥用。"二女儿说："我跟他说过好几次了，不好意思总催他呀。"枝子说："你不好意思，我就张得开口吗？"二女儿说："你是妈呀，我只能找你了。"

"这个时候想起你妈啦？"枝子冷冰冰地回敬了一句。

枝子知道儿子现在的日子也不好过，二十世纪九十年代哪会儿，日本发展那个快呀，儿子的生意也好，钱来得太快了，都不适应，按儿子自己的话说，钱来得这么容易自己都有晕船的感觉、自己都有些害怕。枝子记得，那时候儿子买衬衣都是一打一打的，脏了就扔了，连洗都懒得洗，当然也没时间洗衣服，大家都跑着搂钱呢。儿子就是那时候贷款买的房子，一个独立的三层别墅，房子一到手就涨了百分之十，可惜呀可惜，房子涨到百分之五十的时候，一夜之间发生了九级地震一般，日本经济大厦顷刻间土崩瓦解，从此一蹶不振。当初儿子以为自己捡了个大便宜，不想，房子成了他永远也卸不下去的负担，一直到今天还没缓过气来。想起佝偻着虾腰的儿子，枝子的心隐隐作痛，可她又有什么办法呢？

二女儿加重了语气说：“你不跟我哥说也行，我再跟他讲怕是要失和了，你愿意看到我们兄妹之间闹矛盾？”二女儿的话像一根鱼刺扎在枝子的嗓子眼儿里，枝子被“卡”住了。他们兄妹之间生分归生分，但总不至于撕破脸皮吧。枝子的口气软了下来，她说：“你哥他现在在上海……”二女儿说：“我知道，我也没让您马上跟他讲，我所以先跟您说说，是想让您有个准备，看看怎么讲好，这方面您会拿捏分寸。”枝子停顿了一下，慢慢地说：“那我看看吧。”二女儿似乎早就谋划好了，也知道枝子会帮她这个忙，目的达到了也准备挂机了。“我等您的消息！”二女儿说。枝子怕女儿挂断电话，连忙问：“久菜怎么样？野香怎么样？”二女儿说：“都好都好。”“久菜还做噩梦吗？野香尿尿还频吗？”二女儿说：“没事了没事了。好了，你和爸多多保重吧。”二女儿把电话放下了。枝子坐在那里很久，自己仿佛像羽毛一般飘落在无边无际的空谷。

人啊都犯一个毛病，隔辈儿亲。可孙子孙女也好、外孙外孙女也好，枝子都挨不上边儿，儿媳妇是典型的日本家庭主妇，三个孩子都自己带，一天也不放在枝子家。大女儿孩子大一些，也很少来姥姥、姥爷家。想外孙外孙女了，枝子就去岩手县的花卷市大女儿家探望。大女儿对枝子的到来并没有表现出应有的热情，也不明白枝子的心思。在枝子看来，大女儿笃信佛教，心事没在儿女身上，不过介绍起佛教来却十分热心。大女儿给枝子看的DVD据说是著名的天台寺主持濑户内寂听大师的演讲录影。寂听大师面对密密麻麻的信众说：“我是为了爱情才活下来，其实婚姻的美妙之处在于婚外恋……不要怕伤害，大胆去爱。”枝子愣住了，她挥着手对大女儿说：“你赶紧把电视给我关了，这是出家人说的话吗？什么乱糟糟的！”大女儿笑了起来，她说：“我最敬佩寂听大师了，她说话不装假，风趣幽默，深奥的佛理讲得通俗易懂……你还是了解了解再下结论的好。”枝子从大女儿那里知道一些濑户内寂听的情况，寂听大师出家前感情经历复杂，还是一位情爱小说作家，削发为尼后在日本国家NHK电视台主持《东海说法》和《人生和礼仪》脱口秀节目。平成10年（1998）她还获得了 NHK 电视台放送奖。寂听大师说："火能把东西烧坏，它自己是不知道的，天性使然；水能灭火，它自己也是不知道的，天性使然；佛慈悲，他自己也是不知道自己慈悲的，佛性使然。水火给了人好处或者坏处自己不知道，佛呢，也是给了人间慈悲而自己不知道的。所以，行好事图报还不是佛，你偶然回头，发现自己做过的事原来是慈悲，那您就成佛了。"大女儿说："啧啧，寂听大师说的这些多么的经典呢！"枝子不以为然，她说："我不管佛理讲得好不好，我首先得看她像不像个出家人，一个好色的女人怎么能成佛呢？"大女儿说："您不能说寂听大师好色，她只是承认人的本性罢了，再说，修佛的方法很多，八万四千法门，哪一条路都能修成正果的。"枝子想了想，还是接受不了。

大女儿是认识岩下茂的，那次浅田住院，大女儿赶来探望，她是顺路赶来的，也是唯一的一次医院探望。大女儿对岩下先生翻译疾病很感兴趣，问岩下先生："您给很多病人翻译疾病吗？"岩下说："有几家找他，都是从中国来的日本遗孤。""那你觉得，这些老人（找岩下的几乎都是老人）与日本老人有什么不同呢？"岩下说："翻译起来很困难。""困难在哪儿呢？是奇怪的病症还是奇怪的想法呢？"大女儿问。岩下说："主要是沟通起来不容易，语言上有障碍。"大女儿点了点头，她说："我明白的，主要是想法不一样。"后来大女儿就跟岩下谈起了自己内心的困惑，谈的时候，大女儿显然不希望枝子在场，她把岩下拉到医院外的树林里，两人谈了很久。后来枝子问岩下，大女儿都跟他谈了什么，岩下礼貌地对枝子点头，同时眨巴着眼睛，最终也没说出什么。枝子知道岩下先生不想说，不过从他的表情看，诡秘之中还隐藏着疑惑。

二女儿与大女儿比较起来，二女儿做得要好一些，毕竟她还把两个妞妞送到枝子家住了一段时间。那时候二女儿的两个孩子久菜、野香还小，二女儿陪丈夫出国去东南亚，就把孩子寄放在枝子家里。那些日子可是枝子和浅田最幸福的时光啊……久菜和野香来的时候带一些漫画书和玩具，枝子看了看，《花样男子》（《花より男子》）和《花房乱爱》（目を闭じて抱いて）等等，她连忙给收了起来。没长成的小女孩怎么能看这样的东西啊？枝子自言自语地说。浅田在一旁乐呵呵的，他对这些不太理会。枝子抱怨道："亏得孩子的爸爸还有文化，你看孩子的名字给起的，翻译成中文多难听：韭菜（久菜），还不如香菜呢，还有野香，怎么看都算不上文雅。"浅田咯咯地笑，他说："日本的一些事情你是没办法理解的，操那个心干啥？"枝子不服气地说："她们是我的外孙，我当然要操心了。"

枝子以她自己的方式对久菜和野香进行文化灌输，可惜时间过于短暂了。枝子给久菜和野香读童谣："下雨下雪，冻死老鳖；老鳖告状，冻死和尚。""老鳖死了怎么告状呢？为什么要冻死和尚呢？"一段童谣，引来久菜和野香一大堆问题。

"大毛愣出来，二毛愣撵，三毛愣出来干瞪眼。"枝子向久菜和野香解释大毛愣、二毛愣和三毛愣都是星星，可久菜和野香无论如何还是理解不了。

对于小孩子来说，难理解是正常的，但是她们能从姥姥的眼神和态度中体会到姥姥的爱，知道姥姥是喜欢她们的，所以整天跟枝子背童谣。"跟我学，长白毛。白毛老，吃青草。青草青，长大疔。大疔大，穿白褂。白褂白，今天死了明天埋。"

久菜和野香特别喜欢互动性活动，像"逗逗飞"、"拍手"什么的，那些童谣是玩中念叨，念叨中玩的。"逗逗飞，我家有个小胖墩，也不哭也不闹，吃饱了就睡大觉，一睡睡到日头落。"陪久菜和野香玩拍手时，枝子有节奏地念叨起来："一斗穷，二斗富，三斗四斗开当铺，五斗六斗背花篓，七斗八斗绕街走，九斗一簸箕，到老享清福。"久菜问奶奶："什么是斗呀？"枝子拿起久菜的手告诉她："斗是手指肚的纹，圆圆的一圈儿一圈儿的是斗。"野香问："那什么是簸箕呀？"枝子说："簸箕呀，是用来筛米用的，手指肚开口的圈儿就叫簸箕，因为他们长得像簸箕一样。"孙女还是没听明白，久菜问："筛米干什么呀？"枝子说："筛米就是用簸箕啊。"野香说："那我的手可以筛米吗？"……对于枝子来说，这些童谣早已沉淀到记忆的底层，并且蒙上了厚厚一层灰尘，可不知道为什么，在天真童趣的久菜和野香面前，短时间内都复活了。

枝子认为，童谣中的大反话是最有意思的了，她一直认为大反话里存在着智慧——“大年三十亮晶晶，正月十五黑咕隆咚，天上无云下大雨，树梢不动刮大风，公鸡得了月子病，克朗（公猪）得了产后风。”二女儿和丈夫回来目睹了这一场景，二女儿十分不满，大声说：“妈！你都跟孩子唱什么呀？”枝子说：“怎么啦，你们小的时候我不是也说这些吗？”二女儿不礼貌地对枝子大喊大叫：“我们是我们，孩子是孩子，那些东西早都过时了、早就长毛了。”二女儿丈夫虽然没表明态度，但是坚决反对久菜和野香单独和岳父母在一起，从此，枝子再没机会教久菜和野香童谣了，尽管她又想起了很多童谣。

星期六一大早，枝子给浅田蒸了鸡蛋羹，配了点心和小菜。浅田吃过饭之后要去寺庙大市场，那个市场只有周六周日上午开，主要是卖旧货，有点类似破烂市场。原来那里的生意很冷清，近十年才逐渐红火起来。原本实实在在的旧货市场，中国国内来的游客却叫它“古玩”市场，一些半吊子收藏家到这里淘宝，他们中有些人受到两种说法的鼓动，一种是海外古董回流的责任感，一种是日本的中国古董假货少的误判。于是眼睛发亮，出手大方。浅田曾对枝子说：“你说那些人吧，看着六精八怪的，都长外路精神，到了节骨眼儿上就痴嗫呆傻。”浅田虽然没去过北京潘家园，不过他知道，寺庙市场上的很多旧货都从北京进口，再被一些中国人买回去。居日的华人或者有华人背景的人管这叫吃国人饭。老顾头吃的也是国人饭，日本经济不景气了，他就以日商的名义在中国国内成立独资企业，花了几百万就买了一家工厂，生产“顾食品”，一部分产品出口到日本，很大一部分以日本的品牌直接卖到了内地。到国内投资时老顾头眼瞅着就70岁了，居然找了一个22岁的小媳妇，那个小媳妇是工地里包工头的女儿，据说非常漂亮。枝子对浅田说那个小女孩一定是图老顾头的钱，或者图一个日本身份。浅田说老顾头不这样看，他说是爱情。老顾头的工厂办得不怎么成功，几乎年年亏损，可谁也没想到，中国的地产一路飙升，老顾头的资产也年年丰厚，到他去世时，卖掉工厂的净利润就达到8千万元。

说起来儿子也吃中国国内饭，他经营那个贸易公司主要是海产品和农产品，中国国内的年景好了，他的生意就好，中国国内年景差了他的生意就差一些。浅田倒弄的“古玩”是伪满洲国的老东西，比如一些大臣的字画，满洲钱币、绣品什么的。浅田对买卖不怎么在行，钱没赚多少，主要是有个营生，可以牵动自己的注意力和发轴的身体。

浅田走了一个多小时，枝子觉得无聊又开始看电视，她看的是一个伦理片，一对母女正在发生争执，枝子想起来了大女儿，大女儿也很久没来电话了，她从抽屉里拿出了备忘卡，往大女儿家拨了电话。一直等到忙音出现也没人接，枝子又拨了一遍，还是没人接。枝子叹了口气，把电话放下了。大女儿的年龄也不小了，属虎的，今年也50岁了，跟自己的儿女的关系也十分生疏。大女儿一共生养了4个孩子，两男两女，孩子到了18岁她和丈夫就把孩子撵走了。“你当妈的怎么那么狠心呢?”枝子责备大女儿，大女儿说入乡随俗，日本都这样，如果她不这样做，丈夫不会同意的，别人也会不理解的。“那你不会说服你丈夫呀，你可是中国人啊，中国人哪有那么狠心的。”大女儿说：“你还把自己当中国人呢，你回中国不需要签证吗?”是啊，他们是日本公民了。枝子这个年龄跟女儿不同，她觉得她保留了百分之九十五的中国，大女儿来日本时刚刚30岁，没几年就和原来的丈夫离了婚，后来又嫁给一个日本人，她保留百分之五十的中国吧，而她的孩子，尤其是在日本生的孩子就不同了，他们从小讲日语，生活在日本的环境里。“一个一个狼崽子，跟我都不交流，也不讲汉语，我都不知道他们怎么想的。”大女儿抱怨自己的孩子。有什么办法呢?枝子想，你们不也一样吗，你们虽然都讲汉语，可也不愿意跟我交流啊，我跟谁抱怨去呢?

电视剧结束，枝子觉得自己的腿有些麻，她起来收拾一下自己，准备去鸣桥桥头溜达溜达。从家里下一个大坡，再转一个急弯儿，鸣桥就不远了。今天的鸣桥与往日不同，它被深锁在雾霭之中。一艘游轮从桥下过去，发出刺耳的鸣叫，汽笛声大概惊了海鸥，海鸥也发出一连串的叫声，由于雾气太重，枝子看不到海鸥令人眼花缭乱的飞翔。站在桥头，枝子觉得漂浮在浓雾中的鸣桥安静了许多，只有海浪舔舐岸基和桥墩的声音，桥上的汽车引擎声音也很小，枝子想，午后下大雾，晚上搞不好还要地震，本来昨天晚上就地震了，接下来的地震可能更明显一些呢，想起昨晚的地震，枝子就本能地想起浅田，那些小级别的地震他们早适应了，但是从国内来的游客不一定适应，他们会在摇晃中增加恐惧感，所以会影响到淘宝的情绪。事实完全印证了枝子的判断，枝子回家时，浅田已经坐在沙发上看电视了。

“今天的生意不好吧？”枝子问。浅田神秘兮兮地笑了一下，接着有些自得地说：“今天买东西的人不多，可我把郑孝胥①的字给卖出去了。”“卖了多少钱？”浅田用手比画着。枝子没看明白。浅田走到枝子身边，对着枝子的耳朵小声说了几句。枝子吓了一跳。“那不发财了吗？”枝子说。浅田四下看了看，仿佛怕人听见一般，不过接下来他就自己给自己哼哼着旋律，在地上跳起了笨拙的舞步。

老顾头活着的时候找浅田拿过字画，主要是为了送礼用。那次两人喝酒吃的是中餐，枝子给他们炖了东北菜。老顾头高兴了，他说这符合他的口味儿，东北有名的四大炖是：猪肉炖粉条、小鸡炖蘑菇、鲶鱼炖茄子、排骨炖豆角。枝子笑了，她说：“这个说法我还第一次听到。”老顾头说：“四大炖，猪肉炖粉条叫馋死野狼嚎；小鸡炖蘑菇叫吃饱不想夫；鲶鱼炖茄子叫撑死老爷子；排骨炖豆角叫天下没处找。”枝子听后大笑。在这样的氛围下，两个老头就刹不住车了，当着枝子的面儿讲起了荤嗑儿。还有很多是东北民间“四大”中的经典，像四大舒服：穿大鞋放响屁坐牛车看大戏。四大软：老头的吊，新棉袄，霜打的茄子，烂心的枣。浅田也不甘示弱，他说：“我也想起一个，四大晦气：撒尿湿鞋面，喝汤浇裤裆，擦腚扣破纸，放屁带出屎。”枝子听不下去了，自动避开，两个老头儿像淘气的孩子一般，反而高兴得眉飞色舞。

① 郑孝胥（1860 年—1938 年），字苏龛（苏堪），福建省闽侯县人。他是清朝的改革派政治家，亦是伪满洲国建国的参与者之一。近代诗人，为诗坛“同光体”倡导者之一，被称为伪满洲国书法第一家。

晚上，浅田对枝子讲起了老顾头的事故，浅田就这样古怪，你问他他不讲，你不让他讲他反而更来情绪。酒态微酣的浅田告诉枝子："老顾头这辈子不亏，在国内就不必说了，到日本与池上理子离婚之后，他先是找了一个留学生，一个高官的女儿，那个女学生为了拿日本身份就跟他办理了结婚手续。老顾头说他睡那个高官的女儿时，心想自己就是一个农民，如果不是因为到了日本，他一辈子可能都见不到县长，睡高官的女儿，那可是做梦都不敢想的事儿啊。当然了，那个留学生图的就是身份，身份办理好人家就离开了。后来老顾头又找了几个人，他最喜欢的是一个千叶县来的日本姑娘，唯一问题是那个姑娘吸毒……""你啥意思？你的意思是你找女人找少了，吃亏了呗？可那些年你在外面干的那些见不得人的事儿，你以为我一点都不知道哇？"浅田说："我不跟你说这些，没意思。"枝子说："我看也没意思。"浅田说："就是没意思嘛！老顾头说的对，我要是找个日本老婆就好了……"枝子最不愿意听这样的话，她说："你找啊，有本事找啊？没心没肺的东西，当初要不是中国人，你早就让狼叼去了，做鬼也做老了。"浅田说："你有良心？如果不是我你能来日本，能过上这样好的生活？""狗屁好生活？像个没娘的孩子似的，你以为我喜欢这样的生活？"枝子的声音越来越高。喝了酒的浅田也不示弱，他说："那你为啥跟我来日本，有本事别来呀。"枝子说："我来日本是冲孩子来的，你以为是冲你来的？别不要脸了，照顾你大半辈子，回头换来这么个结果，你的良心让狗叼去了还是让狼吃了……"浅田觉得事情闹大了，转身要回自己的房间，枝子得理不饶人地追了过去。"人都是爹妈养的，都不是石堆里蹦出来，你说说你，为啥就长个狼心狗肺呢？我倒霉瞎了眼嫁给了你，困难那时候我带着三个孩子递溜蒜卦的，我娘们大饼子都吃不上，还给你吃大米饭，你不撒泡尿自己照照，抠抠搜搜、磨磨叽叽的，除了脑瓜好使一点你说说你有啥优点？……不说我了，就说你的养父母吧，生前你没条件尽孝，可来日本这么多年你回去上过几次坟？"……枝子机关枪一般不停地数落浅田，不想，浅田竟然在床上打起了呼噜。枝子站在浅田身边，本想伸手打他一巴掌，手在半空着举着，渐渐地落了下来。枝子委屈得想哭，可不知道为什么，眼睛很干涩。

枝子给大女儿打电话的第三天，大女儿才回复了电话。大女儿告诉枝子她跟丈夫去静冈县热海温泉去了，回家才看到电话记录。“有什么事儿吗？”大女儿问。枝子本来想关心关心她和外孙外孙女的事儿，这会儿话题变了。“我要和你爸离婚！”枝子说。大女儿似乎在电话那头伸了懒腰。枝子问：“你怎么不关心我为啥要跟你爸离婚呢？”大女儿见怪不怪样子，不得不问：“为啥呀？”枝子大声说：“你爸说我不如日本娘们儿……”大女儿说：“你别理他就是了。”枝子说：“可他骑在我头上拉屎，我能忍受吗？这次我要坚决离婚。”大女儿说：“你们闹了那么多年，我们都习惯了，妈不是我说你，你和爸都70岁的人了，怎么还要小孩子脾气。”枝子说：“这次不一样，我是铁了心要跟这个老东西离婚。你知道他有多猖狂，还说要找日本娘们儿……”大女儿说：“我刚回来，很疲劳……你们俩有精神头闹离婚，我不反对，想离就离吧，不用征求我的意见。”枝子很生气，她说：“你怎么能这样对待你的亲妈？”大女儿说：“我支持你呀，你打电话来不就是想让我支持你吗？我说了，我支持！我支持你也不满意，我要是不支持你，你会更不满意。”说完，大女儿就把电话放下了，枝子喂了好几声，话筒里没有回音儿。

枝子呆呆地坐在床上，两眼发直看着镜子里的自己，她觉得奇怪，瞅的时间长了，眼镜里那个人越来越陌生了，你是谁？是枝子吗？

退休后，枝子和浅田两人经常闹离婚，仔细想一下，一年起码有三四回。按理说，人老了心气儿就平了，可不知道为什么，枝子觉得每过一段时间，她就要出出火气，也许对于浅田也是一样的，两个人出火气的时间不一致还好，如果恰巧赶上两人都想排火气，那冲突就不可避免了。枝子喜欢看电视连续剧，看了这集就想知道下一集怎么回事儿，由于和国内的时差关系，有些电视剧的时间晚一个小时。浅田睡眠不太好，枝子是知道的，所以夜里看电视她尽可能把音量调小一些，一点声音没有也不行，枝子文化水平不高，有些字她不认识，还需要声音。浅田对枝子半夜三更地看电视一直不满，不过总体上还是能忍受的。那天，不知道为什么他不忍受了，枝子正看在节骨眼儿上，浅田穿着内裤光着膀子出来，二话没说，一下子把电视机关掉了。枝子愣了一下，嘟哝一句："你神经病啊。"过去又把电视打开了。浅田凶巴巴地瞪着眼睛，很有力量地推了枝子一把，过去把电视机的电源给拔了下来。枝子被浅田给惹恼了，她大声对浅田宣布："死老东西，我要跟你离婚!"浅田也大声对枝子喊："混蛋老婆子，我也这样想的……"这次是浅田的过错，枝子当然这样认为。当然也有枝子过错的时候，那年浅田拿回一个"瓷碗儿"，那个瓷碗实际上不是真的碗而是文房中的一个"笔洗"，浅田很喜欢，把玩来把玩去，不知道他怎么想的，后来他居然用那个"笔洗"吃米饭。由于那个"瓷碗儿"里面釉掉了很多，每次洗碗时枝子都挺烦的，一天，枝子忍受不住了，一赌气把那个麻麻拉拉的"瓷碗儿"丢在地上。浅田回来，枝子说洗碗时不小心把他的饭钵摔碎了。浅田非常不高兴，他说："我看不是洗碗摔碎的，是你故意打碎的吧。"枝子立即火了，她说："我就是故意摔的能怎么样？家里水光溜滑的碗有的是你不用，用那个破玩意儿你不是有病吗？"枝子承认是故意打碎"笔洗"，可把浅田给惹恼了，浅田骂枝子："混蛋败家老婆子，我明天就跟你离婚。"枝子当然不示弱，她说："好啊，我等啊盼啊就差这一天了，离婚了我也不用伺候人了，也清净了。"第二天，浅田还真去找了律师，讨价还价好几天，后来变卦了，又不想付律师费，最后请律师吃了一顿饭，还给人家送了一小幅满洲刺绣。儿子和女儿都知道老两口闹离婚的事儿。二女儿对枝子说："你们俩太让我佩服了，你说说看，你们闹离婚哪次是因为原则问题，都是鸡毛蒜皮的小事儿，我看啊，就是闲的，太腻歪是不是？太腻歪了找点别的事儿，何必闹离婚玩儿呢？"

第二天早晨，浅田像什么事都没发生一样，早晨出去打那套形似神不似的太极拳，回来后对蓬头垢面的枝子说："昨天我喝酒过量了，胡说八道你别计较啊。"枝子用眼睛扫了他一眼，没理他。"不给饭吃了呗？"浅田问。枝子还是没理他。浅田笑嘻嘻地说："那我自己找饭吃去了。"说完哼着只有他自己能听明白的小调走了。浅田手里有钱，饿不着他。

一直到了中午浅田也没回来，枝子心里渐渐有些不安，素日里浅田去的几个地方枝子是知道的，她想去找他，可又有些别不过劲儿来。这时，家里的电话响了起来，枝子踉跄地跑了过去。电话是医院打来的，对方讲的是日语，枝子听得囫囵半片，只听明白浅田以及病什么的。枝子觉得头顶“嗡”的一下，仿佛地震时身后柜橱上的瓶子掉下来砸到了。这死老东西，越是担心的事儿越是发生了。枝子扔掉木屐，连衣服也没换，匆忙穿上外出的鞋，直接出了门。

医院在枝子家西侧，需要下一个大坡上一个大坡，如果从近路插过去，就得走一个七八十阶的台阶。枝子出门时小岛上很安静，街上的行人也很少。麻雀在街上跳来跳去，枝子一路小跑地过来，把麻雀惊飞，飞到街边电线杆子上叽叽喳喳叫着。毕竟上了年岁，枝子来到台阶前就已经气喘吁吁了，她手捂着胸口儿，站在覆着一层层绿色青苔地藻的台阶前把气儿喘匀，然后开始爬台阶。应该说，爬台阶的过程中枝子什么都没想，她就一个念头儿，快点赶到医院，可在她爬过大半的台阶、几乎要登顶的时候，她的腿软了，脚滑下来，接着就顺着台阶滚落下去。事后枝子想，这是不是命中注定的一劫呢。她艰难地、吃力地爬台阶时，是不是跟自己过往的生活一样，年复一年，台阶越高年龄越大，以致某一天突然倒下了。

事实上，浅田并没有进医院，住院的却是枝子。枝子从台阶上滚下来，髋关节骨折。医院给枝子打电话只是让浅田家来人取浅田前些日子的X光底片，枝子没听懂。枝子住院期间，岩下先生发挥了重要作用，尽管浅田还是看不上他心目中的“双眼镜”，可现实的需要还是把他们的关系拉得很近。双眼镜一定会感到，随着两位老人年龄增大，他们是自己稳定的收入来源和可以深入挖掘的矿藏，所以态度十分谦恭。闲适下来，双眼镜还时不时向枝子请教问题。双眼镜拿着一打纸卡片，上面记着枝子和浅田说过的方言。双眼镜恭恭敬敬地问枝子：“‘闹心吧啦’是什么意思呢？”枝子说：“‘闹心吧啦’就是有些心烦，心里难受烦躁。”双眼镜“嗨嗨”地点头，表示明白。接着问：“那么，‘直吧愣蹬’是什么意思呢？”枝子说："就是直来直去，像木头棍子一样儿，比如说眼神儿吧，直吧愣蹬的……"双眼镜做好了笔记，又问："舞马长枪呢？我们这里没有马，也没有长枪的……"枝子有些为难，她说："舞马长枪就是个比喻，我也说不太准确，就是舞舞扎扎的意思。"双眼镜"嗨嗨"地点头，其实他并没有完全明白，接着问："'舞舞扎扎'是什么意思。"枝子说："舞舞扎扎……就是、就是比比划划的意思。"双眼镜明白了，他用手比划着，笑着说："我现在就在'舞马长枪'。"枝子说："不对，我说这个比比划划不是你那个比比划划。"双眼镜愣住了，眼睛直盯盯地看着枝子。枝子说："我也说不明白，舞马长枪不是说动作，是指人的个性……"双眼镜眨吧着眼睛，一脸茫然。双眼镜翻了翻自己的卡片，继续请教："还有一个问题，牛逼哄哄是什么意思呢？"这个问题枝子没办法回答。她说："你问我家浅田先生吧。"双眼镜请教枝子期间，浅田一直在旁边坐着闭目养神，枝子这样说他就睁开了眼睛。双眼镜认真地问浅田："浅田先生，牛逼哄哄这个词是什么意思呢？"浅田很不愉快的样子，他说："牛逼哄哄的意思就是牛逼哄哄！"双眼镜"嗨嗨"了两声，想一想，又摇了摇头，十分困惑和不解。枝子对双眼镜的认真态度和钻研精神还是认同的，不过枝子也明白，在双眼镜谦恭讨教的背后，将是她积蓄的减少和生活费的亏欠。

枝子出院后出门要坐轮椅。傍晚浅田推着枝子到外面换口气，枝子提出想要去桥头看看，浅田没说话，却按自己的想法儿去做，反正方向掌握在他的手里。枝子多么希望早一点扔掉轮椅，那样她就可以支配自己的身体了。

秋天的落叶在街上飘零着，儿子终于来看他们了。儿子少言寡语，在浅田那里了解一些情况后只对枝子说了一句话，"这个年龄就不要伤感了，伤感对养病不好。"枝子并没有觉得自己伤感，她记得自己曾对儿子说过，忧伤是可耻的，那个时候儿子刚到日本，他曾经暗恋乡中学的一个女同学，儿子离开了中国他们就各自天涯了。儿子这个时候跟她说这些是什么意思呢？

枝子让儿子陪她去桥头，她告诉儿子她很长时间没去看鸣桥了。儿子不知道鸣桥在哪里，在枝子的指挥下，儿子用轮椅把枝子推到了陆岛跨海大桥的桥头。到了桥头儿子仍十分糊涂，不知道枝子为什么管那个悬索大桥叫鸣桥。枝子在医院住院期间，这里被台风洗礼过一次，台风肆虐过后的狼藉仍然拾目可见。枝子说："你听到什么声音了吗？"儿子说："海浪的声音。"枝子说："声音里是有颜色的，不过你要细心才能辨别出来。"以前，枝子来桥头张望，跟儿子女儿以及孙男娣女有关，现在儿子就在身边，她还在张望什么呢？

秋风轻轻掀动枝子的围巾和衣袂，她的目光也迷离起来。60年前，家乡那个清澈见底的小河，那个牛车在上面就摇晃的木桥，那个早晨青绿的岸边，小凤英听到柱子的声音，柱子就在她身后的大树上，她不好意思去看。柱子喊道：小丫蛋儿，上河沿儿，挖两坑儿，下两蛋儿……那景象像库存经年的老片子，闪动划痕、影像模糊，迷离的景象也恍若梦境，都让人怀疑它是不是存在过。柱子的确是存在过的，在她看来，小时候的柱子总是如影随形，后来他当兵走了，再无消息。

儿子见枝子满脸泪水，小声问："妈你不舒服吗？"枝子说："我没事儿，老了老了眼睛也出毛病，风一溜就流眼泪。"突然，枝子想起了什么，她抬头问儿子："你还记得你小时候妈妈跟你说过的歌谣吗？"那个大反话，她小声念叨起来——大年三十亮晶晶，正月十五黑咕隆咚，天上无云下大雨，树梢不动刮大风，公鸡得了月子病，克朗（公猪）得了产后风。儿子用古怪的眼神儿看着枝子，表情谦和却也冷漠。……这时，枝子看到了侧面树丛里的浅田。

枝子说："老东西，别在暗处鼓鼓秋秋的，来了就来了，光明正大一点儿好不好？"浅田有些羞涩的样子直起了腰，他走过来对儿子说："你看明白了吧，你妈就这样，动不动叽叽歪歪、急扯白脸的。"枝子说："还好意思说我，你好？半拉咔叽的样儿吧！"

枝子躺在沙发上四下望着，阳光下，老顾头牌位下的菊花枯萎了。

枝子一直也想不明白浅田为什么会怀念老顾头，他们只是来日本之后才认识的，没有深厚的交情，也没在生意上合作过，他们只是一般的酒友。从枝子的角度看，她并不喜欢老顾头。当然，老顾头也知道枝子不喜欢他，别说老顾头那么聪明的人，一般人从表情上也能判断人家是不是喜欢你。老顾头第二次来，他对浅田说：“我这个人啊，一辈子是硬闯过来的，有句老话说，傻小子睡凉炕全凭火力旺。当然我也有难的时候，难的时候我就脱了裤子看看自己的裤裆。给自已打气，爷们就要学习老二的精神——能软能硬！”这样的话枝子能愿意听吗？浅田却听得有滋有味儿。还有，讲起在国内的生产队时，老顾头私下里用豆腐换黄豆，被队长抓住了，本来队长想处分他，他大半夜去队长家闹事。老顾头说：“我这个人啊，流氓一个，你啃我头皮——太硬，你啃我屁股——太臭，谁都拿我没办法。”所以，在枝子的印象中，老顾头是个老流氓。枝子这样看待老顾头，尽管是心里想的，可老顾头也能感觉出来，所以老顾头也不怎么喜欢枝子。一次浅田去城里拜访老顾头，喝得醉醺醺的回来，不知不觉把老顾头说枝子的坏话给说了出来。浅田告诉枝子：“老顾头说你不会打理家务，厨房埋了咕汰，进去一股唔拉巴登的味儿，客厅里坯儿片儿的，还有桌子，在太阳下看魂儿画儿……”枝子一听就不高兴了，她说：“老顾头是个什么东西啊，自已磕了吧嗔的，还吹牛，哎呀呀，那么多女人喜欢他爱他，害臊不害臊啊，你看他那秃顶秃的，奔搂瓦块的，还有牙，如果不是假牙，早就豁牙露齿地小瘪瘪嘴儿了，还来说我？……以后他再来咱家，看我能给他好脸才怪！”

有时静下来，枝子想，老顾头那样的也是一辈子，他的人生价值在哪儿呢？他死之后是上了天堂还是入了地狱呢？或许根本就没有天堂，当然了，也没有地狱。

枝子不喜欢老顾头，不等于别人不喜欢他，浅田就喜欢他。奇怪的是，岩下茂似乎也很喜欢老顾头。老顾头那次来，正赶上岩下陪着浅田从医院回来，在枝子的挽留下，岩下也陪着喝了酒。当老顾头知道岩下茂是解释疾病的翻译，他对岩下产生了浓厚的兴趣，他问岩下：“你经常给人翻译疾病，那你不成了半个医生啦？”岩下点头哈腰，表现出格外的礼貌和谦逊。其实老顾头真正关心的并不是岩下的医学知识，岩下毕竟不是医生，他感兴趣的是，岩下一定有很多别人没有的人生经验，因为疾病往往和人的隐私联系在一起，岩下知道很多通常人们不知道的事情，当然也会比别人更懂人生。老顾头说：“我这个人身体很好，只是心里有个疙瘩一辈子也解不开。”岩下耐心地等着老顾头说下去，老顾头似乎想等岩下问。等了一会儿，老顾头说；“我觉得我这个人被诅咒了……”岩下没听明白。老顾头解释说，他小时被跳大神的巫婆诅咒过，从此之后，自己一直没摆脱那个诅咒。“什么诅咒呢？”岩下问。老顾头说：“诅咒我是一只跳马猴子，一辈子劳碌奔波，为钱、为女人。有很多次，我很清晰地看见了另外一个自己，那个跳马猴子，年轻的时候看还没有胡须，后来老了，长着白胡子。”岩下想了想，笑着说：“顾先生说的很有意思，其实我们都是跳马猴子啊！”老顾头很失望的样子，很显然，岩下并没有给予他解释清楚或者说没有给他想要的答案。浅田在一旁说：“什么跳马猴子不跳马猴子的，跳马猴子也没什么不好，不是说人是从猴子变来的吗？”岩下并没有浅田的教育背景，他不太理解地说：“人怎么可能是猴子变来的呢，人是神的后代啊。”老顾头叹了口气，发愣地说：“看来巫师说得对呀，诅咒是没办法解除的。”浅田见老顾头情绪忧郁，连忙调节气氛，讲了一个猴子的故事。浅田说他在工厂做工的时候，仓库后面来过一只猴子，由于工厂地处城市，不知道那只猴子从哪里来的。组长组织大家去抓猴子，尽管那只猴子已经进到电子元器件封闭的厂院里，可灵活的猴子还是很难抓。大家好不容易把猴子抓住了，关在一个笼子里。他们像养宠物一样给猴子买了很多好吃的，香蕉以及各种糖果点心。晚上，组长怕猴子跑掉，他亲自上了笼子盖儿，用纤维绳子打死扣系好，这样大家才放心地离开。谁想第二天，那只猴子不见了，绳结儿被打开了。他们想不出猴子为什么那么聪明，人系的扣子猴子居然可以破解。于是，他们四处寻找猴子，结果一无所获。就在大家快把猴子忘记时，大概第四天下午，一个工人喊了起来，大家寻着声音跑过去，发现那只猴子自己已经回到笼子里，正在吃前几天剩下的食物。说完，浅田大笑起来，岩下也跟着笑了起来。老顾头想了想，似乎没想出笑的理由，端起酒杯，自己沉闷地“滋喽”一口儿。

那天晚上，枝子和浅田送走老顾头，岩下小声问枝子：“跳马猴是什么意思呢？”枝子说：“猴子从马上跳来跳去呗。”岩下想了想，十分不解地说：“这样啊，可它们还是猴子啊！”枝子想了想笑起来，她念叨着：大年三十亮晶晶，正月十五黑咕隆咚，天上无云下大雨，树梢不动刮大风，公鸡得了月子病，克朗得了产后风……

2012 年冬

歌唱的篝火

走在冬天的石板上，家澍突然预感到，父亲的大限真的到了。

天空灰蒙蒙的，干巴巴的风梳理着瘦削的枯树枝儿，眼前的景色仿佛明清画家笔下的“寒鸦图”。父亲在山坡的老年康复中心躺了4年，那几栋错落有致的房子原来是煤矿疗养院，传统的福利制度改革后，疗养院一度人去楼空，后来盘给私人经营。父亲刚进来时，那些房舍被整修过，粉刷了墙皮换了新瓦，还在山坡下的柏油路上挂了一块艳丽的宣传牌子。现在，墙皮很是斑驳，房顶的瓦，尤其那些起装饰作用的脊瓦已经脱落，从远处看，像一个曲卷着的处于脱毛期的灰鼠。……康复中心里住的几乎都是老人，很多老人像父亲一样瘫痪在床上。那里与其说是康复中心，其实更像一个养老院。与其他养老院一样，那里也有医生和护士，只是医生和护士的数量相对多一些，科目多一些罢了，这样，就使得他们的收费与养老院有了区别。这里的医生大多是退休的，不过他们胸前的牌子却很晃人，几乎都是正高级职称。很多人相信，医生越老越厉害。当初送父亲来康复中心，家澍详细地算过账，他觉得有些收费是夸张的，一度犹疑，拿不定主意，王颖与家澍的看法相反，她觉得，如果父亲住在家里，除了吃住，请保姆看护、请家庭医生诊治等等费用加在一起也十分昂贵，而关键是，她不愿意家里有个病恹恹的老人，况且，无论多少费用都由家澍来出。

父亲住进康复中心就如同把一个孩子送进“长托”，家里立即清净起来，家澍和王颖该忙什么忙什么，与送孩子到长托不同的是，孩子每周都要接回来，而父亲被送走之后再也没回来，赶上业务忙了，家澍几个星期都不去康复中心探望，好像出了钱就心安理得，把父亲交付出去，责任也从肩上卸了下去，已经尽了孝心。孝心在家澍这里更多地体现在形式上，不过他觉得自己做得可以了，至少他拿了钱，比姐姐家贞和弟弟家明强多了。

父亲这4年一成不变的躺在同一个位置上，他的皮肤紧包着骨头，呈现蜡质感，周围弥漫着死亡的气息，家澍知道，父亲这盏油灯已经熬干了油，生命的火苗儿忽闪着，时断时续，眼看着就将永久黑暗下去。家澍站在床边，父亲没有丝毫反映，不过，父亲的心脏还没有停止跳动。接待家澍的还是那个眉毛稀疏的老医生，他雌激素过旺的面孔发面馒头一般，以及稠粥一样的絮叨令家澍很不舒服。“你只告诉我，老爷子还能活多久？”家澍打断医生冗长的病情介绍。大夫说：“这个我不敢肯定，你一定要问的话呢，我只能告诉你，凭借我的经验呢，保守地讲的话呢，他应该不会超过三天。”家澍点了点头，他说：“其实说了半天，我想知道的就是这句话。”

很显然，父亲已经不能留遗嘱了，遗嘱只能在以往的岁月里寻找，可以往的岁月很漫长，父亲的哪句话算是遗嘱？——这次与以往不同，父亲的世界以及在世界中的父亲都处于一个临界状态，家澍必须做出决断。家澍先给姐姐家贞挂了电话，姐姐沉吟一下，声音微弱地说：“知道了，下午我就动身。”随即，家澍又从汽车的后备箱里翻出了家明的电话，家明远隔重洋，这里的白天正好是那里的深夜。往国外打电话是要很多钱的，况且，十有八九是白打，家明不大可能回来给父亲治丧，尽管如此，这个电话家澍还是要打的，毕竟，父亲去世是一件大事情。

家澍拨通了家明家的电话，比预想的还顺利，家明很快来接电话。家澍的话还没说完，家明问：“爸是什么时候走的。”家澍说：“还没走，病危了，按医生的说法，不会超过三天。”家明问：“医生的说法准确吗？”家澍说：“我想是的。”家明说：“那一定要搞清楚，我不知道大陆的医生……”家澍不想在越洋电话里讨论这些，他打断了家明的话，说：“我知道你回来不容易，可这事儿我又不能不告诉你。”家明沉吟一下，说：“你应该告诉我。”家澍说：“就这样吧，等处理完了后事我再给你电话。”说完就切断了那个有回声、反应有些迟钝且话费昂贵的长途通话。

放下家明的电话，家澍完成一桩任务一般，居然舒了一口气。不过，他想起来，自己不该那么简捷地放下家贞的电话，家贞说她下午就动身，下午是一个笼统的概念……尽管他们姐弟之间并不亲密，可接站这样的礼节还是必要的。

以前，家澍从没真实地考虑过父亲过世的问题，突然降临了，他除了本能地给姐姐和弟弟打电话之外，显得手足无措，仿佛瞬间丧失了方向感。回到车上，家澍想静下来认真地思考一番，毕竟，这件事他无法回避。时间仿佛紧紧地追赶着家澍，家澍忙的时候时间的指针也快速移动，而家澍放下了电话，时间也一下子缓慢甚至停滞了。家澍一根接一根的抽着烟，空调的热风与烟混合，使车体里充满了被褥潮湿后的那股霉味儿。家澍突然想起，父亲曾经对他说过，他百年之后，不希望自己被火化了。当时，家澍觉得父亲的想法很不现实，绝大部分人已经接受了火化的方式，或者说火化已经成为社会的一种普遍认同，父亲为什么那样想家澍不知道，可家澍清楚，父亲一旦病故，如何处理就由不得他了。如果说那时候，父亲的话还比较虚幻，现在那句话在父亲将死的时刻复活了，变得很有分量。

家澍去康复中心的路上，王颖给他打了电话，王颖问家澍在什么地方。家澍告诉王颖去康复中心的路上，王颖说：“你快点过来呀，我出车祸了。”家澍问：“严重吗？”王颖说：“怎么不严重，追尾了，保险杠都掉了漆。”家澍很生气，他说：“我现在过不去，康复中心来了电话，老爷子可能不行了！”王颖嘟哝着说：“一到关键时候你就掉链子！”家澍加重了语气：“我没说清楚吗？医院来电话了！”王颖说：“医院来电话的时候多了，哪次不白折腾？”家澍说：“好了，你看着办吧，反正现在我过不去。”说完就把电话挂断了。家澍知道此刻王颖一定很神经地骂他，骂就骂吧，听不着就当没骂，家澍还生气呢，这头父亲病危，儿媳妇为碰车小题大做，车祸？了不起就是个肇事，家澍知道，凡是追尾那种磕磕碰碰，如果不想耽误时间，用不上二百块钱就可以“私了”。

王颖在汽修厂为受损的保险杠补漆时，家澍去了东关街医院，他去找120急救中心东关街分站的站长林贵强。王颖修车的地方离东关街医院不远，此刻，他们还不知彼此行踪，家澍知道王颖在生气，不过这个时候他顾及不到她。

林贵强不在分站的值班室，放下家澍的电话就接到一个通知，紧急出诊了。林贵强在急救车上给家澍打了电话，他说你等我二十分钟，我一会儿就回去。家澍只好下了楼，回到车里等林贵强。车里，家澍想给王颖打一个电话，问她车追尾的处理情况，可一想到王颖可能爆发的态度，他就打怵了，眼前急着要处理的事很多，就不招惹她了。

王颖的车新买还不到一个月，她心疼车是必然的，当初，家澍不赞成王颖买车，王颖刚有买车的想法时，家澍说：“你们单位离家这么近，你又是会计，也不跑业务，要车干什么？最重要的是，你开自己的车为人家打工不亏吗，挣那点工资都搭车上了。”王颖说：“不要你管，我买车又没花你的钱，我们单位连出纳都开车了，为什么我不能开车，再说了，眼看着我就老了，你总不能让我老眼昏花的时候再开车吧。”家澍嘟哝一句：“你的钱还不是我的。”听家澍这样说，王颖立即瞪圆了眼睛，她说：“姓王的你可别乱讲话，我的钱怎么成了你的？那都是我一点点攒的。”家澍说：“还不一样，从哪儿攒的，还不是从我这儿攒的？所不同的是，我没一次性给你，一个月一个月给你的罢了。”王颖说：“你每个月给的只是生活费，你以为维持这个家容易啊，哪儿不需要钱？”家澍说：“好好好，你不用跟我通报，你想做的事我什么时候阻止了？”事实也是如此，讨论归讨论，他和王颖有不同的观点时，最后都是王颖占了上风。看到王颖铁了心要买车时，家澍由发表不同看法改成了建设性意见，家澍说：“要买就买一辆二手车先开，俗话说‘一个新手一台车’，等熟练了再买新的。”王颖不同意，如果开一辆破车还不如不开呢，果然，家澍的话应验了，王颖开车不到一个星期就碰车，追尾事小，一年后，这辆流线漂亮的乳白色轿车一定会伤痕累累。最令家澍不舒服的是王颖买车以后家里发生的变化，在家澍看来，王颖惦记车的时间比惦记他的时间还多，车成了她的心病。在路边被一个淘气的孩子划了一条线，王颖十分哀伤，茶饭不思。家澍说："不至于吧，昨天我胳膊划了一道口子你一点反应都没有，车划了一下就那么难过。"王颖说："你划了活该，谁让你喝那么多酒？可我的车招谁惹谁了？无缘无故就被划了……"按他们的口头协议，家澍还得承担王颖的油费，偶尔拿钱晚了点，王颖就不高兴了，她说："每次你拿钱都那么不痛快，别人都知道你做生意有钱，他们却不知道你是个铁公鸡。"家澍笑着说："他们应该想到的，如果我的手头不紧一点，手指缝都漏油，我怎么会有钱啊？"王颖被噎住了，说："脸皮真厚！"

林贵强回来了，他说："电话里我没太听明白，你的意思是把你父亲送回老家？"家澍说："我也不瞒着你，老爷子病危了，可他不想火化想土葬，唯一的办法是趁他没咽气的时候送回老家，而送回老家只能用你们的急救车，这样没人敢管。……所以就得麻烦你了。"林贵强露出被烟熏黑的牙，他说："我明白了，可急救车出城复杂了一点儿，得请示我们中心的老大，还有一个就是风险，如果路上人死了……"家澍说："既是病危，随时都可能死的，现在我不担心死在路上，我担心的是死在城里。"林贵强点了点头，他说："我们是朋友嘛，我会帮你想办法，只是，要走也得晚上我下了班。"家澍想了想，他说："就这样吧，总得给你点时间联系。"林贵强说："是啊，说着递给家澍一根烟，自已也叼上一颗。"

家澍和林贵强站在车前一株冬眠的梧桐树下，街对面很热闹，有食品亭，书报兼卖鲜花的亭子，卖寿衣和祭奠用品的亭子，还有流动的商贩摊儿，使得街上散发着爆米花、植物孜然和羊肉烧焦了的味道，那些混合气体毫无分辨地飘向天空，宣示这里是人间。

通常，遗嘱和利益是联系在一起的，继承人往往在遗嘱里获得相应的好处，父亲一无所有，他的遗嘱不仅不会给家澍留下什么，相反，还要家澍进一步破费。事实上父亲没留下一句话，这个遗嘱是家澍附会上去的，不管他对父亲有多少孝心，这样做是不是真的就孝心，但这毕竟是为父亲做的最后一件事。

家澍和林贵强在一起计划着路上的费用，这里离家澍的老家一千多公里，除了给急救中心“创收”的固定费用之外，家澍还必须考虑额外的油费、高速公路过路费、食宿费以及不可预见的费用，这样一算，家澍又有些犹豫了。

林贵强说：“时间很紧了，我得马上安排这件事儿。”家澍本想说等我给老婆再商量一下，想是这样想，嘴上却说：“那就麻烦你了。”

林贵强诚恳地为朋友帮忙的样子令家澍觉得他是利益的获得者，使得家澍原本犹豫的选择更增加了难度。家澍当然不知道，林贵强以前也办过类似的事情，想出这样的主意是一说，可落实起来是需要银子做后盾的。林贵强绝对不会想到家澍还在犹豫，而且是因为花钱而犹豫。林贵强说：“你快去准备吧，我这就给老大打电话。”

家澍回家的路上还拿不定主意，他几次想给林贵强打电话，告诉他先停一停，可拿起电话又放下了。王颖来了电话，她大概修好了车，突然想起家澍说的事，她问：“怎么样？”家澍说：“这次真的不行了。”王颖似乎没觉得意外，她的口气反而轻松了，她说：“早晚有这一天，早走他少遭罪，咱们也解脱了。”王颖的话没错，如果出自外人的嘴里再自然不过，可出自王颖的嘴里听起来就别扭了。家澍没工夫跟王颖计较，把他联系急救中心，准备晚上动身，趁老爷子还没咽气把他送回老家的想法讲给了王颖，奇怪的是，王颖没表示反对，她只是嘱咐家澍先不要把爷爷去世的消息告诉在外地读大一的女儿，女儿人赶不回来还影响学习。

家澍这才意识到，护送父亲回老家已成定局。

护送父亲的急救车是晚上六点整启程的，启程前，家贞又来了电话，告诉家澍，她正坐在长途汽车上，已经上了高速，估计晚上 8 点就到了。家澍没想到家贞行动这么迅速，他本打算准备妥当之后，再把护送父亲回老家的事告诉家贞，如果家贞给父亲送葬，她可以直接坐车回老家，不用先折到他这里，走冤枉路了。既然家贞已经来了，他也没办法。家贞得知家澍根据父亲的遗嘱，要送病危的父亲回老家安葬，先是迟疑了一番，接着提出了疑问："遗嘱？什么时候留的遗嘱？爸不是昏迷4年了吗？"家澍说："他昏迷以前说过的，既然是昏迷以前说的，我们只好把它当遗嘱了。姐，你不要以为我愿意这样，冰天雪地的，1000多公里，我图什么？还不是为了了却老人最后的心愿。"

家贞不说话了。

家澍对王颖说："正好，姐晚上8点到，你们坐10点的快车，买两张卧铺，晚上还可以好好睡一觉，明天上午九点就到牡丹江了。我没办法休息了，我得跟车。"王颖问："你们什么时候到啊？""我听林贵强说，明天上午差不多也到牡丹江了。""跑一夜啊？司机能行吗？""派的司机是夜班司机。""可是，这是跑长途啊。"家澍摇了摇头，无奈地说："有什么办法，不是特殊情况吗。"

家贞的电话打乱了家澍的计划，而家明来的电话更出乎家澍的意外，急救车上高速公路之前，家明拨通了家澍的电话，家明告诉家澍，他一个小时后就上飞机，12个小时之后就可以到北京。家明出国已经10年了，这10年中，他只回来过两次，一次是为"身份"，为了尽快拿到"绿卡"，他回国办理假的厨师级别证书，另一次是为"生意"，他不甘心永远打工，也想当"老板"，在国外注册了一个"环球人才劳务"有限公司，为梦想出国定居和留学的人中介服务，头一次回国他达到了目的，第二次回国可就没那么顺利了，虽然经济上他没吃亏，收了亲戚朋友的一些"定金"，信誉上却出了问题，一个人没办出去，从此他也销声匿迹了。有一段时间，情感上家明从他的心里一点点消失，可嘴上，家明出现的频率却越来越高，他炫耀地同别人说，自己的弟弟在国外开了一家中国餐馆。后来，家明在他的嘴上也消失了，很长时间里，家澍似乎忘记自己还有个叫家明的弟弟。家明突然要回来了，家澍一点都没感觉到高兴，相反，他并不希望见到家明，他们已经陌生了，如果单单陌生还好，他们之间还有些说不清道不明的隔阂，家澍打怵去面对那些问题，也懒得花工夫去解决它们。

放下家明的电话，王颖又来了电话，王颖问："寿衣什么的都准备好了吗?"家澍这才知道自己把重要的事情忘了。他连忙跟林贵强说要去买寿衣，林贵强把他领到一家熟识的寿衣店，给父亲买了里外衣服各一套，鞋、帽子，在店主热情而神秘地参谋下，还买了去阴间用的打狗棍，用以含在嘴里的金元宝等等物什。在此之前，家澍对这些一无所知，没想到出殡有那么多讲究和规矩。

买寿衣不好讲价，不过林贵强还是十分帮忙，让店主给家澍打了七折，家澍原本也不知道价格，所以七折八折似乎没有分别。从寿衣店出来，家澍问林贵强："给死人穿的衣服，怎么还叫寿衣?"林贵强叼着烟说："我也说不明白，这属于民间文化吧。"

轻型急救车上了高速公路速度很快，保持在130脉以上。急救车虽然没鸣笛，车顶灯却一闪一闪地转着。遇到快车道上速度慢的车辆，林贵强就用麦克喊着："让开，0577，让开让开。"前面的车知道他们是急救车，就闪出一条路来。家澍知道，父亲已经没有急救的意义了，急救车不过是在行使它所具有的特权。

从城里出来，家澍一直坐在后车箱里，逼仄的空间里容了三个人，躺着的父亲，听随身听的护士小章以及沉思的他。父亲的脸被氧气罩扣着，只有仪表上还显示他心脏还在跳动，荧光很微弱，似有似无。家澍问小章："能坚持到明天下午吗?"小章没听清，摘下耳塞问："什么?"家澍重复了一遍，小章说："这个你应该问林大夫。"

王颖又来了电话，问家澍寿衣买好了没有，家澍说："已经买好了。"王颖说："一定要在老爷子咽气以前穿啊，按老家的风俗，如果在咽气以后穿，他就光着身子去阴间了，到时候鬼魂回来闹腾咱们，可别说我没提醒你。"家澍瞅了瞅平躺着的父亲，立刻觉得身子有些发冷。

天色朦胧时，他们已经到万家收费站。司机把车拐到万家"陆岛"服务区，那里是高速公路的休息站，排列着加油站、商店、旅馆和饭店。几个人下车后先是拥向公用厕所，到了小便池前，家澍才发现自己体内积存了大量的液体，林贵强和司家澍机小魏方便完了家澍刚进行了一半。在洗手池边洗手时，林贵强对家澍说："就在这儿吃晚饭吧。"家澍点了点头。

如果不是匆忙，他们应该在出城前吃晚饭的，城里饭店多，选择性大，价格也相对便宜。而高速公路服务区的饭店处于垄断地位，别无选择，不仅饭菜的口味很差，价格也十分昂贵。当然，家澍对饭店的选择上产生了错误判断，其实就整个路程来说，吃饭耽误的时间是一样的。

家澍拿着并不复杂的菜谱，掂量来掂量去，最后点了木耳炒鸡蛋、肉炒干豆腐、油炸花生米、土豆炖小鸡四个菜和一个酸辣汤，要了四大碗米饭。菜淡汤咸，米饭还夹着砂子，偶尔在牙齿间嘎巴作响。司机小魏护士小章显然对这顿饭不太满意，他们事先就知道家澍是老板，给老板出工，老板给他们吃这样的东西，他们心里很不平衡。小魏有气不好对林贵强和家澍使，就声音粗鲁地让服务员"解释"米饭里的沙子，服务员定力十足，不屑一顾的样子，根本漠视小魏的态度。小魏开始找茬儿，一会儿让服务员拿餐巾纸一会儿让服务员拿牙签。小章没说什么，不过，临走的时候，她自作主张地向服务员要了两瓶果汁饮料，拎着上车了。

家澍知道这样不行，自己花了冤枉钱还落得人家不满意，上车前他拉住林贵强，小声对他说："你看，我现在哪有心情安排伙食，吃不好了人家还不高兴，能不能这样，你跟他们俩商量一下，住店和吃饭承包怎么样？"林贵强想了想，到车的另一面和小魏、小章商量，商量了一番之后，林贵强过来对家澍说："这样吧，给单位七千，你再加一千五，吃饭住宿的事你就不用管了。"家澍想了想，虽然觉得不便宜，但碍于林贵强的面子，不好说什么，就应允了。

这时，小章从车上下来，对林贵强说，吴鹏举（指家澍的父亲）不太好。林贵强和家澍连忙来到急救车上。林贵强对父亲进行了紧急处置。家澍问怎么样，林贵强说："恐怕不行了。"家澍本能地觉得后背发冷，鼻子发酸，可眼泪还是没掉下来。家澍说："穿寿衣吧。"林贵强说："暂时不用，上了呼吸机，怎么也维持到地方了。""能行吗？"家澍问。林贵强说：

“你放心吧，就是心脏停止了，呼吸机也能维持两天。”父亲肯定是不行了，如果不是这样，家澍不可能送他回老家，只是，家澍心里还闪烁着若明若暗的期望，他在心里对父亲说：爸，坚持一下，明天就回家了。

车越往北走，天地之间显得越萧条，路边店曾经鲜红的幌穗儿也失了血般发白泛灰。林贵强和家澍换了位置，家澍本以为林贵强到后面是监视父亲病情变化的，不想，林贵强说，后面地方太小，咱们三个轮班，不然，这一夜难熬啊。

家澍坐在驾驶室里，为了解除小魏内心的不愉快，他还给了小魏一盒“中华烟”，小魏的心情果然好了起来，小魏说：“按着这个速度，天不亮就到牡丹江了。”家澍连忙恭维说：“我看出来了，你的车开得很好，起码有十几年的驾龄了。”小魏说：“20 多年了，在部队就开车。”家澍说：“我说的嘛，我本人也开了很多年车，所以还是可以看出来的。”小魏说现在急救中心的司机很多都是聘用的临时工，像他这样的“正式”司机在他们分站仅此一人。小魏强调“正式”，尽管家澍知道“正式”身份与驾驶技术没有必然联系，他所以谈这个话题，不过是讨好小魏而已，毕竟，他现在有求于人。

家澍说：“出门在外不容易，我本想安排好你们的伙食，可又不知道你们适应什么样的口味，所以，我跟林大夫商量了一下，采取包干的方式，把伙食补贴发给个人，自已想吃什么买什么。”小魏笑了笑，没说什么。

家澍公司的电话令他更加郁闷。原本计划的招标明天提前开标，这次招标是他们事先导演过的，尽管他不是这次招标活动的主角，可他是全副牌中的“惠儿”，全指着他配牌，也就是说，4 家“围标”公司都是他从中串联的，当主投标公司拿下项目之后，参与“围标”的公司都跟着分得相应的好处，当然，前期运作的费用有一部分是家澍垫付的。这应该是一笔风险很小的买卖，他不用参与工程，只要中标成功，他就可以获得丰厚的好处费。事情突然发生了变故，这是家澍没有预料到的。“不是十天后招标吗？怎么提前了？”家澍问。公司的人也说不太清楚。“这点事都弄不明白，养你们干什么？”家澍训斥道。公司的人一定觉得很委屈，经手这件事的家澍都没搞清楚，他们怎么会清楚？

家澍给负责招标的内部人士挂电话，电话打不通，他又给主投标的公司曹总挂电话，对方声音压抑地说，我们也刚接到通知，你还是赶快过来吧，我们一起研究对策。家澍满头冒汗，他把父亲突然病故，正在运送回老家的情况讲了。曹总也没表示出同情和安慰，只说：“操，这巧不巧，这次投标要有闪失，搭了精力不说，几十万就打水漂了。”

站在不同的角度考虑问题肯定是不一样的，现在濒死的不是曹总的父亲，所以他并没有处于家澍这样的情境，本来，家澍也为突然变故可能带来的损失着急，听曹总这样说，他也火了，说：“操，我爹都这样了你还讲钱……我不管了，爱他妈咋样咋样。”

放下电话，家澍半天没稳过神来。气归气，可平静下来，家澍的心里还是翻江倒海，浪涌一会儿左一会右，一会儿上一会儿下，折腾个不停。小魏瞅了瞅家澍，本想说点什么，想一想又缄默了。

家澍现在很为难，精心操作了一个多月的项目招标就“卡”在明天，新的变故本已令他们措手不及，关键时刻自己又不在现场，完全可能前功尽弃，所有的计划和努力都可能泡了汤。可问题是，自己能在这时候掉头回去吗？告诉已经上了火车的姐姐和老婆、在飞机上从国外返回的弟弟，自己由于生意的事不得不改变主意，或者告诉他们，父亲的遗嘱原本就不存在，这个重大的举动完全是自己一个人决定的。显然，现在掉头不太可能。如果不掉头，这个项目落标的损失很大，落了标，他失去朋友不说，自己也会损失15万左右的交际费和“活动”费，反之，如果克服了突变的因素招标成功，自己可以获得30万元的好处，这一前一后相差45万，为了把老爸的尸体送回老家安葬，自己损失了45万，一份孝心、姑且算做孝心吧，一份孝心值45万？想到这儿，家澍不自觉说了一句：“我的妈呀！”

当然，事情都处于变化之中，即使现在家澍放弃回老家，掉头返回，也不能说就没问题了，不到最后一刻谁也不敢保证招标一定成功。还有一个问题是，家澍已经和曹总翻了脸，这件事也为他返程增加了反向的色彩。

活的人总是有这样那样的问题，而死的人就不同了。父亲虽然没咽气，可他早在几年前就不再思考这个世界上的问题了。家澍向后面望了望，他甚至希望父亲能理解他复杂的心情，一个果断的决定产生了一系列的问题，往下，还不知道有什么难题等着他呢。坦率地说，家澍运送父亲回老家的想法有尽孝心的成分，这个孝心主要体现在——“总得为父亲做点什么”上。除了这个几乎可以说是外在的原因外，在家澍的内心里还朦胧着一层原因，做了多年的生意后，家澍很信风水，在老家那个七八十户人家的林场里，他家三个孩子全部走出了深山到了大城市到了国外，有人说他家祖坟的风水好。因此，花点钱冒点险为自己的未来寻求先祖护佑是十分值得的。更重要的是，女儿上大学那天，家澍突然意识到自己老了，自己的行为是儿女最好的表率，他下气力安置女儿的爷爷，怎么也有示范的作用啊。——只是接踵而来的问题是他无法预料的。

家澍闭上了眼睛，心想：走一步看一步吧。

夜幕缓缓地降下，遮盖了天空仅有的一点亮色。公路外点点灯火在车窗外罗盘般移动，灯火扑朔迷离，闪闪烁烁，如微风中孱弱的犬牙交错的蜡烛火苗。家澍在车体的起伏中看到了夏天，那个夏天似乎剪自童年的某一个片段，清澈的溪水、清脆的鸟啼以及刚刚断裂的阔叶草正冒着乳白色的浆儿，这时，父亲朦胧地走了过来……可惜，这个盈满绿色的浅梦很脆弱，一个常规的刹车就把它击碎了。

小魏见家澍睁开了眼睛，问他“困了吗?”家澍说：“没事，事多脑袋就乱，闭目养神。”小魏说：“你可别太早犯困，要知道，犯困是传染的。”家澍愣了一下，忙问小魏：“你白天没睡觉吗?”小魏摇了摇头。“林贵强说你是夜班司机。”小魏说：“夜班司机没错，可我也不知道要跑长途啊，在急救站值夜班没那么恐怖，一夜也就出四五趟车，没有特殊情况，下半夜照样可以睡觉。”小魏这样说，轮到家澍紧张了。

小魏没注意到家澍情绪的变化，他用征询的口气问家澍，放点声音行吗？没等家澍表态，小魏已经打开了 CD 的开关。瞬间，驾驶室里传来了阵阵笑声——播放的是一盘东北小品的光碟。家澍觉得小品制造的氛围与他的心情很不协调，他本想问问小魏有没有别的节目，想一想还是没说出口，无论怎样，从小魏的角度，他不会心情悲戚的。

问题还是来了，当滑稽的小品难以阻挡地灌进家澍的耳朵时，他不能不受到影响，那种感觉像有人用羽毛撩拨他的腋窝，处于悲伤氛围中的他笑不出来而不笑又难以忍受。这些还不算，车行驶在宽平的柏油路面上，他身后的隔板被什么撞击了一下，家澍本能地向后望了望，驾驶室与车厢连接的窗口却被遮挡着，什么也看不见。

家澍的心无规则地跳动着，他突然想起林贵强跟他讲过，林贵强和单位的两名护士有染。家澍莫名其妙地问沉浸在小品中的小魏：“你们分站有几个护士？”小魏没反应过来，“什么？”小魏扭着头问。“我问你们急救站有几个护士？”小魏说：“四个。”他认真地瞅了瞅家澍，不明白家澍为什么要问这个问题。

其实，家澍问的这个问题的确愚蠢，几个护士不重要，关键他并不能断定这个护士小章就是林贵强的那个——按林贵强的说法：现在是到处有鲜奶，谁还养奶牛？什么情人不情人，仅仅是“炮友”啦！——有的时候，不能确定更麻烦，让家澍产生这样那样无端的猜测。如果放在别的环境里，家澍对这类问题不会动脑筋的，林贵强以前跟他说过：“我这人没理想也不钻研业务，平生就好女人，这可能跟基因有关，形成我的时候基因排列出了点小问题，”林贵强说：“我这人不贪财却好色，脑子里除了女人没别的。”这样林贵强不会讲求环境和条件的，他完全可能在后车厢里干出点什么事来，而这正是家澍所无法接受的。也就是说，如果他们在病危的父亲面前行苟且之事，那也太荒唐太无耻了。

突然，家澍把小魏的 CD 按钮关闭了。小魏用不友好的目光瞅着家澍，不过很快，他似乎明白家澍的心情，摇了摇头，没说话。家澍并没有就此罢手，大声喊："停车！"

急救车停了下来，家澍快速跑下了车，拉开车门。

"怎么回事儿？"林贵强问。

家澍看到林贵强和小章的衣着都很完整，小章的头发并没想象的凌乱。

"什么事？"林贵强问。

家澍支吾着说："老爷子怎么样？"林贵强说："还那样，有什么情况我就告诉你了。"

林贵强见家澍依旧站在门口，神情不定的样子。问："还有别的事吗？"

家澍说："能不能让小章坐前面"。

林贵强说："我是医生，让谁坐前面，什么时候坐前面，我说了算。"

车到牡丹江是凌晨4点，四周一片寂静。家澍睁开眼睛，见到并不陌生的雪，雪已经结结实实地覆盖在这个城市的房顶、树冠和街道上，而新的雪也越下越大，大片大片鹅毛般的雪花跳跃着，围绕着车灯的光柱仿佛在肆无忌惮地嬉戏。小魏很少见过这么大的雪，他大张着嘴巴，不敢继续开车。

家澍下了车，迷迷茫茫的雪花遮住了他的视线，他伸了伸有些麻木有些僵直的胳膊，这时，小章和林贵强也下了车。小章欢呼雀跃着，兴奋得哇哇直叫。家澍问林贵强："老爷子不行了吧？"林贵强说："还没有。"家澍递给林贵强一根烟，他刚抽了一口，正好一片雪花落在烟头上，烟头"吱"了一声，家澍再放到嘴里抽时，烟已经熄灭了。

林贵强眯缝着眼睛，忧郁地问家澍，这里离你老家还有多远？家澍说还有一百四十公里。林贵强吐了一口烟说："这天恐怕麻烦了……"家澍也知道问题的严重性，急救车小巧，机动性能强，可轮胎太窄了。过了牡丹江，大部分是山路了，这样的车在雪天或者雪天之后根本不灵，车打滑抛锚事小，如果滑到山涧里，后果不堪设想。

家澍说："我知道，我想办法换车，你们直接返回去吧。"林贵强说："我现在犯愁的就是怎么返回去，雪这么大，公路还不封上了？"家澍说："这点雪在北方算不了什么，再说，高速公路是不可能封的，天一放晴，除雪车就会出动了，你放心吧。"林贵强说："但愿雪早点停吧。"

早上7点雪果然停了，北方的雪跟北方人的脾气似的，来得急走得也急，太阳出来了，城市里的景物都十分光亮耀眼。此刻，家澍在火车站前的丽江宾馆门口见到了从火车上下来的家贞和王颖。家贞立即扑到急救车里，放声大哭起来，家澍悄悄把车门关上，同时四下张望了一番。7点钟，路上已经有了很多行人，有打扫雪的，也有用旧汽油桶生火炸油条的。

在家澍的记忆里，家贞跟父亲的关系并不好，她有差不多五六年不跟父亲说话，结婚也没跟家里讲，直到多年以后，家澍和家明才见到高大、慢性子、一口山东话的姐夫。家贞年轻的时候漂亮得如森林里的芍药，整个林场的姑娘没有敢跟家贞比的，她的手还巧，没有任何人教她，几乎天生就会描啊绣的，家贞绣的最多的是鸟儿，那种类似麻雀形状的鸟儿却长了一身锦缎般的羽毛，美丽无比。那鸟也许是不存在的，它只存在于家贞的世界里。家贞没绣过鸳鸯，在父亲严厉的家教下，家贞是不敢绣鸳鸯的。家澍还清晰地记得，父亲的鞭子就挂在门旁的墙上，墙面是报纸糊的，由于鞭子被频繁取下挂上，鞭子旁的报纸已经有了油黑的痕迹。家澍和家明没少挨鞭子，平时大气儿都不敢出的家贞也没少挨鞭子。家澍还记得那个闷热的夏天，因为和父亲顶了一句嘴，家贞被父亲狠狠地抽了两鞭子。那年家贞16岁，已经发育成丰满的大姑娘了。邻居都知道父亲家教严，可还是看不下眼，邻居劝父亲："孩子都成大姑娘了，不能那样管了。"父亲咬牙切齿地说："我生得出就管得起，打死她我偿命。"

也许在那个时候，家贞的心就已经飞走了。在绿荫斑驳的三道沟采猪菜，家澍看到姐姐站在崖头上久久地望着天空，天空是不断变换的云彩。家贞两只胳膊像鸟的翅膀一样扇动着，时快时慢，那时她一定觉得自己变成了一只鸟儿，一会儿快速起飞，一会儿缓慢滑翔。家澍也跟着挥动着胳膊，可惜他什么也体会不出来。家澍刚上小学，家贞穿着不带领章的绿军装回来了。她告诉父亲，她已经当兵了。家贞当兵没征求父亲的意见，父亲的脸瞬间酱红，他起身去拿墙上的鞭子，蹬急了点儿，脚在炕沿上踏空，摔在地上。父亲爬起来，才知道腰摔伤了。家贞一声不吭，把崭新的军装脱了下来，她说，你打吧，只要不把我打死，我就是中国人民解放军了。父亲爬了几次，没爬起来。

在那个年月，当兵是非常难的，林场里谁家的孩子当了兵算是祖坟冒青烟了。父亲恼火的不是家贞当兵，而是她当兵没经过他的容许。

家贞当兵走了，姐姐当兵期间一次都没回来，只是寄回穿军装的照片和立功喜报。家贞当兵的时候家澍还小，他没去过姐姐的部队，他知道家贞在铁道兵的通讯连工作。姐姐一直到了28岁才结婚，嫁给在部队搞后勤的姐夫。……家澍到山下林业局上中学，才听到关于家贞的一些传言。家贞是学校里最漂亮的女生，外号“粉苹果”，为了当兵，她让招兵的疙瘩脸给睡了，在就林业局破旧的招待所里，据说流了很多血，收拾房间的服务员都吓了一跳。家澍宁愿相信这是个谣传，他从没想去证实过，家贞也从未讲过当兵的过程，也许，这是一个永远也解不开的谜。事实上，当兵之后的家贞并没有彻底改变命运，铁道兵“铁姑娘连”的生活让她付出了巨大的代价。家贞转业时不到40岁，艰苦而高强度的生活几乎拖垮了她整个身子。

不管怎样，家贞与父亲的矛盾是明确的，父亲有病4年，她只来看过3次，不过，她每隔几个月还是会寄钱来，在面子上维持一个女儿的责任。

在丽江饭店一楼的餐厅里，家贞斜歪在椅子上，脸无血色，整个人几乎虚脱了。王颖的胃口倒不错，吃了两碗小米粥，还吃了3个韭菜盒子。王颖一边吃一边说，越是这时候越要使劲儿吃，不然，哪有体力呀。家澍也没心思吃饭，他正想办法联系进山的汽车，给在牡丹江的两个熟人打电话，一个电话停机，一个人在外地。家澍自言自语道：“真他妈晦气，倒霉事儿都聚到一块儿了。”

家澍在餐厅外焦急地转来转去，林贵强过来了，他说看这天气，今天得住这个鬼地方了。家澍说雪已经晴了。林贵强说晴有什么用，急救车飘轻飘轻的，一上路就打滑，在城市里跑还行，大不了磕磕碰碰，可跑山路就麻烦了，特别是咱们来时路过的那个什么老虎岭，滑到山涧里，可就车毁人亡了。家澍叹了口气，小声说：我也没想到会这样，真对不住老兄。林贵强长吁一口气，说，有什么办法，点儿赶的不好，刚才小章还拿话敲打我，让我带她去商场买棉衣服，不然冻感冒了就找我算账。家澍点了点头，他说："要不这样，我再给你加一千块钱，这次走得匆忙，没想到会遇到这么多事，所以带的钱不多，你老兄跟他俩商量商量，克服一下。"林贵强说："只能这样了，谁让咱们是朋友呢。"家澍说："是啊，你们多担待，等事情处理完了，回头我请你们坐坐。"

家澍找王颖要钱，王颖问："你没带钱吗？"家澍说带的钱都花了，等银行开门了他再提款，他卡上有钱。王颖不情愿的样子，从皮包里拿出一千元钱。

"回头我给你。"家澍说。

家澍在门口碰到司机小魏，他把钱递给小魏，把向林贵强解释的话又重复给了小魏，并让小魏把钱转给林贵强。小魏说："你还是亲手交给他吧。"

家明打来了电话，他说他和太太在首都国际机场，马上就要登飞机了，两个小时后就可以到牡丹江。家澍把他们困在牡丹江的事对家明讲了，说如果一时半时联系不上进山的车，他们就在牡丹江会合。王颖在家澍身边，问："是家明吗？告诉他们多穿点衣服。"家澍放下电话，王颖说："你怎么不对家明说？"家澍说："现在说有什么用，他们能在北京机场买衣服啊，我已经告诉他牡丹江下大雪了，有脑子他就知道该怎么做。"王颖瞪了家澍一眼，那意思是说，我先不理你，等事情过了我再跟你算账。

王颖问家澍车联系得怎么样了，家澍气呼呼地说："怎么样啦？不怎么样！真他妈邪门，找你喝酒的时候，一个比一个勤快，可真有事找他们，人影都没有了。"这时，家贞睁开了眼睛，家贞声音虚弱地说："我试试吧。"

家澍和王颖都没想到，家贞的一个电话很起作用，没多久，一个身材高大的北方人就携风带雪地进来了。“指导员!”家贞说。“指导员”很正式地跟家贞握手，热情地说：“小贞，什么时候到的？怎么不提前打个招呼，好去车站接你呀。”家贞简单地向“指导员”说明了情况，介绍了家澍和王颖。家澍这才知道，指导员叫张大力，是家贞的战友和曾经的领导，在木材加工厂当保卫科长。张大力宽肩大脸，浓眉大眼，喉结突出，声音浑厚，尽管50多了，鬓角有些花白，仍透露出一股英武之气。家澍看看张大力，再看看家贞，他想，他们年轻时一个英俊一个美丽，他们之间发生过什么事吗？如果发生了，为什么家贞没嫁给他，而在以往的岁月里，家澍从没听家贞提过张大力的名字，如果这也是个谜的话，这个谜原本就跟家澍无关。

张大力说：“这个时间进山，大卡车最能使上劲儿，可送病危的老人怎么能用大卡车呢？你们别急，我想办法找个大客车，这样，就都解决了。”“大客车行吗?”王颖问。张大力说：“没问题，北方的司机不怕雪，不是特殊情况，交通是不能中断的。”说完，张大力摆了摆手，说：“你们等着，我现在就去办。”说完，雷厉风行地走了。

家澍望着张大力的背影，对家贞说：“你的指导员真够意思!”这句话似乎勾起了家贞尘封久远的回忆，她用手捂住嘴摇了摇头，难过得不想说话。

套了一件廉价羽绒服的小章进来了，她对家澍说：“吴鹏举不行了。”家澍立即奔向门外，随即，王颖也搀扶着家贞向外走。饭店的服务员拦住王颖，让王颖结账，王颖急了，脸色难看地说：“那头死人了，你还追账。”服务员望着王颖不知该说什么，王颖说我一会儿还回来，那几个钱瞎不了你。

深绿色玉石般的显示屏上，发亮线基本是直的，父亲已经停止了心跳。家贞扑在父亲的腿上，身子一起一伏，像要抽搐，家澍也慌乱了手脚。王颖却一幅大将风度，她说：“还愣着干啥？趁爹身子还没硬，抓紧给他穿衣服啊!”

这话提醒了家澍和家贞，他们连忙把寿衣抖落开，开始给父亲穿衣服。家贞一边给父亲穿衣服一边哭，泪水雨点般地落下。王颖连忙扯起家贞的衣襟接着滴下的泪珠儿。王颖说："千万别把泪水滴到死人身上，不吉利啊。"家澍不满地瞅了王颖一眼，"死人"这个词显得格外刺耳。

家贞安静了一些，她小心细致地给父亲整理新衣服，检查系过的扣子，平整衣领和袖口，连衣服上的褶皱也不放过，拉伸抚平。父亲在病床上躺了4年，原来高大的身躯骨瘦如柴，此刻，他像一个熟睡的流浪儿，安静地入眠。

家澍不知道家贞在想什么，不过，家澍还是可以感觉到，家贞十分悲痛，而且对灵魂已经升空的父亲依依不舍。家明将手轻轻搭在姐姐肩上，姐姐立刻将头埋在家明的肩膀里，嘤嘤地哭了起来。

张大力回来了，他找来一辆大客车，还带着一个穿皮夹克的表弟。他表弟农忙季节在俄罗斯种菜，冬天回国。张大力说："现在需要人手，我表弟没什么事儿，就过来帮忙了。"在张大力的指挥下，大家把吴鹏举抬到大客车上，随行的人也都上了车。家澍一脚站在地上一脚踏着车门，他对林贵强说："跟小魏和小章说一声，不管怎样，我还是很感谢你们。"林贵强说："没事没事，等你回来咱们电话联系。"

告别了林贵强，大客车就向穆陵林业局方向驶去。

车开得很缓慢，雪晴之后就起风，风把新雪刮起来，一绺一绺地迷漫着，车里听不到外面的风声，整个车厢里都是笨重的马达轰鸣，还伴有柴油和来苏水混合的气味儿。由于车里多人的呼吸，车窗一点点上了霜，外面的景物也模糊起来。仿佛车厢里是另一个世界。

家贞曲卷在父亲身边的椅子上，一直闭着眼睛。家澍注意到，张大力时不时望上家贞一眼，张大力的望是有内容的，他大概有很多话要问家贞要跟家贞讲，碍于那样的环境，他也沉默着。这时，家澍的电话凌厉地响了起来。

家明已经下了飞机，他大声问家澍在哪儿？家澍说他们已经过了铁岭河，一会儿就到磨刀石了。家澍让家明坐火车去穆陵，他们到穆陵再会合。家澍放下电话，王颖嘟哝着："不是说飞机两个小时吗，3 个小时也不止啊，如果早点联系，不就一起走了吗?"

家澍隐约地觉得，家明一直在他身外，像一个影子一般，跟随在他身后，说真实不够真实，不真实又确实存在。难道这个世界真有命运在捉弄人吗？……同家贞一样，家澍几乎也是逃离家门的，当时他想，逃得离家越远越好。那些年家澍的足迹遍布了天南海北，他也吃了不少苦头，给人家打杂、拎包、看场子、送货，在商场的江湖里闯荡了 10 年，磨炼了本领，也开了自己的公司。期市在中国刚刚兴起时，家澍拿着 10 万元的本钱只身杀入期货市场，凭借自己的小聪明，居然在半年的时间里赚到了 200 万。财富来得太快，家澍自己都发懵了，他简单地计算了一下，不要说 200 万，就是 20 万，父亲辛辛苦苦一辈子也挣不来啊。发财了，家澍的大脑也热了起来，他住高级酒店，吃大餐，以致他有了失重晕眩感，没喝酒也是醉酒的样子。可惜，那样的运气并不持续，那个冬天，持续走牛的期货市场突然掉头向下，家澍一天的损失就是几十万元，他不忍心割肉，还抱着希望，指数越下滑家澍越补仓，一个星期后，家澍的户头暴仓了，也就是，一个星期以前，家澍还是百万富翁，七天后他已经是彻头彻尾的穷光蛋了。家澍栽了个大跟头，一年后才爬了起来，从那以后，他的目光里有内容了、丰富了，神情也老练凝重了许多。随着年龄增长，家澍更加稳健，尤其是和王颖结婚以后，他做事情时居然有了"敬业"的意思，这样，他的公司又有了新的起色。家澍的生意不断向上攀升时，家明那头却有问题了。家明是他家的最大受益者，他接了父亲的班，成了国家正式职工，按老观念，家明的地位应该是最稳定的。不想，那些年掠夺性采伐，木材开采过量，森林资源枯竭，家明和林场很多工人一样没活干，停发了工资赋闲在家。家明熬不住了，到城里来找家澍，让家澍在公司里给他安排个活儿。

家澍不喜欢家明，从小就不喜欢，他也说不出为什么。也许两人先天犯克，一到一起就别扭，还有一个未被证实的原因，家澍觉得母亲的死跟家明有关系。母亲生家明已经是第5个孩子了，家明上面应该还有两个姐姐，可惜那两个姐姐都短命，一个是8个月的时候死的，另一个是3岁离开的。家澍还依稀地记得，父亲让他陪着去埋第二个妹妹的情景，那是土豆花开的季节，灰蓝或者紫色的碎花有些闹心，很快就黄昏了，天空中飞舞着密密麻麻的蜻蜓。父亲拎着印有哈尔滨防洪纪念塔的帆布旅行包，家澍扛着铁锹跟在后面。到了山根儿，父亲手握成筒状，啐口吐沫，吭吭地挖了起来。坑挖出来了，父亲打开旅行包，将旅行包翻扣过来，一团裹着红布的肉体就落到坑里。接着，父亲将挖出的土再填回去，填完后还用锹在上面拍了拍。这一过程中，父亲的面孔是平静的，而家澍却被一种忧伤和恐惧的气氛压得透不过气起来。事毕，父亲坐在小土堆旁卷了一根旱烟，一口一口抽着。家澍胆怯地用眼角观察着父亲，他不明白父亲为什么那么麻木，脸上一点表情都没有。母亲从家澍嘴里知道，埋妹妹的土坑挖得很浅，她不放心，怎奈疾病缠身，不能下炕，等母亲能下地走动时，她也让家澍扛着铁锹，跟随在她身后，去给妹妹填土。他们到了山根一看，那个土推被扒开了，红布被撕成了丝儿，一条条的。母亲知道妹妹的尸体被野兽祸害了，她呼天抢地地哭了起来。

家明是在那件事发生两年后的冬天出生的。那是隆冬季节，早晨母亲还在家喂猪，肚子突然痛了起来，她坚持不住，就坐在猪圈边。林场的卫生员给母亲做了处置，因为流血过多，她也慌了手脚，让父亲找车送山下医院。没有担架他们就用两根榆木绑上门板，将母亲抬到解放牌大板车上。林场离山下林业局中心医院30多公里，汽车在山路行驶一般要一个半小时，大板车是敞篷的，车开起来寒风凛冽，锥心刺骨，即使母亲身上盖了三层棉被也会被冻透。万幸的是，早产的家明和母亲都保住了性命。性命虽然保住了，母亲的身体却彻底垮了，回到林场，母亲剩下的日子基本是在炕上和院子里度过的，半年就告别了人世。

把母亲病逝的直接责任加在家明头上，显然不够公平，不过，他心里还是徘徊着驱赶不散的阴云，当一副民工打扮的家明出现在家澍城里的公司时，家澍觉得十分头痛，不管吧，家明毕竟是自己的亲弟弟，管吧，心里还真别扭。三天后，家澍把家明安排在公司所属的仓库。家明不管钱也不管物，属于闲杂人等，按他自己的话说是“吃溜达”——整天溜溜达达挣工资。那段时间家澍做木材生意，仓库院子里堆着板材、板皮和地板块儿，家明背着手上午在院子里转一圈，下午转一圈儿，算是完成了任务。仓库里的人并不了解情况，他们只知道家明是老板家澍的亲弟弟，所以对家明保持一份警惕、一份敬重，家明的话他们也是服从的，麻烦正好出在这里。

家明原本是个胆小怕事、少言寡语的人，可喝点酒他就变成了另外一个人，眼睛放光、嗓门豁亮，什么大话都敢说，什么事都敢做。没多久，一些客户就掌握了家明的弱点。到了中午就请家明吃饭，一盅白酒下肚，家明就像神附体的大仙，大嗓门说：“有啥事就说，哥们给你办。”对方让家明放货时照顾一些，家明满口答应。下午，家明带着客户进了院子，让客户拉板材，管库的要检尺，家明说：“不用了，我从小长在林区，我的眼睛就是尺。”他背着手转了一圈，指着一堆板材说：“六方！”管库的拉着他的衣襟小声说：“哪止六平方，差不多有九平方。”家明说：“我说多少就多少，你该干啥干啥去，不知道他是我朋友吗？”管库的眼睁睁看着板材被拉走，他搞不清那个客户是家明的朋友还是老板家澍的朋友，再说，得罪老板的弟弟总不是好事，所以就多一事不如少一事。酒醒了，家明的肠子都悔青了，仓库里的木材不是林场的木材，那是哥哥家澍的私人财产，他吃里爬外，太对不起家澍了。下次，客户找家明喝酒，家明死活也不喝，客户说：“不喝就不喝吧，吃饭总可以吧。”拉起家明进了饭店，吃饭过程中，客户说：“一点儿酒没有也没意思啊，不行就来点啤的吧。”家明觉得过意不去，就喝了点啤酒。两杯啤酒下去，客户又说：“啤酒跟水差不多，喝点儿白的吧，不多，就一盅！”三劝两劝，家明喝了一盅白酒，没多久，家明的嗓门大了，他说：“操，朋友就应该够意思”——那个错误又重复了。

纸终究包不住火，可惜，家澍知道的太晚了，很多客户都知道精明的家澍有一个沾酒就燃烧的弟弟，而家澍还蒙在鼓里。家明知道对不起哥哥，家澍还没找他时，他已经跑了，用客户给他的好处费联系了出国劳务公司，一竿子跑到了南美。家明走后，家澍亲自去清理仓库，发现损失了几十万。家澍发誓，抓到家明，要把他的一个手指头剁下来。

家明在南美混了几年，又移居到了寒冷的北美，那年圣诞节前，他给家澍寄了5千美元，还附了一封信，家明除了对自己的错误进行检讨之外，还说自己从那以后再也不喝白酒，承诺挣了大钱会弥补家澍的损失。家澍看到家明歪歪扭扭的字，心里很难受，他想，亏得当时家明逃跑了，不然，自己一时冲动剁了家明的手指头，那个错误就永远无法挽回了。

家明只寄过一次钱，从此之后就没再提那件事。

大客车过了下城子，很快就要到穆陵了。穆陵，家澍太熟悉了，他在林业局的中学上过学，家贞也上过学，那里曾留下他们青春的印记。家澍的心情复杂起来，他用眼角扫了家贞一眼，家贞仍闭着眼睛，一滴清澈的泪珠在眼角上挂着，随着车身的晃动，那滴泪珠也晃动着，只是不落下来。

家澍低头看看父亲，他什么也看不到，父亲被白色的单子覆盖着，家澍在心里默默地叨念：爸，快到家了。

穆陵是父亲的家吗？家澍知道，父亲的老家在山东，至今他户口簿的籍贯上都写着父亲老家的地名。父亲是上个世纪50年代末到林区的，那时正是林业大开发的时候，火车站红旗招展，招收林业工人，父亲肩背打着井字的行李卷儿排着队进了山，这一进就是几十年。家明离开的第三年，家澍回到了林场，他已经七八年没见父亲了，过年过节给父亲寄的钱父亲也没退回，可他还是不敢见父亲，他逃离林区后，父亲公开宣布他们断绝父子关系，他不知道如何去面对父亲。

八月的林区，树木葱茏，满眼都是大绿。林场仍旧是老样子，一排排的红砖房，一个个方方正正院子，每家的大门口都高耸一根细长的落叶松杆儿，那个松木杆是挂天线用的，正月期间就挂上了红灯笼。家澍来到自己家门前，看到有些破旧的房子，院子里有些萧条，没有了当年鸡鸭猪的活动和声响，也缺少生命的气息。家澍有些辛酸。家澍迟疑着，拍了拍大门，没有回应。家澍喊了一声，有人吗？还是没有回应。大门没上锁，家澍进了院子，里面的房门也没锁，家澍的心怦怦直跳，家澍一闭眼睛，拉开房门，……屋里是空的。

家澍在后山的黄豆地里找到父亲，父亲戴着破了边沿的草帽，穿着厚厚的发了白的劳动布工装，在烈日下铲地。父亲也看到了家澍，他愣愣地站在地里，背明显驮了。家澍没说话，父亲也没说话，过了一会儿，父亲继续铲地。那次回去，父亲并没有难为家澍，晚上，他们还在一起喝了酒。

家澍在家里住了5天，给母亲的坟立了一个石碑，帮父亲干农活，他的脸很快就被太阳晒花了，有的地方脱皮有的地方没脱皮，像白癜风一样。家澍觉得人生有时候非常滑稽，当年父亲从老家一个农民身份变成了东北林区一名工人，可当树木采伐完了，他们又开荒种地成了有工人名义的“农民”，他日出而耕，日落而息，过上了地道的农民生活，在生活中转了一大圈儿。

那次回去，尽管家澍没解决和父亲之间的问题，可他们毕竟面对了，他也尝试请父亲去城里，“你什么都不用干，养老就行，如果在我家住闷了，还可以去我大姐家。”父亲想了想，没同意。一直到5年前，父亲生病了，他才回林场把父亲接到城里，父亲到了城里并不快乐，他很少说话，也很少出门，半年后就瘫痪了。

送灵车上，家澍又想到这个问题，父亲人在城市，可他的户口还在林场，他应该是林场的人，送他回来应该是有理由的，那么自己是哪的人呢？

车到了穆陵，雪又纷纷扬扬下起来。

家明坐火车已经提前到了穆陵，他给家澍打电话，告诉家澍他和太太在穆陵宾馆大堂里等他们。大客车到了穆陵宾馆的院子里，司机对张大力说：“看这天气，大客车进不了山了。”张大力瞅了瞅家贞，又瞅了瞅家澍。张大力说：“山上的路况我不熟悉，不知道这几年公路维护得怎么样?”司机说:“我以前跑过,如果不用运材车根本上不了山,就是用运材车,轮胎也得绑防滑链子,不然,大家都得完蛋。”家澍对山上的路还有记忆,穆陵林业局到林场全是山路,有几处坡很陡,转弯的地方还很险。王颖抱怨开了,她说:“怎么赶上这么个倒霉天呀!”

张大力十分镇静,摆了摆手说:“你们别急,我去找一个战友,让他想办法。”说着将胳膊抬到眼睛跟前,说:“已经一点多了,咱们先在这儿吃中午饭,怎么也得吃过午饭再走了。”

家澍和王颖搀扶着家贞下车。“哥!大姐!”家澍的视线穿过迷蒙的雪花,看见了宾馆门口站着的家明。

家澍姐弟三人算是团聚了,只是,这次团聚的气氛并不好,吃饭的时候,大家心情沉重,谁都不说话,只听到筷子碰撞盘子的声音。那个餐厅里环境很差,气温低,一张嘴都能哈出雾气,卫生条件也差,桌子上浮灰,脚下发黏,家明的太太是南方人,她显得十分挑剔,在桌子上有椅子上擦来擦去,用白醋洗杯洗碗洗碟子。在家明的动员下,他太太才勉强吃一点东西,她用的是自己事先备好的刀叉,包在一个透明的塑料袋里。王颖也忍不住了,她高声叫服务员:“能不能先把汤上来,你们这儿怎么连点儿热乎气都没有,真是的,菜也是凉的!”家澍不满地瞅了瞅王颖,到了嘴边的话又咽了回去。

吃过饭他们就在餐厅里等车。张大力已经联系了运材车,原本说两点到,现在已经两点半了。家澍有些焦急,他站在门口,透过擦掉霜花的门玻璃张望着,王颖走到家澍跟前,她小声说:“你看老二媳妇那德行,还带着刀子和叉子,他们出国才几年啊?怎么,这么快就不会使筷子啦。”家澍说:“这时候你还有心情说这个?”王颖说:“怎么了,我说的不是事实吗?”家澍说:“好好好,算我求你,我爸入土之前,你别找事行不行!”王颖的脸立刻阴了,她说:“你少上纲上线,我说的跟你爸入土有啥关系?”

餐厅里,家明跟太太坐在一起,他不停跟太太说着什么,态度十分谦恭。另一角落里，家贞和张大力在一起，他们小声耳语着，家澍看到，家贞在不停地抹眼泪儿，张大力很紧张的样子，他伸出胳膊，快速地将空杯子里放置的餐巾纸拿出。他将餐巾纸递给家贞时，家贞已经在自己的包里拿出纸巾擦着眼睛。

张大力的表弟披着雪花进来了，问家澍："我哥呢？"家澍向餐厅里指了一下。表弟刚要往里走，被家澍拉住了。家澍不想让张大力的表弟在这个节骨眼上冲过去，起码让家贞把眼泪擦干净。表弟瞅着家澍拉他的手，又瞅了瞅家澍，家澍说稍等一会儿。表弟说："还等啥呀，客车司机跟我不高兴了，急着回牡丹江。"家澍说："司机不是张科长的朋友吗？"表弟说："啥朋友啊，他今早雇的，人家说路不好走，还让我加钱呢。"家澍愣住了。表弟说："我表哥这人就是好面子，他现在也不是什么科长了，前年就内退了，他现在是打肿脸充胖子。"家澍明白了，他说："没关系，钱我付。"表弟说："不能让你付，如果表哥知道你付钱，他肯定发脾气，算了，你就给他保全个虚荣的面子吧。"

进山的车是运材车，好在后面还有一个大箱板，除了父亲之外，上面还可以坐人。在迷茫的雪天，除了带防滑链子的运材车，越野吉普都上不去，而驾驶室最多只能坐两个人，这样，家澍他们只好坐在车外面，迎接严寒的考验了。家澍想让家贞、王颖和家明太太在穆陵宾馆休息，等雪停路况改善之后坐吉普车上山，王颖反对，她一副大义凛然的样子，说这正是考验人的关键时刻，她是不会退缩的。家贞说她是大女儿，她更没有理由了。家澍瞅着家明太太，对家明说："驾驶楼除了司机只能挤两个，我们中间却有三位女眷。要不你和弟妹留下吧，明后天上去也不迟。"家明看了看大家，有些激动的样子，他说："我都不远万里回来了，还差三十几英里吗？"从距离上说，三十几公里（而不是家明说的英里）的确不算远，可有些事并不是距离所决定的，他们上了车之后才知道面临着多么巨大的考验。

尽管家澍他们上车前已经做了准备，可严寒很快就把他们的意志催垮了。家贞和王颖她们三人还可以换一换，几个男人只能缩聚在一起，身上披着毛毡子。车在行驶中，寒风呼啸，没多久，他们就手脚麻木，不听从大脑的指挥了。这次送父亲回林场，家澍觉得目的清晰而又朦胧，在急救中心门口他曾犹豫过，在计算支出时也打过退堂鼓，可这件事还是一步一步向前发展着，似乎冥冥之中有一股推动力量，促使他不得不往前走，那股力量是什么？是父亲给他们留下的最后一次考验吗？父亲真的有在天之灵吗？那个漂浮的灵魂在左右家澍的大脑？家澍又想起了母亲，母亲生家明时是不是也遇到了这样的鬼天气？母亲也在考验着三个孩子，告诉他们人生多么艰辛多么凶险？不管怎么说家澍对进山的困难还是缺乏估计的，他担心一家人在路上会出问题。然而，更令他没想到的是，车到牯牛岭就过不去了。

牯牛岭是一段盘山路，他们前面，一辆运材车翻扣在路边，直径一米多的原木横七竖八地躺在公路上，拦住了进山的路。家澍、家明、张大力他们都下了车，活动着身子，用雪擦拭冻得失去知觉的部位。长在山里的家澍知道，耳朵和鼻子最容易冻坏了，严重的会冻掉，轻的也会留下后遗症，林场里有不少红鼻头的老人，那种颜色终身不退。家澍给王颖擦脸，王颖不让，家澍就强行突破，把王颖擦出了眼泪。

张大力到前面考察一圈，回来对家澍说："情况很糟糕，林业局派不出吊车，路一时半会儿通不了。"家明急了，他说："咱们不能掉头回去吗？"家澍看了看狭窄的公路，看看几十米深的山沟，他说："回是回不去了。"王颖说："用不了多久天就黑了，如果在这里过夜，咱们还不冻死啊？"家澍不说话，他知道现在说什么也没用，这一带前不着村后不着店，走是走不出去的。

家澍这边焦急的时候，同样被事故车堵住，与家澍他们相向的一辆车上的人也很焦急，他们跑过来商量，要集中力量排除故障。家澍有些怀疑，对方说："现在咱们人手多了，能把拦在路上的障碍物清理掉。"张大力立即响应，他还跑去勘查现场，提出了一个方案。集中人力先把木头推到山下，然后把车移开。张大力的方案有一定的可行性，他们集中起来，用了四十几分钟的时间，就把横在路上的四根原木推出路面，可对付横躺下的汽车就不行了，即使再增加一半的人力，恐怕也不能把搁浅的重型卡车移开。

就在大家犯愁时，家明却想出一个办法，用钢丝绳牵引上事故车，将绳索绕过一根大树，然后再栓到汽车上，用滑轮的原理配合机动车的拉力将事故车拉离路面。这个办法果然有效，随着“咔咔”的拉拽声，歪斜的大卡车一点点移动着，“呼嗵”一声，滚下了路面，撞在几株高大的柏树上，那几株柏树摇晃着，树冠的积雪纷纷飘落，遮天蔽日，飘落了许久……

送灵车到林场时，天已经黑透了。林场主任段迷糊早就恭候在那里。家澍一下车，他就对家澍说：“盼星星盼月亮，总算把你们给盼来了。快、快进屋，接到你的电话我就让人把炕烧上了，烧了四五个小时了，绝对暖和。”家澍说：“全都冻透了，不能马上进屋，不然非落毛病不可。”段迷糊说：“没事，一会儿我让人烧些艾蒿水，泡一泡，保准不会落病。”

段迷糊为家澍准备了不少野味，有野猪肉、狍子肉和飞龙汤。那些野生动物是受保护的，可在深山老林里，很多规定和戒条都容易被淡忘和忽略了。为了打破沉闷的气氛，段迷糊说：“按咱这儿风俗，红白喜事都要办酒席，大爷已经76岁了，应该算是喜丧。另一方面，你离开家这么多年，回来也算衣锦还乡，理应接风洗尘……要说，咱林场里，最出息的就是你们吴家姐弟几个了。”老同学段迷糊很热情，可家澍还是无法被他的热情所感染。

说来也怪，家澍他们到了林场之后，天空晴朗起来，夜色里白皑皑的山，清澈的空气，湛蓝的天幕上布满了星星。家澍想，很多事都不是事先能预料的，这一路的困难和考验都是他多年没遇到的，更让他没想到的是，他忽略了一个最起码的常识：老家的土是冻着的。这一点他在出发时一点都没想到，而到了目的地才真的明白。

北方的冬天起码有一米深的冻土层，这个季节给父亲下葬，必须融化土层，不然无法挖出墓穴，晚上，家澍把家人召集到一起，研究给父亲下葬的方案。他们商定，明天上午去母亲的墓地，在母亲墓地的旁边选好位置，然后用火烧，把下面的泥土融化。要融化冻土层并不容易，起码要烧一天一夜，可这是唯一的办法。

融化冻土的薪火燃烧后，家澍一直守在那里，每过半个小时，家澍就得往火堆上填木柴，那些带着冰碴的树枝在火苗的舔舐下“滋滋”地冒着沫子，有的还流出眼泪般的液体。那一天，小时候的很多往事都在家澍脑袋里过滤着，很多他不愿想起的事还是硬邦邦地挤了进来。也许，那些往事随父亲的下葬将永远地消失了，如果父亲的人生本身就是一个故事，那么随着父亲下葬，他的故事也将结束了，尽管这个故事有些悲凄、有些残酷。

在父亲那个故事里，生命太轻薄了，太容易被忽视和漠视了，被埋掉的妹妹，疾病缠身死去的母亲，父亲抽打儿女生命尊严的鞭子……所有那些都如扎过雪甸子的车辙，扭曲、粗粝、错乱。可父亲自己何尝不是那样，他对自己的生命也是轻薄的。他参加冬季会战时，冻烂了脚指头，挤碎过手指，可他仍然坚持出工。家澍还记得父亲的胶鞋，那种叫“水袜子”的高腰帆布胶鞋，是母亲卖了猪崽之后给父亲买的，父亲不舍得穿，他光脚走在冰冷的初春泥路上，家澍问父亲：“为什么不穿鞋呢？”父亲说：“脚走不坏，鞋能穿坏。”奇怪的是，以前家澍从没想起这些，不是这些不存在，是他从没往这方面想过。

天色暗了下来，燃烧的篝火旁只剩家贞、家澍、家明姐弟三人。他们默默地往篝火上填柴火，篝火燃烧的很热烈，火苗用力向上蹿着，空中飞舞着烟尘和火星子。火光里，家贞的脸如盐水泡过一般，苍白而失水分，曾经波光潋滟的目光也被岁月侵蚀了。家明默默地给火堆添柴，火光抖动着蹿过他的脸，蹿过他的手臂，他的手臂上落着麻麻点点的肉坑，那是他在餐馆打工时留下的印记。……家贞突然说话了，她说：“家澍、家明，你们听到了吗？篝火在唱歌呢！”家澍屏息倾听，只听到篝火燃烧的噼剥声。“没有啊”。家明说。“你再好好听听！”家贞说。家澍仔细听着，果然，他听到了一种他从没听过的声音。也就在那一瞬间，家澍看到火光后姐姐和弟弟童年记忆中的面孔，那个面孔在热浪中抖动着，眼前的景物遥远而虚幻起来。

这时，家澍的手机铃声响起，家澍知道是女儿打来的。女儿问他们在哪儿，家澍就把“爷爷”过世和返回老家安葬的事告诉了女儿。女儿沉默了很久，最后清晰而肯定地说：“你们真滑稽。”家澍没听明白，问女儿说什么，女儿说：“荒唐，你们不觉得自己很荒唐吗？”

放下电话，家澍也沉默了，也许，他此次举动真的很滑稽、很荒唐。他瞅了瞅篝火掩映中的家贞和家明。心想，父亲那个时代真的过去了吗？是的，一个时代其实在不知不觉中已经消逝了。

山里起风了，家澍和家明到篝火外撒尿，家明的尿液像一把刀一样，冒着热气，将新雪凌厉地切出一个口子，家澍没做摆动，他的尿如激光一般，在白雪中钻出很深的眼儿。兄弟几乎同时抖动一下身子。家明说：“起风了！”家澍说：“是啊，起风了！”

林贵强回到城里的第二天，就被急救中心主任叫了去，主任说：“你小子太不叫玩意了，你怎么私自藏钱？我看分站主任你是不想干了。”林贵强猜测是司机小魏告了他黑状，不过，如果得不到核实他完全可以不承认。林贵强给家澍挂电话，家澍的手机关机。林贵强查来查去，查到了林场的电话，电话是一个打更的老头接的，老头说他们那儿没有家澍这个人。林贵强让他找林场负责人，老人说：“林部没人，山上着火了，都去救火去了。”林贵强放下电话，嘟哝着：“家澍啊家澍，你可坑死我了。”

2006 年 11 月